文春文庫

秋《しゅう》思《し》ノ人《ひと》

居眠り磐音（三十九）決定版

佐伯泰英

文藝春秋

目次

「居眠り磐音」

主な登場人物

坂崎磐音《さかざきいわね》

元豊後関前藩士の浪人。直心影流の達人。師である佐々木玲圓の養子となり、江戸・神保小路の尚武館佐々木道場の後継となった。

おこん

磐音の妻。磐音が暮らした長屋の大家・金兵衛の娘。今津屋の奥向き女中だった。磐音の嫡男・空也《くうや》を生す。

今津屋吉右衛門《いまづやきちえもん》

両国西広小路の両替商の主人。お佐紀《さき》と再婚、一太郎が生まれた。

由蔵《よしぞう》

今津屋の老分番頭。

佐々木玲圓《ささきれいえん》

磐音の義父。内儀のおえいとともに自裁。

速水左近《はやみさこん》

甲府勤番支配。佐々木玲圓の剣友。おこんの養父。

松平辰平《まつだいらたつぺい》

佐々木道場からの住み込み門弟。父は旗本・松平喜内《きない》。

重富利次郎《しげとみとしじろう》

佐々木道場からの住み込み門弟。土佐高知藩山内家の家臣。

霧子《きりこ》　雑賀衆の女忍び。尚武館道場に身を寄せる。

小田平助《おだへいすけ》　槍折れの達人。尚武館道場の客分として長屋に住む。

品川柳次郎《しながわりゅうじろう》　北割下水の拝領屋敷に住む貧乏御家人。母は幾代《いくよ》。お有《ゆう》を妻に迎えた。

竹村武左衛門《たけむらぶざえもん》　陸奥磐城平藩下屋敷の門番。早苗など四人の子がいる。

弥助《やすけ》　「越中富山の薬売り」と称する密偵。

鶴吉《つるきち》　浅草聖天町「三味芳」の名跡を再興した六代目。三味線作りの名人。

木下一郎太《きのしたいちろうた》　南町奉行所の定廻り同心。

徳川家基《とくがわいえもと》　将軍家の世嗣。西の丸の主。十八歳で死去。

小林奈緒《こばやしなお》　磐音の幼馴染みで許婚《いいなずけ》だった。小林家廃絶後、江戸・吉原で花魁《おいらん》・白鶴《はっかく》となる。前田屋内蔵助に落籍され、山形へと旅立った。

坂崎正睦《さかざきまさよし》　磐音の実父。豊後関前藩の藩主福坂実高《ふくさかさねたか》のもと、国家老を務める。

田沼意次《たぬまおきつぐ》　幕府老中。愛妾のおすなは「神田橋のお部屋様」の異名をとる。

『居眠り磐音』江戸地図

新吉原
尚武館坂崎道場
東叡山 寛永寺
山谷堀
竹屋ノ渡し
待乳山
聖天社
向島
忍ケ岡
上野
下谷車坂町
浅草
三囲稲荷
今戸橋
不忍池
浅草寺
花川戸町
常泉寺
小梅村
下谷広小路
新寺町通り
新堀川
源森川
吾妻橋
業平橋
御厩河岸ノ渡し
品川家
首尾の松
十間川
北割下水
今津屋
吉岡町
本所
天神橋
法恩寺橋
新シ橋
浅草御門
柳原土手
石原橋
南割下水
両国橋
横川
入江町
金的銀的
長崎屋
回向院
竪川
薬研堀
松井橋
浮世小路
若狭屋
大川
鰻処宮戸川
六間堀
魚河岸
猿子橋
新高橋
鎧河岸
日本橋川
新大橋
小名木川
日本橋
万年橋
鎧ノ渡し
霊巌寺
深川
砂村新田
亀島橋
金兵衛長屋
八丁堀
霊岸島
仙台堀
永代橋
永代寺
鉄砲洲
富岡八幡宮
越中島
堺橋
佃島

護国寺
面影橋
中山道
日光御成街道
小石川
伝通院
本郷
下谷茅町
石切橋
豊後関前藩
上屋敷
湯島天神
牛込
神田川
神田明神
牛込御門
水道橋
表猿楽町
駒井小路
元 尚武館佐々木道場
駿河台
筋違橋御門
昌平橋
田安御門
市谷八幡宮
神保小路
九段坂
俎橋
雉子橋
内藤新宿
四谷大木戸
市谷御門
一橋御門
千鳥ヶ淵
鎌倉河岸
善国寺谷通
麹町
江戸城
神田橋
四谷
四谷御門
本丸
大手御門
半蔵御門
西の丸
一石橋
道灌堀
平川天満宮
和田倉御門
呉服町
馬場先御門
鍛冶橋御門
南町奉行所
京橋
数寄屋橋御門
三十間堀川
清水谷
溜池
木挽橋
氷川明神
原宿
愛宕権現
芝口橋
木挽町
長谷寺
宝泉寺
増上寺
麻布広尾町
芝
赤羽橋
麻布村

本書は『居眠り磐音 江戸双紙 秋思ノ人』(二〇一二年六月 双葉文庫刊)に
著者が加筆修正した「決定版」です。

編集協力 澤島優子
地図制作 木村弥世

秋思ノ人

居眠り磐音（三十九）決定版

第一章　速水左近の再起

一

天明《てんめい》二年（一七八二）、速水左近《はやみさこん》は甲府勤番追手組支配として四年目の秋を迎えていた。甲府城内御用部屋の縁側から庭にかけて、御花園から届けられた色とりどりの菊が飾られてあった。

速水は思いがけなくも江戸から届いた朗報を静かに受けた。老中田沼意次《たぬまおきつぐ》が幕閣内で実権を握っている以上、江戸に帰れる見込みはあるまいと甲府勤番支配職に勤《いそ》しみ、楽しむ心境に達していた。そんな最中に、

「甲府勤番支配を解く」

という知らせがあった。

二十日ほど前のことだ。

当初、十月朔日に甲府を出立《しゅったつ》し江戸に帰着せよとのことだったが、間もなく出立の期日が十月二十日に延期された。

しかしここにきて、甲府出立を三日ほど前倒しせよとの知らせが早馬でもたらされた。つい一昨日のことだ。なんとも慌《あわ》ただしいことだった。

二転三転する命を受け速水は、江戸でなにが起こっているのかと訝《いぶか》しんでいた。老中田沼意次と奏者番《そうじゃばん》意知《おきとも》父子の権勢は続いていた。

速水は感情を表に出すことなく、江戸帰着を容認した田沼の真意を見極めようと、江戸に確かめの書状を何通か認《したた》めた。

旗本の職階の一つ、甲府勤番は追手組と山ノ手組の二組があり、それぞれの長として支配が置かれた。それは、徳川家と所縁《ゆかり》が深い駿府《すんぷ》城代と並ぶ威厳のある地位であった。

一時《いっとき》、綱吉《つなよし》時代に権勢を振るった柳沢吉保《やなぎさわよしやす》の居城として知られ、吉保の失脚後、その子吉里《よしさと》が甲府藩藩主の地位に就《つ》いた。だが、その後、大和郡山《やまとこおりやま》に転封となり、享保《きょうほう》九年（一七二四）以来、幕府の直轄領となっていた。

ために甲府城を守衛する甲府勤番が任命された。

老中支配、知行高《ちぎょうだか》三千石、役知《やくち》千石。三千石以下の旗本の場合、甲府御蔵より三千石に満たない分が与えられ、芙蓉《ふよう》ノ間《ま》詰めであった。

甲府は江戸から三十七里半（約百五十キロ）、さほどの遠隔地というわけではない。だが、この間に小仏《こぼとけ》、笹子《ささご》の二つの険しい峠が旅人の行く手を阻《はば》んでいた。また甲府盆地は耕作地も狭く、寒暖の差が激しい土地柄であった。そのためか甲州博徒が幅を利《き》かせ、甲府城下を離れると山賊、野伏《のぶせり》が跋扈《ばっこ》した。さらに甲府を複雑にしている事情がもう一つあった。

村々を支配する、

「ご浪人さま」

の存在だ。かつてこの地を支配した武田信玄公の遺臣、武田衆が住んでいて、未だ村人たちへの影響力を保持していた。

ために甲府勤番番士に命じられた旗本御家人らは厄介《やっかい》な地への赴任を嫌った。それはある時期から顕著な傾向として広まっていた。

幕府は失態、失敗をなした旗本、御家人が飛ばされる地として意識的に活用するようになり、江戸帰着の目処《めど》が立たない甲府勤番は、島流しならぬ、

「甲府勤番山流し」

という異名で世間に定着したのだ。

一方、大身《たいしん》旗本三千石から選ばれる甲府勤番支配となると事情は違った。典型的な官僚の一職であり、出世の階段にすぎなかった。短期間、この職務を務め上げると、江戸帰着後、昇進が約束されていた。

ために支配する勤番支配と、その下にある勤番衆では心持ちが違った。頭《かしら》分の甲府勤番支配は一時的な待機の職階であり、勤番衆は絶望的なやくざ旗本御家人、まるで対照的な境遇で支配と勤番衆が甲府勤番の役目を務めていたのだ。

この甲府勤番の職務は、甲府城を守護するとともに直轄地の民政も司《つかさど》り、甲府小普請《こぶしん》も支配する大役であった。ために御役宅にはお白洲《しらす》を設けて、甲州一円の訴えを裁き、刑罰を命ずる権限も有していた。

速水左近が甲府に赴任する前、甲府勤番支配が領内巡察に出ると、暴徒に襲われたり、崖《がけ》から川に転落して溺死したりすることが頻発した。勤番衆と土地の博徒が手を握って、甲府勤番支配を殺《あや》めるものと推測されていた。

ために風紀は乱れ、綱紀は緩《ゆる》んでいた。

速水左近は甲府に着任すると、二ノ堀内の南側にある追手門前の追手組役宅に

入った。そこへ若年寄支配の甲府勤番組頭ら主だった番士を呼び、

「本来の甲府勤番たる職責を厳格に果たす」

ことを宣言した。だが、組頭らは、

「すぐに江戸に戻る者になにができるものか」

と速水の言葉を信じたふうはなかった。

速水は即刻甲府城内外の巡察を頻繁におこない、民の暮らしの実態を把握しようと努めた。さらに甲府城下の商人《あきんど》たちを役宅に呼び集め、商いを活性化するために市《いち》を奨励し、城下に近郊から生産物を集めて商う施策を強力に推し進めた。

このように積極的に直轄地の領民と交わりを持つ甲府勤番支配など、過去に例を見なかった。

領地内で起こった紛争、訴えに対しては丁寧《ていねい》に調べ、厳正なる処断を即座に下す速水左近を、領民たちは、

「こたびの甲府勤番様は厳正無私の人」

と信頼し、敬愛するようになっていった。

また堀や石垣や河川の堤防が傷《いた》んでいれば、即刻普請を命じて自ら監督し、保守管理に努めた。このことで領内の石工《いしく》たちの仕事が確保された。

一方、番士らも江戸から伝わってきた話から、

「速水左近は老中田沼意次に睨《にら》まれての山流し」

という事実を知り、自分たちと同じ境遇である速水に共感を抱くようになった。

「速水様は御側御用取次《おそばごようとりつぎ》の要職にありながら、田沼意次様に睨まれ、蟄居《ちっきょ》謹慎を命じられた後、甲府勤番支配に就かれたそうな」

「どうりでわずか三人の従者で赴任してこられたわけだ」

速水左近が田沼意次の勘気に触れての山流しとなれば、

「われらと境遇は一緒ではないか。死ぬまで甲府暮らし、山流しよ」

と勤番衆の間にも急速に速水左近への親近感が広がっていった。

三年余にわたる速水の努力で直轄地内は平穏であった。

米蔵には飢饉《ききん》のときの保存米が蓄えられ、御花園も薬園も整備され、勤番衆も警護の勤務外に馬場で調練《ちょうれん》に努め、剣道場で武士の本分たる武術訓練に励んだ。

だが、江戸からの御使者が速水左近の、

「甲府勤番支配解職」

の第一報を甲府にもたらしたことで様子は一変した。その噂《うわさ》はたちまち甲府じゅうに知れ渡った。

「やっぱり速水左近様も前任者と同じく江戸に戻られ、出世昇進なさるか」

とわが身に照らして嘆く声が聞かれた。

「大身旗本はよいのう。江戸からの風の吹き具合ですぐに出世昇進が待っておる」

「待て、速水様が老中田沼様に嫌われて山流しに遭《あ》われたのは周知のこと、ゆえに速水様も甲府に腰を据えて善政を施されてこられた。この知らせに一番驚かれたのは速水様というぞ」

「老中田沼様と和解がなったというか」

「いや、そうとは思えぬ。これは背後でだれぞが動いてのことよ」

「あーあ、われらにもそのような神風は吹かぬものか」

役所のあちらこちらでそんな噂話が交わされた。

そんな最中、江戸から飛脚便が相次いで甲府入りし、速水左近の江戸戻りは、老中田沼意次の意に反してのことだと判明した。

「ということは、どういうことだ」

「速水左近様は江戸に戻られて田沼意次様の監督下に置かれるということよ。甲府にいるより針の筵《むしろ》と思わぬか」

「なんとも訝しい人事よのう」

「御城の上《うえ》つ方《かた》の考えなど、山流しの下っ端に分かるものか」

「速水様に代わってだれが赴任なさるな」

「元の木阿弥《もくあみ》、江戸の動きしか関心のないお殿様が参られよう。われら、再び安閑とした勤番暮らしに戻るということよ」

「ちょいと異なことを耳にしたぞ」

「なんだ、異なこととは」

「御用部屋で言える話か」

「ならば後ほど聞かせよ」

そんな噂話が流れる中、速水左近に江戸の表猿楽町《おもてさるがくちょう》の屋敷から書状が届き、坂《さか》崎磐音《ざきいわね》一行が江戸に帰着したことが告げ知らされた。

速水は、甲府勤番解職は、

（坂崎磐音どのの江戸帰着と関《かか》わりがあるのでは）

と直感した。そして、当の坂崎磐音の使いの弥助《やすけ》が密《ひそ》かに甲府入りし、速水左近の後職が、

「奏者番」

であることを伝えた。

「奏者番とな。それは田沼意知様が務めておられよう」

「いかにもさようにございます」

「それがしは意知様の下風《かふう》に就くということか」

「速水様、城中にて水戸《みと》の治保《はるもり》様、尾張《おわり》の宗睦《むねちか》様、紀伊《きい》の治貞《はるさだ》様お三方がお揃《そろ》いで田沼様に掛け合われた結果でございます」

「なにっ、御三家揃い踏みでの田沼様への掛け合いとな」

速水左近が長いこと沈思した。

「やはりそれがしの転任、坂崎磐音どのの江戸帰着と関わりがありそうじゃな。そなた、その経緯《いきさつ》を知らぬか」

家治《いえはる》の元御側御用取次の速水左近が、元御庭番衆吹上組《ふきあげぐみ》の密偵弥助に質《ただ》した。

「若先生はただ、書状を甲府の速水様にお届けせよと命じられただけでございます」

「では、書状について質されたとき、なにも答えてはならぬと命じられておるか」

「いえ、それは」

「ならば申せ。差し障《さわ》りはあるまい」

「速水様、詳しい話は江戸に帰着されてのち、若先生からじかにお聞きくださいまし。わっしが窺《うかが》い知ることだけを申し述べます」

と弥助が答えた。そのことを覚悟してきた様子だった。

「それでよい」

「若先生がおこん様を伴い、江戸を離れられて三年数か月余の歳月が流れております。旅の種々《くさぐさ》は申し上げませぬが、若先生は佐々木玲圓《ささきれいえん》様とおえい様の遺髪を刈谷宿《かりや》称名寺《しようみようじ》に納めたのち、尾張に向かわれました。わっしと霧子《きりこ》も加わり、四人でございました。若先生は、尾張城下に小田原藩大久保家陪臣《ばいしん》清水平四郎《しみずへいしろう》の偽名で滞在中、尾州茶屋《びしゆうちやや》の大番頭中島三郎清定《なかじまさぶろうきよさだ》様と知り合われ、その縁で尾張藩道場に出入りされるようになりました」

「尾州茶屋の中島家は尾張徳川の細作《さいさく》であったな」

速水の念押しに弥助は頷《うなず》いて、話を続けた。

「人のつながりが人を呼び、若先生は尾張藩のためにひと働きなさったのでございます。そんなわけで、いよいよ清水平四郎様は藩内にて信頼されるようになりました」

「そうか。この三年余、磐音どのとおこんは、尾張名古屋に潜んでおったか」

「いえ、そうではございません。清水平四郎が尚武館《しょうぶかん》の後継坂崎磐音と知った田沼派の刺客が尾張にも押し寄せるようになり、田沼様と尾張藩との確執を恐れられた若先生は尾張名古屋を出ることを決心され、旅を再開されたのでございます。おこん様は懐妊の身で、畿内のとある隠れ里に潜み、その地で空也《くうや》様をお産みになったのでございますよ」

弥助が磐音らの旅を掻《か》い摘んで速水左近に告げた。

「なんと難儀を強いられておったか。こちらが甲府に座しておる間に、坂崎磐音どのはなんとも途方もなき旅をなされたものよ」

と速水が感嘆するのへ、

「若先生一行が潜む隠れ里にも田沼派の一党が軍勢をなして攻め入り、ひと戦《いくさ》ございました」

と弥助は隠れ里の攻防戦までを語った。

「この戦いに勝ちを収められた若先生は江戸帰着を決心なされました」

「それがしの奏者番就任は磐音どのの企てられたことか」

「定かなことは聞かされておりませぬゆえ、わっしの口からは申し上げられません。どうか若先生にお会いになった節にじかにお尋ねください」

弥助と面談した後、速水左近の江戸帰着の仕度は本式に始まった。そして、弥助が甲府からいったん姿を消した後、早馬が江戸帰着の、

「三日前倒し」

を告げてきたのだ。そして、いよいよ甲府出立が明後日に迫り、速水は甲府滞在中に世話になった領民にお礼の書状を認めていた。


「殿様」

甲府勤番の内用人北村小三郎《きたむらこさぶろう》が、書状を認める御用部屋に姿を見せた。

速水左近が甲府勤番赴任に際して連れてきた三人の家来の一人だ。あとは小姓の悠木平八《ゆうきへいはち》と老中間《ろうちゅうげん》の猪造《いぞう》だけの甲府在任であった。

「なんだな、小三郎」

「代官の松岡《まつおか》様からの別離の宴のお招きは今宵《こよい》にございますが、供はそれがし一人でよいのでございますか」

と小三郎が問うた。

甲府には幕府から代官が差し向けられていたが、町奉行所はなかった。ために

甲府勤番支配や代官が直轄地の諸々の訴えや騒ぎを裁いた。

速水は縁側の色とりどりの菊に初冬の光がおだやかに差すのを目に留めながら問い返した。

「そなた一人ではいかぬか」

「いささか不穏なことを耳にいたしましたゆえ」

内用人の北村小三郎のもとにまず、甲府勤番の諸々の情報が集まった。

「不穏なこととはなにか」

「私どもが江戸に戻るのを嫉《ねた》んだ番士の一部が殿様を襲い、斬《き》るとか斬らぬとか」

「なんじゃ、そのようなことか」

「殿様、この話が真《まこと》なれば、それがし一人ではいささか頼りのうございます」

「小三郎、そなたも武士の端くれであろう。なんのための大小ぞ、飾りか」

「殿様もご存じのように、私めの刀は飾りにございます」

「そのようにぬけぬけと答えられると、こちらが拍子抜けするわ」

「番士から何人か従者を選びますか」

「そなたの話が真ならば、番士と番士が相争うことになるではないか。それはいかぬ。それがしとそなたで十分じゃ、そもそも松岡どのの役宅とここは数丁も離れておらぬわ」

速水が従者の増員を断った。

「殿様、それがしの懸念はそれだけではございませぬ」

「まだあるのか」

「これら、番士の者どもを唆《そそのか》しているのは江戸と噂されております」

「江戸とな、だれであろう」

「それはもう老中田沼様の意を受けた者どもの仕業にございましょう」

「ありうるな」

速水左近が平然と答えた。

「殿様、それでもそれがし一人が従者にございますか」

「そなた、不安ならば役宅にいよ。それがし一人で松岡どのに別離の挨拶《あいさつ》をなしてこよう。日があるうちに出かけ、明るいうちに戻って参る」

「そこですぞ、殿様」

「なんだ、まだなにかあるのか」

「代官の松岡六三郎《ろくさぶろう》様も田沼一派から甘い餌《えさ》、つまりは江戸への帰任をほのめかされておるとか。となれば、別離の挨拶だけで済むはずもございますまい。松岡様は大兵《だいひょう》にして底なしの酒豪にもございますぞ。必ずや殿様を引き止められ、膳《ぜん》に着かされます。となれば殿様は酒に酔われ、帰りは夜になりましょう」

「なろうな」

「そのような悠長なことでよいのでございますか」

「小三郎、それがし、痩《や》せても枯れても直心影《じきしんかげ》流尚武館佐々木道場の玲圓先生の剣友ぞ。腕には歳《とし》をとらせておらぬ。御用にあれこれと不平不満を抱く烏合《うごう》の衆など、なにほどでもないわ」

小三郎が深い溜息《ためいき》をついた。

「ようございます。北村小三郎の死に場所は甲府に決まりました。もはやそれがしが江戸の地を踏むことはございますまい。もし殿様が生き残られた節には、奥方様に『小三郎は殿様をお諌《いさ》め申しましたがその願い聞き入れられず、ついに甲府城下にて非業にも斬り死にしました』とお伝えください」

「伝えよう」

「わが北村家の菩提寺《ぼだいじ》は」

「稲荷《いなり》横丁の善立寺であったな。和尚《おしょう》に言うて、丁重にそなたの遺髪なりとも埋葬して遣わす。いや、戦いの最中にそなたの遺髪を切り落とす余裕はあるまい。小三郎、ただ今、髷《まげ》を切っておこう。早手回しでそれがよい」

「じょ、冗談を仰《おっしゃ》いますな。小三郎は真剣にございますぞ」

憤慨した小三郎が御用部屋から立ち去っていった。廊下を踏み抜くような足音を聞きながら、速水左近も、

（こたびの江戸帰着はそう容易にいくわけもあるまい）

と思っていた。

田沼意次は、徳川家重《いえしげ》の西の丸小姓から成り上がって幕府老中の地位まで昇りつめていた。それだけに自尊心は過剰に強く、倅《せがれ》の意知と同職となる速水左近の奏者番の補職を素直に受け入れたとも思えない。

速水左近が江戸に戻り、幕閣に、それも奏者番で返り咲くことを田沼父子が快く思っているはずもない。

となれば、速水左近一行を江戸帰着の道中で田沼派が襲うことは十分に考えられた。また、小三郎が言うように今宵、代官松岡六三郎の宴の帰り道を奇襲することも予測された。

（どうしたものか）

速水左近はしばし瞑想《めいそう》した後、

（江戸のことは江戸におられる方々にお任せしよう）

と気持ちを固めた。

「それがよい」

と呟《つぶや》いた速水は再び菊の鉢に視線をやった。

二

夕刻前、七つ（午後四時）の刻限に速水左近は内用人北村小三郎を伴い、甲府勤番追手組の役宅を出た。甲府代官の御用屋敷に向かうためだ。

むろん甲府城代たる甲府勤番支配は代官より江戸城内での詰ノ間も上位、職階も上である。

だが、速水左近が江戸へ去ることもあり、上位者の速水が下位の松岡に別離の挨拶に出向くことにしていた。ただ北村小三郎の懸念を考慮し、玄関先の挨拶で済ませたいと思っていた。

代官の住まいと役宅を兼ねた御用屋敷は、空堀沿いに数丁離れた場所にあった。

「殿様、くれぐれも松岡様の誘いに乗られてはなりませぬぞ。ともかく玄関先でことを済ますことです」

「小三郎、もし本日玄関先で挨拶を済ますことが叶《かの》うたとしても、明後日、必ずや笹子峠まで見送ると申されるであろうな。そして、峠上で別れの酒を申し出られよう。その折りはどうやって断るな」

「そのときはそのときのことにございます。帰心募ったゆえ先を急ぐとか、腹痛が生じたとか、その場で知恵を絞りましょう」

「松岡どのはしつこいでな」

速水左近はなんとしても酒席を遠慮する策を考えねばなるまいと、頭をひねりながら代官の御用屋敷に到着した。すると門番が、

「これはこれは速水様、代官様が首を長《なご》うしてお待ちにございます」

とにこやかな笑い顔で迎えた。なんと門前まで酒に酔った松岡の胴間《どうま》声《ごえ》が聞こえてくる。

「松岡どのはすでに酒を飲んでおられるか」

「速水様の別離の宴とて、昼過ぎから甲府の商人、庄屋などを集めて酒を飲んでおられます」

「なんと困ったな」

　と思わず呟いた。

　酒に酔った松岡はふだん以上にしつこさをまし、からみ上戸《じょうご》になる。そうなった松岡から身を避けるのは至難の業《わざ》だった。

　ともかく別離の挨拶をと気を引き締めて玄関に向かい、玄関番の若侍に訪《おとな》いを告げた。

「速水様、ささっ、奥へお通りくださりませ」

「いや、それがし、挨拶回りの途次にござってな、松岡どのにも玄関先の挨拶にて失礼いたしたい。なにせ甲府で世話になった方々が、本日と明日では回り切れぬほどおられるでな」

「それはどうでございましょう。甲府の主だった商人、近郊の大百姓のほとんどが奥座敷に集まっております。ゆえに、速水様、奥に通られますと一度に別れができますぞ」

　と玄関番が応じると、

「甲府勤番支配速水左近様、おいでにございます」

　と大声で奥に伝えた。すると、

「おおっ！」

と喚《わめ》き声がしたかと思うと、どすんどすんと廊下を踏み抜くような足音が響き、酒焼けした顔に酔眼の松岡が姿を見せて、

「速水様、なにをぐずぐずしておられる。本日はそなた様の別離の宴、甲府じゅうが涙にくれておりますぞ」

と式台に下りると速水左近の手を摑《つか》み、

「ささっ」

と引き上げようとした。

「これこれ、松岡どの。それがし、挨拶回りの最中にござってな、玄関先で失礼したい。役宅の始末も未だ済んでおらぬでな」

との弁解も聞かばこそ、

「別離の主役がおらぬでは、それがしの面目《めんぼく》も立ち申さぬ。甲府の者どもが速水様と別杯《べっぱい》をと待っておるのですぞ。それを玄関先で済まされるとは、武士の情けにもとる行いでござろう」

すでに酒に酔った松岡は速水の手を放そうとはしない。ちらりと北村小三郎の顔を見ると、小三郎が必死の形相《ぎょうそう》で顔を横に振っていた。

「おお、玄関番、従者どのを招じ上げぬか。速水様が遠慮なさっておられるではないか」

と玄関番に命じる前に、北村小三郎の腰を後ろから押した者がいて、主《あるじ》より早く小三郎が式台に上がらされていた。

「相分かった。松岡どの、手をお放しあれ」

と願った速水は式台前で大刀を抜き、右手に携えると、

「小三郎、ご一統様に別れの挨拶をいたそうか」

と覚悟を決めた口調で家来に言った。

速水と小三郎が代官屋敷の奥座敷に通ると、二十数人の商人や近郷の大百姓の顔が揃い、

「速水左近様、江戸帰任おめでとうございます」

とか、

「奏者番のご就位、祝着至極《しゆうじやくしごく》にございます」

と声を張り上げた。

速水は一々会釈《えしやく》を返しながらも空けられてあった席に座らされた。するとその前に松岡が、どすんと腰を落として胡坐《あぐら》をかき、

「いかにも速水左近様、ご出世祝着に御座候。さすがは上様の御側御用取次であったお方、甲府山流しを三年余で切り上げ、大名職奏者番に転職とは、先々が明るうございますな。それに引き比べて、この松岡六三郎、すでに代官補職は五年の長きにわたり、甲府に根付いてしもうた。なんとも哀《かな》しいかな、寂しいかな。おお、そうじゃ、だれか大杯を持て」

と叫び、一升は入りそうな銀杯が松岡に届けられた。

よろよろと立ち上がった松岡が、

「ご一統、本日は真に悦ばしき日にござる。大杯に酒を注《つ》ぎ、回し飲みいたす。むろん口開けは速水左近様にござるぞ」

と大声を張り上げると、すでに酒に酔った客たちが、やんやの喝采《かっさい》をなした。

速水は眼前で大杯に注がれる酒を見ながら、場にあるのが町人と大百姓ばかりで、却《かえ》ってそのことを警戒した。

「さあて、仕度ができましたぞ。速水左近様の甲府出立と出世を祝って、そおれ、たっぷりと酒を干しなされ」

と松岡が音頭をとって、

「一気じゃ一気じゃ！」

と囃《はや》し立てた。すると代官に呼ばれて昼酒を強要された商人や大百姓が、

「一気じゃ一気じゃ！」

と松岡に和した。

代官にこう言われれば迎合するしかない。だが、年寄りや長老の中には速水左近を気の毒に思う顔も見られた。

「頂戴《ちょうだい》いたす」

速水は両手で銀杯を受けると、杯を引き寄せつつ酒の香を嗅《か》ぎ、ゆっくりと縁に口を寄せて傾けた。

ごくりごくり、と飲んだ左近が悠然と銀杯を戻し、隣に座した甲府本陣の大蔵《おおくら》五郎左衛門《ごろうざえもん》老人に、

「五郎左衛門どの、世話になり申した」

と言葉を添えて渡した。

「速水様、お名残り惜しゅうございます」

五郎左衛門は、速水の甲府入りからあれこれと世話を焼き、甲府事情を懇切に教えてくれた人物の一人だった。速水が甲府滞在中に善政を行えたのも、五郎左衛門のような見識のある土地の者が何人かいたからだ。この座にも一宮浅間神社

の禰宜《ねぎ》飯田《いいだ》義親《よしちか》や三郷村の庄屋太郎右衛門《たろうえもん》らが列座していた。

「江戸に出てきた折りは屋敷を訪ねてくれよ」

「はっ」

と応じた五郎左衛門が銀杯にかたちばかり口をつけると隣へと回した。

その銀杯が瞬く間に座を一周して、速水のもとに戻ってきた。一合ほど残った酒を速水が飲み納めると、拍手喝采が起こった。

「なに、それがしは仲間外れか」

と松岡が速水を睨んだ。

「おお、これはしくじった」

と速水が困惑の体《てい》で松岡を見ると、

「そおれ、飲み直しじゃ、飲み直しじゃ」

と大声を張り上げた。


速水左近と提灯《ちょうちん》を手にした北村小三郎が代官屋敷を出たのは五つ半（午後九時）の刻限だった。

昼間から飲んでいた松岡六三郎が酔いつぶれて居眠りを始めたとき、隣の五郎

左衛門老人が、

「速水様、この隙《すき》にご退出なされませ。代官様が目覚められたときまでおられるならば、明日までお屋敷に戻れませぬぞ」

と囁《ささや》き、速水が退出するきっかけを作ってくれた。

「ふうっ」

と小三郎が大きな息を吐き、げっぷまでした。

提灯が揺れ、地面が盛り上がったような錯覚を小三郎は感じた。

「これ、小三郎、いくら夜とは申せ、往来でげっぷをなすものがおるか。そなたは速水家の家来じゃぞ」

「殿様、そう仰いますが、ああ矢継ぎ早に酒を勧められますと、もはや拷問にございます。それでいて酔うてはならぬと思うと悪酔いもいたします。最前から気持ち悪うて悪うて。あれは地獄にございましたな、殿様は大丈夫にございましたか」

「本陣の五郎左衛門どのが気にかけられて、回ってきた大杯をすぐに引き取られたでな、なんとか持ち堪《こた》えた。それでもふだんの限度を大きく超えていよう。あのような酒はいかぬな」

「明日じゅうに後片付けを終えねばなりませぬ。それに組頭との会食が最後に待っております」

「三年にわたり仕えてくれた者たちじゃ、別離の場を設けねばなるまいな。仕度はできておるか」

「支配組頭の佐崎《さざき》様、伊丹《いたみ》様の他に、勤番衆の主だったもの五名を呼ぶように手配してございます」

甲府勤番支配追手組の下に組頭が二人いた。

これらの者は小普請組の二百俵高から選ばれ、御役料三百俵、御手当扶持《ふち》二十人扶持だ。待遇は悪くない。この組頭の下に勤番士百名が所属していた。だが、この組頭以下、勤番衆こそが、

「山流し」

と呼ばれた面々だ。江戸の奉公でしくじった者が多く、島流し同様に甲府勤番山流しにも期限はないと考えられていた。

「小三郎、明日八つ半（午後三時）より道場に追手組勤番衆すべてを集めよ」

「なにをなされますので」

「知れたこと、組頭数名と飲めば却って宴は切り上げにくい。そこでな、勤番衆

全員を道場に集め、四斗樽《しとだる》を二つも据えて、菜はするめ、古漬けでよい。最後に大釜で甲州名物のほうとうを供して終わりじゃ。これならば、飲みたき者は樽が空くまで残っていようし、酒が嫌な者は早々に退出しよう」

「組頭から文句は出ませぬか」

「出ようと出まいと、その場で別れを告げる。そのほうがそれがしの意に適《かな》った別れになる」

速水左近の足が止まった。

「どうなされました」

慌てて主にならった小三郎の提灯が揺れて、葉を落とした空堀の桜の木が両手を広げた化け物のように浮かび上がった。

「やはり出おったか」

「えっ！」

小三郎が提灯を突き出した。

覆面をした面々八人ほどがすでに抜刀して間合いを詰めてきた。

「小三郎、下がっておれ。じゃが、灯《あか》りはしっかりと持っておれよ」

速水が命じ、羽織を脱ぎ捨てると刀の鯉口《こいぐち》を切った。

ばらばらと走り寄った面々が速水らの三間手前でいったん足を止めた。

「甲府勤番支配速水左近と知っての狼藉《ろうぜき》か」

相手は一言も発しない。

「もはやこちらは甲府勤番を解かれた身、それがしを斬ってもなんの得にもなるまいに。名乗れ、仔細《しさい》あらば申せ」

速水が話しかけた。

だが、無言裡《り》に八人のうちの一人が刀を担ぐように左肩に立てた。逆八双《ぎゃくはっそう》の構えは左利きか。

「そなた、山ノ手組の組頭下、村松仁八《むらまつじんぱち》か。それがしの支配下ではないということは、江戸のどなたかの指図に乗ったか。あの御仁の約束ごとをあてにしておると、火傷《やけど》を負うことになるぞ」

村松仁八は、もう一人の甲府勤番支配久志本右京《くしもとうきょう》の勤番衆の一人で、無間一刀《むげんいっとう》流の達人だった。

だが、名指しされた村松はなにも答えない。ただじりじりと間合いを詰めてきた。

速水は剣を抜きはらい、正眼《せいがん》に置いた。

佐々木玲圓の剣友だっただけに、堂々たる構えだった。だが、酒をしたたかに飲まされた直後のことだ。速水は気を引き締めつつ、相手の出方を待った。

村松仁八を真ん中に、残りの七人が左右から半円に速水を押し包んできた。

「と、殿様」

小三郎が提灯を片手に、右手一本で剣を抜いた。

「小三郎、戦いに加わるでない。それがしの背後を固めよ」

速水が落ち着いた声音で命じた。

「はっ、はい」

小三郎が答えた瞬間、村松仁八が逆八双を鋭くも斬り下ろしながら、踏み込んできた。

速水はその場で迎え撃ち、逆八双の斬り下ろしに正眼の剣で合わせた。だが、村松の踏み込みつつの斬り下ろしの力に押され、空堀へと二、三歩下がって踏みとどまった。

小三郎が横手に逃れ、灯りが揺れた。

覆面をした村松の顔が速水の間近に迫り、ぎりぎりと押し込んできた。上背《うわぜい》で二、三寸ほど大きな村松は上から押し込むように攻め込んできた。

村松の刃が左右にぶるぶると震えながら速水の首筋に迫った。

「殿様、堀が」

小三郎が速水のかたわらから悲鳴を上げた。

刃と堀。万事休したか。

その瞬間、速水の脳裏に玲圓の笑みの顔が浮かんだ。

(窮したところから真の戦いが始まりますぞ、速水様)

速水は渾身の力で踏みとどまると、臍下丹田《せいかたんでん》に力を溜めてわずかながらも村松の刃を押し戻した。

うっ
と村松が呻《うめ》き声を上げた。

その瞬間、速水がさらに押し込む体《てい》で自らの刃を左手前に引いた。

力を溜めようとした村松仁八の体が速水の横手に流れてきた。

速水の刃が躍って、村松の崩れた体勢の胴を深々と薙《な》ぎ斬った。

うおっ!

と叫び声を残した村松仁八が空堀へと前のめりに転がり落ちていった。

「殿様」

小三郎の声に喜色があった。

「油断いたすな」

速水左近は残り七人が半円を縮めてくるのに刀を戻しながら注意した。

「仁八どのの仇《かたき》」

と呟いた左手の刺客が前屈《まえかが》みに突進してきた。同時に右手からも……。

その瞬間、訝しいことが起こった。

速水の耳に虚空を裂く音がし、

びしり、びしり

と鈍い音が覆面の刺客の首筋と肩口あたりに響き、二人が速水の足元に崩れ落ちた。

速水は小三郎の提灯の灯りに、倒れ伏した一人の首筋に鉄菱《てつびし》が食い込んでいるのを見た。

（いささか助勢が遅いではないか）

と思いつつも、ほっと安堵《あんど》した速水が、

「おぬしら、鉄菱を食ろうては医師にかかるしかあるまい。村松がことは明日、久志本右京どのに糾明を願う。この場は二人を連れて引き下がるか、それならば今宵のことは忘れて遣わす」

と冷静な声で言うと、残った五人の動きが止まった。

「二人を連れて去《い》ね」

速水の叱声《しっせい》に五人がその命に従った。

「と、殿様」

「いささか酒臭い汗をかいたわ」

速水が呟いて血振りをくれ、虚空を透かし見た。すると闇《やみ》にあった人の気配が、空堀のほうへと消えていった。

三

速水左近は江戸への帰心を胸の中で募らせつつも、顔に出さないように心掛けて最後の日々を務めてきた。いつ江戸に戻れるか予測もつかない勤番衆のことを気遣ってのことだ。

速水はその朝届けられた晩菊の鉢を手にとり、眺めた。白菊だった。

甲府滞在の三年余、御花園から届けられる季節の花々に、騒ぐ心を幾たび癒されたことか。

春には梅、夏には牡丹《ぼたん》、秋には菊、冬には藪柑子《やぶこうじ》、と四季折々の花や実が届けられた。冬は花が咲かない季節、ある冬には冬草が届けられたこともある。御花園の花守り松吉《まつきち》爺が江戸育ちのお頭を慰めようとしてのことだった。

(そうか、松吉爺への別離を忘れておったな)

そう考えた速水は縁側から沓脱石《くつぬぎいし》の庭下駄に足を下ろし、庭伝いに御花園に向かった。

花守りの松吉は、菊畑の真ん中で手入れに勤しんでいた。

「松吉」

名を呼ばれた花守りが眩《まぶ》しそうに速水を振り返り、甲府勤番支配自ら御花園に足を運んだことに驚いて、その場に膝《ひざ》を屈した。

「松吉、甲府滞在中は世話になった。そなたが丹精《たんせい》してくれた花々にどれほど慰撫されたことか、一言礼を言いたくてな」

「め、めっそうもな、ないことで」

と松吉爺は口の中でもごもごと答えた。

松吉はとある勤番衆に従った中間《ちゅうげん》と聞いていた。主が江戸に戻ったあとも甲府に残り、御花園で二十数年の長きにわたり働いてきた。

「松吉、江戸に戻りたくはないか」

「殿様、わしには甲府が性に合いましてごぜえます。独り身にございますれば甲府に骨を埋めます」

と潔《いさぎよ》い答えだった。

速水は頷くと言い添えた。

「体を労《いたわ》り、堅固に暮らせよ。もし江戸に出てくるようなことがあれば、よいか、必ず表猿楽町の速水家を訪ねて参れ。そなたが老後を江戸で暮らしたいと心を変えたならば、速水家の長屋で暮らすがよい」

「はっ、はい」

と松吉が瞼《まぶた》を潤ませたとき、北村小三郎が姿を見せて、

「剣道場に勤番衆全員が集まっておられます」

と知らせてきた。

「さらばじゃ、松吉」

「殿様もお達者で」

剣道場に組頭以下、勤番衆百余名が集まっていた。なかにはなぜ剣道場に集められたか訝しげな顔をしている者もいた。

速水左近は見所《けんぞ》に立ち、一同と対面した。

「すでに承知のことと思うが、それがし、勤番支配を解かれ、甲府を離れることとなった。三年余、あっという間であったようにも思う。それもこれもそなたらの手助けがあったればこそ。礼を申す」

速水は見所の上から一礼した。

仰天したのは勤番衆だ。

大身旗本が就く勤番支配が甲府を離れるにあたり、支配下一同を集めて礼の言葉を述べ、頭を下げるなど前代未聞のことだった。

速水は顔を上げると言い出した。

「甲府勤番山流し、これほど嫌な言葉もない。それがしもこの言葉に幾たび取りつかれ、気鬱《きうつ》になったことか。されど、考えようによっては己を試される言葉やもしれぬ。徳川の臣はどこで奉公しようと、変わりがあろうはずもない。江戸が甲府勤番を懲罰などと考えていることがそもそも心得違いである。そなたらもまただ今の御用に気を弛《ゆる》めることなく全身全霊で向き合《お》うてほしい。それがしと同じく三年の甲府勤番を務めた者で、己の本分を尽くしたと自ら認める者は、それがしに書状をくれぬか。それがしの後任の勤番支配方と相談し、江戸に戻れるよう尽力いたす。このことをここに約定《やくじょう》いたす。よいな、自暴自棄になり、身を持ち崩すようなことがあってはならぬ。江戸でそなたらの帰りを待つ妻子が哀しもうぞ」

速水は切々と説いた。

速水左近は老中田沼意次に睨まれての山流しと噂され、ここに会する一同と同じく、山流しの境遇を三年余経験してきたのだ。

その人の言葉だけに勤番衆の胸に響いた。

「本日はささやかながら酒と菜を用意した。別れの盃を酌み交わそうではないか」

速水の言葉を待っていた中間らが四斗樽とするめ等の菜を運んできた。緊張していた場が和んだ。

速水も見所を下りた。すると組頭の一人佐崎孫兵衛《まごべえ》が茶碗《ちゃわん》を二つ手にして、速水のもとに来た。

「ご支配、それがし、最前の言葉に胸を打たれました。ご支配が甲府に残された言葉を肝《きも》に銘じて、いつの日か、必ずや速水左近様に、江戸帰着を願う書状を認めます」

「佐崎、その日が一日も早いことを待っておる」

速水左近は家治の御側御用取次という重職にあった人物だ。失態があって甲府山流しに遭ったわけではない。田沼意次に睨まれての甲府勤番支配とだれもが承知していた。

もし田沼が失脚するようなことがあれば、幕閣中枢に座るべき人物だ。その人物の言葉だけに重みがあった。

二人は茶碗酒に口をつけた。すると次から次に勤番衆が挨拶に来た。

速水左近に別れを告げる勤番衆が列をなし、速水は一人ひとりに応対した。その長い行列が終わったとき、優に一刻《いっとき》（二時間）は過ぎていた。

「殿様、そろそろ明日のこともございますれば、役宅にお戻りくだされ」

と小三郎に請われ、速水は再び見所に立つと一礼した。すると静かなる拍手が勤番衆の間から湧《わ》きあがった。

道場から役宅に戻る道々、小三郎が、

「殿様、組頭伊丹儀介《ぎすけ》どのだけはとうとう殿に別れの挨拶を申されませんでしたな」

と言った。

速水もそのことを承知していた。

伊丹は甲府勤番が七年の長きにおよぶ人物だ。

元々小普請百七十俵の伊丹家に養子に入ったと聞いていた。この儀介、部屋住み時代からの遊び人で、伊丹家に入った後、拝領屋敷を利用して常設の賭場《とば》を設けて、胴元を務めていた。

隣人の御家人らの訴えで御目付《おめつけ》が動き、伊丹家では慌ててその筋に金品を贈って、お家取り潰《つぶ》しを免れ、当の儀介が勤番衆として甲府に山流しの憂き目に遭っていた。

元々評判芳《かんば》しからぬ人物だけに、山流しで甲府入りしてからも、勤番衆の中に伊丹一派を組織して、歴代の勤番支配に抵抗してきたという噂の組頭だった。江戸に帰ることをひたすら願う勤番支配は、騒ぎを恐れて伊丹一派の行動を見て見ぬふりをしてきた。

だが、速水は伊丹儀介の勤番衆にあるまじき行動を許すことなく、気長に勤番衆の心得を説いてきた。

伊丹は当初こそ、

「腰掛けの大身旗本がなにを言ってやがる」

と新しく赴任した勤番支配の言葉に耳を傾けようとはしなかった。

だが、速水左近は、追手組の勤番衆の心を摑み、また在郷を回って領民と話し、なにを求めているかを知ると敏速に動いて、それに応《こた》えてきた。

速水左近就任から半年も過ぎた頃、新しい勤番支配に心服する風潮が定まった。

それは甲府に住む『ご浪人さま』、武田家の遺臣の頭分武田兵衛《たけだひょうえ》と速水が親交を結んだという出来事があった後のことだ。

かくて伊丹儀介も速水左近の言葉を無視することができなくなった。

その結果、少なくともこの二年余、伊丹一派は勤番支配へのあからさまな反抗的行動を慎んでいた。

だが、速水左近の勤番支配解職の報が甲府にもたらされた後、再び、伊丹は不満分子を集めていた。

速水が甲府を去るにあたっての唯一の懸念が伊丹儀介とその一派だった。

「それがしも気付いておった」

「殿、伊丹儀介どのは山ノ手組の一部と会合を持ち、殿の江戸への道中を阻むと酒席で洩《も》らしているそうな」

「そのような行動は、百害あって一利なしじゃ」

「殿様のお考えなど伊丹一派には通じますまい」

「立つ鳥跡を濁さず、われらは粛々と甲府を去る片付けをなす」

しばし沈黙していた北村小三郎が、

「殿様、江戸へのお供はわれら三人だけにございますか」

速水左近は甲府赴任に際し、小三郎と小姓の悠木平八、老中間の猪造を伴っていた。

「辞職した勤番支配の道中に勤番衆を割《さ》くなど許されぬ。勤番衆の務めは元勤番支配の警護ではない。あくまで甲府守護、天領安泰が任務である」

「笹子峠までの警護もなりませぬか」

ならぬ、と答えた速水が、

「笹子峠で何者かが待ち受けておるのか」

「伊丹どのの下におる勤番衆が、笹子峠は無事越えられまいと色街の飲み屋で洩らしたのを、耳にした者がおります」

「そのような場所で洩らす言葉になんの意味があろうか。酒の勢いで吐いた言葉ぞ」

「でもございましょうが」

と小三郎が思案に落ちた。

北村小三郎は内用人として甲府滞在中、何人かの密偵を従えて不穏な情報を集め、それが直轄地に害をもたらすと考えた場合、速水と相談の上、信頼できる勤番衆を指揮して、その芽を潰してきた。その支配下にもう一人の速水家家臣悠木平八がいることを速水は承知していた。

「なんぞ考えておるのか、小三郎」

「いえ、それがし、昨夜の鉄菱の人物のことを考えておりました」

「あの人物に助けられたな。なんとか村松仁八は斬り捨てたが、二人目三人目となると、こちらの息が上がり、危うかったぞ」

「殿様、そのような呑気《のんき》なことでよろしいのでございますか」

「小三郎、なにをせよと申すのか」

「鉄菱を投げた人物にお心当たりはございますので」

「ないな」

速水左近の返答はあっさりとしたものだった。

「と仰いますと、あの御仁に殿様の江戸帰着の影警護を務めてもらうことも叶いませんので」

「心当たりのない人物にどう願えというのだ。小三郎、そなたら三人が江戸までの従者と心得よ」

「三十七里半、まず笹子峠を越えることが最初の難所にございますな」

「甲州道中の難所ゆえ、旅人は避けては通れぬ」

速水の答えは淡々としたものだった。

二人は追手組屋敷の門を潜《くぐ》った。玄関先で、速水が式台に上がるのを見届けた小三郎が、

「殿様、それがし、ちと思い付いたことがございます。別れの挨拶をしておらぬ人物がおりました。これより他出いたします」

と言い出した。

「日があるうちに戻って参れ。明日は七つ（午前四時）発《だ》ちじゃぞ」

はっ、と畏《かしこ》まった小三郎が足早に門に向かった。

速水は甲府勤番がもたらした功もあると考えていた。それは己ばかりではない、小三郎にも平八にも、

「来し方行く末」

を考えるに十分な時間を与えてくれたということだ。二人の従者は、江戸を出た折りよりも人間の器がひと回り大きくなり、自ら考えて行動できるようになっていた。となれば、

「山流し」

も悪いことではなかったか、と速水は小三郎が消えた門前に目をやった。

速水左近は最後に火鉢で何通かの書状を焼き捨てた。

訴え状もあったし、勤番衆の何人かが不始末をなしたとき、認めさせた自戒の書状もあった。だが、だれもがそれをきっかけに立ち直る努力をしているのが見てとれた。

ために、後任の甲府勤番支配にこれらの書状を引き継ぐことはせずにおこうと火鉢の炭にくべたのだ。

(あとは伊丹儀介とその一派か)

速水左近はそちらに考えがいった。だが、上役であった速水の暗殺に走るほど愚かな人物ではあるまいと、脳裏からその考えを消した。

「殿様、夕餉《ゆうげ》の仕度がなりました」

と女衆頭《おんなし》のみずの声が障子の向こうから聞こえた。

「小三郎は戻ってきたか」

「いえ、未だ」

「そなたらとの別離の夕餉じゃ、内用人が帰るのをしばし待とうか」

「畏まりました」

みずが応じて障子の向こうから立ち去る気配に重なり、庭から、

「殿様、北村様が戻って参られました」

と小姓の平八の声がした。

「おお、戻ったか。みず、ならば膳部を座敷に運べ」

と速水が命じた。

速水がすべての始末を終えたとき、

「殿様、ただ今戻りましてございます」

廊下に声がして小三郎が姿を現した。

甲州の山々に冬の便りの雪が降っていた。日が落ちると急に寒さが募った。にも拘《かかわ》らず小三郎の顔は上気して額にうっすらと汗をかいていた。

「なにやら走り回ってきたようじゃな。なにを企《たくら》んでおる」

「企むなどとは人聞きが悪うございます」

「ならば汗をかくほどなにをなした」

「はっ」

と応じて座敷に腰を下ろした小三郎が小さく、ふうっ、と息を吐き、

「殿様、それがしにも別れを告げねばならぬ者がありまする」

「その言いよう、相手が女性《にょしょう》に聞こえるが、いかがか」

「女であってはなりませぬか」

「そなたにそう反問されるとは思わなんだ。小三郎、よいのか、その女と別れて。江戸に連れていき、嫁にするのはどうじゃ」

「いえ、それは。甲府の想いは甲府に残して参ります」

「小三郎、そのほうの口からそのような言葉を聞かされるとはな。この速水左近、いささかそなたを見る目が狂うておったか」

ふっふっふ、と小三郎が満足げに笑った。

甲府勤番支配の追手組屋敷の座敷に、江戸へと去る速水左近、内用人北村小三

郎、小姓悠木平八、それに老中間の猪造と、四人を送り出す屋敷の奉公人の男衆《おとこし》、女衆十数人が膳を囲んだ。

速水左近が甲府に赴任して以来、正月元日は奉公人とともに膳を並べて祝う習わしができていた。ゆえに奉公人もさほど驚いたふうはない。

それにしても大身旗本から選抜された勤番支配が、身分を超えて奉公人とともに膳を囲むなどあり得ないことだった。

一年に一度酒食をともにすることで、せめてお互いの考えを分かり合おうと、速水が考えたのだった。

「三年余、そなたらが尽くしてくれた厚情の数々、この速水左近、決して忘れはせぬ。われら、江戸に戻ることになった。新たなる勤番支配どのが近々赴任なされよう。それがしに尽くしたように、新たな勤番支配どのにも奉公してくれよ」

と速水が挨拶すると女衆頭のみずが堪えきれず、

わあっ

と泣き出した。

「これ、みず、門出に涙は禁物じゃぞ」

と小三郎が諭《さと》し、屋敷付きの手代の下谷《したや》秀吉《ひできち》が、

「速水様を追手組屋敷にお迎えして以来、われら、なんとも奉公し甲斐《がい》のある楽しい日々にございました。お礼を申します」

と答礼するとともに一同が速水に平伏した。

「頭を上げよ。そなたらの気持ち、速水左近、終生忘れはせぬ」

速水が二度三度と頭を上げよと命じて、ようやく奉公人十数人が顔を上げた。その顔のどれもが涙に濡れていた。

「小三郎、平八、猪造、今宵はそなたらが接待役ぞ。皆に酒を注がぬか」

と速水に命じられた三人が燗《かん》徳利をとって、

「世話になったな、みず」

とか、

「江戸に戻っても、決してそなたらの顔は忘れぬぞ」

と言いながら一座の者の杯を満たした。

最後に速水の杯に酒が満たされ、

「いつの日か、また相まみえん」

と速水が献杯の辞を述べて酒が干された。

追手組屋敷の別れの宴は五つ半の刻限まで和やかに続いて、終わりを告げた。

四

旅仕度の速水左近ら一行四人は、追手門にある屋敷を奉公人全員の見送りを受けて出た。もはやお互いに交わすべき言葉とてない。速水が一礼し、全員が腰を折って頭を下げた。それでも、手代の下谷秀吉が声を絞り出し、

「道中恙無《つつがな》く」

と速水も応じた。

「そなたらも堅固でな」

追手組屋敷を出た一行は、まだ暗い城下町を甲州道中に向かってひたひたと歩く。

速水の脳裏には三年余の暮らしが走馬灯のように去来していた。

甲府城下は武田信玄時代の古府中《こふちゅう》と、それ以後に発展を遂げた下府中の二つに分かれていた。

下府中にある高札場《こうさつば》に差しかかったとき、速水左近は問屋街の軒下に無言の人影を見た。大勢の領民が速水一行の出立を見送る体《てい》で待っていた。その数、なん

と百人は超えていよう。城下の商人や職人衆、町人ばかりだ。

「速水様、お名残り惜しゅうございます」

羽織袴《はおりはかま》姿の甲府本陣の大蔵五郎左衛門が挨拶した。

「五郎左衛門どの、ご一統、甲府滞在中は世話になった。それがしも甲府を去るのは名残り惜しい。数日前よりやり残したことがあるようで、気がかりで致し方なかった。じゃが、それがしは一幕臣にすぎぬ。命《めい》が下ればいずこへなりと赴任せねばならぬ。許してくれ」

「なにを仰いますか、速水様。甲府城下が平穏で商いは繁盛し、また在郷が豊かな実りをなした三年にございました。これもひとえに甲府勤番速水左近様が、だれかれと差別することなく厳正平等なる政《まつりごと》を貫かれた結果にございます。私、五十有余年の甲府を承知しておりますが、これほどの善政が行われた歳月もございません。甲府領民一同、速水左近様にどれほど感謝してもしたりません。殿様、いつの日かの再会をわれら一同願うております」

と挨拶し、一同が大きく頷き、大蔵五郎左衛門が用意した瓢箪《ひょうたん》と馬上盃《ばじょうはい》を悠木平八に、

「道中、殿様が甲州の景色を愛でつつ酒を楽しんでいかれますように」

と朴訥《ぼくとつ》な言葉で贈った。

「ご一統、名残りは尽きぬがこれにてご免仕《つかまつ》る」

速水左近は後ろ髪を引かれる思いを振り切り、甲府柳町と呼ばれる問屋場《といやば》十一町を足早に抜け、酒折宮《さかおりのみや》前に差しかかった。

この界隈《かいわい》は古代甲州の中心であり、

「鎮目《しずめ》」

と呼ばれた。鎮目とは国鎮の謂《いわ》れであり、甲府に入る九筋の往還がここに集まった。ちなみに九筋とは、若彦路、右左口《うばぐち》路、河内路、鎌倉街道、青梅《おうめ》往還、秩父街道、穂坂《ほさか》道、逸見《へみ》道、大門嶺口《だいもんとうげぐち》である。

速水らは酒折宮に足を止めて拝殿に向かって一礼すると、殿内から笙《しょう》の調べが静かに響き、巫女《みこ》らが御幣を手に、速水らの道中無事を祈って舞い始めた。

速水らは深々と腰を折って祈願へ感謝し、九筋とは別の甲州道中を江戸に向かって無言で進んだ。

見送りの人々は石和《いさわ》宿の手前、笛吹《ふえふき》川に架《か》かる橋上にもいた。

速水らはここでも別れを交わしつつ、石和宿へと入っていった。

空が白んできた。すると石和宿にも大勢の人々が速水左近一行を待ち受けていた。ここでも別れが繰り返された。

石和川を渡ると栗原に向かう。ようやく見送りの人々が途切れた。

「殿様、それがし、考え違いをしておりました」

と小三郎が言い出した。

「なにを考え違いと申すか」

「殿様に従い、甲府にやって参りました三年余前、一日も早く江戸へ呼び返されることばかりを念じておりました。それがし、殿様も同じお気持ちであられたと思うておったのです。ですが、われらが江戸に去るという朝、真心の籠《こも》った見送りに接して、殿様は甲府滞在中、全身全霊を甲府勤番支配の御用に尽くされた、その結果のかような見送りにございましょう。それがし、殿様のご尽力に比する奉公をなしたかと、ただ今わが心に問うておるところにございます」

小三郎の素直な言葉に速水はなにも答えなかった。

「のう、平八、そう思わぬか」

「小三郎様、この私め、十七で殿様に従い、江戸を離れました。甲府がどのようなところか、甲府勤番が山流しと呼ばれる御用とも知らずにこの地に参ったのでございます。それでも歳月は過ぎていきます。三年余の年月、この地で大人になりました」

「ほう、平八、甲府で成人したと申すか」

と速水が質した。

「はっ、はい」

「柳町の白粉《おしろい》の匂《にお》いがする女子に男にしてもろうたか」

「は、はい。いえ、と、殿様、そのような意ではございませぬ。私、小姓から速水家の一端《いっぱし》の家来に育った、つまり甲府の地にそれがしは育ててもろうたと申し上げたかったのでございます」

「それはなによりのことであった。では、未だ平八は、女子を知らぬのか。小三郎、今宵、大月《おおつき》まで足を延ばせば、白粉っけのある女子もおろう。江戸に戻る前に女郎とねんごろになり、平八を男にする手伝いをなせ」

「殿様、こやつの申すことをすんなりと信じられてはなりませぬ。柳町のあいまい宿に毎月のように出かけておりました。なんでも、馴染《なじ》みは初子《はつね》という韮崎《にらさき》生まれの女子にございますぞ」

「えっ、おっ」

平八が悲鳴を上げ、速水が平八に笑いかけた。

「なにっ、最前と話がだいぶ違うではないか」

山の端から甲州道中に初冬の陽射《ひざ》しが差し込み、往来の旅人も増えて、赴任地から江戸に戻る主従の気持ちも軽やかになっていた。

「ご用人、そのようなことがあるはずも」

「ないというか。初子など知らぬというか。頬《ほお》がふっくらとして色黒の娘など知らぬと申すか」

「ご、ご用人、殿様の前で」

「そなたの行状など殿は先刻承知じゃ」

「えっ、まさか初子をご存じで」

「初子な、そのような馴染みがおったか。思い残すことなく別れはなしてきたであろうな。大人の男の務めであるぞ」

「えっ、まあ。初子には胸にすがって泣かれました」

「さようか。女郎の涙となんとかは、嘘《うそ》か真か、柳町、といわれるそうな」

「えっ、そのような箴言《しんげん》が色街にございましたか」

「箴言のう。ただ今、思い付いた戯言《ざれごと》よ」

「と、殿様」

平八は主にからかわれていると知って、困惑の表情をした。

「三年余、短いようで長かった。われら四人、よき思い出も悪しき体験もそれぞれにあろう。江戸に無事戻り着いたならば、甲斐の国の体験を江戸の御用と暮らしに生かすことよ。それなれば平八の初子との交情も生きてこよう」

「はい」

平八が素直に返答をした。

「じゃが、その前に笹子峠、小仏峠と難所が待ち構えておる」

「天気は崩れる心配はございませんよ」

老中間の猪造が速水に言った。

「猪造、たしかに旅日和じゃがな、待つ人がおるような気がしてな」

「まだ見送りの人がおられますか」

平八が能天気に訊いた。

「平八、初子に抜かれた武士の魂を思い出すことになる」

「と仰いますと」

「この数日な、考えておった。なぜ江戸はそれがしが甲府を離れる日を、直前になり三日ほど前倒しにするように急使を差し遣わされたか」

「老中松平康福《まつだいらやすよし》様のご使者にございましたな」

小三郎が問い返した。

「そこよ、ただ今幕閣を支配しておられるのは田沼意次様である。このお方のただ一人の先任老中が松平様じゃ。同時に、この松平様の娘御が田沼意知様の正室であることは世間に知られたことじゃ。甲府勤番支配から奏者番に転任する者を三日ほど早く江戸に帰任させる理由はなにか。さような急用がこの人事の背後にあるとも思えぬが」

「殿様のご懸念はどのようなことにございますか」

「小三郎、一昨夜、代官屋敷からの帰路、山ノ手組の村松仁八らに襲われたな」

速水左近の言葉に平八が、

「ひえっ」

と驚きの声を上げた。

刺客に襲われた一件は、速水が小三郎に口止めしたために平八も猪造も知らなかった。

「あの折り、それがしの脳裏を過《よぎ》ったのじゃ。あの急使は先任老中松平様の使いであったろうかとな」

「殿様、偽の使者にございますか。となれば、三日早くわれらを甲府から出立させる理由はどのようなことにございましょう」

「推測にすぎぬ。それがしと坂崎磐音どのとの親交は、田沼意次様とその一派が重々承知しておること。甲府に赴任する折りも小仏峠に刺客を待機させられ、襲われたな。そのとき、尚武館道場の客分、小田平助《おだへいすけ》どのの槍折《やりお》れの技の前にそれがしの暗殺は失敗に帰した。こたびのわれらの江戸帰任にも坂崎どのの意を含んだ者たちが影警護に就く。このことは当然田沼一派も予測されることであろう」

「で、ございましょうな」

小三郎の応じる言葉に緊張の色が濃くなっていった。

「三日、われらが甲府出立を急に早めたとせよ。すると影警護はわれらが出立に間に合うまい」

「なんとそのようなことが」

と応じた小三郎が、

「いえ、殿様、空堀での襲撃には鉄菱の御仁に助けられましたぞ。ということは、坂崎様はそれらのことを見越されて、すでにわれらの周辺に人を配置しておられるのではございませんか」

「むろん慎重なる坂崎どののこと、何度か江戸との往来をしてくれた弥助を前々から甲府に派遣しておられよう。じゃが、田沼一派にとって、坂崎磐音の江戸帰着に次いで速水左近の江戸戻りはなんとしても阻止したきことではなかろうか。それがしは奏者番に就き、坂崎どのは尚武館再興に邁進《まいしん》なされよう。田沼意次様にとってこの組み合わせ復活は、以前にも増して避けたい一事ではないか」

小三郎は黙り込んで沈思した。

いつしか石和から一里十九丁離れた栗原宿の大翁寺《だいおうじ》門前を通り過ぎようとしていた。その昔、武田家家臣の栗原氏がこの近郷を支配した折りの館跡だ。

「殿様、いかにもさようかと心得ます。となれば、これから先の道中に田沼一派が待ち構えておると覚悟したほうがよろしいかと」

「まずは笹子峠か」

「それは案じなされますな」

北村小三郎が確信を持って言い切った。

「ほう。して、その理由はなにかな。そうか、昨日、そなたが外出したことがあったな。その折り、なんぞ企てたか」

「まあ、そのようなことにございます」

「そなたの腕前、拝見いたそうか」

速水左近が言い、小三郎が頷いた。

主従四人は緊張のままに勝沼《かつぬま》を過ぎた。ひたひたとさらに笹子峠の山裾《やますそ》に入り、一里三丁先の鶴瀬《つるせ》に向かう。

甲州道中は谷川から離れながら、三千六百十七尺余の笹子峠を目指した。

不意に人の往来が少なくなった。

鶴瀬宿から駒飼《こまかい》宿までわずか半里余り、そこから黒野田《くろのた》宿までの二里五丁余りの間に笹子峠が待ち構えていた。

「殿様、峠を前にひと休みなされますか」

小三郎が速水に尋ねた。

「待つ人を待たせてもなるまい。昼餉《ひるげ》は峠を越えた黒野田宿でどうじゃ」

「殿様、女衆が弁当を持たせてくれました」

と猪造が言った。

「なに、われら弁当持参か。それに瓢箪に酒もあるか」

「いかにもさようでございます」

「ならば疲れたところで休めばよい」

一行はさらに峠へと向かった。

速水左近が尾行者の気配を察したのは、中の茶屋を目前にしたあたりからだ。ひたひたと前後を囲んだ人数はかなりの数と察せられた。

「殿様、どうなされますか」

小三郎も殺気に気付いたとみえて速水に尋ねた。

「休んだところでなにが変わるというわけではあるまい。それよりそなたの企てが楽しみになってきた」

「ならば先を急ぎましょうか」

小三郎が答えたとき、中の茶屋から一人の旅人が姿を見せて、

「おや、これは速水左近様ではございませぬか」

と声をかけてきた。

弥助だ。

「おお、弥助か、ご苦労じゃな。過日は助かった」

「いえ、要《い》らぬ節介をしたようでございますな」

速水と弥助のやり取りを聞いた小三郎は、一昨夜の鉄菱の人物がこの弥助だと察した。

狭い峠道に速水と弥助が肩を並べ、その後に小三郎、猪造、平八が従った。

「まさか速水様のご出立が三日早まるとは考えもしませんでした」

「老中松平康福様の使いを受けてのことじゃが、なんとなくきな臭い知らせかと案じておったところじゃ」

「正直申して、わっしも虚を衝《つ》かれ、江戸に早飛脚を送ったところです。ですが、差し当たってこの人数で明日あたりまで乗り切らねばなりますまい」

「若先生に造作をかけるな」

「いえ、敵もさる者でございますな。その使いさえなければゆったりとした道中でございましたがな」

と弥助が嘯《うそぶ》いた。

「いや、そなたが加わってくれたのはなんとも心強い」

家治の御側御用取次の重職にあった速水左近は、弥助が公儀御庭番衆の一員であることを察して、幾たびか御用を命じたことがあった。だが、松浦《まつうら》弥助がすでに御庭番衆吹上組を離れ、坂崎磐音と主従の誓いをなしたことまでは知らなかった。ともあれ、ただ今の速水にとって心強い味方だった。

「相手はどれほどの人数を揃えておると考えればよいか」

「騎馬武者三騎に徒組《かちぐみ》が二十五、六人というところにございましょう。田沼一派は甲府勤番衆の山ノ手組などを主力にしておりますれば、笹子峠を切り抜けることが大事にございます。さすれば、甲府勤番衆はいつまでも速水様を追うわけにもいきますまい。笹子峠が、奴《やつ》らの最初にして最後の働き場所かと心得ます。五対三十人ほどの戦いにございます」

速水は頷いた。

峠の頂きが近づき、背後からの殺気がだんだんと間合いを詰めてきた。だが、前方を行く者の気配が消えていた。

〈笹子ノ字又篠籠《ささご》ニ作ル、古名ヲ坂東山ト云フ〉

と言われる笹子峠が見えてきた。

背後から蹄《ひづめ》の音が迫ってきた。

速水らは峠の頂きで待ち受ける態勢をとった。

笹子峠は甲州道中屈指の山中である。助けを望むべくもない。飛び道具を携帯しているはずの軍勢を待ち受ける構えをなした。

そのとき、蛇行する峠道から騎馬武者が数騎現れた。先頭の武者は速水の配下にあった勤番衆組頭の伊丹儀介だ。鞍上《あんじょう》で弓を構えて、きりきりと弦《つる》を引き絞った。

「伊丹儀介、本分を忘れたか」

と速水が立ち上がり、叫んだ。

伊丹儀介が弦を放とうとした瞬間、山影が動いた。

旗差物《はたさしもの》が翻《ひるがえ》り、伊丹儀介らの暗殺隊に、横手から別の騎馬武者が襲いかかった。

甲府一円で、

「ご浪人さま」

と呼ばれる武田兵衛を頭分にした武田家の遺臣団が、十数頭の馬を揃えて横手から急襲し、まず先頭の伊丹儀介が槍の穂先に襲われて谷底へと転がり落ちていった。

そして、武田衆の頭分が峠の頂きに向かって、

「速水左近どの、道中ご無事で。さらばにござる！」

と叫んだ。

「忝《かたじけな》い、武田兵衛どの」

武田衆の頭分に一礼すると、速水らは黒野田宿を目指して峠道を下り始めた。

「小三郎、なかなかの企てかな」

「いえ、殿様とご浪人さまが親交を結ばれていたゆえにできたことにございます」

小三郎の返事が誇らしげに峠道に響いた。

第二章　抜け道

一

坂崎磐音は母屋の庭で半刻《はんとき》（一時間）ほどの独り稽古《げいこ》を始めた。手先から順にゆっくりと動かして、屈伸を繰り返し、体にひねりを加えて全身を柔軟にした。江戸に戻ってきて以来、できた習わしだ。あまり早く道場に出ると住み込み門弟らの睡眠が妨げられ、慌てて道場に姿を見せる。それならば道場は道場の決まりにより、清掃も体慣らしもその後の進行も道場の仕来《しきた》りに任せ、槍折れの稽古が始まる時間に磐音が加わることにした。

体が温まったところで、備前包平《びぜんかねひら》刃渡り二尺七寸（八十二センチ）を稽古着の腰に差し入れ、手に馴染んだ柄《つか》に右の掌をおくと、まだ暗い西の空を見上げた。

隅田川を挟《はさ》んで左手に江戸城を遠く望めるはずだが、まだ城も江都《こうと》も見えなかった。

この朝は本格的な冬の到来を予感させて、気温が低かった。

磐音は体の構えを整え、呼吸を緩《ゆる》やかにして、虚空の一点に気持ちと視線を集中した。

はっ
と無音の気合いを発した磐音の体が滑らかに動き、腹前を手が走ると、鞘鳴《さやな》りがして、刃《やいば》が冷気を切り裂いた。

全身の筋肉と気が刃の動きに収斂《しゅうれん》して、しなやかに滑らかにのびやかに刃が走った。それは自らの手足の動きにも似て、なんの違和も感じることなく、無念無想に抜き打ちが始まり、残心《ざんしん》まで到達した。

しばし虚空の一点に刃をおいた磐音は、動きの最初の位置へと戻し、包平を鞘に納めた。

抜き打ちは同じ体勢で何十回と繰り返され、得心したところで体勢を変え、あるいは動きつつの抜き打ちを繰り返して終えた。

その刻限になると敷地内の尚武館坂崎道場が蘇《よみがえ》り、新しい日が始まったのが分かる。

磐音は手拭《てぬぐ》いで顔と首筋の汗を拭《ぬぐ》うと、泉水伝いに道場へと向かった。道場まで歩むわずかな間に磐音の息は鎮まり、平静に戻っていた。

竹林を抜けるとき、風にさわさわと音を立てるのを聞いた。

道場の庭では小田平助が指導する槍折れの稽古が始まろうとしていた。

「平助どの、お早うございます」

磐音の声に小田が視線を向け、住み込み門弟らが、

「若先生、お早うございます」

と磐音に挨拶し、磐音も会釈を返した。平助が磐音に言いかけた。

「若先生、今朝は格別に寒うございますな。なんやら季節が秋からくさ、冬にことんと音ば立ててくさ、一気に進んだごとあるもん」

平助らしい季節の移り変わりの表現に笑みで応じた磐音は、

「いかにもさようです。かようなときは体を十分に温めていないと、往々にして怪我《けが》をいたします」

腰の包平を抜いた磐音は、開け放たれた道場の縁側に置くと稽古用の槍折れを手にした。

「ご一統様、お早うございますばい」

指導方の小田平助が改めて挨拶し、磐音は弟子の列の中に加わった。

「若先生の注意にあったごとくさ、気を抜かんと槍折れの初歩の動きを稽古しまっしょうたい。よかですな、前後左右の朋輩《ほうばい》ば十分留意して、稽古を始めますばい！」

平助の合図とともに、今や坂崎道場名物の槍折れの基本の動きが始まった。

平助の指導のもと、四半刻《しはんとき》（三十分）も野天道場を素足で動くと、だれもが全身に汗をかく。その頃合いを見て小田平助の、

「やめ！」

の合図で動きを止め、弾む息を整える。

井戸端に移動した一同は顔、手足の順に洗い、草履《ぞうり》を履いて道場へと移動する。

道場に入った順に神棚に向かい、正座して拝礼し、気分を一新して、直心影流の稽古が始まった。

この刻限になると通いの門弟が一人ふたりと加わり、磐音、平助を入れて二十人ほどに増えていた。

今朝はその中に速水杢之助《もくのすけ》、右近《うこん》の兄弟がいた。時に母親の和子《わこ》の許しを得て、

泊まり込みで尚武館坂崎道場に稽古に通ってきた。昨夜がその日だったのだ。

磐音は住み込み門弟の一人ひとりに稽古をつけた。

尚武館佐々木道場と異なり、田沼一派の邪魔立てもあって、神保小路《じんぼうこうじ》時代の旧門弟の大半が坂崎道場に戻ってくるふうもなく、新たな入門者もいない。ために磐音が全員に稽古をつけられた。これは雌伏《しふく》の時にある尚武館坂崎道場にとって、数少ないよいことの一つだった。

磐音は門弟各々《おのおの》の技量と経験によって指導方法を変え、時間を調節した。

若い李之助らには息が上がった時点で稽古をやめさせた。まだ修行中の若い門弟らに過酷な稽古を課してもなんの利もないことを、磐音は経験で承知していた。指導者の一方的な思い込みの稽古は、却って障害になると磐音は考えていた。習う側の頭と体がすっきりとしているうちに一つふたつの技や動きを教え、繰り返させ、手直しする。その積み重ねが身に付く有効な方策と磐音は心得ていた。

この日、磐音は最後に重富利次郎《しげとみとしじろう》と松平辰平《まつだいらたつぺい》に稽古をつけた。二人は三年にわたり、磐音と行動をともにしていたため、それぞれの技量も癖も熟知していた。ゆえに二人への指導となると、火を吐くように激しいものになった。利次郎も辰平もこの磐音の猛稽古に耐えてきて、力を付けていた。したがって、磐音の教え方にも容赦がない。

この日、二人への指導は格別に厳しく、四半刻にも満たないうちに次々と道場の床に失神して倒れ込んだ。

他の門弟が言葉をなくして磐音を見ていた。

二人が意識を失ったあと、鬼の形相が仏の表情へと変わっていくのが見てとれた。

「わ、若先生」

設楽小太郎《したらこたろう》が意を決したように磐音に話しかけた。

「お二人を井戸端に運んでよろしいでしょうか」

「小太郎どの、二人は剣術の妙味を味おうているところじゃ。しばらくそのままにしておきなされ。そのうち、意識を取り戻そう」

磐音の言葉は穏やかだった。

「いつの日か、若先生の猛稽古に耐えられる日が私にも来ましょうか」

「むろんやってきます。そのためには倦《う》まず弛《たゆ》まずの稽古あるのみ。さすれば小太郎どのも右近どのも、どのような稽古にも耐えられる体と技と気力を身に付けられましょう」

「お教えありがとうございました」

と小太郎が応じたとき、
うーん
と唸《うな》った辰平が床に転がったまま両眼を開き、両手両足をゆっくりと動かして自らの蘇生を確かめ、上体をゆっくりと起こした。

磐音と視線が合った。

正座をなした辰平が、

「ご指導ありがとうございました」

と一礼した。

「辰平どの、この数か月悩んでおられた思いが吹っ切れたようじゃな」

「若先生の本日のご指導で、壁の薄いところを突き抜けたようです」

辰平の顔に満足の笑みがあった。

「おめでとうござる。更なる高みの巌《いわお》に挑む日々がまた始まります」

「はっ」

と答えた辰平が、

「利次郎め、笑みなど浮かべて未だ体を休めておるか」

かたわらに転がる利次郎に向き直った。

「辰平、そなたが若先生から言葉をかけられておるのを異界からうつらうつらと聞いておったぞ。そうか、そなた、このところ悩んでおったか」

利次郎は、むくりと上体を起こして磐音に一礼した。

「そなた、悩みなどなさそうな顔付きじゃな」

「いかにもこの重富利次郎に悩みなどない。いや、悩みが生じたときは、頭で考えず体を動かす。苛《いじ》めて苛めて、悩みを吹き飛ばす」

「利次郎らしいな」

という二人の会話を聞いていた速水杢之助が、

「若先生、どちらのお考えが正しいのですか」

と質した。

「杢之助どの、剣の極みを求めるに、途《みち》は一つではござらぬ。ここに集う門弟衆が二十余人おれば二十余とおりの途がござる。それを探るのが稽古なのです」

「辰平様も利次郎様もその途を探しあてられたのですね。だから、若先生の猛稽古に耐えられるのですね」

「杢之助どの、いかにもさようじゃあ」

利次郎が胸を張った。苦笑いする磐音に代わり、辰平が、

「杢之助どの、利次郎の言辞に誑《たぶら》かされてはなりませぬぞ。われら、杢之助どのと同じように迷える弟子なのです。壁が立ち塞《ふさ》がれば悩み、よしんば突き破ったとしてもまた新たなる巌が立ち塞がる、その繰り返しが剣術です。生涯、迷いのただなかに惑うのがわれらにござる」

と言った。

「杢之助どの、辰平は石部金吉でな、どうも剣術を真面目《まじめ》に考えすぎておる。いや、それがしとて不真面目に稽古をいたしておるわけではないぞ。なんというか、辰平の考えは固くていかぬ。もそっとな、こう柔らこう考えられぬものか」

と利次郎が両手を大きく広げていたが、ふとある視線に気付いて、

はっ

とした。

霧子が利次郎を窘《たしな》めるように睨んでいた。

「いや、霧子、あのその、辰平の考えはそれがしも尊重いたす。じゃが、もう少しな、柔軟にな」

「お気持ちは分かります。ですが、利次郎様は己の考えを胸に秘めることも覚え

てください」

「き、霧子、相分かった」

と狼狽《ろうばい》した利次郎が胡坐をかいて、
ふうっ
と大きな息を吐いた。

道場にいた門弟衆が顔を見合わせ、笑い出した。

霧子と利次郎の二人だけが笑いの渦の外にいた。

「利次郎様」

笑いが鎮まったとき、一番年少の右近が呼びかけた。

「霧子さんと若先生ではどちらが怖いお方ですか」

「右近どの、それは決まっておろうが」

と思わず霧子を見た利次郎が首を竦《すく》めた。霧子がなにか言いかけたのを、

「惚《ほ》れた弱みたいね。こりゃ、若先生も霧子さんには勝てんもん」

と小田平助が制した。

「小太郎どの、杢之助どの、右近どの、最前辰平どのが言われた言葉も、利次郎どのの反論も決して間違いではない。利次郎どのは、悩んだ末に一つの途を選ば

れた。ゆえに他人がどう言おうとその考えのままに突き進めばよいのじゃ。それが正しいとか、間違いとかは他人が言えぬことでな、時に回り道をすることもあろう、袋小路に突き当たることもあろう。その折り、引き返す勇気があればどのような途も間違いではござらぬ」

「はい」

と若い三人が返事をした。

「な、霧子、そういうことだ」

利次郎が霧子に話しかけ、霧子が小さな吐息で応じた。

そのとき、依田鐘四郎《よだかねしろう》が道場に姿を見せて、

「若先生、その先でな、飛脚が迷うておったで声をかけると、甲府からの早飛脚というではござらぬか。連れて参りましたぞ」

「甲府からですと」

磐音が道場の玄関へ向かうと鐘四郎が従ってきた。

「それがしが坂崎磐音にござる」

八王子宿の飛脚問屋の屋号を腹掛けに染めた飛脚が、汗みどろの顔で一通の書状を差し出した。

弥助の字と磐音は即座に分かった。

「霧子」

と道場からただ一人の女門弟を呼んだ磐音は、

「飛脚どのを母屋に案内《あない》して、おこんに託せ」

と命じた。しばし休息させ、昼餉を食べさせて八王子に戻すよう命じたのだ。

霧子が畏まって、弾む息の飛脚を母屋へと導いていった。

「なんぞ甲府で異変がございましたか」

鐘四郎は案じ顔で呟いた。

二人は玄関脇《わき》の小座敷に入った。

磐音は慌ただしく弥助の封書を披《ひら》き、読んだ。

鐘四郎がかたわらから磐音の顔色を読むように凝視していた。

二度読み返した磐音が鐘四郎に書状を差し出すと、佐々木道場時代からの兄弟子が即座に受け取って読み始めた。

磐音は短い文面を何度も脳裏に浮かべて検討した。

「この話、喜ぶべきことなのか」

書状から目を上げた鐘四郎が自問するように呟いた。

「二十日以上も前に江戸帰着の日が指定されておったにも拘《かかわ》らず、なぜこの期《ご》におよんで甲府出立を三日、先任老中松平康福様は早めるような使者を出されたか」

と磐音も応じた。

磐音は速水一行の甲府出立にあわせ、明後日未明には江戸を発ち、大月あたりまで出迎えに向かおうと思っていた。だが速水左近にもたらされた松平康福の命により、磐音の心積もりに狂いが生じたのだ。

松平康福の娘は田沼意知の正室であった。田沼と松平両家は姻戚で結ばれていた。

「若先生、弥助どのの懸念があたっているのではございませぬか」

「老中松平康福様の使者がもたらした書状は偽書」

「あるいは田沼意知様が舅《しゅうと》の松平様を唆《そそのか》して書かせたか。いずれにしても速水左近様の江戸帰路が危のうござる」

「いかにも」

と磐音は思案に落ちた。

長い思案の間、鐘四郎は沈黙したまま磐音が口を開くのを待った。

「若先生、飛脚どのをおこん様に委《ゆだ》ねて参りました」

霧子は他用があるかという体《てい》で復命した。

「霧子、速水兄弟と小田平助どのをこれへ」

と命じた。

即刻、三人が呼ばれた。磐音は霧子もその場に残るように命じて、話し出した。

「杢之助どの、右近どの、お父上の江戸帰着が三日ほど早まった」

「えっ、すると父上はもはや甲府を出立しておられますか」

「おそらく本未明に甲府を発たれたと思われる」

「母上がきっと大喜びなされます。急ぎ屋敷に戻り、母上に知らせます」

と杢之助が答えた。

「杢之助どの、右近どの、三日早まった背景には、なんぞ企みが隠されているように思う」

と前置きした磐音は、弥助の懸念や磐音らの考えを兄弟に告げた。

「父上が道中で暗殺されると申されますか」

兄弟の顔から笑みが消えて、表情が強張《こわば》った。

「それはなんとしても避けねばならぬ」

と応じた磐音が、

「それがし、即刻甲州道中を走ることになる。杢之助どの、右近どの、お父上を危難からお救いいたすため、それがしに同道なさらぬか」

えっ、と兄弟の顔に緊張とともに喜びの表情が疾《はし》った。

「参ります。非力ながらわれら兄弟、父上の命、わが身に代えてもお救いします」

杢之助が健気《けなげ》にも答えていた。

「ならば即刻屋敷に戻り、旅仕度を整えなされ。霧子を従えます」

「はい」

二人が腰を上げようとするのを磐音は留めた。

「よいか、道場からの帰り道、お父上の江戸帰着が三日早まった知らせを素直に喜ぶ兄弟を演じなされ。この道場の界隈には田沼一派の密偵が潜んでおる。ゆえに必ずや飛脚が入ったことも、そなたらが慌ただしく屋敷に戻る道々も監視しておりましょう」

「つまり田沼の密偵を騙《だま》せばよいのですね」

と右近が言った。

「そのとおりです。こたびのお父上の帰府、狐と狸《たぬき》の化かし合いです。本心を隠し果《おお》せたほうが勝ちを得ます。われら、なんとしても速水左近様のおん身を無事に江戸に帰着させることに全力を尽くします」

磐音が兄弟に言い切り、杢之助が緊張の体で、右近のほうはにこやかな笑みで応じた。

「兄上、そのような顔で相手が騙せると思うてか」

「右近、この座敷に田沼派の密偵はおるまいが」

「それがいかぬ。心構えはすでに密偵に見張られている体で行動せねばならぬ」

と弟の右近が兄を窘め、磐音が大きく頷いた。

「若先生、私の役目はございますか」

霧子が磐音に問うた。

「ある」

磐音は兄弟の前で屋敷に戻る道々の注意を与え、さらに旅仕度で屋敷を抜け出る兄弟の手助けをなせと命じた。さらに磐音と霧子ら三人の合流の場と方策を指定した。

霧子が畏まって受けた。雑賀衆《さいかしゆう》に育てられ、神保小路の尚武館佐々木道場で修行を積んだ霧子だ、磐音が言わんとするところを即座に呑《の》み込んでいた。

「若先生、道場から何人連れて行かれますな」

「小田どの、それがし一人でよい。それより大事なことは、この尚武館坂崎道場です。本日も明日も、それがしや門弟衆がいつもどおりの稽古をなす日々を装《よそお》わねばなりませぬ」

「供は霧子と速水兄弟の三人と申されますか」

鐘四郎が反問した。

「田沼一派に騙された体を装うにはそれしかござらぬ。また後々、尚武館が大勢の門弟を動かしたことで差し障りが生じることも極力避けとうござる」

「若先生が不在となれば、代役はだれに」

「そこで師範の出番にございます」

「なにっ、それがしが坂崎磐音を演じますか」

「われら四人の密行が首尾よくいくも不首尾に終わるも、依田鐘四郎どのの名演技次第にございます」

「うーむ、できるかのう」

鐘四郎が呻き、さらに四半刻ほど打ち合わせが続いたあと、喜色満面の速水兄弟は声高に話しながら霧子が漕ぐ猪牙舟《ちょき》に乗って、尚武館坂崎道場前の船着場を離れていった。

二

翌朝六つ（午前六時）前、多摩川に架かる日野《ひの》の渡し場に磐音の姿があった。

日野の渡しは甲州道中府中《ふちゅう》宿と日野宿の間を流れる多摩川に設けられた渡し場だ。ただし、毎年四月から九月末までは船渡し、十月から三月の渇水期には土橋が架けられて渡し賃を徴収した。ために渡し船同様に六つにならなければ、橋は渡れなかった。多摩川は上流から筏《いかだ》の通行もあって、橋の収入は日野宿の貴重な財源であったのだ。

磐音は道中羽織の下に綿入れの袖無《そでな》しを着込み、冬仕度で塗笠《ぬりがさ》をかぶっていた。河原には府中宿から先行してきた旅人が何人か、橋が開けられるのを待っていた。だが、速水兄弟がいる様子はなかった。

磐音は前日の夕暮れ前、依田鐘四郎に扮《ふん》して尚武館坂崎道場を抜けると、依田邸に徒歩で入った。そこには重富利次郎が待ち受けていて、磐音の大小と旅仕度を持参していた。

磐音は鐘四郎の女房お市《いち》に、鐘四郎が磐音の代役をしばらく尚武館で務めることの許しを乞《こ》い、自らの旅仕度に着替えると、お市の見送りを受けて、内藤新宿へと向かった。その途次、同道してきた利次郎が、

「若先生、それがしの同道はなりませぬか」

と険しい顔で願った。

「利次郎どの、霧子の身を案じてのことであろうな」

「いえ、それがし、速水左近様の江戸帰着を少しでも手助けしたい一心にございます」

利次郎が言い切り、磐音が首肯《しゅこう》した。その上で、

「利次郎どの、田沼一派が坂崎道場に監視の眼を光らせているのです。いつもどおりの道場と思わせることも大事にござる。田沼一派はそれがしがいないと察したとき、道場を襲うやもしれぬ」

「えっ、それは考えませんでした」

「その折り、利次郎どのは小田平助どのや辰平どのらと力を合わせ、おこん、空也、早苗《さなえ》どのの身を守ってくだされ。それも速水左近様の江戸帰着を陰から助け

る大事な役目です」

磐音に切々と説得された利次郎は、

「それがし、浅慮《せんりよ》にございました」

と得心し、内藤新宿の大木戸から尚武館へと引き返していった。

利次郎と別れた磐音はゆったりとした歩みで夜旅を続け、頃合いを見て日野の渡し場に姿を見せたところだった。

朝靄《あさもや》が立つ多摩川の流れに架かる土橋の通行が始まった。旅人は十文の渡り賃を支払ったが、武家姿の磐音は支払う要はなく、橋役人に、

「渡らせてもらいます」

と声をかけて日野宿へと渡った。すると日野宿側に霧子が独り待ち受けていた。

「兄弟はすでに橋を渡っておられるか」

「夜半に日野の渡しに着いてみると、橋の番人の姿がなかったとか。兄弟いっしょに私が待つ川漁師の文吉《ぶんきち》さんの船小屋を訪ねてこられました」

と事情を告げた。

表猿楽町に戻った兄弟二人は、母の和子に事情を告げ、磐音に同道して旅に出ることになった旨の許しを乞うた。

「杢之助、右近、父上の危難は速水家、ひいてはそなたらの行く末を決するほどの大事です。命を捨てる覚悟で尚武館の若先生に従いなされ」

和子は磐音の旅に加わることを即刻許した。

霧子は兄弟の出立に先立ち、独り速水邸を抜けると、磐音から命じられたことを手配するために日野宿へと走った。

さらに一刻半（三時間）ほど後に、兄弟二人だけが夜旅を敢行して日野の渡し場に辿《たど》り着いたことになる。

「昨夜は体を休められたのだな」

「二刻半ほど仮眠をとられました。緊張もあってか、杢之助様は眠りの浅い様子でした。右近様のほうが度胸はすわっておいでで、鼾《いびき》をかいて眠っておられました」

「ふっふっふ、兄弟でもだいぶ気性が違うな。ともあれ少しでも体を休められたことはなによりであった」

霧子が磐音を日野の渡し場の上流に案内すると、朝靄の中に、
ひひーん
と馬の嘶《いなな》く声がした。

川漁師文吉の船小屋には四頭の馬が待ち受けていた。

文吉の船小屋の利用や馬の調達は、もともと速水左近の出迎えに向かおうとしていた磐音らのために、公儀御庭番衆の松浦弥助が女弟子の霧子に言い残しておいた急ぎ旅の方策の一つだ。

霧子は江戸から一気に八王子宿へと走り、八王子千人頭の上窪田《かみくぼた》小介《こすけ》から四頭の馬を借り受けていた。同時に上窪田は八王子千人同心の御用手形を霧子に持たせてくれた。

「若先生だ」

旅仕度の杢之助が安堵の声で迎えた。

「少しは休まれたそうじゃな」

兄弟に声をかけた磐音は文吉に礼を述べると、霧子を見た。

「文吉さんに費《つい》えを支払おうとしましたが、弥助師匠からすべて先払いで頂戴しているからと、受け取っていただけませんでした」

「それは困ったな。じゃが、ここは弥助どのの手配に素直に従おうか」

磐音の言葉を聞いた文吉が黙って頷いた。

「よし、いささか急ぎ旅になる。それがしが先に立ち、杢之助どの、右近どのの順で、しんがりを霧子が務める。よいな」

「畏まりました」

武家の心得として速水兄弟は乗馬を習ってはいた。だが馬場調練で、実際に遠乗りするのは初めての経験だった。

「よし、小仏峠まではゆっくりと並足で参る。無理に手綱を使わずにな、先行するそれがしの馬の動きに従うように乗りなされ」

注意した磐音は兄弟二人が鞍《くら》に跨《また》がったのを見届けて、自らも騎乗した。最後に霧子がひらりと飛び乗り、

「文吉さん、世話になりました」

と礼の言葉を残して、一行は多摩川土手から日野宿外れに上がっていった。

ゆったりとした足並みで日野宿から八王子まで一里二十七丁を連行していくと、杢之助も右近もだんだんと馬に慣れた様子があった。

四騎が八王子横山宿を抜けたのが六つ半(午前七時)過ぎの刻限だ。さらに小仏峠を前にした駒木野《こまきの》へと並足から速足に変えて向かった。

駒木野宿の茶店で馬を留め、朝餉《あさげ》を摂《と》ることにした。

「若先生、父上一行は今頃どこを江戸に向かっておられましょうか」

李之助が父親の身を案じた。

「速水左近様一行が、いつ甲府を発たれたか判然とせぬゆえ、推測でしか答えられませぬ。三日前倒しの命に従っておられるならば、甲府を出立して二日目の旅に入っておられましょう。双方の旅が順調ならば、今夕にも甲州道中のどこかで出会うことになるはずだが、そううまくはいきますまい。田沼一派が食らいついていることは明白でしょうからな。なんとしても明日、大月あたりで出会えればよいのですが」

磐音は願望を込めて兄弟に応えていた。

霧子が朝餉四人分の注文をして、炊き立ての麦飯、とろろ汁、香《こう》の物が平膳で供された。

「兄上、このどろりとしたものはなにか」

右近が李之助に訊いた。兄の顔が横に振られた。

「そなたらはとろろ汁を食するのは初めてかな。山芋を擂《す》り下ろして味噌《みそ》仕立てのだし汁で溶いたものでな、腹ごなれもよく滋養もある。なにより麦飯にかけて食すると美味《うま》いぞ。初めての食べ物に出会えるのも旅の醍醐味じゃ。それがしが手本を示そう」

磐音は膳に向かい、合掌すると、丼に盛られた麦飯にとろろ汁をかけ、

「とろろ飯を食するに作法はなしじゃ。するすると掻き込むのが美味い。ご覧なされ」

と一気に掻き込んだ。ふだん食べ物を前にすると周囲の出来事など忘れ、食することのみに没入する磐音は、旅は初めての兄弟を同道し、また待ち受ける危難を考えて、早飯をしてみせた。それを見た弟の右近が真似《まね》をしてとろろ汁をかけた麦飯を恐る恐る食すると、

「おお、これは美味じゃ。兄上、旅に出ると珍しいものに出会うものじゃな」

と一気に啜《すす》り込んだ。

「右近、父上が危難に遭《お》うておられるやもしれぬのだ。ようもそのように食べられるな」

「兄上、それはそれ、これはこれじゃぞ。また、腹が減っては戦《いくさ》はできぬというではないか」

「右近どの、いかにもさようです。杢之助どの、体を休めるのも食事を摂るのも大事の前の心得です」

「はい」

と杢之助が応じてとろろ汁を食し、

「右近、いかにも美味な食べ物じゃな」

と満足げに微笑《ほほえ》んだ。それを見た霧子が最後にとろろ汁を食べ始めた。

笹子峠での急襲を北村小三郎の知恵で切り抜けた速水左近一行は、甲州道中の名所の一つ、矢立《やたて》の杉を経て、小田原・沼津道との合流点、追分の手前辺りに差しかかっていた。そこで新たなる難儀が降りかかった。老中間の猪造が右足を捻《ひね》って痛めたのだ。ともかく追分の茶店に運び込み、応急の手当てをした。

「殿様、歩けます」

と言い張る猪造を、折りよく峠道を下ってきた山駕籠《やまかご》に乗せて、まずは黒野田宿へと向かうことにした。猪造が足を痛めたために予定外の半刻を空費することになった。

弥助は街道の先に田沼一派の待ち伏せはないかを確かめるため、追分から一行より先行することになった。

弥助は今宵の待ち合わせ場所を黒野田宿の黒《くろ》もじ屋なる旅籠《はたご》と言い残した。むろん甲府勤番支配から奏者番に補職される速水左近は、本陣に泊まる身分であった。だが、田沼一派の襲撃を考えたとき、本陣に同宿する武家らの迷惑を考え、速水は弥助と相談の上、避けたのだ。

「殿様、すまねえです」

山駕籠の中から何度も詫《わ》びる老中間に寄り添い、一行が黒野田宿の黒もじ屋に到着したのは七つ半（午後五時）の頃合いだった。この宿場、古くは、

「黒坔《くろぬた》」

と記された笹子峠への東の登り口だ。

甲府城下から七里余を歩いたことになる。

大勢の見送りを受け、何度も足を止めたことやらを考えたとき、初日にしてはなかなかの道中であった。だが、猪造が足を痛めたのは致命的で、いささか明日からの旅が気がかりになった。

黒もじ屋には弥助が三畳の控え部屋付きの座敷に予約を入れていた。だが、弥助の姿はなかった。まず小三郎が番頭に、

「同道の者が足を痛めた。この宿場に医師はおるまいな」

と尋ねたが、

「この界隈で医者がいるのは大月宿にございますだ」

との返答だった。

「致し方ない。なんぞ薬の備えはないか」

「どれどれ」

山駕籠から下りて、上がりかまちに腰を下ろした猪造の右足を見た番頭が、

「だいぶ捻っただね、腫《は》れも熱も出ているだ。二、三日休ませたほうがいいだ。その間に熱もとれよう。冷やすしかあるめえ」

との返答だ。

「休養がいちばんということは分かっておるが」

速水左近が呟いた。それができないのが今の道中だった。ともかく控え部屋に猪造を入れ、平八が桶《おけ》に湧き水を張って手拭いで冷やすことになった。

「他の衆は湯に浸《つ》かってくれろ」

番頭が速水らに命じた。

「殿様、明日からのことは、弥助どのが戻られての相談といたしましょう。まずは殿様が湯をお使いください」

と小三郎も願った。

「殿様と一緒に家来衆も入ってくれるとうちは助かるがな」

と番頭が催促した。

わずか三人の従者を連れた武家が甲府勤番支配を務めた大身旗本とは、黒もじ屋では考えもしなかったようで強引だ。

「殿様とともに湯に入れるものか」

と抗《あらが》う小三郎に、

「これも旅の一興。小三郎、湯殿に案内せえ」

と速水が気軽に番頭の催促を受けた。

湯殿には先客が三人ばかりいたが、小三郎が、

「相湯を頼む」

と願うと、

「へえへえ、私どもはそろそろ上がるところでございますよ。どうぞごゆっくり
とお使いください」

と先客が快く交替してくれた。

「殿様、猪造の捻挫《ねんざ》はいささか慮外のことにございましたな」

湯を速水の背中にかけ流しながら小三郎が言った。

「小三郎、笹子峠に武田衆の遺臣、ご浪人さま一統を待機させたほどの知恵者で

はないか。なんぞ新たな知恵を絞れぬか」

速水は湯船に入ろうと立ち上がって、小三郎に笑いかけた。

「殿様、知恵は昨日一日で使い果たしました」

どこか得意げな顔で答えた小三郎だったが、

「笹子峠を越えられたのは幸いにございましたが、猪造爺の捻挫にはいささか参りましたな」

と案じ顔をし、話題を元に戻した。

「なにか、策はないか」

「ございます」

と答えた小三郎が、

「湯船にご一緒させてもらってようございますか」

と許しを乞うた。

「遠慮はいらぬ。相湯相部屋は旅の作法じゃ」

「この旅籠の番頭め、殿様が奏者番に就かれる幕閣の一人と知ったら腰を抜かしましょうな。いや、湯から上がったらこっそりと告げておきますか。待遇がいささかよくなるやもしれませぬ」

「そのようなことを持ち出すのは野暮の骨頂ぞ、やめておけ。それより猪造の捻挫を治す手でも考えたか」

「いえ、そうではございません。最前、捻った患部を診《み》ましたが、ぷっくりと腫れております。腫れが引くだけでも二、三日はかかりましょう」

と素人《しろうと》の診立てを披露《ひろう》した小三郎が、

「猪造をこの旅籠に残して、われら三人に弥助どのを加えて江戸に戻るのです。猪造はここで十分に静養して歩けるようになったら、独り江戸に帰ってくればよいことです」

小三郎の策を聞いた速水が、
ふうっ
と一つ溜息をついた。

「だめにございますか」

「われら四人、甲府に山流しに遭っておった同胞じゃぞ。猪造とて三年ぶりに江戸に戻るのを楽しみにしておろう。表猿楽町の屋敷に戻り、奥に『猪造はどうしました』と問われて、なんと答えるな。『笹子峠下の旅籠に独り残してきた』などと答えられるものか」

ふうっ

とこんどは小三郎が溜息を吐いた。

「奥方様はお優しいお方ですからな」

と応じたとき、脱衣場に人の気配がして、

「相湯を願います」

と弥助が姿を見せた。

「ご苦労であったな。どちらまで行ってきたな」

「大月宿まで走りましてございます」

「さすがは公方《くぼう》様に仕える密偵どのよのう」

速水左近が囁いた。

「速水様、仔細あって吹上組を抜け、尚武館坂崎道場の奉公人に転じましてございます」

「あれこれと波風を立てるお方がおられるでな」

「いかにもさようにございます。その波風の主の意を汲《く》んだ面々の先遣組が、大月に姿を見せております。どうやら速水様が大月を通過なされたあと、先遣組がこちらの後ろに付き、後遣組が行く手を塞いで、一気に押し潰す策のようにございます」

「な、なんと」

と小三郎が呻いた。

「そればかりではありませんぞ、北村様。猟師を雇い、鉄砲まで用意しておる様子にございますよ」

「あ、相手は何人と見ればようございますな」

小三郎が性急に弥助に訊いた。

「先遣組が十一人に猟師が二人、後遣組もその程度の数はおりましょうな。ともかく速水左近様に小仏峠を越えさせてはならぬと厳命されておる様子で、えらく張り切っております」

弥助が平然と言った。

「猪造爺は足を痛めた。田沼一派は手ぐすねを引いている。援軍はあと一日二日かかりましょうな」

「はて、どうしたものか」

と弥助と速水左近が湯殿で掛け合い、

「失礼します」

とかけ湯を使った弥助が湯船に入ってきた。

三

磐音ら四人は小仏峠から小原《おばら》宿へ、さらに与瀬《よせ》、吉野《よしの》、関野《せきの》、上野原《うえのはら》、鶴川《つるかわ》、野田尻《のたじり》、犬目《いぬめ》宿と騎馬行で順調に進んだ。

旅の二日目は、日野の渡し場での合流にはじまり、小さな宿場犬目泊で終えた。

馬を伝馬宿に預けて世話を願った霧子は、磐音ら三人を旅籠に残すと甲州道中の夕闇《ゆうやみ》に溶け込むように姿を消した。

兄弟が言葉もなく霧子の動きを見送っていた。磐音の命で霧子は動いているわけではない。主の考えを読んで、無言裡に行動する。そのことに磐音はなにも言わない。そこには確乎《かっこ》とした信頼の絆《きずな》があった。

「どうなされた」

「いつもの霧子さんではないような」

「顔が険しゅうございますな」

兄弟が磐音の問いに応えた。

「人には外見から見えぬ生き方があるものです。霧子は尚武館で見せる女門弟の顔とは別の来し方を生きてきたのです。旅を続ければそなたらも自ずと、実の父母の顔も知らぬ霧子がどのような生き方をしてきたか学ぶやもしれぬ。いえ、学ばねばなりませぬ」

と言うと、旅籠の裏手を流れる川に兄弟を連れていった。

磐音が顔や手足を洗い、兄弟も真似た。この旅籠には湯などないことを、旅籠の質素な構えから察していたからだ。

犬目宿は、

〈狗目嶺《いぬめとうげ》とて一郡の内にて極めて高き所なり。房総の海まで見え、坤位《こんい》（南西）には富士山聳《そび》えて霄漢《しょうかん》を衝き、其眺望奇絶たる所なり〉

と道中記に記される。

磐音は旅籠の裏手の小高い岩場に兄弟二人を案内すると、杢之助も右近も周囲に展開される絶景にしばし言葉を失った。

磐音は数年前、南町の御用で甲州道中を木下一郎太《きのしたいちろうた》に同道したことがあった。その折り、犬目宿に絶景の地があることを知り、速水兄弟を旅籠の裏手に案内したのだ。

「このように大きな富士は見たことがない」

杢之助が驚きから覚めたように呟いた。

「兄上、旅はあれこれと教えてくれるものですね」

「右近、そのような呑気なことではないぞ。父上は三年余もかような山の中で過ごされたのだ。考えもしなかった」

「杢之助どの、甲府は武田信玄公の居城があった地、かような山中ではございますまいが、それでも江戸とは比較にもなりません。ご苦労なされたことは確かにござろう」

「本日、父と出会うことができませんでした。明日には必ず会えますね」

「右近どの、そう願いたいものじゃ。されど田沼一派も必死、そう容易に再会が叶うとも思えません」

磐音は岩場を下りて、旅籠に戻った。

霧子が戻ってきたのは、磐音たちが部屋に落ち着いて半刻後のことだった。

「若先生、速水左近様一行がまだこの界隈を通られた様子はございません」

「この山道、すれ違えば分かりますものね」

霧子の報告に右近が答えていた。

「右近様、お父上には弥助様が従っておられます」

とだけ霧子が右近に応え、

「どうやら江戸から出張《でば》ってきた剣術家らが、大月辺りで速水様方を待ち構えているようにございます」

「まだ田沼一派も速水様方と遭遇してはおらぬのだな」

「その様子はございません。あれば甲州道中に緊張が走るものですが、そのような気配は、これまで通ってきた宿場からは感じられませんでした。おそらく弥助様があれこれと策を立てられ、甲州道中の間道を使ったりしながら、田沼一派を避けておられるのだと思います」

「ご苦労であったな。ならば夕餉にいたそうか」

磐音が膳の仕度を願った。

今津屋《いまづや》の老分《ろうぶん》番頭の由蔵《よしぞう》は、小梅村を訪ねる用事がなにかないかと最前から考えていたが、思いつかなかった。そろそろ空也の顔を見たいと思っていたのだが、いくらなんでも、

「小梅村に空也様の顔を見に行って参ります」

とは他の奉公人の手前、主《あるじ》の吉右衛門《きちえもん》に願えるわけもなかった。

(どうしたものか)

思案する由蔵を手代の宮松《みやまつ》が窺い、

(老分さん、体でも悪いのだろうか)

と考え、

(いや、違う。きっと小梅村の空也様の顔が見たいのだ)

と思い当たった。

「老分さん、ちょいと小梅村に行き、空也様の様子を窺ってきましょうか」

由蔵が顔を上げ、じろりと手代の宮松を睨んだ。

「宮松、なにを考えておいでです」

「いえ、老分さんが空也様のことを案じておられるかと思いまして」

「余計なお節介です。私は仕事の手順を考えていたところです。それを小梅村の空也様のことを考えておるなどと思い違いも甚《はなは》だしい。宮松、他人のことばかり気にしているのは仕事が疎《おろそ》かになっている証《あかし》です」

と宮松がこっぴどく叱《しか》られ、しゅんとなった。

(これでいよいよ小梅村には訪ねていけませぬな)

と由蔵はがっかりした。

磐音一行の旅も三日目、馬に乗ったり、時には下りて手綱を引いたりしながら、犬目宿より一里六丁先の下鳥沢《しもとりさわ》、上鳥沢《かみとりさわ》、猿橋《さるはし》、駒橋《こまはし》、そして大月宿外れまで来たところでこの日、先頭に立っていた霧子が鞍から下りた。そして街道から外れた神社の境内《けいだい》に入っていく。

磐音らも黙って霧子に従った。

「若先生、騎馬四頭では目立ちます。この大月宿で馬を捨てたほうがよかろうと思いますが、いかがですか」

と磐音に問うた。

「ならば、大月の伝馬宿に馬を預け、八王子千人同心の厩《うまや》に送ってもらうか」

磐音の返答に頷いた霧子が、

「右近様、お手伝い願えますか」

と右近に話しかけた。

「霧子さん、なにをすればよい」

「腰の大小を抜いて衣服も脱がれ、この竹籠《たけかご》に入れてくださいな。こちらのものに着替えてくださいまし」

　土地の杣人《そまびと》が着るようなぼろ着とちびた草履を出した。

「まるで馬方にでもなった気分じゃぞ、おもしろい」

　右近の顔を霧子が手際よく泥で汚し、使い込んだ手拭いで頬被《ほおかむ》りをさせると、たちまちこの界隈の杣人か馬方が出来上がった。

　霧子も拝殿後ろにしばし姿を消していたが、次に現れたときには村の姉様に変わっていた。それまでの衣服を竹籠に入れて、霧子が負い、右近と二頭ずつの手綱を引いて、甲州道中に沿って流れる桂川《かつらがわ》へと下りていった。

「驚きました。一瞬のうちに右近が別人になりました」

「あれが霧子の一面です」

　と笑った磐音は、

「さて、われらも参りましょうか」

「霧子さんと右近とはどこで会えるのですか」

　と杢之助がそのことを案じた。

「霧子がわれらの姿を見つけてくれます」

　大月宿は古《いにしえ》、駒橋と一村だったとか。

磐音と杢之助の二人は大月宿を通過するとき、監視の眼に晒《さら》された。問屋場で声高に話す声が街道まで聞こえてきた。

「なんでもお武家の一行を、江戸から来た一団が捕らえたというだ。なにごとだべ」

杢之助がどきりとして足を止めようとした。だが、磐音は歩みを緩めただけだったので杢之助も従わざるを得なかった。

「どっちも怪しい話だよ。数日前から甲州屋《こうしゅうや》に逗留《とうりゅう》している面々は怪しげな剣術家だし、捕まった武家一行は、この前まで富士道の三つ叉《また》で芝居を打っていた川《かわ》上又五《かみまたご》郎《ろう》一座の面々というだ」

「そりゃ、またどういうことか」

「分からねえ」

二人は道中を急ぐ旅人のように大月宿を通り過ぎた。

「お父上一行ではありますまい」

「なにが起こっているのでしょうか」

「田沼一派が手当たり次第に江戸に向かう武家一行を捕まえているということしか分かりません」

大月を過ぎると、磐音と杢之助の前には下と上の花咲《はなさき》の郷が待っていた。

上花咲を過ぎたとき、霧子と右近が上花咲宿の西外れにある善福寺《ぜんぷくじ》の山門から不意に姿を見せ、磐音たちに合流した。

「右近、何事もなかったか」

「霧子さんはまるで在所の娘のような訛《なま》りで話されるぞ」

「そなたの役目はなんだった」

「ふっふっふ、霧子さんに一言も喋《しゃべ》ってはならぬと禁じられたゆえ、私は馬鹿な弟に徹しておった」

「それは地でいけよう」

「兄上、それはなかろう」

道中も三日目に入り、兄弟もだんだんと旅慣れてきたようだ。

武家姿の磐音らに付かず離れず竹籠を負った霧子と右近が従い、霧子は宿場外れを示す棒杭や道しるべを調べつつ、さらに下初狩《しもはつかり》、中初狩《なかはつかり》、白野《しらの》と進んだが、未だ速水左近の一行と出会うことはなかった。街道の前後を見て、人目がないのを確かめた霧子と右近が磐音らに近付き、

「速水様方とそろそろ出会《でお》うてよいはずにございますが」

と首を傾《かし》げた。

「甲府出立がわれらの考えたよりも一日二日遅れたか、あるいは笹子峠でなんぞ異変に襲われたか」

訝しく思いながらも磐音一行は、白野から阿弥陀《あみだ》海道《かいどう》と称される甲州道中に入った。

〈此地一名を葦が窪といへり。駅の南に阿弥陀堂あり〉

古い道中記に記されるために格別にこの界隈の甲州道中を阿弥陀海道と称し、宿場も阿弥陀海道宿と呼ばれた。

霧子は阿弥陀海道に入ったところで磐音らの足を止めさせ、

「若先生、しばらくあの茶店でお待ち願えませぬか。私がこの先の宿場までひとっ走りして参ります」

と言い残すと、たちまち姿を消した。

「どう考えても、それがしが知る霧子さんではないぞ」

と李之助が呟く。

霧子は四半刻を過ぎた頃合い、戻ってきた。その顔には驚きがあった。

「どうしたな、霧子」

「一昨夜、速水様方はこの宿場の一つ先、黒野田の旅籠黒もじ屋にお泊まりになったそうです」

「では、われらとすれ違いましたか」

と右近が反問した。

「いえ、道中ではすれ違《ちご》うてはおりませぬ」

と訝しい顔で答えた霧子は、老中間の猪造に変事があって馬に乗って旅していることを告げた。すると磐音がしばらく沈思し、

「霧子、ついうっかりしていたやもしれぬ。大月宿で噂されていた話がある」

と問屋場から聞こえた話を告げた。それを聞いた霧子が、

「若先生、急ぎ大月宿まで戻らねばなりませぬ。なにか目印を見落としたかもしれませぬ」

と険しい表情に変えて答えた。

茶店を出た四人は暮れなずむ光と競い合いながら、最前通り抜けた白野宿まで戻った。霧子は宿場のあちらこちらに目を凝《こ》らしてさらに進んだ。険しい霧子の顔が不意に穏やかなものに変わったのは、中初狩を過ぎた伝馬問屋の前で、馬方

見習いの小僧の首に巻かれた黄色の布を見たときだ。

「小僧さん、その黄色の布をどうなされました。いえ、ちょいと知りたいことがございましてね、お尋ねしているだけです」

と霧子が優しい口調で尋ねると、

「ああ、これだか。真木《まぎ》の野地蔵《のじぞう》の首に巻かれていたでな、おれが頂戴しただ。昼過ぎから寒くなったでな、こうして首に巻いただよ」

と首から外して霧子に見せた。霧子は幼い馬方見習いの温《ぬく》もりが残る布きれを確かめていたが、

「若先生、ご一行は道を外されました」

と確信を持って告げた。

速水左近の一行は、甲州道中の大月宿手前の真木の郷の三つ叉で街道を外れ、大月宿を北の山道で迂回し、岩殿《いわとの》山の東側から小菅《こすげ》村に向かう裏街道に入っていた。そして、岐《わか》れ道の真木の野地蔵に霧子への、

「つなぎ」

の黄布を巻き付けることを忘れなかった。

だが、そのつなぎ布を若い馬子が拝借したことで、霧子は弥助らの旅程変更に気付かなかった。

ともあれ速水一行は、足首を捻挫した猪造を荷馬の鞍に乗せて、甲州道中の抜け道を知り尽くした老練な馬方に導かれて山道に入った。それは一日二分という法外な案内料の馬方を雇ったからできたことだった。

この日、弥助は休みなしの道中を速水左近に願い、そのために黒もじ屋で握り飯を用意させていた。

畑倉《はたぐら》、小和田《こわだ》、田無瀬《たむせ》、駒宮《こまみや》、六ッ原、川津畑《かわつばたけ》、上和田《かみわだ》と葛野《かずの》川沿《がわ》いの険しい山道をひたすら進んだ。

「猪造、大丈夫か」

と時折り北村小三郎が老中間に声をかけた。

「わしはもう痛みは消えました。北村様、殿様に馬に乗っていただくように願《ねご》うてください」

と鞍の上から猪造が哀願したが、

「戦場《いくさば》では大将の命に従うのが家来の務めぞ」

と速水は一顧だにしない。

「速水様、今日と明日の勝負にございますよ。あの芝居者が田沼一派をどれだけのあいだ騙して足止めしてくれるか。わっしらがどこで道を変えたかに気付くまでに一日、いえ半日でいい、稼いでくれると大助かりでございますがね。そうればこの先の小菅村で猪造さんを一日ほど休められる」

「弥助、まさか芝居者がわれらの代役を務めてくれるとはな。そなたが黒もじ屋にあの者たちを連れてきておるとは、湯から上がって仰天いたしたぞ」

「ふっふっふ」

と笑った弥助が、

「いえね、大月宿外れで小屋掛け芝居の小屋を見ましてね、ちょいと思い付いたのでございますよ。一人頭一分、五人で一両一分と高い雇い賃でしたが、これがどこまで功を奏するか」

「われら五人の命の値段である、安いものじゃ。芝居小屋を見たからというて、かような策をようも思い付いたものよのう」

「速水様、この企てには先例がございますので」

弥助が照れ笑いした。

「ほう、例があるというか」

「尚武館の若先生一行が六郷《ろくごう》の渡しに差しかかった折りのことにございます。田沼一派が六郷の渡し場で若先生方の江戸入りを阻もうと待ち受けているのは、それまでの道中の様子で分かっておりました。実際、奴らは火縄銃まで持ち出し、なにがなんでも阻止しようと待ち受けていたのでございますよ。そのことは速水様もご存じではございますまいな」

「なに、初めて聞いた話じゃぞ。坂崎夫婦は、幼い空也どのを連れてようも切り抜けられたな」

「へえ、それが一行の長《おさ》は尚武館の若先生に非《あら》ずでございましてね」

「なにっ、六郷の渡しに姿を見せたのは坂崎一家ではないのか」

「へえ、神奈川宿のことにございます。その旅籠に大山詣《もう》でを済ませた品川柳次郎《しながわりゅうじろう》、お有《ゆう》夫婦が実兄から借り受けた子の手を引き、密かに待ち受けておりましてね。お有さんは腹を突き出した形《なり》でございました。その夜のうちに坂崎夫婦と品川夫婦の二組がすり替わり、わっしら従者たちは偽の坂崎夫婦、つまりは品川夫婦に従って六郷の渡し場に到着したのでございますよ。それを田沼一派に金で命じられた川役人が身許《みもと》改めをしましたが、御家人品川夫婦と知ったときの驚いた顔ったらございませんでしたよ」

「なんと、さような手を使い、最後の危難を切り抜けたか。それでほんものの坂崎一家はどうしたな」

「夜半にご一家だけで神奈川宿を抜け出て、六郷の渡しより上流の丸子《まりこ》の渡し場に向かわれました。そこには小田平助様お一人が迎えに出ておりまして、密かに借り受けた川舟で多摩川を渡り、さらに身重のおこんさんと空也様をあんぽつ駕籠に乗せ、中原往還を使って江戸へと戻られましたんで。わっしは、この手のもじりを甲州道中でも使ってみたのでございますよ」

「なんとのう」

「若先生方は多摩川を渡れば江戸は間近にございましたが、わっしらの前には山また山の旅路が待っております。まだまだこの数日気が抜けません」

弥助が気を引き締めた。

この日、速水左近の一行は、猪造を鞍に乗せた馬方の道案内で小菅村に向かう山道をひたすら進んだ。

大月宿から小菅村への山道九里余の難所は、海抜三千七百五十尺余の松姫《まつひめ》峠だ。老練な馬方がいなければ日が落ちての峠越えは無理であったろう。提灯を灯《とも》し、峠を越えて小菅村に着いたのは、夜の四つ（午後十時）時分のことだった。

「猪造、よう頑張ったな。様子次第じゃが明日一日、この郷で休養できよう」

速水左近が老中間を労《ねぎら》い、馬方雲十《くもじゅう》の知り合いの家に二夜の宿を頼むことになった。

「老分さん、体の具合でも悪いのではありませんか」

とお佐紀《さき》に尋ねられた由蔵が、

「お佐紀様、私はどこも悪くなどございませんぞ」

と答えたのは、奥座敷へ帳面を持参して吉右衛門に見せているときのことだ。

なんども溜息を吐く由蔵を見て、お佐紀が堪《たま》らず問うたのだ。

「とすると、空也様に会いたい病に罹《かか》られましたか。うちの一太郎《いちたろう》は大きくなり、空也様のように可愛い盛りは過ぎましたからね」

「なにを仰いますな。私はなにもおこんさんのお子に会いたいなどと考えたこともございませんよ」

「そうでしょうか。おこん様は老分さんの娘同然のお人です。空也様は孫にも等しゅうございましょう。なにも痩せ我慢をなさらず、明日あたり小梅村を訪ねられてはいかがですか」

「お佐紀様、私には務めがございますでな」

と由蔵が頑固に言い、帳面を吉右衛門から受け取るとそそくさと店に戻っていった。

「いつまで老分さんの痩せ我慢が続きますかな」

と吉右衛門がお佐紀に笑いかけたものだ。


速水左近一行が小菅村にて二泊目の晩を迎えた日、坂崎磐音一行四人は大月外れの旅籠に泊まっていた。

その日、馬方見習いの小僧の首に黄色の布を見つけた霧子は、いつものように独り田沼一派の動静を探りに宿場に出た。そして、一刻後に旅籠に戻ってきた霧子は、弥助が企てたと思える田舎《いなか》芝居の役者とのすり替わりの話を仕入れてきて、磐音らに告げた。

「おやおや、弥助どのもあれこれと考えられたようじゃな」

「師匠はきっと、六郷の渡し場と同様の策を繰り返されたのでございますよ」

「なるほど。で、芝居者たちはなんのお咎《とが》めもないのであろうか」

「次なる興行の宣伝のためにかような形《なり》をしたと申したそうで、田沼一派にだいぶ怒鳴られたそうですが、大月宿の宿場役人の見ている前のことです。それ以上のことはできず、放免されたそうです」

「それはよかった」

と磐音が応じて、長い一日が終わった。

四

霧子は葛野川の河原を飛ぶように走っていた。

磐音、李之助、右近兄弟ら三人に追いつくためだ。

物心つくかつかないうちに攫《さら》われ、下忍《しのび》集団の雑賀衆に育てられた霧子にとって山は故郷だ。初めての山でも、稜線や谷底を伝う流れを見て、どこをどう辿ればば山間を少しでも早く抜けられるか、推測できた。

大月外れの旅籠に泊まった四人はその朝、二手に分かれた。

磐音ら三人は小菅村への山道を辿り、霧子は田沼一派の様子を窺った上で磐音らを追うことが話し合いで決まったのだ。

田沼一派が宿泊する旅籠甲州屋はすぐに知れた。不逞《ふてい》の浪人らの出入りが激しいからだ。また旅籠の裏手には馬が待機させられていた。

速水左近らを見失った田沼一派は、甲州道中や桂川沿いを道志村《どうし》に向かう道に配下の者を派遣して、姿を消した一行の行方を探っていた。

速水左近の江戸戻りをなんとしても阻止せよとの厳命が神田橋《かんだばし》から出ているようで、それだけに成功報酬として大金を約束された一派の面々は張り切っていた。

霧子が甲州屋の床下に潜り込み、一党を率いているのが、神巌一刀流《しんげんいっとう》池谷倭一郎《いけがやわいちろう》なる壮年の剣術家であることが分かった。西国訛りから察して肥後《ひご》熊本辺りの生まれかと察せられた。

霧子は相手に気取《けど》られないぎりぎりのところで神経を集中して、人の出入りや会話を探った。

「吉川《よしかわ》、われらが水底から水面に躍り出る好機ぞ。六郷の渡しでしくじった面々が受けた仕打ちを見たか。極楽と地獄ならば、極楽に遊びたいものよ。なんとしてもやり遂げねばならぬ」

池谷は腹心と思える吉川某《なにがし》を叱咤《しった》して配下の者たちを鼓舞した。

夜明け前からいらいらしていた池谷に待ち望んでいた知らせが入ったのは、五つ半（午前九時）のことだった。

池谷一派に雇われていた上野原の猟師の一人が、速水左近と思える一行が甲州道中を外れて小菅村への山道に入ったという知らせを持ち帰ったのだ。一昨日のこととか。さらに一行が足を痛めた老中間を馬に乗せ、大月宿を迂回して山道に入ったのを見た土地の者が何人もいるという。

「池谷様、速水一行はわれらを騙さんと甲州道中を外れ、青梅往還に出る山道を選んだようです。二日ほど先行されておりますぞ」

「小菅村とな。この大月の東西南北のどっちにあたるか」

「お待ちくだされ」

吉川某が絵地図を調べているふうで、

「池谷様、大月のほぼ真北に当たります。小菅村は甲州にございますが、そこから東に向かえば国境を越えて武州《ぶしゅう》に入ることができます」

「二日も差をつけられたか」

「相手は怪我人を抱えての道中です。速水一行が目指すのは間違いなく青梅村でございます。池谷様らが馬にて追い詰めれば明日にも追いつきましょう。それがしも探索に出ている者を待って、池谷様方を追いかけます」

「よし、手配をいたせ」

池谷の決断で速水左近の暗殺団は二手に分かれた。

頭分の池谷倭一郎ら五人の剣術家に土地の猟師が道案内として付けられ、六頭の馬で大月宿から小菅村に向かうことになった。

そのことを確かめた霧子は甲州屋を抜け出ると、池谷らに先立ち、葛野川の河原を伝って、磐音らに追いつこうと走り始めたのだ。

霧子が葛野川の河原に入ってさらに四半刻後、六騎に跨った池谷らが山道に入っていった。だが、甲州の山道は険阻《けんそ》にしてくねくねと曲がり、狭かった。馬を走らせるなど至難のことだ。

一騎ずつ縦隊になり、鞍に縋《すが》りついて馬の歩みに任せるしかなかった。ために道案内の猟師と五騎の池谷らがだんだんと離れていった。

霧子は眺望が利く岩場で、あとから来る六騎がばらばらになったことを確かめた。

その霧子が山道を行く磐音ら三人の気配を感じたのは、松姫峠下の河原だった。

磐音は山道に慣れない杢之助、右近兄弟の足を考え、二人の足の運びに合わせて歩を進めていたからだ。

急ぐ要はなかった。

速水一行にはいずれ追いつくと思っていた。老中間の猪造が足を捻挫して馬に乗って旅をしていたからだ。ならば徒歩行でもなんとか間を詰められようと考えていた。

三人の背後の藪《やぶ》がざわざわと鳴り、不意に霧子が姿を見せた。大月から河原伝いに走ってきた霧子の額には汗が光り、頬が紅潮していたが、息は弾んでいなかった。磐音はさすがに雑賀衆に育てられた娘と感心しながらも、

「ご苦労であった」

と迎えた。

「これより一里ばかりあとを、六頭の馬に乗った者たちが追っております」

「ということは、その者らも速水左近様方の変心を察知したのじゃな」

「さようです」

と応じた霧子が大月宿で知った事実を磐音に告げた。

「霧子さん、朝からなにも食しておられませんね。われらは最前昼餉を食しましたぞ」

杢之助が霧子の腹具合を案じ、右近が霧子から預かっていた竹籠から竹皮包みの握り飯を出してくれた。

「ありがとうございます」

兄弟に礼を述べた霧子が腰に下げた袋の紐《ひも》を解いて、

「山歩きにはかようなものを持参します」

と胡桃《くるみ》などの木の実や干し山葡萄《やまぶどう》を出して見せた。

「これが霧子さんの食べ物ですか」

「木の実には滋養が含まれております。山猿や猪《いのしし》はそのことを知っているのです。食べてみますか」

右近が手を出して胡桃を食し、

「なかなか美味いが、握り飯には勝てぬな」

と呟き、霧子が苦笑いした。

「握り飯をいただきます」

竹皮包みを解いていた霧子が急に立ち上がった。

北東側の山の端から薄い黄色の煙が一筋立ち昇っているのを目に留めたのだ。

「若先生、速水様方にございます」

「狼煙《のろし》か」

「師匠が出迎えの私どもに位置を知らせるために上げられた狼煙にございます。

硫黄をまぶした狼煙は、難儀しておられることを知らせるものにございます。山道にして数里しか離れておりません。足を痛めた猪造さんを抱えての道中、思ったほど進んでおられませぬ。明朝にも田沼一派の馬に追いつかれます」

「そなたはまず握り飯を食して腹拵《はらごしら》えをせよ」

磐音が霧子に命じて、考えに落ちた。

霧子が二つの握り飯を食したとき、磐音が、

「追っ手を少しでも減らしておこうか」

と霧子に提案した。

「お任せください」

と霧子が頷いた。

「いや、そなたは朝から十分に働いておる。ここはわれらに任せよ」

「と申されますと」

「霧子、そなたは弥助どののもとに向かえ。われらが近くにいることを速水左近様方にお知らせするのじゃ。さすれば難儀しておられる一行も勇気づけられよう」

霧子が頷いた。

「国境を越えて武州に入れば多摩川の源流に行き着こう。そろそろ渇水期に入るが、もし川下りの船を雇えれば、江戸近くまで一気に下れる。弥助どのと協力し、その手配りをしてくれぬか」

「杢之助様と右近様はどうなされますか」

と霧子が訊いた。

「お二人はお父上の元気な姿を見たかろう。だが、この道中はお父上の手助けをしに参られたのだ。ひと働きしてもらおう」

磐音の言葉に兄弟が張り切った。

霧子が竹籠の中から革袋を取り出して腰に付け、さらに短弓を出して、

「若先生、相手はこの界隈の猟師が火縄銃を持って道案内しております。飛び道具を制するものは飛び道具にございます。残しておきましょうか」

と問うた。

「杢之助どの、右近どの、どちらか短弓は使えるか」

「父が弓稽古をしている折りに子供弓で遊んだ程度です」

と杢之助が答えるのへ、

「兄上、それがしにお任せあれ」

と言って右近は短弓と矢を五本、霧子から受け取った。そして、

「霧子さんの竹籠はなんでも入っておるな」

と笑った。

「かような背負い子《しょこ》は山歩きにはたいへん重宝します。なにより両手が使えますし、かなりのものを運べます」

「兄上と交替で負うてみたが、なかなか使い勝手がよいものじゃ。江戸に戻り、尚武館道場に通う折り、使おうかと思う」

「右近様、親御様がお許しになりますまい。奏者番のご子息がなさる形《なり》ではございません」

「兄上は速水家を継がれるが、私は部屋住みです。形などどうでもよかろうと思うがな」

「江戸に戻られ、旅で背負い子を負ったなど母上に仰ってはなりませぬ」

と願った霧子が、ひょいと背負い子を肩に担ぎ、

「若先生、のちほど」

と言い残して松姫峠から小菅村へと下っていった。

「四半刻もすれば追っ手がこの峠に差しかかる。手配りをしておこうか」

磐音が松姫峠の頂きの地形を見て、

「右近どのはあの岩場に上がり、鉄砲を持った猟師を牽制《けんせい》してくだされ。金に目が眩《くら》んで田沼一派の道案内に就いた者です。怪我を負わせる要はありません」

と命じると右近が畏まって岩場に上がった。

「杢之助どの、蔦葛《つたかずら》を探しましょうぞ」

磐音は峠の背後の崖地であけびの蔓《つる》を見つけて、脇差《わきざし》で三本ほど切り取った。その蔓を、杢之助と手分けして峠から小菅村への下り口に立つ杉木立の幹を利用して地表一尺ばかりの高さに三本、間隔をあけて括《くく》りつけた。その上に枯れ枝や葉を撒《ま》いて隠した。

「引っかかるかどうか、乗り手次第かな」

と呟いた磐音は、杢之助を道を挟んだ向かいの岩場の背後に控えさせた。さらに磐音は崖地に見つけた竹叢《たけむら》から手頃な径の竹を脇差で切り落とし、七尺ほどの長さのものを二本造り、一本を杢之助に渡した。

「この竹に蔓の先を結わい付け、駆け下りる馬の勢いにあわせて思いきり引きなされ」

「承知しました」

役目をもらった杢之助が張り切り、岩場の陰で仕掛けをつくり、蔓を張る動きを繰り返した。

頂きの岩場に伏せた右近から合図があったのはそれからすぐのことだ。

磐音は、あけびの蔓を仕掛けた場所からさらに七、八間先の坂道に竹棒を手に立った。峠を上がってきた乗馬の人間がすぐに目につく場所だった。

磐音が右近を見ると、短弓に矢を番《つが》えてすでに構えていた。

馬が嘶《いなな》いて、熊の皮の袖無しを着込んだ猟師が、背に火縄銃を斜めに負い、姿を見せた。すぐに磐音に気付いて、後ろから来る池谷倭一郎らに、

「待ち伏せがおるぞ！」

と叫んで教えた。すると、

「どけどけ！　わしが一番槍の手柄を立ててみせる」

と叫びながら猟師をかたわらに寄せた者があった。小脇に短槍を抱え込んだ武芸者が峠上へと飛び出してきたのだ。そして、馬腹を蹴ると磐音へと突進してきた。続いてもう一騎が従ってきた。

少し間をおいて三騎目が峠の頂きに辿り着いた。だが、先行する二騎の様子を見るためか、馬を止めた。

磐音は竹棒を、槍折れの片手回しの構えにおいた。

見る見る間合いが詰まり、短槍を突き出すように構えた武芸者があけびの蔓が仕掛けられた峠道に差しかかった。

突進してくる馬の勢いに合わせ、杢之助が仕掛けを引き、蔓を張った。ふいに馬が前足を取られて首を下げ、騎乗の武芸者は虚空に大きく投げ出されて峠道の笹藪へと転落した。

磐音は空の馬が必死で体勢を立て直し、磐音のほうによろめき来るのを見て手綱を摑み、

「杢之助どの、馬を頼む」

と手綱を投げた。

続いていた二騎目が蔓の手前で馬を制御しようとして、蔓に足を取られる前に落馬し、峠道に叩《たた》きつけられて気を失った。

「おのれ」

と叫んだ峠の頂きで様子を見ていた三人目の武芸者が、

「猟師、あやつを射止めよ」

と命じた。

鞍上で背中の火縄銃を下ろし、腰に付けてきた種火で火縄に火を付けようとした猟師の馬目がけて、右近が短弓から矢を放った。矢は馬の鼻面を掠《かす》め、

ひひーん！

と鳴いて棹立《さおだ》ちになり、猟師を峠道に振り落として、前方へと駆け出した。右近はさらに二本目の矢を番えて、峠の頂きで様子を見ていた三人目の武芸者に放った。

「わあっ！」

矢の奇襲に驚いた武芸者が自ら飛び降りたため、空馬が走り出した。馬から飛び降りた武芸者は峠道で転び、腰を打ったか、なかなか起き上がるふうはない。

「右近どの、こちらに参られよ」

磐音の命に右近が短弓を肩にかけると、三本の矢を手に岩場を下りてきた。磐音はもう一頭の馬の手綱を手にしていた。乗り手を振り落とした二頭は峠道を駆け下って姿を消していた。

興奮した右近が戻ってくると、磐音は手にした手綱を渡した。

「緒戦としてはなかなかのお手並みです」

と褒《ほ》めた磐音は、峠道に仕掛けたあけびの蔓を脇差で切って片付けた。

「霧子は六騎と言うておったな。少なくとも四人は脱落したことになる。霧子を追って進もうか。杢之助どの、右近どのと相乗りを願えますか」

磐音の命に杢之助が興奮した馬の首筋を撫《な》でて、

「どうどう」

と落ち着かせた。右近ももう一頭をなだめ、

「若先生、手綱を」

と磐音に返してくれた。

「杢之助どのと右近どのが先に進まれよ」

短槍の武芸者はぴくりともせずに峠道の崖下の笹藪に転がっていた。

「そのうち、仲間が参ろう。われらは先に進みますぞ」

磐音は竹棒を手に鞍に跨った。速水兄弟の相乗り馬が小菅村に向かって坂道を下り始め、その後に磐音が従った。
五、六丁下ったところに一頭の馬が止まっていた。右近が飛び下りて、馬に怪我がないか調べていたが、
ひらり
と鞍に飛び乗った。

杢之助、右近、磐音の順で鶴寝《つるね》山《やま》の東斜面を下っていった。どれほど進んだか、小菅村が眼下に見えてきた。

冬の陽射しが傾いて大菩薩嶺《だいぼさつとうげ》の向こうに消え、急に辺りが暗くなった。すると一頭の馬が村外れの渓流沿いでのんびりと草を食《は》んでいた。

磐音は馬から下りると手綱を取った。これで四頭が田沼一派からこちらに移ったことになる。

「若先生、どういたしますか」

「山道の夜旅は危なかろう。小菅村で一夜を明かすことになろうな」

「とても旅籠があるような村とも思えませぬが」

「お父上方も小菅村で夜を過ごされたはずだ。その家を探して願おうか」

磐音たちが四頭の馬の手綱を引いて村に入っていくと、村の入口に童が二人立っていた。兄と妹と思える二人だ。

「坂崎磐音様か」

十歳くらいの兄が磐音らに話しかけてきた。

「いかにも、それがしが坂崎磐音じゃが、そなたらは出迎えかな」

「霧子姉さんから、あとから三人の侍が下りてくるからと頼まれただ」

「霧子はどうしたな」

「先を急ぐと言うてな、うちから提灯を借り小河内《おごうち》に向かっていっただ。お父《とう》が、もうすぐ日が暮れる、夜道は危ねえと止めたが、姉さんは聞かなかったぞ」

と兄が答え、妹がうんうんと頷いた。

「昨夜、速水左近様と申されるお武家が小菅村に泊まったはずだが、知らぬか」

「馬方の雲十さんが案内してきただ。中間さんが足を怪我してな、今朝まで二つも泊まっていかれたぞ」

「速水様方は、そなたの家に二晩も厄介になられたか。そなたの家に案内してくれぬか、そなたの父御にわれらも一夜の宿りを願うでな」

「その馬はどうしただ」

霧子からは、徒歩の三人が峠道を下ってくると教えられていたのであろう。兄が尋ねた。

「山で出会うた。そなたの家で世話ができるか」

「うちには厩もあるぞ」

と妹が胸を張り、

「助かった」

と磐音が応じていた。

小菅村から遠く離れた江戸の小梅村の直心影流尚武館坂崎道場では、代役の依田鐘四郎が坂崎磐音を演じつつ、いつもの日課が険しくも行われていた。

この日、夕稽古が終わろうとした刻限、いつもは大人しい白山《はくさん》が尚武館の門前から道場を見て、

わんわん

といつまでも吠《ほ》えていた。

「これ、白山、無駄吠えするでない」

門番の季助《きすけ》がなだめたが、やめる様子がない。ちょうど稽古を終えた利次郎らが姿を見せて、

「いつもと様子が違うな」

と首を捻った。そこへ小田平助が姿を見せて、

「白山ば放してみらんね、季助さん」

と言った。そこで季助が放つと、白山は一目散に道場の床下に潜り込もうとした。

「若先生、だいか知らんがうちの床下に潜り込んだもんがおるたい。捕まえてくさ、白山の餌にしまっしょうかな」

小田平助が、道場にいる偽の道場主に言ったものだ。

「それも一案かな」

鐘四郎が磐音の体で鷹揚《おうよう》に返事をしたとき、白山に嚙《か》みつかれたか、慌てふためく動揺の声が床下から響いてきて、利次郎らが、

「盗人か」

「うちの道場に盗むものなどないぞ」

「ということは、だれかさんの差し金で潜り込んだか」

と言いながら、木刀を持った門弟らが道場をぐるりと囲んだ。

小田平助が辰平に、

「辰平さん、逃げ道ば作っちゃんない。白山に尻《しり》っぺたあたりを嚙まれて災難たいね」

小声で逃げ道まで指定して、道場の一角には門弟が配されなかった。その一角から黒装束の人影が飛び出したが、白山は破れた忍び袴に食らいついて放さなかった。

「白山、いい加減にせんな。若先生からお叱りを受けるばい」

平助の声にようやく白山が咥《くわ》えていた忍び袴を放すと、得意そうな顔で平助らのもとに戻ってきた。

「ようやったたいね。ばってん、ひどか怪我ば負わしちゃならんたいね」

平助に白山が頭を撫でられて、気の毒な茶番芝居は幕を閉じた。

第三章　待ち伏せ

一

多摩川の水源は秩父山地、雲取山《くもとりやま》付近にあった。支流の日原《にっぱら》川、秋川と相俟《あいま》って、三つの流れを形成する上流部は起伏があって谷幅が狭く、変化と迫力のある峡谷を形成していた。

速水左近一行は、青梅往還のそばを流れる渓流沿いを進んでいたが、鷹ノ巣山《たかすやま》から落ちてくる流れが多摩川へと合流する水根沢《みずねさわ》で身動きがつかなくなった。渓流沿いにあと一里も下れば青梅往還と日原街道、檜原《ひのはら》街道の三俣《みつまた》、氷川《ひかわ》郷に出る。だが、その手前で行く手を阻まれていた。流れにではない。

田沼意次一派は、速水左近らが甲州道中を外して江戸入りすることも想定し、甲州道中だけではなく青梅往還にも檜原街道にも江戸から人を派遣していた。

多摩川沿いの青梅往還には、田沼意次の嫡子《ちゃくし》意知が下知《げち》して田沼意知家御番衆組頭の毛呂山六蔵《もろやまろくぞう》を長に、選びぬいた剣術家十一人を配し、さらに小丹波《こたば》で雇った熊撃ち名人二人を加えて万全を期し、速水左近一行が下ってくるのを待ち受けていた。

当初十人を束ねる剣術家として、神田橋の田沼屋敷に逗留する客分土子順桂吉成《ひじこじゅんけいよしなり》を指名した。だが、土子は、

「それがし、群れをなして罪なき人士を襲うほど落ちぶれてはおりませぬ」

とあっさり断った。

土子は、鹿島神道流の達人福生帥兼《ふっさすいけん》が意次に推挙した剣術家だ。土子が意次の意を受け入れたのは、

「そなたの倒すべき相手はただ一人、直心影流尚武館佐々木道場の後継坂崎磐音」

と聞かされたからだ。

意知は致し方なく、青梅往還に派遣する長を家来の毛呂山六蔵に命じ、剣術家らの頭分に先軍一流小日向典膳《こひなたてんぜん》を指名し派遣していた。

速水左近らは小菅村から多摩川の深い流れを何度も行きつ戻りつしながら、水根沢の水根集落の手前までやってきた。そこで同道の弥助が冬を迎えた多摩川の水量を確かめ、

「この分ならば、ここから一里半ほど下った氷川郷辺りから船を雇えましょう。わっしがひとっ走り先行して船の手配をいたしますので、ゆっくりと下ってきてくだされ」

と速水らに言い残し、流れの左岸の山の斜面に分け入って姿を消した。

弥助は、小菅村で猪造のために予定を変えて一日休養したことが裏目に出るのではないかと案じていた。折角甲州道中から青梅往還に変えた奇策も、これで追いつかれるかもしれぬと懸念したのだ。だが、弥助はそのことを口にすることはなく、他の対応を考えることに専心した。

この朝、小菅村を出たのが遅い刻限ということもあって、さほど距離を稼いでいなかった。なんとしても船に速水一行を乗せて、明日にも二子《ふたご》の渡し場まで一気に下ることを考えていた。

弥助が一行と別れたのは冬の夕暮れが迫った頃合いだった。

「弥助さんがおられて助かります」

小三郎が、深い森林の薄闇《うすやみ》に溶け込んだ弥助から主《あるじ》に眼差《まなざ》しを向け直して言ったものだ。

「われらだけでは、甲州道中から青梅往還へと道を変えるなどという大技は思い付かぬでな」

速水も満足そうに微笑んだ。

「猪造、あと一里半、馬の鞍にしがみついておれば、船旅で楽に二子の渡しまで辿り着くぞ。明日には江戸ぞ」

小菅村でまるまる一日休養し、捻挫の治療に専念したため、老中間猪造の足首の腫れは引き、熱も下がっていた。小三郎は、

「殿様、青梅往還へと道を変えたのが功を奏しましたな。猪造の捻挫が快方に向かいましたし、われらにも休養になりました。田沼一派は今頃、甲州道中をおろしておりましょうぞ。あやつらが青梅往還と気付いたときにはわれら船下りです」

と愉快そうに笑った。そして、

「もはや江戸に着いたも同然ですぞ」

と言い足したものだ。馬方の雲十が、

「用人さん、水根沢に下ってよ、木橋で向こう岸に下りねばだめだぞ。先月の大水でこちら岸の道が数丁山崩れで埋まっているだ」

と言うと一行を多摩川の岩場へと導いていった。

しかし、速水左近は、そう楽観はできないと考えていた。用心深い田沼父子のことだ、甲州道中だけでなく、青梅往還にも人を配しているはずだ。さらに、後ろから必ずや甲州道中に派遣されていた田沼一派が追いついてくる。そうなれば、

「前門《ぜんもん》の虎、後門《こうもん》の狼《おおかみ》」

となり、万事休すだ。

岩場に下りると旅人が歩いた跡が残っていた。数丁河原を下ると、流れの上に丸木橋が架けられていた。

「弥助さんも渡られましたかな」

「小三郎、弥助は流れをあちらこちら往来するほど面倒はいたすまい。山崩れなどものともせず一気に氷川郷に駆け下っておるわ」

速水が推測し、馬方の雲十が、

「猪造さんや、丸木橋は馬から下りて歩いてもらうだよ」

「馬方さんよ、もうわしの足は大丈夫ですよ」

鞍の上から猪造が元気な声で応じて、一行は丸木橋に近付いた。

橋は幅三間半ほどの峡谷の上に架かり、丸木三本が葛《かずら》に結わえられて岩場から岩場へ渡されていた。流れの下までおよそ一丈半余あった。

「あおよ、止まるだよ。猪造さんを下ろすでな」

甲州道中黒野田宿から雇われてきた馬方の雲十が愛馬に話しかけたが、馬は珍しく興奮した体《てい》で落ち着かなかった。

「どうした、あお。どうどうどう、気を鎮めるだよ」

雲十がなだめ、なんとか猪造を下ろした。

速水左近は本式の冬の到来を前にした多摩の山並みを眺め、対岸の河原につけられた青梅往還に視線を移した。

旅人どころか里人の姿もない。なんとなく不気味に谷川が静まり返っていた。

「小三郎、なにやら妖しげではないか」

「山中にございますよ。狐狸《こり》妖怪の類が棲んでおりましょう、人里とは違います。されど日中には出ますまい」

と小三郎が答え、

「平八、猪造に肩を貸してな、そろそろと渡れ」

と命じた。

まず平八が猪造の杖代《つえ》わりになって、肩を貸して蟹歩きでそろそろと向こう岸へと渡った。渡り終えた平八は猪造を岩に座らせ、続いてくる空馬を引く雲十を振り返った。相変わらず馬は気が立っていた。

「どうした、あおよ。丸木橋なんぞはいつも渡ってるだべ」

となだめながらなんとか渡り終え、

「殿様、お渡りください」

と速水左近に言った。

「小三郎、そなたが先だ」

速水は最後に渡る意思を示して、小三郎を先に行かせた。

対岸の山の斜面の林をしばし速水は凝視していた。橋を渡った者たちにはなんら事は起こらなかった。神経が過敏になっているのか、速水は迷っていた。

(いや、待ち伏せする者がいる)

速水の勘が教えていた。

野盗や山賊の類ではあるまい。待ち伏せする者たちは田沼一派の別動隊と考えたほうがよいのではないか。

速水はゆっくりと丸木橋に片足をかけ、眼下の激流を覗《のぞ》き込む体をした。と、ふいに丸木橋の上を駆けだした。

同時に対岸の林の中から銃声が響いて、多摩の山間に木霊《こだま》した。

速水左近は咄嗟《とっさ》に丸木橋を前方へと走り、最後は橋から岩場へと飛んで転がった。ために鉄砲の玉は速水の道中羽織の袖を掠め、今まで一行がいた向こう岸の岩を穿《うが》った。

「殿様！」

小三郎が悲鳴を上げ、速水のもとに駆け寄ってきた。

「大丈夫だ。頭を下げぬか、小三郎」

速水が命じて、再び二発目の銃声がした。

あおが銃声に怯《おび》えて暴れたが、雲十が必死で手綱を摑んで、鎮めた。

一行は岩場に身を低くして鉄砲から身を守ることにした。

「猟師の流れ玉にございますかな」

「小三郎、猟師が猪と人を間違えるわけもなかろう。二発も続けざまに火縄銃が射かけられたということは、こちらの身許を承知していると思うたほうがよい」

「えっ、どういうことにございますか」

「田沼一派は青梅往還にも人を配していたと考えたほうがよかろう。江戸にはおいそれとは帰してもらえぬな」

小三郎が岩場の陰から顔をわずかに覗かせ、

「隠れる場所とてない。氷川郷に辿り着くには、まずこの岩場を一丁ほど下らねばなりませぬ」

「頼みは弥助じゃな」

「銃声を弥助さんが気に留めてくれるとよいのですが」

小三郎が被《かぶ》っていた塗笠の紐を解いて縁を持ち、岩場から上げてみせた。すると三度《みたび》銃声が響いて、塗笠が射貫かれて流れに落ちていった。

「なかなかの腕前じゃな」

と速水が感心した。

「どうしたもので」

「日が暮れるまでにしばし間《ま》がある。弥助の助けを待つしかあるまい」

速水は肚《はら》を括《くく》ったように腰を下ろした。

ゆるゆると四半刻が過ぎて、辺りが暗くなっていく。

「日が落ちた後、河原を一気に走りますか」

「猪造を抱えてか」

「冬の山中にございます。このような流れの側で一晩明かすことはできますまい。凍死してしまいますぞ」

「はてどうしたものか」

速水は、山の斜面で待ち伏せする面々との我慢比べだと思った。同時に後ろからの田沼一派がいつ現れるか案じた。そして、弥助が戻ってくればなんぞ知恵を絞ってくれるはずだと思った。

「小三郎、暗くなるのを待って向こう岸に引き返し、杣小屋《そまごや》でも見つけて野営をいたそうか。弥助の帰りを待つのだ」

と速水が一同に告げた。

霧子は対岸から速水左近らが窮地に落ちた様子を見ていた。

松姫峠から小菅村を経て、日があるうちに山道を駆けに駆けた。速水ら一行が一日をかけて歩いた山道を一刻ほどで走破していた。山歩きに慣れた雑賀衆育ちならではの荒業《あらわざ》だった。

うす暗くなった河原で銃声を聞いた、それも三発。夕暮れの迫った刻限に猟師が狩りをするわけもない。

(ひょっとして田沼一派は青梅往還にも待ち伏せの人数を配置していたか)

霧子は速水ら一行が窮地に落ちた水根沢の河原に到達し、一行五人と馬が河原の岩陰で身動きがつかなくなっていることを知った。

(師匠はどこにおられるか)

弥助の姿がないことを霧子は訝しんだ。

(そうか、船の手配に先行されたか)

霧子は速水左近らの窮地を救う手立てを考えた。もはやどちらに向かおうと氷川郷に辿り着くことは無理だ。

だが、攻め手もすぐに攻撃を仕掛ける気配はない。

霧子は河原から上がると、水根集落に家を探した。先月の山崩れで、数軒あった集落は家を捨てて氷川宿に移っていた。

そんな放置された家の一軒の裏戸を開けると、小菅村から借りてきた提灯に火打石を使って火を灯した。中の様子を見ると板の間に囲炉裏《いろり》があって、いつ戻ってきてもいいように枯れ枝や松材が積まれてあった。

霧子はまず提灯の灯りを枯れ枝に移し、やにに松に火がつくのを確かめると河原の速水らのところに急ぎ戻った。

霧子が闇に乗じて最前の丸木橋へと辿り着いてみると、速水らが丸木橋を這《は》うようにして、霧子のいる河原へと戻ってこようとしていた。すると待ち伏せしていた面々も一行の動きに気付いたと見えて、山の斜面から河原に灯りが下りてきて、それが半円になって押し寄せてきた。

霧子は丸木橋より上流部の岩場に身を潜めて、腰に付けた革袋から鉄菱を掴み出した。

丸木橋では猪造と平八が這い戻り、小三郎が続いた。

「殿様」

と小三郎が潜み声で願った。

「いや、雲十とあおが先じゃ」

一行の長、速水左近はしんがりで橋を渡る決心をしたようで、馬方と馬を先に渡らせた。これで待ち伏せが接近する対岸には、速水だけが残されたことになる。

「殿様、姿勢を低くして橋を渡ってくだされ」

と小三郎が哀願した。

だが、徳川譜代《ふだい》の臣速水左近は、敵が迫っているとはいえ、橋の上を這い蹲《つくば》って渡る不名誉は選ばなかった。

丸木橋に堂々とした歩みで片足を乗せた。

火縄の臭《にお》いが風に流れて漂ってきて、

(速水左近、多摩の山中に死すか)

と心中覚悟した。

霧子は丸木橋に十数間に迫った猟師二人が、立射の構えで速水を狙《ねら》っているのを提灯の灯りで見た。

二挺《ちょう》の火縄銃を鉄菱で同時に止めなければならなかった。

大身旗本の矜持《きょうじ》に殉ずる覚悟の速水左近は、丸木橋を悠然と渡り始めていた。

「殿様!」

北村小三郎の悲鳴が河原に洩れた。

霧子は流れを挟んで近い猟師の胸に狙いを定めて、叫んだ。

「食らえ!」

鉄菱は流れの上を飛んで、霧子の声に驚き一瞬引き金を引くことを躊躇《ちゅうちょ》した猟師の胸に当たったった。その拍子に、速水に狙いをつけていた銃口がはねあがり、
ずどーん!

と夜の闇に銃声が響いてあらぬ方向に鉄砲玉が消えていった。

（もう一人）

と霧子が次の動きに移ろうとした瞬間、銃声が響いた。

（しまった！）

速水左近が丸木橋に倒れ、流れに転落する光景を脳裏に描いた。だが、速水は最後まで歩みを早めることなく泰然と橋を渡り終えて、小三郎らが待つ岩陰に入った。

霧子は二人目の猟師を見た。すると猟師が岩場に転がっていた。

（なにが起こったか）

沈黙が河原を支配した。

提灯の灯りがふいに遠のき始め、気配が消えていく。わずかに橋に灯りがこぼれているとき、橋の対岸に人影が立った。

「師匠」

「霧子か」

弥助が橋を渡ってきて、霧子の迎えを受けた。

速水左近らが姿を現し、突然姿を見せた霧子と弥助を言葉もなく見ていた。

「霧子、そなたが多摩山中におるということは、尚武館の若先生も近くにおられるということか」

「はい。小菅村におられます。明日にもこちらへ参られましょう」

と答えた霧子が速水左近に向かい、

「甲府勤番支配の大役、無事務め上げられまして祝着にございます」

と述べた。

「かような場所でかような刻限、退職の祝いを述べられるとは考えもしなかったわ。あわれ、速水左近、鉄砲の玉にあたり、奥多摩山中で客死《かくし》すると覚悟を決めたところであったぞ。それが一転」

と言葉を途中で呑み込み、

「どこぞで命拾いの祝いをしたきところなれど、かような場所ではのう」

と速水が苦笑いした。

「囲炉裏端でまずは体を温めてくださいまし」

「ほう、そなた、手妻《てづま》遣いか。かような場所に旅籠でも見つけたか」

「旅籠はございませんが、一夜の宿りに無住の家をお借りして火を熾《おこ》しておきました」

「それはなによりの馳走《ちそう》」

一行は気温が急に下がり始めた河原から、霧子が見つけた家へと向かった。

「おお、地獄で仏とはこのことか」

無住の家に燃え盛る囲炉裏の火を見た北村小三郎が喜びの声を上げ、

「これで酒などあれば文句なしじゃがな」

と言い足した。

「小三郎、贅沢《ぜいたく》を申すでない」

と速水左近が家来に注意を与えると弥助が、

「氷川郷で購《あがの》うて参りました」

と貧乏徳利を翳《かざ》してみせた。

「尚武館の面々はなんと手際がよいことよ。明日には坂崎磐音どのに会える。これ以上の喜びがあろうか」

感激の言葉を吐いた。

霧子が台所から茶碗を探してきて、まず速水に差し出し、弥助が酒を注いだ。

「奏者番、ご出世おめでとうございます」

と弥助が祝いを述べるのへ、

「この危難を乗り切らねば奏者番もなにもあったものか」

「いえ、速水様、若先生が近くにおられるのです。必ずや江戸にお戻りになれます」

と霧子が応じて、

「前祝いに速水左近様に酒の肴《さかな》を差し上げとうございます」

「なに、酒の肴とな」

「はい」

「手妻遣い、供せよ」

「尚武館の若先生には、お二人の門弟が従《したご》うておられます。速水杢之助様、右近様のご兄弟にございます」

霧子の言葉に速水左近の顔が凍《い》てついたように固まり、

「なんとも見事なる肴じゃな」

と呟くと、手にした茶碗酒をゆっくりと飲み干した。

眠りに落ちる前、由蔵はだれがなにを言おうと明日には小梅村に行ってこようと考えた。そして、自分が老いたことを実感した。

（そろそろ隠居の時期か）

という言葉が脳裏を過《よぎ》り、いや、

（まだまだそれには早い）

と思い直し、

（奉公第一）

と自らを励ました。由蔵は、瞼が潤むのを感じながら眠りに落ちた。

二

霧子は翌朝まだ暗いうちに、多摩川上流の岩場を左岸から右岸に渡った。待ち伏せの面々が寒夜に河原で過ごしたとは思えなかったが、それを確かめに自らの意思で来たのだ。未明の闇の中で、霧子の眼は岩の間に猟師鉄砲一挺だけが落ちているのを見つけた。

鉄菱に倒された猟師は連れ去られたが、手から飛んだ火縄銃は見つけられなかったようだ。また昨夜待ち伏せしていた面々がいた山の斜面にも人の気配はなかった。

霧子は流れに火縄銃を投げ捨てようとしたが、思い直して岩の上に置いた。猟師にとって暮らしを支える道具だった。人を殺《あや》める道具として使った怒りはあったが、猟師にとって一家を支える大事な道具のはずと考え直したからだ。

速水左近らが一夜を過ごした家に戻ってみると、すでに一行は旅仕度で霧子の帰りを待ち受けていた。

「気配はなかったか」

と弥助が霧子の顔色を読んで言った。

「猟師鉄砲一挺を河原に残して早々に氷川郷に引き上げたとみえます」

弥助が速水を見て、

「速水様、船を雇った氷川郷まで闇に乗じて一気に下りますか」

「坂崎どの一行を待たずともよいか」

「その策がないではございません。ですが、夜が明ければ奴らが再び態勢を立て直して襲ってきましょう。鉄砲猟師を新たに雇い、襲うてくる前に氷川郷まで下っておいたほうがよいのではございませんか。先導はわっしと霧子が務めます」

弥助の身を挺《てい》した提案をしばし考えた速水が、

「杢之助や右近とは氷川郷で会うことになるか」

「はい」

弥助が頷き、小三郎が一夜の宿代薪代《まき》として十分な金子《きんす》を上がりかまちに残して、一行は出立することになった。

まず河原の丸木橋まで小三郎と平八が猪造の両肩を支えて下り、すでに向こう岸に渡っていた霧子と弥助が、

「気配はございませんよ。この間に橋を渡ってくだされ」

と急がせた。

一行が無事に橋を渡り終えたとき、奥多摩の河原がわずかに白み始めた。

寒い朝で吐く息が白くなった。

待ち伏せの面々がいた斜面下の仮の青梅往還まで辿り着き、猪造を馬の鞍に乗せた。

「雲十さん、世話になったが今日で別れじゃな。弥助さんが氷川郷で船を雇ったそうな。お蔭《かげ》で殿様といっしょに江戸に帰ることができそうだ。礼を言いますぞ」

「猪造さん、旅は最後が肝心じゃぞ。船が襲われんともかぎらねえ。気を付けて行きなされよ」

馬方の雲十はこの数日の旅で、速水左近が何者か、そして敵方が何者かを漠然と察していた。

霧子が一行の前を行き、弥助は光が差し込み始めた山の斜面に注意を払って歩き、待ち伏せの気配を探った。

谷底の流れに沿って仮の青梅往還は右に左に蛇行しつつ、かなりの急坂を下っていく。河原の岩場を縫《ぬ》う道だ、馬の鞍に猪造を乗せて進めぬところは、猪造を下ろし、徒歩で進んで、再び猪造を鞍に押し上げた。だが、一丁と進めずにまた鞍から下ろすの繰り返しで、道中は遅々として進まなかった。

冬を迎えた青梅往還には旅人の姿とてない。

「弥助、坂崎どのはどこまで迫っておられようか」

速水左近が弥助に尋ねた。

「小菅村から甲州と武州の国境の峠を越えますでな、若先生方もそう易々《やすやす》とは追いつくことはできますまい。なあに今日一日我慢なされば、杢之助様、右近様に会えますよ」

「いかさま小菅村からの国境の峠は険しかった。倅らは坂崎どのの足手まといになっておるのではないかのう」

速水左近の懸念はあちらこちらに散った。

「速水様、ご兄弟にお会いになれば驚かれますよ。杢之助様も右近様もこのところ急に体がしっかりして、ひと回りもふた回りも大きくなられました。尚武館佐々木道場がなくなったあともご兄弟で弛《たゆ》まず稽古を続けておられたのでしょう。小梅村に今津屋が用意してくれた尚武館坂崎道場の朝稽古にも必ず参加なされ、大人さえ音《ね》を上げる猛稽古に耐えておられます」

「殿様はきっと見間違いなされるにちがいありませんぞ」

と霧子と弥助が口々に速水に告げた。

「三年の歳月が杢之助と右近を成長させたとな」

「殿様、長兄杢之助様は十八、弟御の右近様は十六におなりでございます。立派に成人なされました」

「楽しみなような、怖いような」

速水が複雑な心中を吐露した。

一行が広くなった河原に差しかかったとき、霧子は、すいっと離れて岩場伝いに姿を消した。弥助が一行を止めた。

「昨夕の面々の待ち伏せか」

「あるいは敵方の斥候《せっこう》かと思います」

霧子はなかなか戻ってこなかった。

「われらも下ろうか」

「いえ、霧子の報告を待ったほうがようございましょう」

弥助が速水左近の逸《はや》る気持ちを鎮めた。一行は河原で足踏みしながら寒さに耐えて待ち続けた。

霧子が姿を見せたのは半刻後のことだった。

「速水様、氷川郷まで下りましたが待ち伏せはございません。里人に聞くと、なんでも氷川郷外れの青梅往還と多摩川の流れが緩やかになった辺りに、臨時の川関所なるものを老中田沼意次様の名で勝手に設けて、そこで私どもを待ち受けている様子です。昨日から里人が何人も普《ふ》請場《しんば》へ連れていかれて働かされているそうです。青梅往還にございますが、氷川郷の先は流れの左岸を行く通常の街道に戻ります」

と報告した。

「となれば、氷川郷でせっかく雇った船が無駄になったか、霧子」

弥助が前日の行動が無駄に終わったことをいささか悔やむ口調で言った。

「その川船にございますが、田沼意知様御番衆組頭を名乗る毛呂山六蔵なる人物が強引に老中田沼意次様の命じゃと言って、川関所へ運んだそうにございます」

「なに、わっしが雇った船を田沼一派が横取りしおったか。となれば、氷川郷の先も徒歩で行くことになるか」

弥助が腹立たしくも吐き捨てた。

猪造が悄然《しょうぜん》と肩を落とし、小三郎も、

「昨夜、一難去ったと思うたが、また一難が待っておったか」

とがっかりした。

「弥助、青梅往還を進むか、川を下りつつ別の船を探すか。あるいは坂崎どの方を待つか」

速水左近が迷いを吐露した。

速水の本心が磐音らとの合流にあるのは弥助も分かっていた。そして、同時に磐音らの気配がないことにある不安を感じてもいた。

霧子を先行させて、坂崎磐音ら助勢が間近に迫っていることを速水に告げさせながら、その気配がないのだ。ということは、磐音一行に予期せぬ事態が起こったか、すでに速水らを視界に入れつつ、田沼一派の動きを探って行動しているか、二つに一つと思えた。

「殿様、この際、若先方のことは忘れて、われらだけで危機を切り抜ける道を探しませぬか。冬の青梅往還、旅人の往来は少のうございますが、里人の目もございます。日中、無謀な真似はいたしますまい」

「そう願うがのう」

と応じた速水左近が、

「氷川郷から本来の青梅往還に戻るか、多摩川の河原沿いに下りて川関所を迂回し、下流で船を雇うかの二つじゃな」

「猪造さんの足を考えますと、川関所を回避した下流で川船を探すのがよかろうかと存じます」

「よかろう、まずは氷川郷まで下ろうか」

一行は再び河原道の仮の青梅往還を下り始めた。

「師匠、氷川郷に先行して様子を探ります」

霧子は弥助に許しを乞うと、背負い子を揺らしながら、河原道を飛ぶように消えた。

「あの娘はまるで山猿じゃな。甲州道中ではなかなか見かけられねえだ。まさか江戸の娘はみな、あんなふうじゃあるめえな」

と雲十が感心して見送った。

「雲十さんよ、霧子は格別な生まれ育ちよ。男の一人や二人、手玉にとるなど朝飯前だ」

弥助が笑い、鞍の上の猪造が、

「殿様、楽旅をさせてもらいましたが、もう杖を突けば歩けます」

と氷川郷から徒歩で行くことを願った。声音もしっかりとして腫れもすっかり引いた様子だ。

「ならば甲州道中黒野田から何日も道案内を務めてくれた雲十とあおとも、氷川郷でお別れじゃな」

速水左近の返答にも一つだけ道が開けた明るさがあった。

一行が氷川郷下の河原に到着すると霧子が寄ってきた。

「速水様、師匠、青梅往還の関所と川関所を比べますと、警護の人数は往還の関所のほうが手薄でございます。私も確かめて参りましたが、江戸から来たと思《おぼ》しき黒羽織が二人いるだけで、格別に調べをしている様子はございません」

「どうしたものか」

速水が弥助を見た。

「どうやら青梅往還には罠《わな》が仕掛けられていると思えます。やはりこのまま河原伝いに下りませぬか。川関所手前で迂回路を探しましょう」

弥助が速水に応じて、猪造が馬の鞍から下りた。

「名残り惜しいが雲十、別れじゃ」

速水家の用人の北村小三郎が、昨夜から用意していた道案内と馬代金に酒手《さかて》を添えて雲十に渡した。

「殿様、大月に立ち寄られた節には、雲十とあおに声をかけてくだせえよ」

と挨拶して再び甲州への国境へと空馬を引いて戻っていった。

氷川郷では流れが幾筋か合流して多摩川を形成していたが、流れ込む分流には山から切り出した材木が貯木され、筏に組まれているものもあった。

弥助が河原で拾った棒切れで杖を作って、

「猪造さん、これでどうだ」

と渡した。

「おお、これなら己の足で歩けますよ。殿様、長いことご迷惑をおかけしました」

と詫びて、河原を下り始め、速水らも猪造の足の運びを見ながら下っていった。

何丁ほど下流に進んだか、流れは左へと曲がって消えていた。

岩陰からふいに霧子が姿を見せて、

「川関所はあの岩陰にございます。この河原から山に入り、迂回するのがよろしいかと存じます」

と案内する体をとった。

「よかろう」

速水左近が返事をして向きを変えたとき、一行が向かおうとする山裾から四人の武芸者が弓を携えて現れ、一行の行く手を阻もうとした。

「あやつら、罠に嵌《は》めおったか」

「速水様、川関所をしゃにむに突破いたしましょうか。霧子、先導せよ」

戦いに慣れた弥助が速水に願い、霧子に命じた。

「猪造さん、走れるか」

「弥助さん、大丈夫だぞ、ほれ」

杖の助けを借りながら猪造がひょこひょこと河原を下って行き、速水らは猪造の動きに合わせて、刀の鯉口を切って進んだ。

先導する霧子の足が止まった。速水らが霧子のもとに辿り着いて見やると左岸の岩場が流れに突き出して、流れが速くなっていた。岩場から河原へと竹矢来《たけやらい》が組まれ、河原を往来しようとする者を阻んでいた。

弥助は後ろを見た。

弓に矢を番えた四人が速水一行の背後に迫ってきた。

霧子が背負い子から革袋を出して腰に吊《つ》るし、応戦の構えを見せた。

「速水左近どのじゃな。待っておった」

竹矢来の向こう側で床几《しょうぎ》に座った道中羽織の武士が大声を上げた。

「何者かな」

「それがし、奏者番田沼意知様が家臣、御番衆組頭毛呂山六蔵にござる。これ以上の奏者番は要らぬとわが殿が仰せじゃ。速水左近どの、多摩川の流れに葬って進ぜる」

「愚か者が」

と吐き捨てた速水左近が、

「小三郎、平八、それがしに従え」

と命じると剣を抜き放った。

その背後を弥助と霧子が固め、霧子が、

「速水様、矢が射かけられます。姿勢を低くなさってください」

と願った。

小三郎と平八は霧子の警戒の声に即座に応じて腰を屈《かが》めた。

だが、大身旗本の速水左近は刀を右手に提げて、ゆっくりと竹矢来に接近していった。

矢が霧子らの頭上を越え、速水の体を掠めて河原に落ちた。

片膝を突いた霧子が革袋から鉄菱を摑み出し、放った。雑賀衆で生きるための武芸百般を教え込まれた霧子の放った鉄菱だ。狙い違わず、矢を放とうとした弓手の胸にあたり転がした。霧子はさらに二つ目の鉄菱を構えた。

そのとき、弥助が喜びの声を発した。

「ようやく姿を見せられましたぜ」

霧子がちらりと弥助の視線の先を見ると、流れの上に三連つながった筏が、筏師の棹《さお》に操られて川関所の竹矢来へと急速に迫っていた。

その筏の先頭に、坂崎磐音と速水杢之助、右近の兄弟がすでに剣を抜き放って立っていた。右近が河原を進む父に向かって、

「父上、助勢に参りましたぞ！」

と叫んでいた。

速水左近がわが子の声に驚いて流れを見た。

そこには旅姿の坂崎磐音に従う杢之助と右近があって、戦仕度も凜々《りり》しく激流を下りくる筏に乗っていた。

「坂崎どの、待ちかねたぞ。杢之助、右近、助勢など要らざることを」

と応じた速水の声は喜びに溢《あふ》れていた。

三連の筏は、急速な流れの上に造られた竹矢来に、
ずしん
とぶつかると、あっさりと切り破り、壊れた竹矢来を引きずったまま、床几に腰を下ろしていた毛呂山六蔵を河原に転がした。

筏はそのまま河原に乗り上げ、坂崎磐音が河原に飛ぶと、川関所に詰めて速水左近の暗殺を謀ろうとした先軍一流小日向典膳が仲間の先頭に立ち、

「先軍一流小日向典膳の邪魔立ていたすでない！」

と磐音の前に立ち塞がった。

「直心影流尚武館坂崎道場、坂崎磐音、お相手いたす」

磐音は静かな声で宣告すると包平《かねひら》を抜いた。

両者はたちまち間合いに入り、小日向が先《せん》の先《せん》をとる先軍一流の得意技で磐音の肩口を袈裟《けさ》懸《が》けに斬り落とそうとした。だが、
そより
と吹いた居眠り剣法に躱《かわ》された途端、脇腹に冷たいものが走って、足を縺《もつ》れさせると、河原に前のめりに斃《たお》れ込んでいた。

「敵方、小日向典膳どの、討ち取ったり！」

磐音の声が河原に響いて、二番手に向かったとき、李之助も右近もそれぞれの相手を見つけて戦いに入っていた。

「李之助どの、右近どの。尚武館で学んだとおりに戦いなされよ」

「畏まりました」

と右近が叫ぶのへ、

「右近、後《おく》れをとるでないぞ」

と李之助の声が呼応して、兄弟は相手方と互角の戦いを始めた。

田沼意知に雇われた武芸者らは、頭分をあっさりと討ち取られて動揺が走った。

その虚を衝いて李之助、右近の兄弟がそれぞれの相手に攻め込み、兄は相手の腰

骨を薙ぎ、弟は胴を抜いて斃した。

　磐音が二番手の相手を峰打ちで仕留めて河原に転がしたとき、勝負の決着はついていた。

　速水一行を後ろから弓で挟み撃ちに攻めてきた四人のうち、霧子がもう一人を鉄菱で仕留め、弥助も呼応したので、速水左近と磐音の連合軍が一気に戦いの主導権を奪《と》り、無傷の弓手らは河原から逃げ出した。

　磐音は竹矢来の下でもがく田沼意知の御番衆組頭毛呂山六蔵に歩み寄ると、

「そなたの素《そ》っ首《くび》、坂崎磐音が斬り落とす。覚悟なされよ」

　刀の大帽子《きつさき》を突き出すと、竹矢来の下でぶるぶると体を震わせ始めた。

「情けなや。それでこの速水左近を討ち取れると思うたか」

　磐音のかたわらに歩み寄った速水が毛呂山に吐き捨てると、

「坂崎磐音どの、久しやな」

「速水左近様、お久しゅうございます。また甲府勤番支配奉公ご苦労にございました。さらには奏者番へのご出世、祝着至極に存じます」

「それもこれも、それがしが甲府に逼塞《ひっそく》しておる間に、どなたかがお膳立てなされたお陰にござるよ」

「ほう、さようでございましたか」

「坂崎磐音、なにやら玲圓どののように老獪《ろうかい》になられたな」

「あの世で養父《ちち》が、わしは生涯老獪などという言葉とは無縁に過ごしてきたと苦笑いされておいでではございましょう」

速水左近と磐音が間近で静かに視線を交えた。速水の瞼が潤んで見えた。

「父上」

初陣《ういじん》を飾った杢之助、右近の兄弟が父左近のかたわらに来た。涙を堪えた父が、

「おお、大きゅう育ったものよ。子は父親がなくとも育つか。師のお蔭かな」

と朗らかに呟き、

「いえいえ、速水様、師がいなくともお二人はかように立派に成人なされましたぞ」

と応じた磐音に頷き返した速水が、出迎えの倅二人を正視した。

「杢之助、右近、出迎えご苦労であったな。じゃが、助勢など無用であったぞ」

父速水左近の顔には、こみ上げる嬉《うれ》しさをかみ殺そうとする色があり、それを隠すために視線を外して、未だ手にしていた抜き身をゆっくりと鞘に納めた。

三

金兵衛《きんべえ》は、どてらを着込んで首筋に綿を入れた布を巻き付け、懐手《ふところで》で鼻歌を歌い、常陸《ひたち》水戸藩の抱え屋敷の東側を大きく迂回しながら、小梅村に入っていった。

このところ風邪《かぜ》気味で、二人目を懐妊しているおこんに移してはいけないと、孫の空也の顔を見に行くのも控えていた。なんとか持ち堪えたようで本式な風邪とはならず、深川六間堀から小梅村に訪ねていくところだった。

「秋はもみじに冬は雪、

春はさくらに夏は、夏は暑くてしょうがない

ああ、しょんがいな」

とい加減な鼻歌を歌っていると、抱え屋敷の北側に回り込んだところで、せかせかとした足の運びの一人の武家が、目尻の釣り上がった細面《ほそおもて》の顔を真っ赤にして金兵衛のほうに歩いてきた。

(この界隈の屋敷奉公の侍じゃねえな)

金兵衛が思いながら相手のかたわらをすり抜けようとしたとき、

「これ、そこな老人、尋ねたきことがある」

と問いかけてきた。

金兵衛は見ず知らずの武家から老人と呼ばれて、一瞬、むっとしたが、老人に違いはないと思い直した。それにしても若いのかそれなりの歳か、見当のつかない顔だった。二十歳代といえば二十歳代、三十を大きく過ぎているといえばそのようにも見えた。

(この手の顔は立腹屋、不満屋が多いもんだ)

と思いながらも金兵衛が問い直した。

「へえ、なんぞお探しでございますか、お侍」

「この界隈に坂崎磐音どのの尚武館道場があると聞いて参ったが、知らぬか」

細面の鬢《びん》に青筋が立っていた。

「へえ、承知しております」

「なにっ、承知とな」

「知っていてはいけませんかえ。わしはこれから訪ねていくところでしてね」

「おお、それはよかった。この界隈を半刻余り探したが見つからんでな、諦《あきら》めかけておったところだ」

目尻の吊り上がった武家は安堵したか、懐からきれいに折った手拭いを出すと額に光る汗を拭った。すると意外に若いことが金兵衛にも見てとれた。少し気持ちに余裕が出たとみえて言った。

「小梅村と聞いてきたが、小梅村はなんとも広いのう」

「どちら辺りを探されましたんで」

「常泉寺《じょうせんじ》の北側から、北十間川《きたじっけんがわ》を渡ったり戻ったりして探した」

金兵衛と肩を並べたが、すぐに一歩ばかり前に出た相手が憮然《ぶぜん》とした顔で振り返って答えた。

「そりゃ、いけねえや、見つかるわけもございませんよ。隅田川沿いの道に出られればすぐに見つけられましたものを」

「あの界隈は江戸の商人の別邸ばかりで町道場はあるまいと思うて、川端から遠くを探したのだ」

「婿《むこ》どのには今津屋って分限者《ぶげんしゃ》がついているんですぜ。大きな御寮を探せばすぐに見つかったでしょうに」

金兵衛と武家の視界に隅田川の流れが見えてきた。

「おお、坂崎どのは両替商を束ねる今津屋と懇意じゃそうな」

「婿どのは今津屋とは親戚付き合いだからね」

「婿とはだれだ」

「だから坂崎磐音ですよ」

ふいに足を止めた相手が金兵衛の顔をしげしげと見た。

「そなたが坂崎どのの舅とな」

「いけませんかえ」

相手の疑いの言葉に不満げな顔をした金兵衛が反問するように言い、

「娘のおこんが坂崎磐音の嫁なんでございますよ」

「なんとな、坂崎どののお内儀《ないぎ》は、家治様の元御側御用取次速水左近様の娘御と噂に聞いたぞ」

「いかにもさようです。わしの娘ではさ、尚武館佐々木道場に嫁に行くのは差し障りがあろうってんでさ、速水の殿様がおこんを養女にしてくださいましてね。婿の磐音と所帯を持ったんでさ」

相手がようやく得心したという顔で頷き、それでもまた繰り返した。

「そなたの娘が坂崎どのの嫁であったとはな」

「いけませんかえ、その他人を疑ぐるような口調が気に入りませんな」

「いや、そうではないが」

「お侍は入門をお望みでございますか」

「門弟になろうと坂崎どのを訪ねるのではない」

「ああ、それはいい。尚武館道場の稽古は江戸一きつうございますからな」

「わしでは耐えられぬと申すか」

「まあ、そんなところで」

金兵衛の正直な答えに武家が、ふうん、と鼻で返事をした。不満の様子が見て取れた。

行く手に隅田川から引き込まれた堀が見え、尚武館の船着場に季助が番犬の白山を散歩させているのが見えた。

「季助さん、婿どのに客だ」

と金兵衛が季助に大声で叫び、

「お侍、名はなんてんだ」

とかたわらの同行者に尋ねた。

「新番士佐野《さの》善左衛門《ぜんざえもん》政言《まさこと》じゃ」

「おいくつで」

「二十六じゃが、それがなにか」

だれにも気難しい佐野だったが、金兵衛に問われるとなぜか素直に答える自分が不思議でしょうがなかった。

「二十六ですって、意外にお侍は若いんだな。それならば入門してもいいか」

「入門ではないと言うたぞ。坂崎どのに内々の相談があって参っただけじゃ」

「へえへえ、うちの婿は面倒見がいいからね。亡くなられた西の丸家基《いえもと》様からさ、わしの長屋に住む下々の職人まで、付き合いが広いや」

と答えた金兵衛が、

「季助さん、婿どのにお客人だ。佐野様だってよ」

とまた大声で叫んだ。

「これ、大声で人の名を叫ぶでない」

佐野が注意したが、金兵衛は斟酌《しんしゃく》する様子はない。

「いいじゃねえか、訪いを通しておいたほうが万事早いや」

といなした金兵衛が、

「この刻限だと母屋のほうにいるな」

佐野をさっさと今津屋の御寮へと案内していった。その様子を田沼一派の密偵が注視していた。

そんなことを知る由《よし》もない金兵衛は、御寮の凝った茅葺《かやぶ》き門へと回り、佐野の前に立ってさっさと潜ると、

「おこん、いるか」

と玄関に立った。すると空也が飛び出してきて、

「爺上《じじうえ》、どうしておられた」

と尋ねたものだ。

佐野は、坂崎磐音の子かと、面差《おもざ》しの似た空也を見た。そして、案内者が真に坂崎磐音の舅であることをようやく信じた。

「爺様は風邪気味でな、おこんや空也様に移すといけないからさ、六間堀にじいっと我慢しておったのでございますよ」

と答えたところにおこんが姿を見せ、

「お父っつぁん、風邪だったの」

「大した風邪じゃねえよ。でもよ、おまえらに移すといけねえから我慢してたんだ」

と答えた金兵衛に連れがあることに気付いたおこんは、慌てて玄関座敷に座し、

「お父っつぁん、お客様といっしょだったの」

　と小声で訊いた。

「おおさ。このお方は、ええと、なんて名でしたかね」

「お内儀か。それがし、佐野善左衛門政言と申して、坂崎磐音どのとは昵懇《じっこん》の間柄にござる。面会の儀、お伝えくだされ」

　と訪いを告げた。

　おこんの頭は目まぐるしく動いたが、それなりの身分と思える佐野善左衛門の名に心当たりがなかった。

「ただいま」

　と答えながら、おこんは困惑した。

「どうした、おこん。婿どのはいるんだろ、呼びねえな」

「ええ、それが座敷で書き物を」

「しているのか。今日のおめえは歯切れが悪いな。亭主どのはいるのかいねえのか」

「おられるには、おられるのですが」

　おこんは迷った。

まさか金兵衛が初めての訪問者をいきなり母屋に連れてくるなど考えもしなかったのだ。不意の訪問にどう対処しようかと迷っていた。

「なんだか妙だな。おこん、通るぜ。婿どのの知り合いってんだ。いいじゃねえか」

と言った金兵衛が、

「お侍、ほれ、お履物を脱いでわしについてきなせえ」

と、おこんのかたわらをすり抜けようとした。

「お内儀、よろしいか」

それでも佐野と名乗った武家はおこんに許しを乞うた。

「はっ、はい」

煮え切らない返答のおこんに、

「さあ、佐野様、遠慮はいらねえよ。婿どのと知り合いなんだろ、うちの婿どのは剣術の稽古をする以外は、なんの道楽もねえ朴念仁《ぼくねんじん》だ。どうせ、暇を持て余しているに違いねえ。ささっ、こちらへ」

廊下をさっさと歩き出した。

「佐野様、いささか父が知らぬ事情がございまして、迷惑をおかけするやもしれませぬ」

覚悟した体のおこんが空也の手を引いて、

「ささっ、こちらへ」

と佐野を招き上げた。

「事情があるとな。来客でもござるか」

「いえ、そういうわけでは。ともあれ、お上がりくださいませ」

佐野が玄関座敷に上がった。すると金兵衛の奇声が奥から響いてきた。

「えっ、おこん、おめえ、亭主をとっかえたか」

「お父っつぁん、これにはわけがあるの。静かにして、いま理由を説明するから」

おこんが廊下から答えながら庭に面した座敷に行くと、依田鐘四郎がこの家の主《あるじ》然として座っていた。

「このお方は」

と佐野が訝しげな表情で訊いた。

「それがし、坂崎磐音、の代役にござる」

と鐘四郎が答えて、

「おこんさんも申されたが、いささか事情がござって、主の留守の間だけ、身代わり役を務めております」

と苦笑いした。

それから半刻後、差し障りのない程度の事情を知らされた佐野が尚武館をあとにして、田沼一派の密偵がそのあとを尾行していった。

新番組蜷川相模守《にながわさがみのかみ》の番士にして知行五百石の佐野善左衛門政言は、麴町《こうじまち》三丁目の屋敷にせかせかとした足取りで戻りながら、坂崎磐音の女房おこんから告げられた亭主不在の事情を考えていた。

家治の元御側御用取次の速水左近と直心影流の剣術家佐々木玲圓が親しい付き合いがあることは承知していた。だが、家基の死の直後に玲圓が内儀のおえいを伴って殉死し、速水左近は家治の側から遠ざけられて甲府勤番支配、

「山流し」

の憂き目に遭っていた。

すべて老中田沼意次と意知父子の策謀に落ちてのことだ。

そのときから三年以上の歳月が経過し、田沼父子の権勢はますます巨大なもの

となり、幕閣内で、

「田沼派に非ざればただの人」

と呼ばれるほど、田沼全盛期を迎えていた。

佐野は、江戸を離れていた佐々木玲圓の後継坂崎磐音が江戸に戻り、下谷茅町《したやかやちょう》の料理屋谷戸《やと》の淵《ふち》で再会を果たしたが、またも堪えきれず尚武館を小梅村に訪ねたのだった。

おこんは金兵衛が連れてきた佐野の扱いに困った。そこで道場の小田平助らに相談すると、辰平が、磐音と佐野がなにか格別の事情でつながりのあることを承知していた。その上、辰平は佐野と面識があるともいう。そこでおこんは辰平を母屋の座敷に呼んで、

「佐野善左衛門政言」

本人であることを確認させた。面会した辰平は、

「お久しゅうございます、佐野様」

と挨拶し、

「おお、その節はそなたに失礼をいたしたな」

佐野が珍しく詫びの言葉を口にしたものだ。

姥捨《うばすて》の郷《さと》より遠路江戸に密行して佐野家を訪ね、磐音への返書を約束したにも拘《かか》わらず、辰平が佐野家を再訪してみると、佐野は多治《たじ》用人一人を連れて京に走り、雹田平《ひょうでんぺい》に佐野家系図返却の直談判をしようとしたことがあった。

このことを佐野が辰平に謝罪したのだ。

「いえ、佐野様には深い事情があってのことと、わが師より聞かされておりますゆえ、ご放念ください」

辰平が笑顔で答えてその場から引き下がった。

その上でおこんは磐音の身代わりの依田鐘四郎を同席させて、佐野善左衛門に磐音不在の理由を、そして、身代わりを立てねばならない事情を手短に告げたのだ。

「さようであったか。未だ田沼様の厳しい目が尚武館道場に注がれておるとはのう」

と答えた佐野に、おこんが、

「して、本日の佐野様の御用の向きは」

と尋ね返すと、

「坂崎どのが速水左近様に同道なされて江戸に帰着した頃に、坂崎どのと面談し、じかに話したい」

と答え、佐野は小梅村から引き上げたのだ。

佐野の屋敷につい最近、田沼意知から書状が届いて、

「長年拝借していた佐野家の系図を返却致したく候。大切なものゆえ、それがしが直にそこもとへお返し致すべきところなれど、わが身御用繁多にして直ぐには面談の都合がつき申さぬ。今しばし時をお貸し下されたく願い上げ候。また系図拝借の礼として、父意次はそこもとに新番士から七百石高の御納戸頭《おなんどがしら》を考えておる由、ご一考下されたく候」

と丁重極まりない内容が認められてあった。

このことを磐音に知らせておきたいと思っての小梅村行だった。

坂崎こんに聞かされた話は、甲府勤番支配を解かれた速水左近が甲府からの帰路、田沼一派の刺客によって、

「暗殺」

される可能性があり、磐音自らが甲府に警護に出向いているというものだった。

（田沼父子は、奏者番に就く速水左近様を殺す執念に未だ囚われておるのか。となれば、わが佐野家の系図が真にわが手に戻ってくるものであろうか）

佐野善左衛門は思案しながら、吾妻橋で大川を渡り、浅草広小路で辻《つじ》駕籠を拾って麴町の屋敷へと向かった。

そのあとを田沼意知の密偵の一人、武家屋敷の飯炊きか、風呂焚きの形《なり》の、早《はや》化《ば》けの三蔵《さんぞう》がひょこひょこと従い、麴町三丁目の屋敷に辻駕籠が止まったのを見届けた。

(そこそこの旗本のようだが、何者か)

早化けの三蔵は、三十から六十の年齢までなら、着ているものを裏に返し、口に含み綿を入れ、腰を曲げ、歩き方を変えることで即座に化けることができた。だが、今日の相手はまったく警戒する様子がない。ということは剣の仲間か、通り一遍の付き合いの間柄で、江戸帰着した坂崎に挨拶するために尚武館を訪ねただけか。

三蔵は麴町の通りに出ると、角に油屋があるのを確かめ、前掛けが油染みた小僧に、

「小僧さん、ほれ、この奥の乳鋲《ちびょう》の両番所付きの御門はどなたの屋敷だね」

「あれですか。新番士佐野善左衛門様の屋敷ですよ」

とあっさりと答えていた。

礼を言った三蔵は、どうしたものかと迷った。

夜を待って忍び込むかどうかを考えたのだ。だが、今日は無理をせず、主の田沼意知に尋ねた上でこれからどうするかを決めようと考え、麴町三丁目を離れた。

それから半刻後、霧子の姿が表猿楽町の速水左近邸にあった。裏口から密かに入り、

「速水左近の明夕帰着」

を、三年余の留守を見事に務めた奥方和子に報告していた。

四

奏者番田沼意知は、長崎の阿蘭陀商館長《カピタン》イサーク・ティツィングから届いたオランダ語の書状を、和訳させた文章と併せながら何度も読み返していた。

老中田沼意次の嫡子には、このように分からなくても目を通す律儀さがあった。

意知には密かな野心があった。

若年寄、上野上里見藩主《こうずけかみさとみ》松平忠恒《まつだいらただつね》が抱いた夢を引き継ぐことだ。

松平忠恒は鎖国策を転換して、外海を航海できる大型貿易船を建造し、異人を

江戸に誘致しようと考えていた。だが、松平忠恒の死によってその野望は形にならないまま潰《つい》えた。その夢を田沼意知は継ごうとしていた。

この企ては、先人のそれが潰えたように並大抵のことではなかった。

徳川幕府の根本政策を覆《くつがえ》すことを意味していたからだ。いくら権勢を誇る老中田沼意次の世子といえども、城内では高言できない野望にして夢であった。

ティツィングは意知の考えを強く支持し、何事にも協力すると約していた。

(はて、どうしたものか)

意知にとって、細々と神経を遣う城中の政務より、木挽町《こびきちょう》の自邸に戻って開国の夢を頭に思い描くことこそ無上の楽しみであった。

廊下に足音がした。

「殿様、三蔵がお耳に入れたきことがあると庭に控えております」

と意知が使う密偵の一人、早化けの三蔵の面会を小姓が願った。

(三蔵、どこに配していた者か)

父意次の命で、意知はその配下に何人もの密偵を動かしていた。

「三蔵は小梅村から戻ってきたと言うております」

(尚武館に配していた密偵か)

「会おう」

と意知が応じると、障子と畳廊下の雨戸が一尺ばかり開かれた。開かれた雨戸に人が接近する気配があって、意知は小姓を下がらせた。

「三蔵か」

「はい」

「小梅村で異変があったか」

「尚武館道場はいつもどおりの稽古に明け暮れております」

「門弟の数は」

「その日によりますが、二十人を超えることは滅多にありません」

神保小路にあった尚武館佐々木道場は直参《じきさん》旗本、大名諸家の子弟など数百人の門弟を擁し、

「江都一」

の剣術道場を誇っていた。

それは、町道場の域を超え、幕府道場の趣さえあった。ために養子にして後継の坂崎磐音が西の丸家基の剣術指南役に就いていた。一道場の枠を超えて幕閣に強い影響力を持っていた。

家基に殉死するかたちで道場主佐々木玲圓とおえい夫婦が死んだとき、父の意次が動いて、尚武館佐々木道場の閉鎖と拝領地の召し上げを謀った。ために尚武館佐々木道場は潰れ、玲圓の後継の磐音は小梅村に逃れ、さらには江戸を離れざるを得なかった。

三年半も前のことだ。

旅の間にも佐々木磐音から坂崎磐音に戻った玲圓の後継の身辺に注意を向け、田沼父子は幾たびとなく刺客を送ってきたが、悉《ことごと》く磐音らの前に屈していた。父の意次がいまも切歯《せつし》するのは、側室おすなの紀州領内高野山《こうやさん》での惨死であった。この死には坂崎磐音が関わっていると推測されたが、確たる証拠《あかし》はなかった。

なんとも憎き相手であった。

その坂崎磐音が三年半の旅を切り上げて江戸に戻っていた。

両替商今津屋の援助で小梅村の御寮の敷地に設けられた尚武館坂崎道場に、旧尚武館佐々木道場の剣友や門弟が再結集することを、田沼父子はあらゆる手段を講じて禁じていた。ために新生なった尚武館坂崎道場は二十人程度の門弟に留まっていた。

意次は、両替商今津屋の商いをどのような策を使っても潰せと意知に命じていた。だが、江戸の両替商六百軒余を束ねる両替屋行司《ぎょうじ》今津屋はそう容易に潰せる相手ではなかった。

徳川幕府が始まって百八十年、

「武上位から商優位」

の時代へと変わっていた。多くの大名家や旗本が商人から多額の借金をしており、首根っこを押さえられていた。その商人の雄が今津屋なのだ。

意知の夢、

「外洋航海ができる貿易船の建造」

には巨額の金子が要った。両替商らの手助けがなければ実現不可能な夢だった。父と子は別々の理由から今津屋と尚武館道場の結びつきに切歯していた。

「何用あって面会を求めた」

「本日、尚武館道場に一人の武家が訪れ、坂崎磐音に面会を求めましてございます」

と外の暗がりから潜み声が意知の耳に届いた。

「入門を願う者か」

「いえ、そうとは思えません。道場主の嫁、おこんの実父に伴われて母屋に向かいました」

「坂崎の嫁の実父とな」

「おこんは町人の出にございまして、甲府勤番支配の速水左近様の養女となり、佐々木家に嫁いでおります」

「町人の実父が伴ったか」

「いえ、道に迷うていた武家を道案内しただけのようでございます。その武家は坂崎磐音と面会した模様です。対談はおよそ半刻に及びましてございます」

「して、正体は」

「麴町三丁目にある屋敷まで尾行し、出入りの油問屋に尋ねましたところ、新番士佐野善左衛門政言と分かりましてございます」

「なにっ、新番士佐野政言とな」

意知にとって思いがけない人物だった。

田沼家は俵藤太《たわらのとうた》こと藤原秀郷《ふじわらひでさと》の流れを汲む名家佐野家から家系図を借り受けて、田沼家系図を唐人の系図屋雹田平に贋造《がんぞう》させていた。

佐野家は下野《しもつけ》国都賀《つが》郡の名家で、田沼家は下野国安蘇《あそ》郡田沼村と近く、一気に老中まで成りあがった田沼としては名家佐野の系図がどうしても欲しかったのだ。

参考にした佐野家の系図は未だ田沼家の手もとにあった。ために佐野政言がなんども田沼家を訪れては、

「系図返却」

を求めていた。

そのたびに田沼家では言を左右にして返却に応じていなかった。

田沼家の系図の源になった佐野家系図を返せるわけもない。もし二つの系図が世間に知れたとき、田沼家系図が佐野家系図を参考に贋造されたことが判明するからだ。だが田沼家の系図のことは城中の一部には知られた話だった。

「佐野政言と坂崎磐音が知り合いとな。なぜか」

意知は密偵に問うた。

「殿様、そこまでは探り得ておりませぬ」

西の丸家基を巡り、対立する尚武館佐々木道場の佐々木玲圓潰しの指揮を執ってきたのは意次の側室、神田橋のおすなであった。

むろん田沼意次の意を汲んでのことだ。

天明二年正月、高野山詣でに船で向かったおすなは、雑賀衆の助けを借りた坂崎磐音と一統の反撃に遭い、雑賀衆の女衆の手によって殺されていた。またおす

おすなと合流したはずの雹田平も抹殺された。

そんなわけで、尚武館一派対策の役目がおすなから意知に巡ってきたのである。だが、おすなと雹田平一派の敗北と死は、その残党によって江戸に知らされた。だが、詳しい経緯《いきさつ》は意知も承知していなかった。

ために、京にて雹田平と佐野政言が坂崎磐音立ち会いのもとに会ったことも、意知は知らなかった。雹田平は、

「田沼家系図と佐野家系図、ともに田沼意知様のもとにあり」

と言い逃れして、いったんその場を切り抜けていた。

この事実は、雹一人の胸に仕舞われ、紀伊領内におすなの船が到着したとき、雹の口からおすなに告げられた。それから数日を経た正月十一日、女人禁制の高野山の奥之院に乗り物で詣でようとしたおすなと、大軍を擁して姥捨の郷に攻め入った雹田平一味は、雑賀衆に助けられた坂崎磐音と一統の反撃に遭い、殲滅《せんめつ》されていた。

ために佐野政言と坂崎磐音が知り合いであった事実は、田沼意知に伝えられてはいない。

（だが、待てよ）

意知は思い当たった。

（父は知っていたのではないか）

なぜならば、城中で御三家の水戸治保、尾張徳川の宗睦、紀伊藩主治貞が速水左近の甲府勤番支配を解くように迫ったとき、田沼家に佐野家の系図が貸し出され、未だ返されていないことを治貞が仄《ほの》めかしたというではないか。もしや御三家の行動の背後に坂崎磐音がいるとしたら、と意知は慄然《りつぜん》とした。

この直後、意次は意知を呼んで、

「佐野政言の昇進と加増」

を命じていた。

あれは佐野と坂崎が通じていることを承知してのことではないか。佐野を坂崎から引きはがして味方に付けよとの真意があるのではないか。

ともかく真相を探ることだ。それまで父にも問い質すまいと意知は決めた。

「急ぎ探れ。探り出すまで帰邸は許さぬ」

意知は、心を乱す情報をもたらした密偵の早化けの三蔵を屋敷の外に追い返した。

実に意外なことだった。

永年の宿敵、尚武館道場の坂崎磐音と家系図を借り受けていた佐野家の当主、佐野政言が知り合いだったとは。

意知は癇性《かんしょう》な政言の顔を思い出していた。

両者が手を組んだとき、田沼家にとってどのような不測の事態が生じるか。意知には具体的になにも思い浮かばなかった。ただ背筋に嫌な予感が走った。

三蔵が探り出した新たなる情報をもとに早急に対策を立てるべきかと、意知は頭に留めた。

ともかく、父が命じたように佐野政言を新番士から早急に御納戸頭に昇進させ、二百石を加増して口を封じ、坂崎磐音とのつながりを絶つことだ。

過日、書状に甘言を認《したた》めていたことが役に立ったと、意知はいささか安堵した。

折りしも、甲府勤番支配だった速水左近が意知と同格の奏者番として江戸に戻ってくる。

また水戸徳川家の嘉例《かれい》の行事、浮亀の御献上の場で、御三家の水戸治保、尾張の宗睦、紀伊藩主の治貞の三人に意次が詰め寄られ、速水左近の、

「甲府勤番支配から奏者番への昇進」

を約束させられたとも聞く。当初、この屈辱的な譲歩を意次は意知に隠していた。

意次は、御三家の背後に朝廷や尾州中島家が控えており、尾張徳川家や尾州中島家には江戸を追われた坂崎磐音が世話になっていた経緯があるとして、警戒の念を抱いたのではないか。

佐野政言対策に間違いがあってはならぬ、と意知は肝に銘じたが、

「ますます嫌な予感」

が胸に暗く広がった。

大名役の奏者番は、大目付、目付とともに三役と呼ばれ、江戸城中での儀礼を執行した。ために、

〈言語伶俐英邁之仁にあらざれば堪えず〉

と『明良帯録《めいりょうたいろく》』に記してあるほどだ。

大名や旗本が将軍に拝謁《はいえつ》する場合、その姓名を言上し、進物を披露したりする。また、元服した者の将軍御前での振る舞い方を城中で指導し、御三家や大名への上使を務めた。その人数は二十人から三十人と多かった。これらの奏者番を寺社奉行を兼任する者が務めて主導した。

いわば城中の高級雑事掛だが、奏者番を無事に務めれば若年寄、大坂城代、京都所司代に転職し、さらに老中に出世する道筋が開けていた。だが、それだけに城中での厳しい仕来りやら振る舞いが教え込まれた。

意知は、父の意次の老中出世により異例にも奏者番に就いた人間だ。ために城中での小うるさい仕来りなど覚えがないものばかりだ。

一方、速水左近もまた異例の奏者番補職であった。

この職務、譜代大名役であると前記した。それが譜代とはいえ、旗本から選ばれていた。それはまた後々大名に取り立てられることを想定していた。大名家から選ばれた場合、城中の仕来りに暗い上に、新参時代は、詰ノ間でもてなしをする場合も己が用意したものを食すこともできず、煙草《たばこ》を吸うことも許されなかった。また奏者番の筆頭の寺社奉行にはあたかも将軍のように接せねばならず、言葉遣いも厳しく正された。それは大名育ちの殿様風御前風を直し、将軍の前に出てもしくじりをなさないためであった。

奏者番は、若年寄、老中へ就任できる家柄の譜代の臣の修行期間といえた。

だが、速水左近は家治の御側御用取次を務めていただけに城中表、中奥《なかおく》に知り合いが多く、仕来りにも慣れていた。

奏者番を束ねる寺社奉行の牧野豊前守惟成《まきのぶぜんのかみこれしげ》も阿部備中守正倫《あべびっちゅうのかみまさとも》も井上河内守正定《いのうえかわちのかみまささだ》も安藤対馬守信成《あんどうつしまのかみのぶなり》も昵懇の仲であった。なにより将軍家治に近い人物だった。

速水左近が江戸に戻ってくるのは、正直うっとうしいことであった。

そんな時期に坂崎磐音が佐野政言と会った、とまた意知は最前の懸念に戻っていた。

（ともかく急ぎ佐野政言を屋敷に呼び、坂崎磐音との関わりを質す）

と意知は決断した。

翌日の昼下がり、速水左近の一行は多摩川の流れを経て、矢倉沢《やぐらざわ》往還（大山道）の二子の渡し場に到着した。そこには乗り物一挺《ちょう》とあんぽつ一挺が用意されており、出迎え人の中には昨日江戸へ、

「速水左近の江戸到着」

を知らせた霧子も混じっていた。

「ご苦労であったな」

速水左近が霧子を労い、渡し場で速水左近一行と表猿楽町を守ってきた奉公人らが感激の再会をなした。

渡し場近くの茶店に入った一行は、無事の江戸帰着を祝して一献《いっこん》を傾け、遅い昼餉を食した。喜びに沸く速水主従の中に、憮然とした顔の田沼意知の御番衆組頭毛呂山六蔵が混じっていた。

その後、一挺の乗り物には速水左近が乗り込み、もう一挺のあんぽつ駕籠には、後ろ手に両手首を縛《いまし》められ、手拭いで口を封じられた毛呂山が乗せられて、江戸に向かった。

奥多摩の氷川外れで坂崎磐音の筏の奇襲を受け、捕われの身となった毛呂山六蔵は、氷川の宿場に連れ戻されて、磐音と速水左近の厳しい尋問を受けた。

その結果、速水左近の江戸帰着を阻止するために田沼意知が自ら指揮していたことが判明した。

毛呂山の自白書を一夜で書き上げた一行は、川面が白み始めた明け六つ（午前六時）の刻限に川船に乗り込み、二子の渡し場に到着したのだった。

速水左近の乗り物の左右には磐音と李之助と右近が控え、あんぽつには弥助と霧子が従い、ゆっくりと江戸に向かった。

江戸城半蔵御門に辿り着いたとき、江戸は冬の夕暮れを迎えていた。

乗り物とあんぽつ駕籠を警護した磐音ら一行は、御城の内堀をぐるりと右回りに半周して、九段下の俎橋《まないたばし》を渡り、一橋御門に差しかかったところで二手に分かれた。

速水左近を乗せた乗り物は、三番明地と四番明地の間を抜け、武家地の中を錦《にしき》小路へと向かった。もはや表猿楽町は近い。

毛呂山六蔵を乗せたあんぽつ駕籠には弥助と霧子が従って、神田橋御門へと向かい、橋を渡る直前で弥助と霧子主従の姿が消えた。

駕籠かきだけになったあんぽつ駕籠は神田橋御門内の田沼邸の御門に到着し、先棒《さきぼう》の一人が通用門をこつこつと叩いて、訪いを告げた。

「どうれ」

と横柄《おうへい》な声が中からして、

「何者か」

と誰何《すいか》した。

「へえ、駕籠かきにございますが、こちらのご家中のお方をお乗せして参りました」

「なに、家中の人間を駕籠に乗せてきたとな。だれか」

と言いながら通用戸が開かれ、提灯を手にした門番が横付けされたあんぽつの簾《すだれ》を上げ、駕籠の中を照らした。しばらく無言であった門番が奇声を発した。

「お、意知様配下の毛呂山六蔵様ではございませぬか」

慌てて手を差し入れ、口封じされた手拭いを解くと、毛呂山の体をあんぽつ駕籠から引き出して通用口から中に入れた。

その間に駕籠かきは空になったあんぽつを担いで、すたこらさっさと神田橋御門へと姿を消した。

「駕籠かきを中へ入れろ！」

「なにが起こった」

田沼邸の中から門番衆の立ち騒ぐ声がして、通用口に出てきたときには、もはや駕籠かきの姿はどこにもなかった。

神田橋御門を潜った駕籠かきが鎌倉河岸《かまくらがし》に走り込んできたとき、弥助と霧子が出迎え、駕籠かきの無事を確かめると、

「ご苦労でございました」

と霧子が労い、過分の酒手を渡した。


その夜、木挽町の田沼屋敷に引き立てられた毛呂山六蔵は、田沼意知を前に事

情を聞かれていた。

「かような醜態をさらし、御番衆の役目が務まると思うてか」

　意知の冷たい視線に毛呂山六蔵が、

「真にもって不覚千万の極みにございます。されどこれには事情がございまして」

「なにがあった」

「速水左近の一行は殿様のご推測どおりに甲州道中を途中から外れ、小菅村を経由して青梅往還に姿を見せました。そこまではよかったのでございますが」

「そのあと、しくじったと申すか。そなたには剣術家を大勢付けておいたぞ」

「はっ、はい。ですが、まさか尚武館道場の坂崎磐音らが同道しておるとは予想だにせぬこと」

「なにっ、尚武館の坂崎が速水左近の出迎えに甲府に参ったと申すか。舅の松平康福様の手を煩《わずら》わせ、予定の三日前に江戸帰着を改めて命じたのじゃぞ。江戸を離れた形跡があったとは思えぬが。いや、待てよ」

「坂崎が甲府まで出向いておったかどうかは分かりませぬ。されど多摩川の流れに乗った筏で姿を見せたのは確かなことにございます」

意知がしばし沈黙した。

「小梅村におる坂崎磐音は何者か。佐野政言が会《お》うたという坂崎は偽者か」

と呟き、

「毛呂山六蔵、そなた、囚われの身になり、縛めを受けた身でようも平然とわしの前に姿を晒したな。武士ならば己が始末、承知であろうな」

と意知が冷酷な声音で命じた。

「と、殿様」

田沼家に三年ほど前に仕官したばかりの毛呂山がぶるぶると震え始めた。

表猿楽町の速水邸では久しぶりに表門が開けられ、高張《たかはり》提灯が煌々《こうこう》と灯されて、三年余の甲府勤番支配を務め上げた主、速水左近の乗り物を、奥方和子をはじめ、奉公人一同が晴れやかな顔で出迎えた。

「甲府でのご奉公、ご苦労にございました」

和子が乗り物を下りた左近に深々と腰を折り、

「心労をかけたな」

と左近も留守を務めた和子を労った。和子が穏やかな顔で首肯し、視線を杢之

助、右近の兄弟に移すと、

「少しは父上のお役に立つことができましたか」

と微笑みかけた。

「尚武館の若先生や弥助どの、霧子さんの助けで、なんとか恥をかかぬ程度には」

と嫡男《ちゃくなん》の李之助が応じるのへ、

「おお、坂崎磐音どの方はどうなされた」

と速水左近が訊いた。

「父上、今宵は内々で帰着のお祝いをなされませと言い残されて、小梅村に戻られました」

「なに、おこんのもとに戻ったか。江戸に戻った祝いに一献酒を酌み交わそうと思うておったが、残念かな」

「殿様、もはや江戸におられるのです。若先生とはいつ何時なりとも会うことができまする」

と和子が言い、速水左近が頷いて、

「三年ぶりのわが屋敷、上がらせてもらおう」

と言い残すと草履を脱いで式台に上がり、仏間に向かった。

その刻限、神田川の船宿川清《かわせい》の船着場から一艘《そう》の猪牙舟が出て、大川に向かっていった。

櫓《ろ》の漕ぎ手は霧子で、磐音と弥助が乗っていた。

「若先生、これで江戸が賑《にぎ》やかになりますな」

と磐音に話しかけた弥助が煙草入れから煙管《きせる》を出し、刻み煙草を詰めた。そして、霧子が師匠のために用意していた煙草盆の火を移して美味そうに一服吸うと、川面に煙を吐き出した。

磐音は弥助が煙草を吸う様子をただ笑みを浮かべて見ていた。

下弦《かげん》の薄い月が、大川を渡る猪牙舟の三人を静かに見下ろしていた。

第四章　戻ってきた三味線

一

尚武館坂崎道場は、いつもの暮らしに戻っていた。

道場主の坂崎磐音を筆頭にして住み込み門弟、通いの門弟二十人ほどが毎日厳しい稽古を続けていた。そんな中には必ず速水杢之助、右近の兄弟もあり、稽古で立ち合った重富利次郎が、

「おや、杢之助どの、なにやら一段と腕を上げられましたな。日頃のそれがしの指導が利いてきましたか」

と自賛する体《てい》で褒めた。するとかたわらで右近と竹刀《しない》を合わせていた辰平が、

「右近どのも自信を持って攻めてこられる。利次郎、そなたの指導が利いたので

はない。若先生と旅をされた経験が自信につながったのだ」

「なに、そのような曰くか。それがしの指導よろしきを得てのことかと思うていたがな」

と利次郎が首を傾げた。

磐音は中座しており、四つ（午前十時）に近い刻限であった。

「利次郎さん、あなたが若先生の旅に同行なされて経験を積まれたように、ご兄弟もなにかを会得されたのです」

二人の会話を聞いていた霧子が利次郎に注意するように言った。

「霧子、辰平とそれがしの若先生帯同は年余にわたるものじゃぞ。兄弟の甲府への旅は十日にも満たない」

「それでも杢之助どのと右近どのは技量を上げられ、自信をつけられた。われらより優秀だったというわけだ」

と辰平が答えた。

「ふーむ、いま一つ得心できぬな」

利次郎が腕組みして考え込んだとき、玄関に人の気配がした。

その人物は訪いを告げることなく道場の入口に入ったところで、見所《けんぞ》の神棚に向かって一礼し、稽古を見物するように見所に歩み寄ると正座した。物馴れた動作だった。

「父上」

右近が呟き、速水左近の突然の出現に緊張した。だが、杢之助はなんとなく父の尚武館訪いを知っている様子があった。

「速水様、ご帰府祝着至極にございます。また、奏者番へのご出世おめでとうございます」

尚武館坂崎道場の師範役を任じる依田鐘四郎が、一同を代表して速水に挨拶した。

「依田どの、そなたらにはあれこれと造作をかけ申した」

速水左近が返礼し、懐《なつ》かしげに門弟らの顔を見回した。坂崎遼次郎《りょうじろう》ら門弟らが速水と目を合わせると会釈を返した。

その折り、中座していた磐音が道場に戻ってきて、

「お見えでしたか」

とこちらも予測していた体で返答した。

「その節はいかい世話をかけた」

「なんのことがございましょう。上様とのお目通り、無事にお済みにございますか」

「済んだ」

と速水が短い返答に万感の思いを込めて、奏者番として任官の儀式が終わったことを磐音に伝えた。

波乱に満ちた甲府からの帰路、無事に表猿楽町の屋敷に帰り着いて十日余りが過ぎていた。磐音もおこんも杢之助と右近兄弟から父親速水左近の行動は、その都度報告を受けていた。

磐音が速水左近に首肯すると、

「どうじゃ、久しぶりに東西戦をいたすか」

と門弟らに提案した。

磐音と客分の小田平助を除く、その場にあった十八人が、東方依田鐘四郎、西方糸居《いとい》三五郎《さんごろう》を大将にして九人ずつに分かれた。杢之助、右近兄弟も東西に分かれた。

「それがしが任意に呼び出す者同士の対戦となす。審判はなし。両者が得心したところで竹刀を引きなされ」

磐音が命じて、先鋒として李之助と右近が竹刀を合わせることになった。兄弟は若武者らしい機敏な動きで攻守所を変えつつ、なかなか息が抜けない対戦になった。だが、兄の李之助が一日《いちじつ》の長《ちょう》を見せて、小手《こて》を決め、勝負を制した。

「残念なり、兄者に後れをとるとは」

弟が闘志むき出しに兄に言い放ったが、兄は静かな笑みで応えたのみだ。

速水兄弟の活気のある対戦があとに続く対戦者の闘志に火をつけて、どの試合も見どころのある好勝負、白熱した試合になった。

坂崎遼次郎は日頃苦手にしていた田丸輝信《たまるてるのぶ》を堂々とした面打ちで下した。

霧子は依田鐘四郎とあたることになり、対戦前やりにくそうな表情を見せた。だが試合が始まってみると、なかなか息がつけない白熱した攻防戦になった。最後は胴を抜かれた霧子が、
さあっ
と竹刀を引いて、

「参りました」

と鐘四郎に一礼した。すると鐘四郎がどさりとその場の床に腰を落とすと、

「霧子が手加減して、年寄りに花を持たせてくれたな。依田鐘四郎、息が上がっ

て、あれ以上続けると明日から尚武館の門を潜れぬところであったわ。それにしても女子《おなご》に情けをかけられるようでは終わりだな」

と磊落《らいらく》に言い放ち、苦笑いした。

「依田様、私は花を持たせるなど、そのような僭越《せんえつ》はしておりませぬ。必死に攻めた結果、胴を抜かれたのでございます」

険しい表情の霧子が鐘四郎に言った。

「霧子、分かっておる。若先生が江戸におられぬ間、それがし、稽古の手を緩めておったでな、体がさび付いたのよ。こうして若先生も速水左近様も江戸に戻ってこられた。精々さび落としに小梅村に通うことを約定する」

と一同の前で宣言し、

「それがようございます」

と利次郎が思わず鐘四郎の言葉に同意し、霧子に睨まれて首を竦め、

「また利次郎がやらかしたぞ」

と一同が笑い出した。

「おやおや、利次郎め、いらぬことを言うて霧子に睨まれたわ」

兄弟子の糸居三五郎にまで念を押されて、利次郎はがっくりと肩を落とした。

「利次郎、しょげておる場合ではあるまい。戦わずしてこの松平辰平の軍門に降《くだ》るか」

と辰平に試合を促された。残っているのは利次郎と辰平だけだから、磐音が指名するまでもない。

「おうっ、辰平ごときに負けてなるものか」

竹刀を持つと霧子の幻影を振り払い、対戦相手の辰平との試合に集中しようとした。そして、

「どうだ、辰平、二番を立て続けに制した者が勝ちとせぬか」

と利次郎が提案し、辰平が磐音の顔を見た。磐音が頷くと、

「霧子の前で恥をかきたいか。よかろう」

神保小路の佐々木道場に入門して以来、何百回あるいは何千回と竹刀を交えた若武者同士が新たな一戦に臨むことになった。

もはや入門時のでぶ軍鶏《しゃも》、痩せ軍鶏の二人ではない。

辰平は年余にわたる武者修行のあと、姥捨の郷に滞在中の磐音らに合流し、磐音の指導を受けながら雑賀衆とともに稽古を積んできた。

利次郎も辰平に遅れたものの、父の国許《くにもと》入りに同道して、武芸が盛んな高知で

修行に励み、藩の内紛をも収めるなど経験を積んでいた。そして、高知入りした辰平とともに紀伊に渡って、磐音ら一行に合流した後、雹田平一派との戦に参戦していた。

十分な稽古と豊かな実戦を経験してきた者同士だ。

一瞬も見逃すことができないほどの攻防で、辰平が見事な小手返しで先手をとった。

二本目が始まる前、利次郎がちらりと霧子を見ると、霧子が微笑を浮かべて利次郎の眼差しに応じた。

利次郎は霧子の微笑に応えるように辰平を攻めに攻めて、面を奪った。

これで一対一。振り出しに戻った。

三本目は両者攻め合い、凌《しの》ぎ合いで決着がつかず、磐音が頃合いを見て、

「両者引き分け」

を宣した。

さすが半刻ほど一瞬の間もなく攻め合った二人は、肩で大きく息を吐きながらも、作法どおりの試合後の一礼を交わした。

磐音が見所の速水左近を見た。すると、

「磐音どの、神保小路に比べ、門弟の数が少なくなった分、密度の濃い稽古ができておるようじゃな。だれ一人として軟弱な士はおらぬ。頼もしいかぎりである」

佐々木玲圓の剣友が得心した感想を述べたものだ。

「ご子息はいかがにございますな」

「わが子二人して手を抜くことなく稽古を積んだ跡が見えた。速水左近、ご一同に礼を申す」

と軽く一礼した。

「速水様、久しぶりにございます。養父に代わりてそれがしに稽古をつけていただけませぬか」

「なに、山流し三年の怠慢を、倅らの前で晒せと言われるか。もっとも、そなた相手では恥をかくくらいしか、倅どもに父の実態を見せられぬ。これも倅らへの戒《いまし》めかな」

余裕の笑みで見所に立ち、羽織を脱いだ。

磐音は、速水左近と対峙《たいじ》して、速水が甲府勤番中も決して稽古を怠っていなかったことを察した。

正眼の構えに緩みなく、堂々として隙がない。

阿吽《あうん》の呼吸で相正眼の二人が攻めに入り、受けに回って、一画一画忽《ゆるがせ》にすることのない楷書体《かいしょたい》のような攻防を繰り広げた。無言の会話で攻守が交代し、また戻った。

若武者の辰平や利次郎の迅速巧妙は、二人の対戦にはない。あくまで緩やかな攻防の中に、奥義に達した者だけが見せる神秘森厳があった。

磐音が、すいっと竹刀を引いて、

「甲府でのご研鑽《けんさん》、拝見いたしました」

「磐音どの、依田どのの言葉を真似るわけではないが、尚武館の老友に恥をかかせまいと苦労なされたようじゃ。ともあれ、久しぶりによい汗を流させてもろうた」

と笑顔で応じたところに、おこんが空也を連れて姿を見せ、

「養父上《ちちうえ》、お帰りなされませ」

と速水左近が数日の旅にでも出ていたような挨拶をした。

「おこんか。戻ったぞ」

こちらもあっさりとした返答だ。それでいて速水左近とおこんは相手を十分に

思いやり、再会を喜び合っているさまが窺えた。磬音にはできない芸当だった。

「本日の朝稽古には、わが養父上まで引っ張り出されましたか。昼餉の刻限にございますよ」

と話しかけた。

「おこん、腹のややこは息災に育っておろうな。うむ、かたわらにいる子が空也か」

「養父上、空也にございます」

おこんに手を引かれた空也に速水がつかつかと歩み寄り、

「空也、速水左近じゃ、宜《よろ》しゅうな」

「坂崎空也にございます」

おこんに促され、母親の手を放した空也が挨拶し一礼した。そして、おこんの顔を見て、

「母上、このお方は金兵衛様とは別の爺様ですか」

と尋ねた。

おこんが速水左近を養父上と呼んでいることを訝しく思ってのことだろう。

「ふっふっふ、空也にはあちらにもこちらにも爺様がおられますな。いかにもお

こんの養父上ゆえ、そなたにとって爺様にございましょう」

「おお、それがしは空也の爺様か。ならば抱かせてくれぬか」

左近が空也を抱き上げ、

「おお、重いな。磐音どのとおこんの子を抱いて、ようやく江戸に戻ってきた実感が湧いてきたわ。杢之助にも右近にもこのような愛らしい頃があったかのう。御用に追われてよう覚えておらぬ」

「おやおや、杢之助様、右近様、そなたらのお父上は幼き日を覚えておらぬそうですよ」

「義姉上《あねうえ》、私どもも、父上の若き姿をよう記憶しておりませぬ。朝早く城に上がられ、夜遅くにならぬと屋敷に戻ってこられませぬ。戻ってこられると、私どもに剣術の稽古を怠るな、父が稽古をつけてやろうと命じられますので、兄と二人、蔵の中などに隠れておりました」

と右近がおこんに応じるのへ、

「これ、右近、速水家の恥を晒すでない」

と速水左近が答えて笑い出した。

「右近様、私の爺様が右近様の父上ですか」

と腕の中の空也が言い、

「うーむ、どうやらそのようだ。となるとそれがしは空也どのの叔父になるのか」

ところちらも首を捻った。

「母屋に昼餉を用意してございます。本日は養父上の江戸帰着祝いにございますゆえ、門弟衆もあちらに移って酒など酌み交わされませぬか」

おこんの言葉に利次郎が、

「よしよし」

とにんまりするのへ、霧子が、

「ほどほどですよ」

と囁きかけた。

磐音もおこんも李之助から耳打ちされて、速水左近がこの日、尚武館坂崎道場を訪ねることを承知していた。ために朝から祝いの料理を女衆や早苗、それに季助まで加わって用意していた。その上、品川柳次郎と武左衛門《ぶざえもん》も手伝いに参じていた。

母屋の庭が見える広座敷に二十いくつもの膳が並び、寒鯛がそれぞれの膳に供されることになっていた。

速水左近の幕閣復帰と尚武館坂崎道場の再出発の祝いとおこんは考え、柳次郎と武左衛門の手を借りて、魚河岸で頃合いの鯛を二十数尾ほど購《あがな》っていた。

今津屋の大所帯を仕切っていたおこんだ。魚河岸にも馴染みの魚問屋があり、いくらでも無理が利いた。

尚武館道場から一同が庭を抜けながら母屋に向かうと、襷《たすき》がけの武左衛門が縁側から手を振って、

「ささっ、ご一統、こちらにおいでなされ。折角焼いた鯛が冷めますぞ」

と大声で急《せ》かせた。

「おや、武左衛門様まで駆り出されておられるぞ」

利次郎が言い、霧子が、

「母屋の様子がおかしいと思うておりました。手伝いに行かなければ」

と言い残すと走り出した。

「よし、それがしも手伝おう」

利次郎ら若手門弟らも母屋の台所に走り出し、小田平助や依田鐘四郎も母屋に

向かった。

「それがし、今津屋の御寮を訪うのは初めてのことじゃ」

速水左近が隅田川の水を泉水に引き回した庭園を見回した。

「さすがは江戸の豪商が普請造園した寮かな。これ見よがしの造園ではのうて渋い造りじゃ。坂崎磐音どのは神保小路を失《うしの》うたが、小梅村によい拠点を設けられたな」

「われら、江戸を発ったとき、今津屋どのにこの御寮をお返ししたつもりでおりました。ところが戻ってみると、隣地を買い増しされて建てられた尚武館道場まで備わっておったのです」

「そなたの人徳じゃな。かように人が世話をしとうなる徳を備えておいでじゃ。いや、そなたが無欲無心に尽くすゆえ、返ってくる徳じゃな」

「はて、それがし、そのようなことを考えたこともございません」

もはや泉水のほとりには磐音と速水左近しかいなかった。

「上様にお目通りして驚いた」

突然の言葉に磐音は速水を見た。

「齢《よわい》四十六にしていささか呆けておられる。あれでは政《まつりごと》に口を出される気根もあるまい。ゆえに田沼父子の言いなりになっておられる。また周りに諫言《かんげん》する御側衆は一人としておられぬ。それがし、江戸に戻って、田沼意次、意知父子を上様のかたわらから遠ざけることこそ、最後のご奉公と確信いたした」

速水左近は磐音に言い切った。

「それがしもどなたかを見倣《みなら》い一命を捨てる覚悟。この尚武館坂崎道場がそのための拠点にならねばならぬ」

さらに速水が言い足し、磐音は黙って頷いた。

「おーい、甲府勤番からお戻りの殿様、それに尚武館の若先生、膳が整ったぞ。そなたらなしで、宴を始めるぞ！」

武左衛門の胴間声が響いて、

「速水様、本日は城中のことも田沼父子のことも忘れて、酒を酌み交わしましょうか。お互い流浪の旅から江戸に戻った祝いにございます」

「馳走になろう。かような仕度をおこんがなしておるのであれば、和子も伴《ともの》うてくるのであった」

「おこんのことです、抜かりはございません」

「なに、和子もすでにあちらに招かれておると申すか」

「はい」

「女子の深慮《しんりょ》は男の遠謀《えんぼう》に勝るな」

速水左近が笑って母屋に向かうと、縁側に空也を抱いて満足げな今津屋の由蔵の姿が見えた。

二

心を許した者同士の小梅村の宴は一刻半（三時間）ほど続いた。

この日は手伝いに駆り出されたはずの武左衛門が例によって酔っぱらったところでお開きになった。

速水左近と磐音は、しばし二人だけでおこんの淹《い》れた茶を喫しながら、江戸帰着後のことを話し合った。和子と杢之助と右近の三人は、おこんの部屋で空也を遊ばせながら、二人の話が終わるのを待っていた。

「最前、家治様が老いられたと言うたな、磐音どの」

「お聞きいたしました」

「それがし、家治様には御側御用取次として長年お仕えしてきた身じゃ。お目通りした折り、この顔にお気付きなされなかった。先任の奏者番よりそれがしの姓名が告げられても、しばし表情もない顔でそれがしを見て、頷かれただけであった。正直、驚愕《きょうがく》いたしました。同席した老中久世広明《くぜひろあきら》様が『速水左近は御側衆として上様の御側にお仕えしてきましたな』と念を押されても、『うむうむ』と首肯されただけで、はて、それがしとお気付きなされたのかどうか」

「それほど家治様のお加減は悪《わろ》うございますか」

「お目通りの後、奏者番の詰ノ間に戻り、先輩諸氏に挨拶して芙蓉ノ間から退出しようとすると、御坊主《おぼうず》に耳打ちされた。水戸治保様がお呼びというのだ」

「ほう、水戸様からのお呼びにございますか」

「治保様からそれがしが甲府勤番支配を解かれ、奏者番に就いた経緯を知らされた。甲府でこのことを最初に告げられたとき、すぐには思い至らなかったが、道中、つらつら考えるに、そなた、坂崎磐音どのの江戸帰着と関わりがあることとそれがしも漠とは推量しておった。やはりそうであったことを水戸様のお話によって改めて知らされた。磐音どの、礼を申すぞ」

「速水様、われらは同じ船に乗り合わせた者同士にございます。養父とおこんを通じ、血こそ違えど、父同然のお方にございます。父と子の間に礼など要りましようか」

磐音の言葉に頷いた速水が、

「速水左近の一命を田沼父子放逐のために捧げる。これこそ、それがしの最後のご奉公じゃ。そうでなければ、家基様にも、玲圓どのとおえいどのにもあの世でお目にかかれぬ」

と呟いた。

「速水様、家治様の後継たる家斉《いえなり》様まで、田沼父子に意のままに操られるようなことがあってはなりませぬ」

「いかにもさよう」

心を許し合った二人の話は、いつ果てるともなく続いた。

この間、速水がいちばん関心を寄せたのは、磐音が、

「高野山奥之院副教導室町光然《むろまちこうねん》老師」

と昵懇の付き合いをなし、江戸への帰路、光然老師の口利きで京の朝廷にて何人かの貴人に会ったという件《くだり》だった。

「高野山の室町光然老師のことは、ご尊名だけはあちらこちらから知らされておった。それがしの山流しと異なり、坂崎磐音どの、そなたは貴重な人士に出会う

旅をなしてきたのじゃな」

と速水左近が感嘆した。

冬の夕暮れの気配が小梅村に訪れ、おこんが行灯《あんどん》を灯したとき、

「おお、もうこのような刻限か」

と言いながらも、磐音との話を終えた速水左近はさらに半刻、一刻と、おこん、和子、杢之助、右近の兄弟を交えて積もる話に花を咲かせた。

「それにしてもおこん、空也をどこで産んだのじゃ」

おこんに速水左近が問うた。

「そればかりは亭主どののお許しがなくば答えられませぬ」

おこんが笑い、磐音が、

「高野山の内八葉外八葉《ないのはちようげのはちよう》の山懐が空也の生まれ故郷にございます」

と漠然と答えたものだ。

五つ（午後八時）過ぎ、速水左近と和子夫婦は杢之助、右近兄弟を伴い、霧子が櫓を握る猪牙舟で神田川の昌平橋《しょうへいばし》際まで送ってもらうことにした。

見送ったのはおこんだけだ。

「養父上、お風邪を召しませぬように」

「そなたが炬燵《こたつ》を用意してくれたでな、和子とともにぬくぬくと屋敷近くの昌平橋まで舟で戻れる。綿入れを肩に掛けられ、なにやら爺様になった気分じゃ。もっとも養女のそなたに空也がいるのじゃ、爺様でもおかしゅうはないか」

上機嫌で速水左近が別れを告げ、霧子が棹から櫓に持ち替えた。

速水一家四人に霧子が乗った猪牙舟にしては、喫水が上がっていた。ために霧子はゆったりとした櫓さばきで大川の流れに舟を任せた。

当然、この動きは尚武館坂崎道場を見張る田沼一派も承知しており、猪牙舟のあとを一艘の船が従っていった。人影は船頭を入れて八、九人か。

彼らとて舟の主が新任の奏者番速水左近と分かっていた。だが、女門弟の船頭だけで、他に誰も同道しない舟はあまりにも無防備に過ぎ、田沼一派は様子を見ることにした。

木枯らしが川面を吹き渡り、その風を利して、猪牙舟は緩やかに神田川に入った。

尾行する船には、坂崎磐音と佐野政言の関わりを調べよと命じられた早化けの三蔵が乗っていた。

「三蔵、速水左近を討ち果たす好機とは思わぬか。御番衆組頭の毛呂山六蔵様方の仇を討つ絶好の機会じゃぞ」

見張り組の頭分のタイ捨流《しゃ》石持雄五郎《いしもちゆうごろう》が言った。

石持は、半年前に田沼意知の屋敷を訪れ、西海道筋の城下町で剣道場を経営していたと数名の配下を引き連れて売り込んできた剣術家であった。石持の願いは権勢を誇る田沼父子の下に仕官することだった。

折りしも田沼意次は、

「神田橋のお部屋様」

のおすなが実行部隊の雹田平一味とともに姥捨の郷で惨死したことで、その司令塔を実子の意知に交代させていた。

石持らはその折りに新規に試し雇いされた面々だ。

「石持様、尚武館の面々は戦上手にございましてな、これまでも幾たびとなく痛い目に遭《お》うております。ゆえに甘《あま》う見てはなりませぬ」

と三蔵が注意した。

「じゃが、尚武館の連中が影警護している気配もないぞ」

「たしかに今はございませんな」

と早化けの三蔵が前後を見た。

神田川に入り、風は和らいでいた。

三蔵は船を神田川右岸に寄せさせ、ふわりと土手に飛んで姿を消した。尚武館の面々が速水左近の警護に徒歩で従っていないか調べるためだ。

「もはや昌平橋は近うございますぞ」

船頭が江戸の地理に不案内の石持に言った。

「親子四人になった折りに一気に襲いますか」

石持の腹心の佐脇助太郎《さわきすけたろう》が尋ねた。石持が大坂滞在中に町の湯屋で知り合った居合いの遣い手だった。

「田沼意知様の御付き衆の機嫌がこのところよくない。なんとかお喜びになる手《て》土産《みやげ》を屋敷に持ち帰らぬとな」

「石持様、ここはひと思案いりますぞ」

年長の佐脇が沈黙した。

速水左近を乗せた猪牙舟が昌平橋の船着場に着き、

「霧子さん、ありがとう」

と右近の声が響いて、なぜか霧子の舟は大川へ戻らず、神田川の上流へと遡《さかのぼ》っていった。

弟の右近が提灯を手に父母の二人を先導し、兄の杢之助が両親の背後を固めた。

その様子を見た速水左近は改めて、

「二人の子が成長したこと」

を実感した。

（親はなくとも子は育つ）

この日、何度目かの感慨にひたり、胸の中で微笑んだ。

しばらく間を置いて石持ら八人を乗せた船が船着場に着いた。そして、石持の仲間たちがばらばらと下りて、急ぎ土手を上がっていった。

速水一家四人は神田川沿いに淡路坂《あわじざか》をゆっくりと上っていた。

石持雄五郎は辺りを見た。

本格的な冬の到来を思わせる寒い夜だった。ために人の往来は絶えていた。

「よし、あの四人を一気に襲う。あとあと面倒にならぬように確実に仕留めるのだ。われら八人、田沼家に召し抱えられるかどうかの戦いである。各々方、ぬかるでない」

「おお、畏まった」

腹心の佐脇が低声でしっかりと応じた。急ぎ八人が柄《つか》の目釘を確かめ、鯉口を切り、戦いの仕度をなした。

そのとき、速水父子は何事か談笑しながら淡路坂の真ん中に差しかかっていた。淡路坂は四丁ほど続き、太田姫稲荷《おおたひめいなり》を過ぎた辺りで武家地の間に通じる小路の口があった。

この武家地を南西に抜けると、表猿楽町の速水邸の門前に出る。

速水左近は心を許した剣友らと久しぶりに心地よい酒を楽しみ、微醺《びくん》を醒《さ》ますつもりで神田川の河岸道《かしみち》を選んだか。

対岸には昌平坂と昌平坂学問所と聖堂の甍《いらか》が見えた。

寒風に紛れるように石持一派は走った。

だが、功名を焦るあまり、霧子が空になったはずの猪牙舟を昌平坂を過ぎた上流の土手に寄せたのに気付かなかった。

猪牙舟の舳先《へさき》と艫《とも》辺りから筵《むしろ》が剝《は》がれると、
むくり
と起き上がった二つの影があった。

磐音の命で松平辰平と重富利次郎が速水左近父子の影警護に従う姿だ。

猪牙舟を舫《もや》った霧子が二人のあとに従い、三つの影が急勾配《こうばい》の土手を軽やかに駆け上がった。やがてそのうちの一つ、霧子の影が土手に生えた松の陰に没した。

そのとき、速水父子は後ろから迫る気配に気付いていた。後ろを振り返った右近が、

「父上、怪しげな者どもが」

と言いながら、提灯を淡路坂の端の石に乗せた。そして、

「兄上」

と杢之助と目配せし合い、刀の鯉口を切った。

ふっふっふ

速水左近が和子を見ながら微笑んだものだ。

「そなたら二人で戦うつもりか」

「父上、母上、われらが食い止めます。その間に屋敷にお戻りくだされ」

「杢之助、父は痩せても枯れても直心影流尚武館道場の佐々木玲圓どのの剣友じゃぞ。不逞の輩《やから》を見て逃げたとあっては末代までの恥じゃ」

と倅二人に応じると、

「まず父が手本を見せる。そなたらは父を見倣え」

と命じて羽織の紐をほどき、脱ぎ捨てた。

石持雄五郎らが三間手前に迫り、足を止めた。

「奏者番速水左近と知っての狼藉か」

速水が静かな声音で問うた。

「いかにも承知でござる。なんの恨みもござらぬが、そなた様のお命頂戴仕《つかまつ》る」

「訛りから察して西国の出じゃな。江戸の事情を承知しておらぬと見た。幕閣の内紛に加担すると命を失うことになろう。今宵は許す、立ち去れ」

「われらも生きねばならぬ。命を張っての行動にござってな、お許しあれ」

石持雄五郎が言い切ると、刀を抜き放ち、正眼に置いた。

仲間七人も石持にならって鞘走《さやばし》らせ、それぞれが得意の構えで速水父子を半円に囲んだ。

速水左近、杢之助、右近は和子を背後に控えさせ、神田川の土手を背にするかっこうでまず兄弟が刀を抜き合わせた。

「致し方ないか」

速水左近も黒《くろ》蠟色塗鞘《いろぬりざや》大小拵《こしらえ》の大刀の柄に手をかけ、

すらり
と肥前国忠吉《ひぜんのくにただよし》刃渡り二尺二寸八分三厘《りん》（六十九センチ）を抜き、正眼に置いた。
三人対八人の戦いを見る二つの影があったが、戦う双方は気付かない。
一人は早化けの三蔵で、
（いささか石持の旦那《だんな》、逸ったな）
とお手並みを見ることにした。
もう一人は土手の松に身を隠した霧子だ。
そのとき、三蔵は神田川の土手を駆け上がる別の二つの人影を見た。三蔵は、
（娘船頭め、猪牙に門弟を隠しておったか）
と独《ひと》り言《ご》ちていた。
「参る」
石持雄五郎が宣告するのへ、腹心の佐脇助太郎が、
「それがしが先陣を務めます」
と、林崎夢想《はやしざきむそう》流居合いの構えのままにするすると速水左近へと間合いを詰めた。
その瞬間、虚空を鋭く裂く音がして、佐脇の顎《あご》を鉄菱が打ち、足を縺れさせた
佐脇は剣を三、四寸抜いたところで倒れた。

「仲間が従うておったか」

と石持が呟き、

「いかにもさよう」

重富利次郎が速水一家の背後の土手から答え、松平辰平と一緒に姿を現した。

「速水様のお手を煩わす相手ではございません」

利次郎が言い放ち、

「杢之助どの、右近どの、父上と母上の側に」

と辰平が穏やかに言いかけた。

杢之助は辰平の命に従った。だが、右近は戦う気持ちを崩さなかった。

「そなたらの相手は尚武館坂崎道場の門弟松平辰平」

「同じく重富利次郎がお相手いたす」

二人の若武者が宣告すると、剣を抜き、するすると石持雄五郎らと速水父子の間に入り込んだ。

「利次郎様、辰平様、助勢いたします」

右近が逸った声で言うと、

「右近どの、われら二人、速水様の甲府からの江戸帰着を、小梅村で指を咥《くわ》えて待っていたのですぞ。ここはそれがしと辰平にお任せあれ」

利次郎が右近の願いを拒み、脇構えに剣をおいてさらに間合いを詰めた。

「若造が。道場剣法がわれらに通じると思うてか」

利次郎の正面にいた相手が、正眼の剣を利次郎の首筋に叩きつけるように踏み込んできた。

利次郎は相手の動きと同時に自らも間合いを詰め、脇構えの剣を存分に引き回して胴を深々と抜いていた。

それが二対七の戦いの始まりとなった。

辰平も横目で利次郎の踏み込みを確かめながら、前方から突っ込んできた二人の間に大胆に入り込み、中段の剣を左右に鋭く振るって鮮やかに倒していた。

利次郎も辰平も江戸を離れて武者修行をなし、さらに紀伊に移って磐音の指導のもと、雑賀衆とともに剣術三昧《ざんまい》の年月を過ごしてきた若武者だ。実戦経験も十分に積んでいた。

多勢《たぜい》に無勢《ぶぜい》の戦いも経験して、いかに先手を取るかも承知していた。

二人が一気に三人を倒したことで、石持雄五郎らは初めて尚武館坂崎道場が容易《たやす》い相手ではないと悟った。

利次郎と辰平は一合目で相手を倒すと左近らのもとに下がり、竦む相手を見回した。

「すでに半数が戦いから脱落した。これ以上無理をしても結果は同じこと」

利次郎が言い放った。

「速水様、怪我人を連れて立ち去ることを許してようございますか」

辰平の言葉に、

「無益な戦いはこれまでじゃ。去《い》ね」

と速水左近が命じたため、石持雄五郎らが仲間を引き連れて、早々に淡路坂から姿を消した。

（ふん、西国者が口ほどにもない。これで尚武館の面々が生易しい相手ではないと分かったろう）

武家屋敷の塀の上から顔だけを覗かせていた早化けの三蔵が姿を消した。

その様子を霧子が、神田川の土手に生えた松の大木の枝の上からじいっと窺っていた。

「利次郎どの、辰平どの、年寄りの出番はなしか」

速水左近が肥前国忠吉を鞘に納めた。

「速水様が刀を振るわれる相手ではございません。あのような連中はわれら雑兵で十分にございます」

「ふっふっふ、雑兵のう。利次郎どのや、そなたらも若先生に従い、幾多の修羅《しゅら》場《ば》を潜ってきたと見ゆるな」

「速水様、天下分け目の関ヶ原の合戦は経験しておりませぬゆえ、われら未だ一人前の戦国武者にはほど遠うございます」

利次郎が大仰な言葉で謙遜《けんそん》し、

「戦国武者とな、はっはっはは」

と速水左近が高笑いをして、応じた。


夜半、霧子は台所の裏戸を静かに叩いた。霧子は尚武館道場の長屋に寝泊まりせず、早苗と一緒に母屋で暮らしていたから、早苗に開けてもらう約束がなっていた。合図が通じたか、すぐに心張棒が外され、戸がすうっと引かれて、

「ご苦労でした」

と思いがけなくもおこんに迎えられた。

「おこん様」

霧子は慌てたが、おこんは安堵した表情を見せて訊いた。

「養父上ご一家は無事に表猿楽町の屋敷に戻られましたね」

「はっ、はい」

霧子はおこんに出迎えられた動揺を隠せぬままに返事した。

「辰平さんも利次郎さんも無事ですね」

と重ねて念を押したおこんに霧子が頷くと、よかったとしみじみと呟いたおこんが、

「霧子さん、夜も遅うございます、お休みなさい」

と台所から奥へ去っていった。すると早苗が姿を見せて、

「ご免なさい。霧子さんの帰りを待ちますとおこん様に言われて、私は部屋にいるしかありませんでした」

と謝った。

一方、居間に戻ったおこんは刀の手入れをしていた磐音に、

「おまえ様、辰平様方三人が戻られました」

と報告していた。

「異変はなかったか」

「養父上一家を送り、三人も無事に戻りました」

磐音は心中、田沼一派が速水一家の帰りに目を付けなかった筈《はず》はないと考えていた。霧子らの帰りが予想したよりも遅かったからだ。舟に辰平と利次郎が密かに従っていることを相手方が見抜けたかどうか。明朝、異変があったかどうか、どのような展開になったか分かると磐音は思った。

ともあれ無事に辰平らは使命を果たしたのだ。

「おこん、木下一郎太どのと瀬上菊乃《せがみきくの》様の祝言《しゅうげん》が近い。祝いの品など仕度は整うておるか」

磐音は近々催される南町定廻《じょうまわ》り同心木下一郎太と北町与力瀬上菊五郎《きくごろう》の次女菊乃との祝言の祝いの品に触れた。

「ご案じめさるな。こんが万事飲み込んでございます」

おこんのきっぱりとした返答に、安心いたしたと応じた磐音が普段着から寝巻に着替え始めた。辰平らに速水左近一家の警護を願った磐音は、門弟の力を信じつつも三人が無事に戻るまで万が一に対応できるように普段着のままで待機していたのだ。

「速水左近様ご一家も屋敷にて眠りに就かれた頃合いであろうか。おこん、明日がある。われらも休もうか」

寝間から空也の規則正しい寝息が響いて、坂崎家の長い一日が終わろうとしていた。

三

この日、尚武館の朝稽古が終わろうとした刻限、道場に一人の男が入ってきて、道場が農家だった時代の縁側にそおっと座した。

対岸の浅草聖天町《しょうでんちょう》で三味線造りを業《なりわい》とする三味芳《しゃみよし》六代目の鶴吉《つるきち》だ。鶴吉は磐音一行が江戸に帰着したときも妻子を連れて小梅村に駆け付け、三年半ぶりの再会をなしていた。

その鶴吉が稽古見物に来たか。磐音はなんとなく用があっての来訪と思えた。

「鶴吉どの、いましばらくお待ち願えるか」

「若先生、急ぎというわけではございませんや」

頷いた磐音は義弟の遼次郎に稽古を付け終えて、一礼し合った。

「遼次郎どの、関前《せきまえ》から便りはないか」

「冬に入りましたゆえ、関前からの御用船も参りません。藩邸内の物産所も暇を持て余しておられます」

かつて豊後《ぶんご》関前藩も、参勤交代や橋や堀の普請を幕府から強いられる大名の常に洩れず、借財を抱えて参勤上番《じょうばん》の費えにさえ苦労していた。そんな借財財政を国家老の宍戸《ししど》文六《ぶんろく》が専断していたことが藩財政の悪化に拍車をかけていた。

そんな積もり積もった借財と藩政をなんとかしたいと、磐音らは藩政改革を志したことがあった。

磐音ら江戸藩邸の若い家臣たちが立案した企ての一つが、領内の海産物などを借り上げ船で大消費地江戸に運び、売りさばくというものだった。この企ては藩を離れた磐音が江戸で手助けしたこともあって実現し、今や関前藩は数隻《せき》の千石船を所有し、定期的に関前と大坂、江戸に物産を運んで確かな利を上げていた。

お蔭で関前藩は積年の借財もなくなり、藩の金蔵には、領内を飢饉が見舞っても凌げるだけの金子が蓄えられているとか。

関前と江戸を往来する千石船には御用袋が積み込まれ、江戸屋敷に出ている藩士らに郷里からの便りが届けられた。

磐音が遼次郎に訊いたのはそのことだ。

「ご家老も、いえ、養父上も養母上《ははうえ》も壮健と最後の文に認《したた》めてございました」

「父も六十路《むそじ》を過ぎて、そろそろ隠居する年齢に差しかかっておられよう」

「養父上は今や関前藩の柱石《ちゅうせき》と呼ばれ、頼りにされておられます。藩士はもとより殿様、領民の信頼厚きゆえ、職を退かれるなど当分できそうにございません」

遼次郎が義兄の磐音に応えた。

遼次郎が小梅村の尚武館道場の門弟である理由の一つは、こうして義兄の磐音と話すことにあった。磐音が藩を離れ、坂崎家の世子を必然的に辞めたために、井筒《いづつ》家の次男の遼次郎が坂崎家に入り、跡を継ぐことになったのだ。

遼次郎にとって磐音は、関前藩の先輩であると同時に剣術の師であった。遼次郎は坂崎家の後継たらんと磐音の言動から諸々を学んでいた。

「そなたの江戸修行も長うなったな」

「そのことで義兄上《あにうえ》に相談がございます。一日二日急ぎはしませぬゆえ、お時間を取っていただけませぬか」

遼次郎が鶴吉にちらりと視線をやって願った。

「相分かった」

「中居半蔵《なかいはんぞう》様も会いたがっておられます」

「ならば都合をつけてどこかでお会いしようか」

磐音は藩主の福坂実高《ふくさかさねたか》が国許の関前にいることを承知していた。

「中居様に話しておきます」

遼次郎が言い、鶴吉に会釈して磐音のもとを離れた。

「待たせてしもうたな、鶴吉どの。どうじゃ、母屋に移られぬか。朝餉と昼餉を兼ねた食事に付き合うてくれ」

「へえ」

三味芳の六代目として四代目を凌《しの》ぐ名人と呼ばれ始めた鶴吉が答えて、縁側から立ち上がった。

磐音と鶴吉がおこんの給仕で食事を終え、膳が下げられたところで鶴吉が言い出した。

「世間にはおかしなことがございますな」

「愉快な話かな、それとも」

と磐音はその先の言葉を口にしなかった。

「さあて、どちらにございましょうな」

と曖昧《あいまい》な表情で首を捻った鶴吉が、

「わっしは、おすな様が神田橋のお部屋様として権勢を振るっておられたとき、田沼家に出入りを許されておりました」

「おすな様に纏《まつ》わる話でしたか」

「おすな様は高野山詣でに船で行かれ、江戸に戻ってこられませんでした」

鶴吉の慎重な物言いに磬音は応えない。

「いつぞや三味線の手入れの名目で田沼邸を訪ねますと、玄関番の若侍が、もうおすな様はこの屋敷に戻ってこられぬ。そのほうも用無しじゃ、もはや来るに及ばず、と門前へ追い払われましたので」

「気の毒なことをしてしもうた。鶴吉どのが、おすな様の洩らす田沼家の内情をあれこれとわれらに伝えてくれたゆえ、大いに助かった。鶴吉どの、その折りの礼がまだであったな。いや、その前に大事な一件が残っておった。鶴吉どの、そなたが今津屋を介して旅の最中に送ってくれた百両の為替《かわせ》、われらをどれほど勇気づけてくれたことか」

「いえ、わっしがまともに三味線造りをして得た金ではございませんや」

「あの金子、未だ手を付けずに残してある。われらが最後の戦いに挑む折りの軍資金と思うてな。このとおりじゃ」

と頭を下げかけた磐音を鶴吉が慌てて止めた。

「若先生、わっしが勝手にしたことだ。おすな様も楊弓場《ようきゅうば》の女だったら、なにも早死にせずに済んだものを。人間、分相応がいちばんでございますね」

磐音は鶴吉の言葉に答えられない。おすなを死に追いやった責任の一端を磐音が負っていた。

「若先生、その、わっしがおすな様から注文を受けて拵えた三味線でございますがな」

鶴吉の話が展開した。

「おすな様はそなたの造る三味線と人柄を殊《こと》の外《ほか》愛でておられたとか」

鶴吉はおすなの気持ちを利して磐音らのために田沼屋敷の奥へと出入りし、あれこれと情報を得て、知らせてくれたのだった。

「三味線の調べをおすな様がお好きだったことは確かでしたよ。ですが、弾く腕はからっきしでしたな」

「名人三味芳六代目が造った三味線が可哀想《かわいそう》であったか」

「名人かどうか世間が勝手に言うことでございますよ。ともあれ、おすな様の腕ならば、二束三文で売られる三味線もどきで十分でした」

「だが、相手は老中田沼意次様の寵愛《ちょうあい》するお部屋様。注文に応じて最高の材で丁寧に三味線を拵えられたと聞いておるが、それもこれもわれらがために、やりたくもないことを鶴吉どのはなされた」

「若先生、それは言いっこなしだ」

障子にあたる冬の陽射しに一瞬目をやった鶴吉が視線を磐音に戻し、

「その三味線がわっしの手に戻ってきたんでございますよ」

と言った。

「なにっ、田沼家から送り返されてきたとな」

「いえ、田沼家がさような真似をするものですか」

と苦笑いした鶴吉が、

「若先生、おすな様にやくざな弟がいたことを承知でございますか」

「いや、知りませぬ。三味線が戻ったことと、おすな様の実弟に関わりがあるのでござるか」

へえ、と答えた鶴吉に磐音はしばし沈思し、

「この場に弥助どのを呼んでよかろうか」

と願った。

鶴吉が黙って頷き、磐音は早苗を呼ぶと、長屋に弥助を呼びに行かせた。

その間、二人はしばし沈黙して、磐音はこの話がどう展開するのか推理してみたが、まったく先が読めなかった。

「お呼びにございますか」

弥助が姿を見せ、こちらへと磐音が居間に招き入れた。

弥助が黙って両者の間に席をとり、鶴吉が話を再開した。

「田沼意次様の愛妾《あいしょう》おすな様にやくざな弟がいたってところまで、若先生に話したところにございます」

鶴吉の言葉に弥助が頷いた。

「楊弓場に勤めていた姉がご出世前の田沼様に見初《みそ》められたことをきっかけに、おすなの弟は鍛冶屋《かじや》奉公を辞め、姉に小遣いをせびりながら、一端の遊び人になっておりました。むろん、わっしもそのようなことは昨日まで存じませんでした。その弟の五十次《いそじ》が、わっしの仕事場にふらりと姿を見せたのでございますよ……」

「この三味線、おめえが拵えたものだな」

五十次は、紫地の布に包んだ三味線と思しきものを鶴吉の前に突き出した。

「拝見してようございますか」

「ああ」

と乱暴に突き出されたものを鶴吉は両手で丁重に受け取りながら、だれに造ったものがかようなやくざな遊び人の手に渡ったかと考えたが、まったく見当がつかなかった。
二十七、八か。鶴吉は整った顔立ちながら荒《すさ》んだ顔にだれかの面影を見ていた。だが、それがだれか思い付かなかった。
布をほどいた鶴吉は一瞬にして、だれに拵えたものか分かった。それにしても三弦の糸は切れ、棹には傷まであった。なんとも無残な姿だ。

「これをどなたから入手されましたな」

「さるお屋敷からよ。名なんぞ口にできるものか」

五十次が鶴吉を見下すように言った。

「わっしがこれほど丹精込めて造った三味線もございません。それがひでえ姿になって」

と鶴吉は絶句した。

「仕方ねえよ、相手あってのことだ」

「三味線を造ったお相手は、田沼意次様の側室おすな様にございました」

「なにっ」

五十次は鶴吉を見返した。

「神田橋のお屋敷に出入りを許され、三味線造りが三味線の弾き方までお教えするため、おすな様のもとにしばしば通わせていただきましたのでな」

「なに、おめえは姉ちゃんをそこまで承知か」

「おまえ様は、おすな様の弟御ですかえ」

「おう、おれ様はおすな様の弟御よ。それが高野山詣でに行ったまま、姉ちゃんが江戸に帰ってくる様子がねえや。おれは何度も神田橋の屋敷に掛け合いに行ったと思いねえ。それまで、お部屋様の弟御とか、五十次様と崇《あが》め奉られていたおれがだぜ、近頃じゃ門番風情《ふぜい》にけんもほろろの扱いでよ、もはやおすなと田沼家は関わりがないと追い出しやがる。ばかを言うなってんだ、老中田沼様の側室の姉ちゃんがどこでどうなったかくらい教えてくれてもいいじゃねえか。はい、さようなら、もはや屋敷に姿を見せるな、と言われてよ、大人しく引き下がれるものか。馬鹿にしてくさる」

「いかにもさようですな。姉様がどうなったか知りたいのは、肉親の情ですからね」

「三味線造り、いいこと言うね。まったくそのとおりよ。だから、おれは何度も懲りずに神田橋に通ったのよ。姉ちゃんが死んだと聞かされたのは何度目か、急に金蔓《かねづる》が消えて、どうにもならねえや。おれは、姉ちゃんの遺したものを引き取りたいと掛け合ったと思いねえ。そしたら、家来の一人が、おすなの大事にしておった三味線があると、門前に放り出したのがこれだ」

「なんともひどい話にございますな」

「姉ちゃんが生きているときと、まるで扱いが違いやがる。こんなぼろ三味線一つで縁を切られてたまるかと思ったが、相手は老中だ、侍だ。太刀《たち》打《う》ちできねえや。それで神田橋から鎌倉河岸に戻ってよ、どうしたものかと見廻すと、豊島屋《としまや》が店開けしたところが見えた。それで暖簾《のれん》を潜って、酒と田楽を註文してさ、さあ、飲もうとしているところに、知り合いが姿を見せやがった。だれだと思うよ」

「さあて、だれにございますかな」

「北尾《きたお》重政《しげまさ》って絵師でよ、いつも銭にぴいぴいしているやつよ。それで絵師を呼んで、酒を飲みながら愚痴っていたらさ、そいつが三味線を見たいというから、見せたと思いねえ。すると三味線を仔細に見やがってさ、これは浅草聖天町の三味芳六代目の仕事だな。立派な道具だが、乱暴に扱ったものだなと言いやがる。おれがさ、売れるかと聞いたら、このままじゃ売れまい。六代目が修理してくれればそれなりの値で売れようと教えてくれた。だから、おめえのところに持ち込んだのさ。修繕してくれねえか」

「……という掛け合いにございましてね、三味線のしゃの字も知らない輩で、修理代も持っていませんので。そこでわっしが修理代に五、六両はかかりますぜと答えたら、そんな法外な値があるか、よそに持っていくと言い出しまして。そこでさ、わっしが、このままの状態で三両にて買い取りましょうかと言いますと、五両でなければ売れないと申します。そこで商いは成り立ったのですがな、金子は手もとにないから明後日の暮れ六つ（午後六時）に戻ってきなされ。五両は必ず用意しておくからと三味線を預かって、五十次を帰したというわけでございますよ」

「驚きいった話ですね」

と弥助が呟いた。

「鶴吉どの、物を知らぬ輩にはそなたが造る三味線も猫に小判じゃな」

「いえね、自慢するようですが、この三味線はそれなりの腕の芸人が使いこなす道具なんで、楊弓場上がりのおすな様には端っからいささか荷が重いものでした。ですがおすな様がいなくなった途端、かような扱いを受けるとは、正直、拵えたわっしは心中穏やかな気分ではございませんや」

「鶴吉どのは、われらがことを思い、気に染まぬ三味線を造ってくれた経緯がある。なんとも悪いことをしてしもうたな」

磐音は鶴吉に重ねて詫びた。

「いえ、なにも若先生にそんな言葉をもらおうとこちらに来たんではないんで。わっしが思うに、五十次は銭に困ればこれからも神田橋に押しかけて、おすな様の形見なんぞをと言い出しかねない、そうなると、なにが起きるかしれませんや。こいつはこちらに知らせておいたほうがよいかと思いましてね、川を渡ってきたってわけでございますよ」

「有難い知らせにござる」

磐音の返答に弥助も頷く。

「鶴吉どの、その三味線、五十次から買い取るのでござるな」

と磐音が念を押し、

「道具のよしあしも分からない五十次に持たせておくと、古道具屋なんぞに二束三文で売られかねませんや。それにわっしが造った三味線がこれでは、いくらなんでも可哀想でございましょ」

と鶴吉が応じた。

「それにしても五十次が北尾重政どのと知り合いとは、世間は狭い」

と磐音が感心した。

「えっ、若先生も北尾重政って絵師をご存じですかえ」

「北尾どのは、奈緒《なお》が白鶴《はっかく》太夫として吉原に入る折りの光景を絵にして話題になったり、おこんを絵にしようとしておこんにこっぴどく断られたりした経緯がござってな、それがしも存じておる」

待乳山聖天《まつちやましょうでん》裏の長屋に住む天才絵師の北尾重政は、磐音が言うように版元の蔦屋重三郎《つたやじゅうざぶろう》と組んで、奈緒の吉原入りの『雪模様日本堤白鶴乗込《のりこみ》』を描いて話題になり、そんな経緯から磐音とも知り合いの間柄であった。

「弥助どの、この話、どう思われる」

「鶴吉さんが言われるとおり、このままで終わる話とも思えません。明日、五十次が鶴吉さんのところに五両を受け取りに来たところを見張り、住処《すみか》なんぞを調べておきましょうか」

「それがよい」

と話が纏まった。

四

翌日、江戸は朝から寒波に見舞われた。慌てて綿入れなどを重ね着しても寒く、職人衆が普請場に向かう息が白く見えた。

この夕暮れ前、弥助と霧子の姿が浅草聖天町の鶴吉の仕事場を兼ねた住まいにあった。

弥助の形《なり》は植木屋の親方の体で、仕事場の横手にある猫の額ほどの庭の梅の枝を仔細げに眺めては、剪定《せんてい》ばさみで枝を払ったりしていた。

霧子は鶴吉の家の女衆に扮し、客に茶などを出して、

「おや、親方、こんな娘を雇いなさったか」

と興味深げに見られたりした。

「知り合いに頼まれてね、致し方なく置いているんですが、これまでの奉公先も長続きしなかったというし、うちで続きますかね」

と鶴吉が小首を傾げたが、霧子は自分のことが話題になっているにも拘《かかわ》らず平然としたものだ。

「なかなか利発そうな娘じゃないか。なにが長続きしない因《もと》かね」

「これまでの仕事は私に向いてないの一点張りでね、奉公人の分際でなんとも厚かましい話なんですがね」

鶴吉と客が霧子の応対ぶりを見ていた。霧子は弟子二人が三味線の修理をしている仕事ぶりを見て、だらしない歩き方で奥に下がっていった。

「あの歩き方はいけないね。どんなお店《たな》に奉公していたんだか」

「旦那、いけませんでしょ。うちだって客商売だ、挨拶の一つもできないと困るんですがね」

鶴吉が困惑の体で首を大きく振った。

「だけど、親方、あの器量、捨てがたいね。こちらにはもったいないよ。私が吉原の大籬《おおまがき》に話を通してやろうか。いい稼ぎになるし、毎日絹物を重ね着していい暮らしぶりだよ」

「さて、どうですか。うちは吉原の芸人衆の客も多うございましょう。今朝方から何人かに同じことを言われたんで当人に伝えたんですがね、吉原に奉公するのは嫌でありんす、なんぞとぬかしやがるんですよ」

「四宿の食売《めしもり》旅籠でしくじったということはないかい」

「それはねえと思いますがね」

と鶴吉が奥を見た。

「いささか変わってるんですよ、預かったはいいが、一日で持て余していますよ」

「難儀を背負わされたね。気の毒なこった」

と客が言い残して店から出て行った。


磐音もこの界隈にいた。

聖天裏の浮世絵師北尾重政の長屋を久しぶりに訪ねるためだ。前に訪ねたのは、白鶴太夫こと小林《こばやし》奈緒が山形の紅花大尽前田屋内蔵助《べにばなだいじんまえだやくらのすけ》に身請けされた頃のことだ。あれから長い歳月が過ぎ去っていた。ために絵師が住まい替えしたかもしれないと思ったが、長屋を訪ねてみると、火鉢を幾つもおいて部屋を暖め、緋縮緬《ひぢりめん》の長《なが》襦袢《じゆばん》一枚の艶《つや》っぽい女を前に絵筆を走らせていた。

「仕事中にございましたか。また後で参ろうか」

と磐音が立ち去りかけると、ちらりと磐音に視線をやった重政が、

「殊の外、寒いはずだ。珍しい人のご入来だよ。坂崎さん、いや、佐々木さんと呼んだほうがいいんですかね。お久しゅうございます。外は寒い、こちらにきてお待ちなさい。もうそろそろ終わりにしようと思っていたところだ」

と部屋に手招きした。

元文《げんぶん》四年（一七三九）生まれの北尾重政はこのとき、四十四歳、磐音より年上だった。江戸の小伝馬町の書肆《しよし》、須原屋三郎兵衛《すはらやさぶろべえ》の長男として誕生、成長して独学で絵を修めた。最初鳥居清満《とりいきよみつ》風の紅摺り絵《べにずえ》で江都に知られるようになり、安永《あんえい》五年（一七七六）に勝川春章《かつかわしゆんしよう》との合作『青楼美人合姿鏡《せいろうびじんあわせすがたかがみ》』で吉原の遊女の風俗を描いて、売れっ子の絵師になっていた。

（邪魔ではなかろうか）

長襦袢を肩脱ぎして白い肌を晒した女がいる部屋に上がってよいかどうか、磐音は迷った。だが、すでに重政の視線は女を凝視して、仕事に戻っていた。

磐音は小さな声で、

「ご免なされ」

と呟き、物が散乱した板の間から仕事場の敷居際に入り、女に背を向けて北尾重政を見た。

北尾重政の名声はますます江都に高まっていたが、当人はまるで暮らし向きを変える気はないらしい。蓬髪《ほうはつ》で、綿入れのあちらこちらから綿がはみだしていた。貧乏暮らしも相変わらずのようだった。

どれほど無言の時が流れたか。

「ふうっ」

という重政の吐息が洩れて、

「おえん、今日はこれまでにしようか」

と女に言った。

女はただ頷き、慣れた挙動で長襦袢を肩に着せかけると、奥の間に姿を消した。

重政が筆先を水洗の器の水につけて洗いながら、

「何年ぶりですかね。神保小路の佐々木道場の後継になり、今津屋のおこんさんと所帯を持とうかという頃でしたね」

「四、五年の無沙汰《ぶさた》でしょうか。この間にいろいろとございまして、北尾どのと出会うた頃の浪人者坂崎磐音に逆戻りです」

と磐音が笑みの顔で応じた。

そのとき、磐音の目に北尾重政の描きかけの絵が映じた。ちらりと見ただけだが、凄《すご》みのある美人図で女の翳《かげ》と艶が一枚の絵に描き出されていた。

「神保小路の道場は潰れ、坂崎さんの養父養母どのは自ら命を絶たれたそうな。城中をあの父子が好き勝手にしているんだ、なにが起こっても仕方ありませんな」

「この三年余、おこんとともに江戸を逃れておりました」

「どうりで江戸が詰まらねえと思ってましたよ。坂崎磐音という御仁がこの江戸にいるといないでは大違いだ」

「そう申されるのは北尾重政どのくらいです」

「この行き詰まったご時世、いつまで続くのかねえ」

と顔を見合わせた。

「坂崎さん、どこに住まいしておられる」

「今津屋の御寮に厄介になっております」

「今津屋の御寮ね、どちらですか」

「小梅村にござる」

「なんだ、川向こうにおられたか」

「北尾どの、積もる話は今度小梅村でいたしませぬか」

「いいですな」

と重政が言い、

「しがねえ絵師を誘いに来られただけではなさそうだ」

と磐音に要件を催促した。

「北尾どのは、五十次なる男と知り合いじゃそうな」

「ほう、坂崎さんが五十次に関心を寄せたということは、五十次の実姉を承知なのですね」

「老中田沼意次様の側室おすな様にございますな」

と頷いた磐音は、五十次が壊れた三味線を三味芳六代目の鶴吉の工房に持ち込んだ話をした。

「なんでも、神田橋のお部屋様として権勢を振るったおすなは身罷《みまか》ったと噂に聞きましたが、あいつ、姉を亡くして懐が窮しましたか」

「おすな様をあてに、五十次は遊び暮らしてきたのですね」

「田沼の屋敷から、決しておすなの出自や関わり合いを世間で話してはならぬという約束で、時折りおすなが五十次にそれなりの金子を与えていたんですよ」

「おすなと五十次が姉弟であることは、世間には知られていなかったのですね」

重政が首を横に振った。

「私はおすなが楊弓場の女だった時分からの知り合いでね。絵を描かせよと口説《くど》き、なんとかその気になったところを田沼意次に攫われたってわけです」

重政はおすなとの関わりを説明し、

「坂崎さん、おすなが死んだというのは真のことですかね」

と訊いた。

「真です。女人禁制の高野山奥之院へ乗り物で詣でたおすな様は、かの地で亡くなりました」

「ほう、どうやら坂崎さん、おすなの死にはあなたが関わっておられるようだ」

磐音は肯定も否定もせず、

「われら、紀伊領内の隠れ里で子をもうけました」

とだけ答えていた。重政はそれで得心したように首肯し、

「私が知る五十次は突っ張った生き方をしているようですが、度胸も芯もあってのことじゃございませんでね。二、三日前、鎌倉河岸の銘酒処豊島屋で会い、三味線を見せられたので、余計な口利きをしただけでございますよ。坂崎さん、五十次は確かに姉の出世の余禄で甘い汁を吸ってきましたがね、悪さができる奴じゃございませんよ」

「五十次がわれらに危害を加えるなどとは考えておりません。ですが、これまでの金蔓を失った五十次がいよいよ金に窮して、再び田沼屋敷を訪ねて、姉の遺品をよこせなどと居直ったとき、田沼家がどう出るかを案じているのです」

しばらく北尾重政は沈思していた。

奥の間から着替えた女が姿を見せた。

「おえん、またな」

と重政が女を送り出した。

重政が描く絵の美人より素顔はずっと若かった。

「おえんは口の利けない娘でしてね。あれだけの器量だ。口さえ利ければ吉原で引く手あまただろうが、おえんに声をかける楼主はおりませんでね。ここに来てわずかな日銭を稼いでいるんですよ。五枚組で『素人娘美人艶図』を描いて蔦屋から売り出せば、おえんにも纏まった金子が渡せるんですがね」

と磐音に説明し、話柄をもどした。

「坂崎さん、あなたらしいね、おすなの弟の身まで案じるとは」

「北尾どの、われら、自衛の策でもあるのです」

「五十次のことはその程度しか知りません。もしあいつのことを知っている人間がいるとしたら、吉原揚屋《あげや》町の仲見世、初梅楼《はつうめろう》のあおばって遊女でしょうね。あいつとは年来の馴染みのはずです」

重政が答え、磐音が、

「造作をかけました。北尾どの、おこんもおります、近々小梅村に訪ねてきませんか」

と誘うと重政が頷いた。

磐音が雑然とした板の間を抜けて玄関に下りたとき、重政が、

「出羽《でわ》の国のお方は、どう過ごしておられましょうな」

と磐音に尋ねた。

むろん出羽の国のお方とは磐音の許婚《いいなずけ》であった奈緒のことだ。奈緒は吉原で白鶴という名で松の位の太夫にまで昇り詰め、出羽山形の紅花大尽前田屋内蔵助に

落籍されて、山形に旅立っていた。

「四年前、山形に参ったことはございますが、奈緒とはまともに会うことは叶《かな》いませんでした」

「その話、吉原会所の園八《そのはち》から聞かされております。昔の許婚の危難を救いに山形まで遠出するとは、坂崎さんらしいね。また奈緒さんらしいけじめのつけ方だと感心いたしましたぜ。きっと幸せに過ごしておられましょうな」

「そうでなければ困ります」

「ふっふっふ」

と重政が含み笑いし、

「おこんさんに会えるのを楽しみにしています」

と送り出した。

磐音は浅草聖天町裏から待乳山聖天の横手を抜けて山谷堀《さんやぼり》に出た。北尾重政から吉原の話や奈緒の話が出たとき、吉原会所の頭取《かしらどり》四郎兵衛《しろべえ》に挨拶していこうと磐音は思い付いたのだ。

久しぶりに見返り柳のある衣紋坂《えもんざか》から五十間道の蔦屋重三郎の店を横目に大門《おおもん》

へと下ってきた。

寒い冬の夕暮れだが吉原には万灯《まんどう》の光があって、客の心をくすぐる清掻《すがかき》の調べが気怠《けだる》く流れていた。

磐音は大門を潜ると右手の吉原会所の腰高障子《こしだかしょうじ》を開き、

「ご免くだされ」

と敷居を跨《また》いだ。すると広土間に大火鉢があって長半纏《ながばんてん》を着込んだ若い衆が火にあたっていたが、一斉に視線が向けられた。その中から声がかかった。

「お久しゅうございます、坂崎様」

出羽山形に同行した千次《せんじ》だった。

「おお、千次どのか、久しいな」

「神保小路の道場がなくなったとか、佐々木大先生が亡くなられたとか、あれこれあってさ、四郎兵衛様も坂崎さんのことを案じておられますぜ」

「心配をかけて、相すまぬ。江戸を離れておったゆえ欠礼してしもうた。本日、近くまで参ったでな、かくも無沙汰の挨拶に伺《うかご》うた」

千次が頷き、奥へと姿を消した。だが、すぐに戻ってきて、

「四郎兵衛様がお待ちです」

と奥座敷に通された。

四郎兵衛は書き物をしていた様子だったが、書きかけの書状を文机に戻して、磐音を待っていた。

「坂崎様、そなた様がおられぬ江戸はなんとも寂しゅうございましたよ。いつ江戸にお戻りなされましたな」

四郎兵衛は磐音が江戸を離れることになった経緯を承知の様子で、いきなりそう訊いた。

「この秋に江戸に戻りましたが、吉原への挨拶が遅れてしまい、申し訳ございませぬ」

磐音はまず詫びた。

「そんなことはどうでもようございますよ」

と答えた四郎兵衛が、

「坂崎様が江戸に戻られたということは、最後の覚悟を付けられたということだ」

「いえ、最初も最後も、覚悟などという大層な決意はしておりませぬ。やはり一家が食べていくには江戸にいるほうがよいかと思いまして、旅暮らしを切り上げました」

「そう聞いておきましょうかな。今津屋さんの手助けで、小梅村に尚武館坂崎道場を開かれたそうにございますな」

さすがは吉原会所の総元締めだ、磐音の動静を承知していた。

ただ一つの官許の遊里を仕切る四郎兵衛のもとにはいろいろな情報が集まってきていた。だから当然といえば当然のことだった。そして、さらに言い足した。

「速水左近様が奏者番に出世なされて江戸に戻られたそうですな。奏者番は本来、譜代大名格の職階です。直参旗本の速水様が異例にも奏者番に就かれたには、訳がなければなりませぬ」

「吉原ではどう噂されているのでございましょうな」

磐音も四郎兵衛の考えを問うた。

「ただ今は田沼意次、意知様父子の天下、親の七光りで世子の意知様が奏者番に就かれたのです。この対抗策として御三家、譜代様方が元御側御用取次の速水左近様を同格に据えられた。ということは、田沼父子の面前にぴしゃりと王手をかけ、本式の合戦が始まる兆《きざ》し、これが城中から流れてくる噂にございます。その速水様の奏者番就任と、その就任を前に、お取り潰しに遭った尚武館が坂崎道場として小梅村に再興されたこととは決して無縁ではございますまい」

「四郎兵衛どの、物事を深くお考えになると、時に間違いが起きまする。速水様のご出世とそれがしの江戸帰着とはなんの関わりもございません」

「と聞いておきましょうかな」

にこやかな顔で応じた四郎兵衛が、

「本日はこの四郎兵衛への挨拶だけにございますか」

「そう四郎兵衛どのから催促されると、言いにくうございます」

「坂崎様と会所は浅からぬ縁、言うてくだされ」

「遠慮のう言うてようございますか」

「相変わらず慎重ですな」

「揚屋町の初梅楼のあおばと申す遊女と、少しばかり話がしたいのです」

「初梅楼のあおば、な、急ぎますか」

四郎兵衛はあおばという遊女を知らぬ表情だった。

「いえ、この刻限から夜見世が始まることは、それがしも承知しております。明日の昼見世前に参ります。その折り、口添えを願えれば有難いのですが」

「分かりました」

即座に四郎兵衛が請け合い、話柄を変えた。

「坂崎様、お子がお生まれになったそうですな」

「一子空也が生まれ、おこんの腹には二番目の子が宿っております」

「佐々木玲圓大先生とおえい様にお見せしとうございましたな」

「叶わぬ夢にございます。されど、ささやかながら川向こうに道場を開きましたゆえ、あの世から養父養母がわれらの暮らしを見ておることでございましょう」

磐音の言葉に四郎兵衛が頷いた。

その刻限、弥助は浅草聖天町の鶴吉の住まいと工房を兼ねた土間に立ち、いかにも一日の仕事が終わった体《てい》で、

「親方、本日はこれで失礼します。少しばかり仕事が残りましたので、明日も伺います」

と挨拶していた。鶴吉が、

「親父さん、こう寒くちゃ、一杯腹に入れなきゃあ家まで辿り着けめえ。どうだね、うちでわっしの相手をしてくれないか」

と誘い、弥助が何度か遠慮するふりを見せたあと、

「そうですかえ。元々好きな酒のことだ、鶴吉親方に何度も誘われて断りきれるもんじゃない」

「酒はさ、相手がいないと美味《おい》しくないよ」

弥助が鶴吉に誘われた体で草履を脱いだ。

奥の居間では霧子が鶴吉の女房おこねの手伝いをして夕餉の仕度をしていたが、師弟はちらりと見交わしただけで、

（長く待つことになりそうだ）

（覚悟してます）

と無言の会話を交わし、

「植木屋さん、親方の隣に座ってくださいな」

と霧子が弥助に声をかけた。

「弥助さん、霧子さん、なんとなく長い夜になりそうだと思わないかね」

と鶴吉が言葉遣いを変えて小声で言うのへ、

「鶴吉さん、迷惑かけてすまない」

と弥助が詫びた。

外は雪でも降りそうなくらいに一段と寒さが募ったが、この日の夕暮れに五両

を受け取りに来ると約束した五十次が姿を見せる気配はなかった。

「五十次は今晩じゅうには必ず姿を見せますよ。なあに、この家を好きなように使って待っててくだせえ」

鶴吉が笑って弥助に燗徳利を差し出した。

その様子を見て霧子は、すっと奥の居間へとさがっていった。

第五章 果てなき戦い

一

この夜、弥助と霧子は小梅村に戻ってこなかった。

磐音はこのことを気にしながらも、いつものように朝稽古を二十人に満たない門弟らとこなした。

江戸にこの冬いちばんの寒さが到来したが、体をぶつけ合った実戦的な猛稽古の熱気で、道場内に湯気が立ち上り、さらに密度の濃い立ち合いが続いた。

磐音は四つ(午前十時)時分に母屋に引き上げ、季助が沸かしてくれた朝湯を使って一息吐いた。そのあと、いつもより早い朝餉と昼餉を兼ねた食事をおこんの給仕で摂った。

「とうとう弥助さんと霧子さんは帰ってこられませんでしたね。鶴吉さんの家に厄介になったのでしょうか」

おこんは、寒夜に二人が外で過ごしたのでなければよいがと案じていた。

二人が戻らぬということは、五十次が鶴吉の家に五両を受け取りに来たということではないか。となると五十次の住まいまで二人が尾行していった結果、戻れぬ事情があるのか、磐音は思案した。だが、

（弥助と霧子の師弟だ、なんの心配があろう）

と、いったん二人の行動を忘れることにして、

「おこん、そろそろ出かける」

と言った。頷いたおこんが、

「奈緒様はどうなされておられましょう」

と不意に言い出した。

吉原に行くという磐音の行動に奈緒を思い出したのだろう。

「昨日も北尾重政どのとの間にその話題が出た。前田屋内蔵助どのとの間にお子をもうけられ、わが家と同じように幸せに暮らしておられよう」

「そうであればよいのですが、出羽山形の冬とはさぞ厳しいものでしょうね」

「時に丈余《じょうよ》の雪が降り積もると聞いたことがある」

と磐音が答えたとき、

「父上、母上、雪じゃ、雪にございますぞ」

と庭先で空也の声が響き、白山の吠え声もした。

「空也様、これは雪ではないよ、霙《みぞれ》だよ」

「じいじい、雪と霙は違うのですか」

「おうさ、雪と霙は違うね」

と空也の言葉に金兵衛が応じていた。

「おや、どてらの金兵衛さんが早、小梅村においでにございますよ」

おこんが立ち上がり障子を開けると、曇り空から霙が降り、ぱらぱらと地面をまだら模様に染めようとしていた。

そんな中、金兵衛と空也、それに白山が飛び回っていた。

「お父っつぁん、寒くないの」

「おこん、しこたま着込んできたからよ、寒くなんぞねえよ」

金兵衛が応じて、

「そんなわしの心配より、腹にややこがいるおめえが風邪をひくと厄介だ。こんな日は家に閉じこもってさ、股火鉢《またひばち》でもしていねえ」

「お父っつぁん、坂崎家は金兵衛長屋ではございません。股火鉢なんて、武家の女房ができるもんですか」

「そうかねえ。となると武家の女はなにで暖をとるんだ」

「武家方では、寒くとも寒いという言葉は口にせず、毅然《きぜん》とした態度で耐えられるのです」

「そりゃ、なんとも気の毒だ。うちの長屋の女どもは亭主を仕事に追い出したあとさ、股火鉢で煎餅《せんべい》なんぞをかじっているがね」

という金兵衛の答えに空也が、

「母上、またひばちとはなんでございますか」

「お父っつぁん、これでは空也が悪いことばかりを覚えてしまいます。小梅村への出入りを禁じますよ」

「冗談言うねえ。股火鉢なんぞ口にしただけで、嫁に行った娘の屋敷の出入りを禁じられてたまるものか。おめえも股火鉢で育った口だ、忘れたか」

「そのようなことはございません」

父と娘が掛け合う様子を磐音は笑みを浮かべて眺めていたが、次の間に行くと着替えを始めた。すべて昨夜の内からおこんが仕度しておいてくれたものだ。

「おや、亭主はお出かけか」

それを庭先から見た金兵衛が娘に尋ねた。

「吉原まで出かけられます」

「なにっ、朝っぱらから吉原通いか。そうよな、女房のおこんが腹ぼてじゃあ致し方ないか」

「お父っつぁん！　磐音様は遊びに行かれるのではありません。御用です」

おこんが金兵衛の口を塞ぐ勢いで言った。

「御用ね。男はみんなそう言い繕《つくろ》うもんだよな。な、婿どの」

「舅どの、ご一緒しますか」

「えっ、婿と吉原か、悪くねえな。だがよ、十年も前に誘って欲しかったな。この歳になればさ、花魁《おいらん》より孫がいいや」

金兵衛が最後はしみじみとした声音で呟いた。

霙は本式な雪に変わろうとしていた。

「磐音様、羽織の下に綿入れを一枚着込んでください。仕度してございます」

おこんの注意に磐音が、

「着せてもろうた。それよりおこん、舅どのの申されるとおり、外の寒さにあたっていると風邪をひく。ここは金兵衛どのの忠告を聞いて、股火鉢でもなんでもしておれ」

「知りません。亭主どのは早々に吉原にお出かけなされませ」

おこんの言葉に送られて、磐音は玄関に向かった。雪に備えて塗笠を手にすると利次郎が控えていて、

「吉原に行かれるそうですね、猪牙舟で送ります」

と言った。

「竹屋《たけや》ノ渡しでと考えておったが」

「この寒さに渡し場で震えて待つことはありません。そのあと杢之助どのと右近どのを屋敷まで送る約束です」

稽古が始まる前、利次郎と速水兄弟が、

「雪が降る、降らぬ」

で言い合い、

「この程度の寒さで雪になりましたら、それがしが杢之助どのと右近どのを舟で屋敷近くまで送って進ぜます」

と約束しているのを磐音は耳にしていた。

「霧子のことが案じられるか」

「まあ、そのようなところです。道場にいても心配ですから、動いていたほうがいいのです」

「霧子には弥助どのが付いておられる」

「そうとは分かっているのですが」

利次郎の顔には霧子を思う気持ちが滲《にじ》み出ていた。

「父上、行ってらっしゃい」

「婿どの、雪の日に吉原通いとは風流よのう」

庭を回って玄関に姿を見せた空也の言葉と、台詞《せりふ》もどきの金兵衛の言葉に見送られた磐音は、片手に持った笠で雪を避けながら、利次郎とともに尚武館坂崎道場に向かった。すると門前に速水兄弟と遼次郎が待ち受けていた。

「おや、遼次郎どのもお出かけか」

「時に藩邸に顔出ししませぬと忘れられます」

「中居様に会うたら宜しゅう伝えてくれぬか」

利次郎が蓑《みの》と菅笠《すげがさ》の雪仕度で、

「しばらくお待ちを」

と言い残して船着場に飛び出していった。すぐに利次郎の、

「舟の仕度ができましたぞ」

と叫ぶ声がして、磐音は門前から船着場に下りて猪牙舟に乗り込んだ。

雪は江戸を白一色に塗りつぶす勢いで激しさを増していた。

磐音は塗笠を被って顎でしっかりと紐を結んだ。

猪牙舟が船着場を離れ、利次郎が棹から櫓に替えた。遼次郎も速水兄弟も用意していた笠を被った。

「対岸が見えませんぞ」

利次郎が言いながらも悠然と櫓を漕いだ。

川面にはまったく船影はない。竹屋ノ渡しの流れにも見えなかった。

猪牙舟は立ち枯れた葦が雪にまぶされた中洲の横を抜けて、山谷堀に入った。

利次郎は今戸橋を潜って新鳥越橋まで送ってくれた。

「利次郎どの、助かった。雪で視界が悪い、気をつけて行かれよ」

磐音は岸から土手八丁に上がった。すると磐音を乗せてきた猪牙舟は向きを変え、隅田川へと戻っていくのが見えた。右近が磐音に手を振った。

磐音が衣紋坂から五十間道を下って行くと、坂の途中には外茶屋が軒を連ね、その間の路地に客待ちする駕籠かきなどが利用する茶店があった。茶饅頭《ちゃまんじゅう》が名物の茶店の前には蒸籠《せいろ》が重ねられて湯気を上げていた。

大門口に人の姿は見えなかった。

泊まり客もほとんどが吉原を去り、一夜の夢を胸に秘めてふだんの暮らしに戻っていた。そして、客の相手をした遊女は二度寝から覚めて、朝湯に浸かっている、そんな刻限だった。

吉原がいちばんのんびりとして、仲之町に売り声などが響く刻限だが、霏々《ひひ》と降る雪に吉原は静寂に包み込まれていた。

「若先生」

と声がして、饅頭が名物の茶店から霧子が姿を見せた。

「おや、大門前で一夜を明かしたか」

「いえ、鶴吉さんの家に厄介になりました」

「五十次は姿を見せなかったということか」

「いえ、五つ（午後八時）時分に姿を見せて鶴吉さんから五両を受け取ると、これから吉原だと鶴吉さんに言い残して馴染みの女郎衆のいる妓楼《ぎろう》に向かいました。

そんなわけで師匠が五十次をつけて大門を潜りました」

吉原は女の出入りには厳しいところだ。さすがの霧子も出入りができない。

「五十次は鶴吉さんに、『おめえ、三味線造りの名人だってな。壊れ三味線でも五両は安いと仲間に言われたぜ。おめえに騙された』と嫌味を言った上に、『まあ、いいか。打ち出の小槌《こづち》はあるんだ、神田橋から引き出せばいいことだ』とも言い残したそうです」

五十次の言動が一昨日の鶴吉から聞いたそれとは違うと、磐音は思った。だれか知恵をつけた者が背後にいるようだ。相手を見くびったか、危険な淵に五十次は近づこうとしていた。

「五十次は、揚屋町の初梅楼を訪ねたのだな」

霧子が磐音を見た。

「霧子、五十次には吉原に馴染みの遊女がおるのだ。初梅楼のあおばという名だそうな」

磐音は、浮世絵師北尾重政から聞き知ったことを霧子に告げた。

「それがしも吉原会所の口利きで、あおばに話を聞こうと出向いてきたところじゃ。山谷堀まで利次郎どのが猪牙舟で送ってくれたのだ」

「舟は山谷堀にありますので」

「いや、速水兄弟と遼次郎どのを送って、今頃は神田川に入ったあたりであろう」

と答えた磐音は霧子に確かめた。

「五十次は未だ楼を出ておらぬのだな」

「師匠も姿を見せないところから考えて、五十次は楼に居続けをするつもりでしょうか」

「五両、懐に入れておるからな。できないことはあるまい」

磐音と霧子は大門前に辿り着いた。

「霧子、しばし待て。吉原会所の若い衆に迎えに来させる」

霧子に言い残した磐音は昨日に続いて吉原会所に訪いを告げ、腰高障子を開けた。

「おや、参られましたな」

出羽山形に同道した会所の老練な若い衆の園八が磐音を迎え、

「目当ての野郎は夕暮れまであおばのもとに居続けですぜ」

と告げた。

磐音は園八に頷き返すと、大門前に女弟子を待たせておるのだがと、園八に処遇を願った。

「千次、会所に案内しねえ」

園八が命じた。

「園八どの、もう一人、おそらく初梅楼にそれがしの知り合いの弥助という者が上がっているはずじゃ。弥助どのにそれがしが会所におることを伝えてもらえぬか」

弥助の風体《ふうてい》を告げたのは、弥助が偽名で泊まったことを考えたからだ。

「千太郎《せんたろう》、揚屋町まで走ってこい」

園八が命じ、千太郎と呼ばれた若い衆が即座に会所の外に出ていき、交代に霧子が千次とともに入ってきた。

「おや、女弟子と言われるから女相撲のようにごつい女子衆かと思っておりましたが、なんと愛らしい娘ではありませんか」

園八がお店の奉公人の体《てい》の霧子を見た。

「霧子は、わが身内同然の娘にござってな、三年余の旅も同道してくれたのじゃ」

「並の娘ではないということですな」

「腕自慢の男衆でもあっさりとやられような。会所の衆も霧子に手は出さぬほうがよい」

と珍しく磐音が冗談を言い、会所の若い衆が、ほんとうか、という顔で霧子を見直した。だが、園八はすぐに霧子の秘めた腕を見抜いたらしく、

「くわばらくわばら」

と呟いた。

霧子も初めて大門を潜り、なんとなく居心地が悪そうな表情をしていた。

「そなた、尚武館の男ばかりの暮らしには慣れておろう。吉原会所は落ち着けぬか」

「いえ、会所が落ち着けぬのではございません。吉原には花魁衆が何千人もいると聞いております。ですが、そのような様子が感じられないので訝しく思っていたところです」

「娘さん、女郎が素の顔に戻れるのはこの刻限だけだ。客を送り出し、化粧を落として二度寝をして湯に入り、朝餉を食べる。このときだけ、遊女それぞれがおかつであったり、おきちであったり、自分の名に戻れるのさ。それが終われば昼

見世のために素顔を隠す化粧をなし、ありんす言葉を使う遊女に戻ることになる。雪のせいもあって、吉原らしくねえこの刻限が、おめえさんを落ち着かなくさせているのかもしれねえな」

霧子は園八の丁寧な説明に頷いた。

腰高障子が開いて弥助が入ってきた。

「若先生、おや、霧子もこちらにいたのか」

「ご苦労でしたな、弥助どの」

「五十次が楼に上がった様子で、泊まりになるのは分かっておりました。そこで御茶を挽《ひ》いていた姉さん女郎に願って一晩相手をしてもらいました」

と弥助が淡々と報告した。

「弥助さんとやら、いい女郎に当たりましたかえ」

「こちらは御用で楼に上がったんでございますよ。それにしても鼾《いびき》の凄いお女郎さんでございましたな。お蔭で勝手気ままにさせてもらいました」

「ふっふっふ」

と笑った園八が、

「初梅楼の名物女郎、鼾のお松《まつ》にあたりましたかえ」

「へえ、そのお松さんで」

と弥助が苦笑いで応じた。

「あのお松でなければだめだという年来の馴染みが何人もいるんでございますよ」

「世の中に酔好きがおりますかえ」

「弥助さん、惜しいことをしたね。この娘さんの前では詳しくは言えねえが、床上手でね、尚武館の若先生と同じ、居眠り剣法のような秘術の持ち主ですよ」

園八の言葉に奥から、

「坂崎様と弥助さんをこれへ」

と四郎兵衛の声がかかり、園八が首を竦めた。

座敷に落ち着いた磐音と弥助に、四郎兵衛が、

「どうやら坂崎様が初梅楼のあおばを訪ねなくとも、知りたいことは弥助さんが探り出してこられたようですな」

と弥助に話のきっかけを作ってくれた。

「へえ、お松さんはこちらが遊女目当ての登楼じゃないとすぐに気付いた様子で、

『楼に迷惑をかけないように好きにしなされ』と言い残すと、さっさと床に入って眠り込まれたんでございますよ」

「お松の隣座敷があおばでしたか」

「へえ」

と答えた弥助が、

「姉様が神田橋のお部屋様と呼ばれた成り上がり女でなければ、五十次自身は大したタマじゃございません」

弥助の言葉に四郎兵衛が目を剝《む》いた。さすがの四郎兵衛も五十次が田沼意次の側室だったおすなの実弟だったとは弥助の言葉を聞くまで知らなかったのだ。

「五十次の仲間に悪い野郎がいるとみえて唆《そそのか》されたのでございましょうな。仕度ができ次第、神田橋に乗り込み、強請《ゆす》るそうで、『そうなったら、あおば、おめえの体をおれが落籍《ひか》してみせるぜ』と床の中で大威張りしておりました」

「五十次は老中田沼様相手に危ない橋を渡ろうとしていますか。それにしても、なにを得物に相手と渡り合おうというのでしょうか」

「それが五十次の悪仲間というのが、浅草田原町の『世相あれこれ』って読売屋でしてね」

「田原町のかすり屋でしたか」

四郎兵衛がその読売屋をとくと承知という口調で言ったものだ。

二

小梅村の磐音の身辺には穏やかな日々が続いていた。入門者が一人として入ってくるわけではなかったが、一家がなんとか食べていければいい。舅の金兵衛が、

「婿どの、これだけの大所帯でよ、門弟がたったの二十人にも満たない。そのうち住み込みが半数を占めてさ、稽古料を月々貰《もら》っているとも思えねえ。食い扶持《ぶち》だって大変だろうが、おこんのやりくりを考えるとよ、なんとかここらでひと稼ぎしなけりゃ、正月を迎えられめえ」

と磐音を心配して話しかけたのは昼下がりの刻限だ。

道場ではそろそろ夕稽古が始まる。朝餉と昼餉を兼ねた食事のあとは、住み込みの門弟衆は書状を認《したた》めたり、洗濯をしたり長屋の片付けをしたりする刻限だ。

「正月を前に、辰平どの方に新しいお仕着せの一枚も誂えてやりたいところです。舅どの、なんぞうまい稼ぎ話はござらぬか」

金兵衛の懸念に応える磐音の返答はいつものように長閑《のどか》だった。

「このご時世、そう手っ取り早い金儲《かねもう》けが転がっているものかね。だからさ、わしが案じているんだよ。今津屋にさ、なんぞ働き口はないか、相談してみるかえ」

二人が話しているのは母屋の縁側だ。金兵衛のかたわらには煙草盆があった。だが、煙管は腰に差し込まれたままだ。

おこんら女衆は、季助が敷地の裏側を利用して作っている菜園で大根抜きの手伝いをしていて、賑やかな笑い声が響いていた。どうやら大根抜きの作業は終わったようで、大根を井戸端で洗っている様子だった。その周りで空也の声や白山の吠え声が混じって響いてくる。

「まったく、婿どのも呑気なら腹ぼての娘も能天気ときてやがる。大根抜きなんぞしている場合かね。これだけ大きな屋敷に住みながら、正月を前に一家心中ってことになりかねないぜ」

金兵衛がいささか苛立《いらだ》った表情を見せたとき、二人の視界に大きな体が入ってきた。安藤《あんどう》家の家紋入りの法被《はっぴ》を着た武左衛門が、

「ああ、なにかうまい話が転がってないものか」

と昼飯でも食べたあとか、爪楊枝を口に咥えて縁側にやってきた。

「武左衛門どののところも火の車か」

「火の車だって。うちは年がら年中火の車だ。勢津《せつ》ときたら、嫡男の修太郎《しゅうたろう》を塾に通わせ、『四書五経』の素読《そどく》なんぞをやらせて、あわよくばどこぞの武家屋敷に仕官させては、と下屋敷の用人に入れ知恵されたらしいのだ。川向こうの塾に通うには束脩《そくしゅう》、月々の手当て、机代のほか、着ていくものも新調せねばならぬ。それなりの金子が要ると申すのだ。そこでだ、早苗の給金を前借りできないかと、親のわしが恥を忍んで頼みに来たってわけだ」

武左衛門が磐音を見た。すると磐音が答えるより先に金兵衛が、

「だめだめ。そんな話はここじゃ通じないよ。武左衛門の旦那、よそに行って頼むんだね。なにしろここも大所帯の割には実入りが少ない。年の瀬を前にひと稼ぎしなきゃあって、話をしていたところだ」

と一気に言い、磐音が気の毒そうに言い添えた。

「武左衛門どの、都合はつけたいがかくのとおりにござる」

「えっ、ここを当てにしてきたんだがな。いずれも同じ秋の夕暮れか」

武左衛門ががっくりした体で縁側に大きな腰を落とした。

「武左衛門さんよ、秋の夕暮れどころじゃない、真冬の宵《よい》だ。屋敷の中が寒々しいてらあ」

金兵衛がいささか大仰に応じた。舅としては、武左衛門の面倒より婿の家の暮らしのほうが大事だった。

「それにさ、そもそもの考えが間違ってる。今時、武家屋敷に奉公したところで大した給金は出ないよ。それは武左衛門の旦那、おまえさんが身をもって承知だろうが。四書五経なんて古臭いや、一文の足しにもならねえよ。それよりさ、手っ取り早く稼ぐのなら、今津屋に小僧かなんかに出したほうがよくはないか。武家はどこも今津屋のような豪商に首根っこを押さえられているからね」

「わしもそう思うんだがな、勢津のやつ、倅をなにがなんでも武士にしたいらしい。二本差しなんぞはわしで懲りたはずだがな」

武左衛門が首を捻り、腰の煙草入れに手を回したが、帯にはなにもない。そこで金兵衛を見た。

「なんですね」

「煙草入れをな、質屋に預けてあるんだ。金兵衛さん、そなたのを貸してくれぬか」

「煙草入れまで曲《ま》げなすったか。仕方ないね」

金兵衛は腰から煙草入れを外すと武左衛門に渡した。金兵衛自慢の猫の根付《ねつけ》がついた革の煙草入れで、煙管入れはいい色合いの古竹の細工物だ。

煙管を抜く前に武左衛門がじいっと煙草入れを眺めている。

「武左衛門の旦那、そいつを質入れしようなんて考えてないだろうね」

「見抜かれたか」

「あぶないあぶない。いいかえ、ここじゃ早苗さんの給金前借りもだめ、わしの煙草入れも戻してもらいますよ」

「わ、分かったよ」

煙管の火皿に刻みを詰めながら、武左衛門が大きな溜息をついた。

「力になれなくて相すまぬ」

「そなたならと頼りにしてきたんだが、儲け仕事には縁がないか」

「お互いなんとかせねば年の瀬が越せませぬな。舅どの、なんぞ知恵はござらぬか」

磐音は武左衛門から金兵衛に視線を移した。

「わしもあちらこちらに聞き耳を立ててはいるんだが、このご時世、そうそうまい話はございませんでね」

金兵衛も思案《しあん》投げ首《くび》の体だ。

天明二年、春先から畿内一円、加賀、四国、伊勢、九州一円と長雨が続き、農作物の作柄も悪く、各地で一揆や騒ぎが頻発していた。また晩秋には御三卿の一橋家所領地で、木綿の不作から年貢延納の強訴《ごうそ》がなされていた。大名所領地の不作、飢饉は当然のことながら、最大の消費地の江戸に影響を及ぼしていた。

「困った」

と武左衛門が繰り返し、煙草を吸い終えた体で灰吹きに吸殻をぽーんと落とすと、煙管を竹筒に戻し、煙草入れを自分の腰に差そうとした。

「旦那、それはなし」

「気付いておったか、致し方ない」

武左衛門がしぶしぶ煙草入れを持ち主に戻した。

「修太郎どのはいくつになられた」

「早苗の弟だから十五かな」

武左衛門の答えは曖昧で、倅の歳もはっきりと覚えているふうもない。

「差し当たって尚武館に入門させませぬか。四書五経もよいが、武士の表芸は剣術にござる。うちならば稽古料は不要です」

「婿どの」

と金兵衛が悲鳴を上げ、武左衛門も、

「そなたも年の瀬を越せぬのであろう。そのようなところに倅を預けたところで、なんぞの役に立つとも思えぬ。時代遅れの剣術修行など断る」

とはっきり拒まれた。

「さようですか」

「とは申せ、そなたとの仲だ。一応女房に聞いてみるが、あてにしないでくれ」

と武左衛門が立ち上がり、金兵衛も腰を上げて井戸端へ空也の顔を見に行った。

その頃合いを見ていたかのように弥助が姿を見せた。

吉原会所で四郎兵衛を含めての会談から六日余りが過ぎていた。

「若先生、ご心労にございますな」

「聞いておられたか。友の頼みも聞けず、いささか己が情けのうござる」

「川向こうには、仕官採用には刀より筆、筆より算盤《そろばん》と看板を掲げた塾があちらこちらにございましてな、高い束脩をとっております。それで役に立てばいいが、結構な仕官の口があったなんて話は聞こえてきませんや」

と苦笑いした弥助が、

「霧子を浅草田原町の読売屋に奉公させました」

と報告した。

「おやおや、霧子は読売屋で働かされておりますか」

「口入屋《くちいれや》を通じての女中奉公です。というのも理由がございますので。四郎兵衛様が申された以上に、この読売屋、なかなかの食わせ者でしてね、五十次が田沼意次の妾だったおすなの弟と知るや、遠大な仕掛けで田沼家から大金を引き出す魂胆なんでございますよ。『世相あれこれ』は城中の噂話や大名家の内情を調べ上げて、『こたびこのような読売を版木にいたします、お間違いがあるといけませぬゆえ、前もってお読みください』と相手方に持ち込むんです。前もって相手に見せるところが味噌でしてね、今時の武家なんて、腸《はらわた》も度胸もないときている。およその事例が、版木代を支払ってその読売が出ることはない。いえね、武家方がなぜ『世相あれこれ』にかように怯えるかと申しますと、安永五年、家治様の日光社参が行われた年、大身旗本寄合席の稲葉《いなば》家五千二百石の当主が社参の費えが仕度できなくて、娘をとある大店《おおだな》の主《あるじ》の妾に差し出して金子の都合をつけられたことが発端なんですよ。こいつをタネに『世相あれこれ』が調べて、事実に誤りがあるかないか稲葉家に問い合わせたのでございますよ。この折り、稲葉佐渡守安英様《さどのかみやすひで》は、『かような脅《おど》しに屈するものか』と突っぱねられた」

「読売が出ましたか」

「はい。その結果、稲葉様は『大身旗本にあるまじき行い』ということで切腹を申し付けられ、それを知った娘御はお店の井戸に身を投げて亡くなった。そんなこんながございましてね、『世相あれこれ』を武家方が怖がるようになったのでございます」

「よい悪いは別にして、腹が据わった読売屋のようですね」

「主は目付支配下の黒鍬《くろくわ》之者の出で、旧姓酒匂仁左衛門《さこうにざえもん》。ただ今は読売屋の仁左衛門と称しておりますが、なかなかのタマです」

「おすなの弟の五十次とそのような者がつながりを持っていましたか」

「仁左衛門の妾におけいという女がいるんですがね、そのおけいの弟と五十次が遊び仲間で、その者の口を通して、五十次が神田橋のおすなの弟だと知ったようなんです。それもつい最近のことで、仁左衛門は『田沼が相手なら不足はない。仕掛けを間違えなければ大金が転がり込んでくる』と踏んだようです」

「仁左衛門は未だ田沼家に接触していないのでござるな」

「五十次を田原町の読売屋の一室に閉じ込めて、あれこれと田沼家の内情を聞き出しております。さすがは黒鍬之者、調べは丹念でございまして行き届いておるようです」

「仁左衛門と田沼家の駆け引き、長い戦いになりそうですね」

「さすがの仁左衛門も、老中田沼が相手ですから慎重を期しているようです」

「仁左衛門に勝算はあるのでしょうか」

「さあて、五十次から聞き出した話で、田沼意次、意知父子が応じますかね。仁左衛門は、五十次の姉のおすなが老中田沼意次の名を出して女人禁制の高野山に乗り物で代参した一事だけで、千両箱の一つや二つ転がり込む話だと考えているようです」

「この話、江戸では知られておりませぬからな」

「仁左衛門も一世一代の仕掛けと思うているようです。ともあれ、わっしらは仁左衛門のお手並みを拝見するしかございますまい」

「敵の敵は味方にござるか」

「若先生もだんだん老獪になられた」

「弥助どの、それより元黒鍬之者が主の読売屋に霧子を送り込んで、危なくはござらぬか」

　磐音は霧子の身を案じた。

「雑賀衆で揉《も》まれた霧子です。黒鍬之者から読売屋に転じた目ざとい男ですが、そう易々とは正体は見抜かれますまい。ともかく一日に一度は霧子とつなぎをつけて、確かめます」

「そうしてください」

　と願った磐音に、

「霧子が浅草田原町から動けないので、わっしが神田橋を見張る役目を負っているのですがね。昨夕、田沼意知様がお住まいの木挽町屋敷で、面白い人物を見かけましたよ、若先生」

「だれにござるか」

「新番士佐野善左衛門政言様にございますよ」

「なんと、佐野様が田沼意知様に掛け合いに参られたか」

「いえ、それが一刻半ほど木挽町の屋敷に長居されておりましたが、帰りの様子を見ると酒も出たようで、上機嫌で田沼家の乗り物に乗り、屋敷に戻られました」

磐音は思案した。

佐野は磐音の留守中に小梅村を訪ねてきていた。以来、音沙汰がない。田沼の側からなんぞ誘いかけがあり、佐野は懐柔されたか。

「田沼意知様は佐野家の系図を戻されたのであろうか」

「その辺が、いま一つ判然としませぬ」

「あちらも弱みは摘み取っておきたいでしょうから、佐野様の怒りを鎮めるために系図が戻されたのであれば、この一件に煩わされることもありますまい」

「若先生、わっしにはそう造作なく済む話とも思えないのですがね」

と弥助が答えたとき、尚武館から右近が母屋にやってきた。弥助の姿を見て、

「弥助様、その節は世話をおかけいたしました」

と礼を述べた。

「なんのことがございましょう。わっしは若先生の命に従っただけにございますよ」

「いえ、父は弥助様方がいればこそ江戸に戻り着くことができたと、何度も母に話しておりました」

「有難いことにございます」

と弥助が応じて、磐音が右近に目顔で用かと問うた。

「若先生、船でお武家一行が尚武館の見学に訪れておられます」

「どちら様であろうか」

「それが尚武館を見学したいとだけ仰いまして、ただ今夕稽古をご覧になっておられます」

磐音は弥助と顔を見合わせ、参ろうと縁側から立った。

尚武館坂崎道場の見所《けんぞ》に座して、門弟十数人の稽古を見学していたのは、尾張藩両家年寄の竹腰忠親《たけのこしただちか》だった。見所下には五人の従者がいて、小田平助が指導する槍折れの稽古を凝視していた。

磐音は見所下に正座した。

「竹腰様、かように早く再会できようとは坂崎磐音、なんとも悦ばしい次第にございます。尾張滞在中はお世話になりました。お蔭さまで無事江戸に戻ることができました」

磐音は竹腰に頭を下げた。

「驚かせてすまぬな。江戸にちと用があって出て参ったでな、そなたの顔を見に参った。小さいが、なかなか手入れの行き届いた道場じゃな。朝稽古を見物したかったが、体が空かんでな」

　磐音は竹腰の従者に、尾張藩道場の師範格馬飼《うまかい》籐八郎《とうはちろう》の実弟十三郎《じゅうざぶろう》ら三人の知り合いがいるのを見た。側物頭《そばものがしら》京極恭二《きょうごくきょうじ》、使番南木《なぎ》豊次郎《とよじろう》だ。だが、他の二人には覚えがなかった。

「よう参られた」

「われら、こたび江戸勤番を命じられ、ご家老の江戸行に同道して参りました」

「それはなによりにござる」

　と答えた磐音が、

「どうです、一汗かきませぬか」

　馬飼十三郎らに誘いかけた。

「えっ、われらに稽古をつけていただけるのですか」

「われらの挨拶は竹刀を交えることにございます」

「稽古着は持参しております」

　と十三郎らが喜び勇んで立ち上がった。すると右近が、着替えの間に案内いたしますと、五人を道場の西側に併設された控えの間に導いていった。

「杢之助どの、これへ」

磐音が速水左近の嫡男を見所下に呼んだ。

「竹腰様、この若者、奏者番に任じられた速水左近様の嫡男杢之助どの、ただ今馬飼どの方を案内していった若者が次男の右近どのにございます」

「おお、速水左近どのの子息方か。こたびのご昇進、祝着至極にござるな」

と祝意を述べる竹腰に磐音が、

「杢之助どの、父上のご昇進に一方《ひとかた》ならぬ力を竹腰様ら尾張徳川家がお貸しくだされたのじゃ」

と口利きのわけを説明した。

「速水杢之助にございます。お礼を申し述べます」

「あいや、杢之助どの、それもこれもそなたの師匠の人徳あってのことでな」

と笑った竹腰が、

「尾張のことを坂崎どのが感謝しておるというのであれば、いささか願いの筋がござる」

と口調を改めて磐音を見た。

「なんなりと」

「本日伴うた馬飼十三郎ら五人の者、佐々木玲圓先生直伝の直心影流継承者、坂崎磐音どのに預ける。一廉《ひとかど》の武士《もののふ》に育ててあげてくれぬか」

「竹腰様、坂崎磐音、ご厚志有難くお受けいたします」

磐音は即刻悟っていた。

江戸に戻った磐音が開いた尚武館坂崎道場に入門者がいないこと、そしてそれが老中田沼意次、意知父子の意を汲んでのことであることを、竹腰が承知でわざわざ尾張家中の五人を入門者として伴ってくれたことをだ。

「頼みましたぞ」

竹腰が答えたとき、稽古着に着替えた五人が姿を見せ、十三郎らが各々木刀を携え、磐音の前に改めて正座すると、

「坂崎先生、右から二人目は大番組支配下鳴海《なるみ》繁智《しげとも》、いちばん端は使番の西尾《にしお》種《たね》次郎《じろう》にございます」

と初対面の二人を紹介した。

「坂崎磐音にござる。ようも尚武館坂崎道場に参られた。歓迎のしるしに稽古をいたしましょうぞ」

と磐音が立ち上がると、右近が木刀を持参して師に差し出した。

三

奏者番に就任した速水左近は、江戸に戻ることができた喜びを、就中《なかんずく》城中に出仕できる喜びを感じて、中之口を入り、下部屋に入った。

この職は人数が多く、当番、助番、非番制で担当者は毎日交代で務めた。しかし、非番の者も江戸城中に出仕し、儀礼や仕来りを学ばされた。

速水左近は、吉宗が八代将軍に就位して新たに設けた御側御用取次を長年務めていた。それまでは大名役として側用人《そばようにん》が置かれていたが、吉宗は旗本役の御側御用取次に変えていた。その背景には、将軍側近の勢力を抑える意味があったといわれる。だが、後年になり、御側御用取次の果たす役割は側用人のそれよりもはるかに大きなものになっていた。

御側御用取次は毎日登城し、奥向きのすべてに目を光らせ、将軍と老中など幕閣の取次をこなし、将軍の政治の相談役を兼ね、目安箱や御庭番など下々から意見を吸い上げる制度をも監督した。

つまり将軍の代弁者であったのだ。

ために、この役職就任時にはどのようなことにも私意を交えないことを誓わされ、小柄《こづか》で薬指を刺して血判した誓詞《せいし》を提出した。また将軍の命であっても、それが間違い、悪い判断と思えば、

「決して相成りません」

と返答する見識を持っていた。老中に対しても事例によっては、

「さようなことは言上できません」

と取り次がない判断もあったという。それだけ権威ある職を速水は務めてきたのである。

それほど絶大な力を持つゆえに、御側御用取次から若年寄に出世したにもかかわらず、若年寄のあまりの権威のなさに左遷されたような気分になる心得違いをする者さえいたという。

速水左近は、神経を悩ます御側御用取次を長年こなしてきた旗本であった。それが甲府勤番支配となり、左遷などという言葉を超えて、まさに「山流し」を三年余務めてきたのだ。奏者番に就いても、御側御用取次に比すれば、実際はまだ元の地位に復帰したとはいえなかった。

それでも速水は城中で職務に就く喜びを感じていた。中之口を通るたびに、

「執務に戻れた」

という喜びが胸の中に満ち溢れた。

この日、下部屋に十数人の同輩が呼ばれていた。速水左近は新任の奏者番として、先輩方に茶の接待役をこなし、

「新任の速水左近にございます。以後宜しくお引き回しくだされ」

と一人ひとりに挨拶した。その中には田沼意知もいた。挨拶する速水に意知が、

「甲府勤番支配、無事務め上げられ祝着至極にございましたな。道中恙《つつが》のうございったか」

と抑揚のない言葉で尋ねた。

「田沼様、お蔭さまで江戸への道中、退屈することもなく楽しんで戻って参りました」

速水もまた平然と応じて、二人は険しくも視線を交わらせた。後ほど端にいた奏者番の一人が、

「火花が散るような睨み合いであった」

と述懐したほどだ。だが、そのとき、御坊主が、

「寺社奉行阿部正倫様ご入室」

を告げ、その場にある者全員が畏まった。

奏者番の筆頭が寺社奉行を兼ねるのが慣例だが、奏者番と寺社奉行とでは天と地ほどの差があった。元々大名役である奏者番の就位は厳しいものであったそうな。江戸中期ともなると物を知らない、

「殿様」

ばかりで、普段は家来衆が、殿様、御前と奉って、殿様自ら意思を示したり行動したりすることはまれだった。

そこで奏者番に就いた新任者は、家臣たちに奉られる殿様風御前風を徹底的に直され、将軍の前で恥をかかないように矯正された。ために筆頭奏者番たる寺社奉行は一介の奏者番にとって厳しい指導役であり、怖い相手であった。

備後《びんご》福山《ふくやま》藩主の阿部正倫が一座を見回し、ふと速水左近に目を留めた。

「おお、速水左近どのか。よう戻って参られたな」

御側御用取次時代から昵懇だった阿部が声をかけた。新任の大名役の奏者番ではこのようなことはありえない。

「阿部様、お久しゅうございます。こたび奏者番として中奥に相務めることになりました。城中の務め、一から学び直す所存にございますれば、ご指導のほどお

願い奉ります」

速水左近は丁重な挨拶を返した。

「速水どのは長年御側御用取次を務め上げられたお方じゃ。それがどなたかの差し金で甲府に飛ばされたそうな」

と阿部が田沼意知をじろりと見た。意知が抗弁する体で顔を上げたが、眼光鋭い阿部の視線に制せられ、顔を伏せた。

「そなた、奏者番はもとより城中のあれこれに、この下部屋のだれよりも詳しかろう。奏者番の務めなど改めて教えることはあるまい」

と阿部が言い、一座を見回すと、

「それがし、速水左近どのが甲府勤番支配中の御用ぶりをとくと調べ申した。とかくこの職に対してあれこれと論《あげつろ》う者がおる。また職に就かされた者は『山流し』などと卑下して、職務を全うしようとはせぬ者が多いと聞く。されど、速水左近どのの在職中、厳正にしてその分を心得た職務は善政を呼び、甲府に活気を取り戻させたそうな。ために領民から多数の感謝の書状が江戸に届けられておると聞く。かような人物が中奥に戻ってこられたは、われらにも心強いことかな。速水左近どのは城中の儀礼ばかりか、京の朝廷との付き合いの仕来りも承知しておられる。お手前方の中には、城中の儀礼や朝廷との付き合いの仕来りに暗いお方もあるように見受けられる。よいな、なにか分からぬことがあれば速水左近どのの知恵をお借りなされ」

と異例の言葉をかけた後《のち》に下部屋を引き下がった。

新参者の速水左近にものを問えというのだ。城中というところ、とかく先任優先が大事にされた。それを阿部は敢えて破り、速水を先任扱いに遇せというのだ。

しばし下部屋に沈黙が漂った。

速水左近は阿部正倫の厚意に感謝しつつも、奏者番として仲間から反発を受け、茨《いばら》の道を歩くことになると覚悟した。

「さすがは御側御用取次を務められた速水左近どのかな。寺社奉行様からお褒めの言葉を頂戴し、御役歓迎の挨拶まで受けられるとは、悦ばしいかぎりにございますな」

と田沼意知が吐き捨てた。

一座の中に異例が二人いた。一人は、老中田沼意次の嫡子というだけで大名役の奏者番に抜擢されたこの意知だ。前例はなくはない。綱吉時代に、老中大久保《おおくぼ》忠朝《ただとも》の子忠増《ただます》が世子のままに奏者番となり、若年寄にまで就いたことがあった。

以来、二人目であった。

そしてもう一人、直参旗本の身分で大名役の奏者番に就いた速水左近も異例であった。意知が父意次の力を借りてこの役に就いたのに対して、反田沼派の御三家、譜代が対抗馬として速水を推挙していた。

この二人の履歴、知識にも明らかな違いがあった。意知は父親の異例な出世によってただ今の地位に上がり、直参旗本の左近は幕府の能吏《のうり》として実績を残しての幕閣復帰だった。

「精々努められよ」

捨て台詞を残した田沼意知を、速水左近は低頭して見送った。

「速水どの、気に召されるな」

下総《しもうさ》佐倉《くら》藩主の堀田《ほった》正順《まさなり》が左近に話しかけた。

「われら、阿部様が仰せのとおり、そなたの知識と経験を助けにしたいと思うておる。これからもよしなにな」

速水左近は厚意ある言葉を静かに受け止めた。

霧子はおくみと名を変え、浅草田原町の読売屋の台所女中として飯を炊いたり、三度三度の菜の下拵えをしたりして機敏に働きながらも、家の中の様子を窺っていた。

なんとも不思議な読売屋だった。

江戸は百万の人が住み暮らす大都だ。なにかしら騒ぎや揉め事が起こっていた。その騒ぎにあれこれと尾ひれをつけて売るのが読売屋の仕事だった。

だが、『世相あれこれ』なる読売はなかなか発行されることはない。

主の仁左衛門の下に常に三、四人の若い衆がいて、慌ただしくも町に飛び出していくが、その行動が読売発行につながることはなかった。それでいて奉公人に供される食べ物も酒も上等で、男衆は台所に来て、好きな刻限に好きなように食いものを註文し、昼間から酒を飲む者もいた。

主の仁左衛門が台所に姿を見せることはない。

だが、霧子が無理をせずとも男衆が台所に来ては声高に話していくから、奥でなにが起こっているか、およそ推測がついた。

田沼意次の側室だったおすなの実弟五十次は読売屋の一室に匿《かくま》われて、これまで田沼屋敷の姉を訪ねた際のことを事細かに訊き取られていた。仁左衛門の調べは克明を極めているのか、五十次がうんざりした顔で台所にやってきて、女衆相手に愚痴をこぼしていく。

この日も五十次が台所に現れて、

「ああ、たまには外の風に当たりたいぜ」

とぼやくと、

「姉さん、茶碗に一杯酒をくんな」

と頼んだ。

「おくみ、五十次さんに酒を出してやんな」

と台所を仕切るおまんから霧子は偽名で命じられた。

霧子は台所の隅に置いてある一斗樽の栓を抜き、大ぶりの茶碗に灘《なだ》の下り酒をなみなみと注いで、五十次に黙って差し出した。

「なんだ、愛想のねえ娘だな。こんなのがここにいたか」

と五十次が霧子を見た。霧子は五十次が鶴吉のもとに金を受け取りに来た際、奥の居間で息を潜め、顔を合わせることはなかった。

「形《なり》さえ換えれば、吉原でいいところまでいきそうな娘じゃないか。なんで読売屋の台所で飯炊きなんぞやっているんだ」

「おくみは病の父っつぁんを抱えて、うちに奉公に来たばかりだよ。変な知恵をつけておくれでないよ。女が欲しきゃ、吉原の馴染みのところに行くがいいや」

おまんが五十次に言った。

「それができるくらいならこんな家にくすぶってねえよ。それにしても親方はねちっこいな。何年も前のことを根掘り葉掘り聞きやがるぜ」

「それがうちの稼ぎになるんだよ。小ネタで日銭を稼ぐのはどこぞの読売屋に任せておきな。うちの親方は一度にどーんと大金を頂戴する口だ。おまえさん、親方に応えて、頭の中のものを全部吐き出しな」

おまんが夕餉の献立を考えながら五十次に言い、

「それにしても、五十次さんみたいな兄いが千両箱を引き出す手蔓を持っているのかね。こんどばかりは親方の見込み違いと思うがね」

と首を捻った。

「おれもそう思うぜ。あそこから金子を引き出すのは容易じゃないと思うがね」

「あたしが言ってんのは、おまえさんの話が怪しいってことだよ」

「へっへへ、おまんさん、おれを見くびっちゃいけねえよ。いやさ、おれの」

と言いかけたところに奥から兄いの一人が顔を見せて、

「五十《いそ》、話はそこまでだ。おめえが話す相手は親方だぜ」

「辰《たつ》兄い、たまにゃ息抜きしてもいいじゃないか。それにおれはさ、あの屋敷で聞いた話はみんな喋ったぜ。何べん同じことを訊かれるのかね」

「そこがよその読売屋と違うところなんだよ。うちのは裏のウラをとって書くから、どんな相手もビビるんだよ」

「だがよ、こんどの相手は並じゃないぜ」

「ああ、だからおれが親方に口を利いたんじゃねえか。あの父子をビビらすにはそれなりのネタでないとな。ほれ、茶碗の酒を飲んでよ、高野山詣での件《くだり》をもう一度親方に話すんだよ」

「そんなことより、おりゃ、あの屋敷に姉ちゃんが遺した品が欲しいぜ。あの破れ三味線でさえ五両になったんだぜ」

「それがおまえの間抜けなところよ。三味芳の造った三味線を、作った相手に五両で手放すなんてよ。ありゃ、修理すりゃ五倍、十倍の値で売れたんだよ」

「いいさ、三味芳に掛け合うさ」

「一日でも早く吉原の女郎を落籍したいんなら、親方にそっくり喋るのが早道だ。親方はおめえがなんぞ隠していると疑っていなさるんだよ。さあさ、奥に行きな」

と辰兄いが五十次を追いたてていった。

ふーんと鼻を鳴らしたおまんが、

「どうも分からないよ」

「なにがさ」

ともう一人の女衆のおみねが問うた。

「五十次さんの姉様ってだれなんだい」

「さあてね、そこが金蔓になるかならないかの分かれ目だね」

とおみねが言い、

「おくみ、おまえは口を利くことはないのかい。退屈な娘だよ」

と霧子に怒鳴った。

霧子は黙って頷きながら、

(この仕掛け、長くなる)

と考えていた。


小梅村の尚武館坂崎道場は活気づいていた。なんと尾張藩の家臣が五人も入門し、稽古相手が増えたからだ。むろん松平辰平と重富利次郎は、馬飼十三郎、京極恭二、南木豊次郎の三人とは、江戸帰着の途次、三月《みつき》に及ぶ名古屋滞在中に尾張藩の藩道場で稽古をなした仲であったから、お互いの技量を承知していた。三人の中では十三郎が一番実力者だったが、実戦経験のある辰平、利次郎との立ち合いは一方的であった。

こたびの尚武館坂崎道場の入門もせめて、

「辰平、利次郎と互角の勝負」

ができるまで修行を積む覚悟だった。それを聞いた利次郎が、

「十三郎どの、われらを負かすじゃと、望みが小さいな。若先生を負かす覚悟でなければわれらに太刀打ちできませんぞ」

と威張ったものだ。

入門の日、十三郎らは磐音に稽古をつけてもらい、改めて、

「坂崎磐音の剣技」

の深さに圧倒された。

その翌朝から五人は小梅村にやってきて、朝稽古ばかりか朝餉を兼ねた昼餉を食して、昼からの稽古にも精を出した。

五人の入門者が加わったことで道場に新風が吹いたようで、辰平ら門弟ばかり

か、磐音も小田平助も張り切らざるを得ない。

馬飼十三郎らもまた、直心影流の厳しい稽古のあとの和気藹々《わきあいあい》とした雰囲気を楽しみにしていた。

南木豊次郎など、

「藩邸は厳《いか》めしゅうていかん。われら新参者は迂闊《うかつ》に口も利けん。じゃが、小梅村は稽古が終われば好き放題に話ができる」

と小梅村の尚武館通いを楽しんでいた。

この昼下がり、利次郎と十三郎が立ち合い、十三郎が鮮やかな小手打ちを決めた。

「おっ」

と驚く利次郎に、

「やった。ついに尚武館の牙城の一角を崩したぞ」

と十三郎は素直に喜んだ。それを見ていた小田平助が、

「馬飼十三郎さんの腰にくさ、粘りが出てきたものね。それでくさ、あん体勢から小手打ちが決まったとやろ」

と講評した。

「な、なんと十三郎どのに一本取られた」

一方、利次郎は愕然《がくぜん》と呻いていた。

「利次郎、稽古で勝ち負けは当たり前のことじゃ、気にするでない。あとを引くのがいちばんよくないぞ」

と辰平が同輩を窘め、

「十三郎どの、こんどはそれがしと稽古を願えますか」

と辰平と十三郎が立ち合った。

「よし」

と張り切った十三郎だが、辰平とは相性が悪いのか、すべて後《ご》の先《せん》で決められ、なす術《すべ》もない。

このところ磐音は昼からの稽古にも顔を出していた。ちょうど十三郎と辰平の立ち合い稽古の途中から道場に入ってきたが、ちらりと見ただけで、

「平助どの、久しぶりに槍折れとの稽古をお願いできようか」

と望んだ。

平助が頷くと愛用の槍折れを手にした。磐音も木刀を握り、二人は一間余の間合いで対決した。

小田平助は槍折れの技を駆使して攻めに攻めた。それを磐音が丹念に受け流したが反撃の気配は見せなかった。それだけに平助の攻めは一層の激しさを増した。

平助は磐音の胸の中を察していた。

江戸に速水左近を連れ戻すことができた。だが、川向こうには田沼意次、意知父子が支配する御城があった。

養父佐々木玲圓の無念を晴らすには、田沼意次、意知父子の専断政治を打ち壊し、新しい幕政を打ち立てねばならない。養父の盟友の速水左近が江戸に戻り、反撃の態勢は整いつつあったが、それでも田沼一派の牙城を崩すことは容易ではなかった。

（ゆっくりゆっくり、慌てるでない）

と磐音が己に言い聞かせ、日々の稽古に打ち込んでいることを平助は察していた。そして、時に心の中に抱えた鬱々《うつうつ》とした気持ちを解消せんと激しい稽古を望んでいることも、平助は承知していた。だからこそ平助は己の力を振り絞って磐音に立ち向かった。

槍折れと木刀の立ち合いが四半刻、半刻、一刻と続いた。

いつの間にか門弟たちは、磐音と平助の火の出るような立ち合いに見惚《みと》れていた。

攻める平助の腰が浮き、足が乱れて、飛び下がり、

「若先生、このへんでどげんやろか」

と弾む息遣いで言った。

磐音が床に正座し、

「槍折れのご教授、ありがとうございました」

と一礼し、にっこりと微笑んだ。

磐音にとって、道場があって門弟がおり、小田平助のような客分がいて稽古ができることは、なにものにも代えがたい幸せであった。

「時節を待つ」

このことが磐音に課せられた任務だった。時節が到来したときのために研鑽する、その仲間がいるのだ、と磐音は己に言い聞かせた。

「こ、これが尚武館坂崎道場の稽古か」

鳴海繁智が西尾種次郎に茫然《ぼうぜん》と言いかけた。

「尾張藩道場の稽古も厳しいと思うたが、尚武館の稽古は一つ間違えば命を失いかねん。われら、あの高みに辿り着くには何年かかるか」

「何年では済むまい、何十年何百年、果てがない」

と呟き合った。

四

天明二年十一月二十四日、養父佐々木玲圓と養母おえいの月命日に磐音は独り、忍ヶ岡《しのぶおか》の寒松院《かんしょういん》の佐々木家隠し墓に詣でた。この隠し墓の在《あ》り処《か》を知るのは佐々木家の後継だけに伝承される秘事だ。

おこんは養父養母の月命日に密かに出かける磐音に、玲圓と関わりがあることと推測しながらも、行き先を問うことはなかった。だが、この日おこんは、磐音が杢之助に下谷茅町の料理茶屋で速水左近と会いたいと言うのを洩れ聞いて得心した。その数日前から速水左近より、

「相談したきことあり、面談したい」

との申し出を、杢之助を通じて伝えられていたことへの返答だった。

おこんは、磐音に下谷茅町に知り合いの料理茶屋があるなど知らなかったので、いささか驚いたが、やはり問うことはしなかった。

磐音は昼下がり、供も連れず竹屋ノ渡しから今戸橋際へと渡った。

弥助と霧子は、浅草田原町の『世相あれこれ』という名の読売を不定期に出す読売屋を見張っている。だが、主の仁左衛門は相手が老中田沼意次、世子の奏者番意知父子ということもあって、じっくりと構えているのか、表面上は動きが感じられなかった。

弥助も時に小梅村に戻ってきて、磐音に零《こぼ》した。

「仁左衛門なる人物、なかなか慎重居士《こじ》ですな。五十次を時に神田橋の田沼屋敷に行かせておすなの遺品を返せと催促させてはおりますが、今のところ自ら動く様子はございません」

さすがの弥助も、仁左衛門の仕掛けの我慢強さと緻密さに舌を巻いていた。

「なにしろ相手が相手です、慎重にならざるを得ないのでしょう。霧子も長期戦の住み込みになりますが、このまま読売屋に残していいものか」

磐音は霧子の身を案じた。

「まあ、わっしらの御用はこのように長くなることもございます。霧子も読売屋の暮らしに馴染んだようですし、ここはじっくりと腰を据えさせましょう。霧子にとって初めての体験、長期戦にございます」

師の弥助が霧子の探索継続を磐音に求め、磐音も頷いた。

そんなわけで、尚武館坂崎道場に弥助と霧子がいない暮らしが続いている中、磐音は佐々木家の隠し墓にお参りして、しばし玲圓と無言の対話をなした。

(養父上、速水左近様が甲府より江戸に戻られました)

磐音の語りかけに、遠いかなたから頷きが聞こえたように磐音は感じた。そんなふうにいつもどおり忍ヶ岡にかすかに響く松籟《しょうらい》を聞きながらの、師であり養父であった人物との交流だった。

「養父上、また来月参ります」

頃合いを見て言い残した磐音は、忍ヶ岡を下って不忍池の西岸近くの下谷茅町にある谷戸の淵を訪れた。

四半刻ほどして、辻駕籠に乗った大店の主と思える人物が料理茶屋を訪れ、磐音が待つ離れ屋に入った。

「このような風雅なところを磐音どのがご存じとは」

と二人になったとき、町人姿の速水左近が驚きの言葉を口にした。

「速水様、それがしもおこんに秘めた場所を一つ二つ持っておりますぞ」

と冗談を口にしたあと、磐音は左近に願った。

「このこと、おこんには内緒に願います」

「それがしが形《なり》を変えたわけもある。心得ておる」

速水左近は北村小三郎と悠木平八を伴い、徒歩で米沢町の今津屋を訪ねていた。

一見、両替商行司への、甲府から江戸に帰着した挨拶にも思えた。だが、奥座敷で武家姿から大店の主に扮した速水は、裏口に待たせた辻駕籠に乗り、下谷茅町の谷戸の淵を訪れたのだ。

「どうやらこの茶屋は玲圓どのの形見の一つかな」

速水左近が呟いたが磐音は応じなかった。

谷戸の淵の女主のお茅《かや》と娘の忍《しのぶ》が挨拶のため離れ屋に姿を見せて、磐音は二人に町人姿の人物を、

「奏者番速水左近様」

と紹介した。

だが、この母子、驚くふうは見せなかった。そればかりかお茅が、

「長年御側御用取次を務められた速水左近様のことは、とあるお方の口から聞いておりました」

と言い、速水左近も得心したように頷いたものだ。

料理の膳と酒が出て、お茅と忍が二人の客人に最初の一杯目の酌をすると姿を消した。

「過日、家治様に呼ばれて、『京がこと、左近に任す』とのお言葉を頂戴した。このこと、どう考えてよいか迷うておる」

と早速要件に入った。

「速水様、先日、家治様のお加減がよろしくないと仰いませんでしたか」

「この折りは殊の外お元気にて、楽しげに昔話まで持ち出された。御小姓が同席しただけの場であったゆえ、上様のお言葉は公の命ではない」

「いえ、速水様のこたびの奏者番就任は、京都所司代補職を想定してのことと考えてよろしゅうございましょう。速水家ますますのご繁栄、祝着至極にございます」

「磐音どの、京都所司代も大名役じゃぞ。わが速水家では任が重い。いや、速水家では任に足る要件を満たしておらぬ」

江戸時代中期、所司代の職掌は、

「朝廷の守護および監察、二条城門番之頭、二条城鉄砲奉行、二条城御殿預の支配」

が主なものであった。

所司代の定員は一名で、席次は老中に次ぐ重職である。また従四位下侍従で叙任され、溜《たまり》ノ間詰め、役高一万石であった。譜代大名にして大坂城代、寺社奉行、奏者番の経験者からこの役に昇進し、その後、老中、西の丸老中の道が開けていた。

確かに譜代旗本三千石の速水家では所司代就位の要件を満たしていない。それを言い出せば大名役の奏者番補職も同じことだ。奏者番が異例ならば所司代補職の示唆も異例として許されないではない、と磐音は考えていた。

速水左近の奏者番任官も、その先の所司代を見越してのこと、また幕閣に権勢を振るう田沼意次、意知への対抗策として城中の譜代派が支持したことと、磐音は承知していた。

むろん速水左近にその力があってのことと譜代派が認め、家治もそれに従わざるを得なかったということではないか。

「速水様、吉宗様のご治世、旗本役の町奉行大岡忠相《おおおかただすけ》様は、後に大名に昇進なされ、寺社奉行の重職に就かれましたぞ」

磐音は前例がないわけではないと言った。すると速水が言い出した。

「そなた、紀伊領内の滞在を切り上げた後、京都に立ち寄り、京の茶屋本家中島家の口利きで朝廷のさるお方と会うたと申されたな。このこととこたびのこと関わりがあろうか」

「速水様、一介の剣術家にそのような力があるわけもございません」

「だが、高野山奥之院副教導室町光然老師と昵懇の付き合いをなされた」

「それは確かです」

と答えた磐音は、

「家治様のお言葉、ただ今のところ公のものではございません。僭越ながら申し上げます。速水様はただ今は、奏者番御用専一に務められることが大事かと存じます」

「いかにもさようであったな」

と速水が頷き、磐音が、

「本日は二人だけで静かに酒を楽しみましょうか」

と徳利を速水に差し出した。

一刻半ほど二人だけの談笑が続き、その間に磐音は一度だけ厠《かわや》に行った。すると庭の闇から弥助の忍びやかな声がした。

「速水左近様には田沼派の見張りが付いておりますが、今津屋の奥座敷で吉右衛門様と雑談でもしていると思い込んでおります」

と報告した。

弥助を神田橋の田沼屋敷から表猿楽町の速水邸に移したのは磐音の命だ。

「若先生、氷川でしくじった田沼意知様の御番衆組頭の毛呂山六蔵は、組頭の役を外され、謹慎を命じられております。また、淡路坂で速水様方を襲ったタイ捨流の石持雄五郎らと組んで、なんとしても速水左近様を討ち果たして汚名を雪《すす》ぐと屋敷内で洩らしておりますそうな」

「相分かった」

磐音が短く答えて弥助の気配が消え、磐音が離れ屋に戻った。

その後、茶を喫した速水と磐音は谷戸の淵を別々に去ることとなった。先に出たのは辻駕籠を待たせていた速水だ。それからしばらくして磐音が料理茶屋の玄関に現れ、

「また来月参ります」

と見送りのお茅と忍親子に挨拶した。

「坂崎様、その後、佐野政言様とお会いになりましたか」

磐音と佐野との間を取り持ったのは、いまは亡きお茅の母お京《けい》だった。事情を知るお茅が気にかけたように訊いた。

「佐野様は、それがしが留守の間に小梅村に訪ねてこられたそうな。わが女房が応対し、また参ると言い残されて帰られたが、その後音沙汰がござらぬ」

磐音の言葉を吟味するように考えていたお茅が、

「さる筋から、佐野様がご出世なさると聞き込みました。この話、真にございましょうか」

「おそらく間違いございますまい」

「まさか佐野様は田沼様にすり寄られたのではございますまいな」

「どうやら坂崎磐音の非力を見限り、田沼意知様の申し出を受けられるおつもりではないかと、それがしも考えております」

「なんと愚かな」

とお茅が呟き、

「坂崎様に不快な思いをさせてしまいました」

と詫びた。

「お茅様が詫びられることではござらぬ」

「佐野様はいささか焦っておいででした。ゆえに悪い途を選ばれました」

磐音はお茅の言葉に首肯して、谷戸の淵の玄関を出た。


米沢町の今津屋の前には乗り物が止まり、五つ半（午後九時）を過ぎた時分に潜り戸が開かれ、小僧が今津屋の提灯を掲げて出てきた。少し酔った様子の速水左近が姿を見せて、その後に見送りの吉右衛門と老分番頭の由蔵が、

「殿様、またのおいでをお待ちしております」

「速水様、お気をつけて」

と送り出した。

「たいそう馳走になった」

と応じた速水左近が乗り物に乗り込み、速水家の家臣北村小三郎に悠木平八が従い、表猿楽町へと向かっていった。

乗り物は浅草御門前を通過し、郡代屋敷の前を抜けて柳原土手《やなぎわらどて》に差しかかった。

「殿様、甲府の御花園から寒菊の鉢が届きましたそうな」

と小三郎が主に告げた。

「花守りの松吉が贈ってくれたか」

「はい」

「小三郎、甲府の三年、無駄ではなかったのだな」

「いかにもさようです」

「あの折り、あれこれと迷い、悩んでおったがな」

「殿様はそのようなとき、松吉が丹精した花を眺めては、物思いに耽《ふけ》っておいでございましたな」

「ふっふっふ、そなたにまで胸中の迷いを見抜かれておったか」

と上機嫌の速水左近の声が響いた。

柳原土手、正式には柳原通の南側に、常陸谷田部《やたべ》藩細川《ほそかわ》家の上屋敷があった。

寒さは本式な木枯らしの時節を迎えていた。

ひゅっ
と音を響かせて筑波颪《つくばおろし》が神田川を越えて吹きつけてきた。

新シ橋の手前、富松町の路地が柳原土手に突き刺さるように南から北に抜けていた。

夜空からちらちらと白い物が落ちてくる路地に黒い影が潜み、なにかを待ち受けていた。

柳原土手からばたばたと草履の音がして、

「毛呂山様、来ましたぞ。速水左近の乗り物が参りましたぞ」

と報告した。

「従う者は何人か」

「陸尺《ろくしゃく》を除けば二人にございます」

「よし、手筈《てはず》どおりに矢を射かけて従者を倒し、一気に速水左近を討ち果たす、よいな」

黒布で面体《めんてい》を隠したタイ捨流の石持雄五郎らが無言の頷きで応じた。

路地には常夜灯の灯りが薄く差し込んでいた。

二人の弓手が立射の構えで、移動してくる提灯の灯りに浮かぶ速水左近の従者、北村小三郎と悠木平八に狙いを付けた。

弓が満月に絞られ、矢が弦を放れようとした瞬間、町屋の軒下から寒夜を切り裂いて鉄菱が投げられ、二人の弓手の腕や顔にあたって、矢はあらぬ方向に飛んでいった。むろん弥助の仕業だ。

「な、何奴」

毛呂山六蔵が誰何し、石持雄五郎が背後を振り返った。なんと予期せぬ人物、坂崎磐音の姿があった。

「そなたらの相手は坂崎磐音がいたす。毛呂山どのには一度助命の機会を与え申したはず。そのこと、忘れたと見ゆるな」

「ぬかせ。汚名を雪がぬことには生きる術はない」

「許せぬ」

磐音が備前包平《かねひら》を抜いた。

石持らが、速水左近の襲撃と磐音の応戦の二手に分かれようとした。

柳原土手へと走り出した石持と毛呂山を再び鉄菱が襲い、動きを封じた。

「坂崎磐音を討つ」

石持雄五郎が黒覆面を剝ぐと剣を抜き、宣告した。

丸目《まるめ》蔵人《くらんど》が創始したと称せられるタイ捨流の遣い手石持は、

(もはやあとがない)

と背水の陣で磐音に臨む覚悟を決めた。

「お相手仕《つかまつ》る」

磐音の声に、石持が上段に剣を構えた。

一撃必殺、肉を斬らせて骨を断つ覚悟の構えだ。

磐音は不動の相手に対して正眼の剣で応じた。するすると間合いを詰めた。

静かなる圧力に石持の覚悟が揺らいだ。後ろに下がるのを必死で堪え、反対に前に出ようとした。

人間《じんかん》半間。

磐音の正眼が相手の石持を誘うように己の胸へと引き付けられた。

石持雄五郎が動いた。上段の剣を振り下ろしつつ、踏み込んだ。

一気に勝負の境が縮まり、石持の上段からの振り下ろしが磐音の脳天を襲った。

磐音は刃風を感じつつ、ただ胸前に引き付けた包平二尺七寸を、柄を保持した石持の右手首に落とし、相手の左側をすり抜けた。

「ああっ」

石持が小さな悲鳴を洩らし、刀を落とした。

その瞬間を見逃さず、毛呂山六蔵が磐音の背後から迫り、斬りつけようとした。

「そなたは許せぬ」

磐音の包平が横に翻り、体を反転させながら後ろへと引き回されると、刃が毛呂山の喉元《のどもと》に食い込んで血飛沫《ちしぶき》を上げた。

たたらを踏んだ毛呂山の顔が歪《ゆが》み、前のめりに磐音のかたわらに突っ伏していった。

磐音の剣が茫然と竦む石持に向けられ、

「もはやおぬしらは田沼意知様のもとには戻れまい。これ以上の戦いは無益、江戸を退転なされ」

と静かな声音で命じた。

しばし迷うようにその場にあった石持らが、

「ご免」

の一語を残すと富松町の路地から消えた。

木枯らしが吹きつけ、毛呂山六蔵の血の臭いを南の路地奥へと運んでいった。

速水左近は富松町での戦いを知る由もなく、乗り物に揺られながら、松吉が甲府から送ってくれたという寒菊を思い描いていた。

おそらく小菊で、色は薄紅色か白、いや白の小菊だと思った。

ふいに速水左近の脳裏に別の考えが過った。

だれが望んで速水左近を奏者番に就けたのか。そしてゆくゆくは京都所司代に任官させようとしている人物がいた。田沼意次、意知父子一派と譜代派に揺れ動く操り人形の家治ではあるまい。城中の、（譜代派）の面々が動いたことは確かだ。

だが、その道筋をつけたのは坂崎磐音だ。磐音は政《まつりごと》に関わらず一介の剣術家でありたいと願う人間だ。だが、養父の佐々木玲圓もまたそのことを望んで、そのような生き方ができなかった。そのことは、英邁明晰《えいまいめいせき》な家基に託して、硬直した幕政刷新を夢見たことで知れている。また家基の急死で夢が潰えたとき、暗殺された家基に殉じたことでも明らかだった。

坂崎磐音もまたその途を辿るのか。

速水左近は自らの境遇に考えを戻した。

奏者番に就かせ、京都所司代への途を拓いたのは、望むと望まざるとに拘らず、坂崎磐音だ。「山流し」の悲哀を味わう速水を幕閣の中枢に戻したい一念で高野山奥之院副教導の室町光然を通じ、朝廷に働きかけたのだ。また尾張、紀伊の御三家ともつながりを持ったのだ。その結果、

「奏者番速水左近」

が誕生した。それは田沼意次との戦いが再び始まることを意味した。

これも天の定めか。

速水左近の考えはあちらこちらに彷徨《さまよ》った。そして、再び花守りの松吉が送ってきたという寒菊に考えが戻った。

(楽しみかな)

乗り物に揺られつつ、速水は甲府の冬を思い描いていた。

巻末付録

江戸よもやま話

山流し——甲府勤番と山師

文春文庫・磐音編集班 編

速水左近、江戸へ帰る——。

将軍家治《いえはる》の御側御用取次《おそばごようとりつぎ》という要職から、甲府《こうふ》への左遷。しかし善政を敷き、領民から敬愛される。厳正無私を絵に描いたような速水の人柄が偲ばれます。新たな役目は、殿中典礼を司る奏者番《そうじゃばん》。闘い続ける磐音に、心強い仲間が戻ってきました。

さて、こんな川柳があります。

甲州へ行くはぶどうの成り下がり

江戸時代から名産として知られていた「葡萄」と、甲州に成り下がっていく「武道」を修めた武士を掛けて揶揄しています。甲府勤番は、不祥事を起こした者の左遷先として嫌われた役職でした。今回は、「山流し」と恐れられた甲府勤番をご紹介しましょう。

まずは、甲府勤番の新任者が体験する職場環境を覗いてみましょう。

・先輩が四、五人、家にいらしたので酒を振舞うと、「この酒はまずい、買い直せ」と叱責される。別の時には「奥方に会いたい」と奥に入ろうとされた。

・「今夜、客と酒を飲むが、酌をする者がいないので奥方を借りたい」と要求された。

・弓の稽古で、「江戸とは違う、こちら流の射方がある」と散々弓で打たれた。

・上司である甲府勤番支配に訴えても、「まずは堪えるように」と取り合ってくれない。

パワハラ、暴力、無責任上司。この逸話は、「甲府勤番に任命された新参者は腕力があっても、いじめられる」と、老中松平定信《まつだいらさだのぶ》が、役人や旗本、町人らの発言や風説を収集させた『よしの冊子《ぞうし》』という書に記録されています。すべてが真実かは不明ですが、甲府勤番がどうイメージされていたかを伝えています。素行の悪い旗本・御家人が集まり、上司である甲府勤番支配の命令にも従わない、そして一度入ったら簡単には転任できない。「島流し」ならぬ「山流し」とは、言い得て妙です。

甲府は、中山道~甲州街道の要衝に位置し、東海道の駿府《すんぷ》城とともに、江戸の西側を防衛する重要な軍事拠点であり、徳川宗家や五代将軍綱吉《つなよし》の信任篤かった柳沢吉保《やなぎさわよしやす》が甲府藩の藩主を務めました。享保《きようほう》九年（一七二四）、八代将軍吉宗《よしむね》は、吉保の子・吉里《よしさと》を大和国郡山《こおりやま》に移封し、甲斐国を幕府直轄領とします。江戸を守る関東周辺の直轄地を広げ、税収を増やすための改革の一環でした。ここで新たに設置されたのが、甲府勤番でした。

甲府勤番の役目は、甲府城に常駐し、城の防備と城米の管理、武具の整備、甲府町方の行政運営に当たることですが、警備や護衛を勤める番方《ばんかた》（戦時には将軍直属軍となる）で、無役の旗本・御家人を宛てればちょうどよい、というわけで、寄合《よりあい》（家禄三千石以上で無役の上級旗本が編入）や小普請組《こぶしんぐみ》（家禄三千石未満の無役の旗本・御家人が編入）から、勤番士として二百名が任命されました。この二百名のうち、実に百五十九名がそれまで就職した経験が皆無だったといわれます。

小普請組と言えば、磐音の友人の御家人品川柳次郎が所属していますが、職には就けず、ひもすがら内職に励んでいることはご存知のとおり。幕府のポストが限られている以上、就職できない者が出るのは当然で、江戸時代中期には三千人に上ったとされます。さらに旗本・御家人はどんどん増えます。綱吉と継嗣の徳松《とくまつ》は館林藩《たてばやし》から同行した約二千五百名を旗本や御家人に、六代将軍家宣《いえのぶ》は七百八十名を旗本に、それぞれ新たに加えています。冗員のリストラか、配置転換か、喫緊の問題だったのです。

無役の者にとっては、定職に就けば、小普請金（小普請組で普請人夫の代替とされた上納金）を納める必要もなくなり、役料ももらえる。幕府としても、過剰な人員を整理するとともに、無役の者を登用できる。悪いことばかりではありません。

番方は武士本来の槍働きを発揮する重職という意識もあり、新設当初から「山流し」といったイメージがあったわけではないようです。とはいえ、江戸から遠く離れた御城番に妻子とともに引っ越させるのは、出世の道も絶たれて「気鬱《きうつ》」に感じるのではないかと吉宗は心配しました。さすが人情に通じた名君は、勤め人の気持ちをよく分かっている。組頭や目付が監督して適切な勤務評定を行い、「宜敷《よろし》き者」は速やかに役替を検討することとされました。

しかし、実際は、設立から天明《てんめい》末年までの六十五年間で、改易《かいえき》以外での転出はわずか六名、江戸からの新規転入も九名で、設立メンバーは現地在住となるため不動で、その子孫も勤番士となり、転出できなかったことは確かなようです。

父祖代々甲府に住み、現地採用される勤番士が、いわばノンキャリアだとすれば、彼らを監督指揮する甲府勤番支配は、中央官庁から出向してきて、数年で再び中央へ戻るキャリア官僚でした。役高三千石（大目付・町奉行・勘定奉行・小普請組支配と同役高）、席次は遠国奉行上席、江戸城では芙蓉《ふよう》の間《ま》詰めというエリート旗本の就任する勤番支配に対して、その八割が二百俵取という勤番士では、雲泥の差がありました。吉宗が懸念したように、素行が荒れるのも致し方ないところはあり、江戸に無断で帰ったり、胴元として賭場《とば》を主催したり、果ては刃傷沙汰に及び死者が出たり、様々な事件で処罰を受けています。

そのなかで、己の才覚と行動力をもって幕府を動かし、甲府の山から抜け出し江戸で一旗揚げてやろうと画策した勤番士がおりました。

名を堀内氏有《ほりうちうじあり》といいます。よく知られた人物ではありません。甲府勤番として赴任したのは安永《あんえい》四年（一七七五）のこと。養子として相続した堀内家には、なんと「金山の儀を彼是《かれこれ》相認《あいしたた》め候《そうろう》 旧記」なる書物が先祖代々伝えられていました。少々胡散臭くもありますが、氏有は勤番士を勤めつつ、この書をもとに湯之奥金山《ゆのおくきんざん》（山梨県南巨摩《こま》郡身延《みのぶ》町）の開発に着手します。

戦国期の武田氏時代に開発されたとする鉱山ですが、肝心の金が出たという記録はなし。氏有は詳細な調査を進め、天明八年（一七八八）、五本の間歩《まぶ》（坑道）を掘り始めてから四年後、ついに金を掘り当てます。寛政《かんせい》四年（一七九二）、灰吹法《はいふきほう》で抽出した吹金を幕府に献上。老中松平定信から江戸城・躑躅《つつじ》の間に呼ばれ、金三枚を拝領する栄誉を受けます。寛政十年には、幕府より甲州金山方の御用掛に任じられ、開発資金として金三百両の拝借を認められました。まさに順風満帆。

しかし二百俵取の旗本に過ぎない氏有が、膨大な資金と労働力を必要とする鉱山開発をなぜ継続できたのでしょうか。そのからくりは、鉱夫を給金なしで働かせたというのです。鉱夫に対して氏有はこう説明していました。幕府に吹金を上納するたびに同等の小判を下賜《かし》されるので、金の産出が増えれば、相応の給金を分配できるし、ゆくゆくは侍は御家人、百姓や町人は御用達に取り立ててもらえるように願い出るつもりだ、と。捕らぬ狸の皮算用、そんな甘い話を誰が信じるのか……と思いきや、部下にして欲しいと願う人が殺到します。御家人や御用達になりたいという人々の欲求を形にして見せた、氏有のペテン、もといビジネスセンスには驚くばかりです。

次いで氏有は、貸金業の営業許可を幕府に願い出ます。金子を貸し付けて得た利分でさらなる金山開発を進めようというのです。そして許可の下りないうちに、密かに江戸で町家を借り受け、鑽鉄《さんてつ》の運送場を建設してしまいます。貸金業の許可が下りれば、会所としても使用しようとの目論見でした。

氏有には勝算がありました。旗本・御家人に金子を貸す札差《ふださし》の公定利率は十二%。その半分の低利をうたえば、困窮する者は必ず借りる。さらに、原資として集めた出資金は勘定所に差し出して公金とする。自分は公金の管理機関である勘定所と借用者の取次になる。公金であることを宣伝すれば、借用者は返済しようとするだろうし、借用者とのトラブルは奉行所が取り扱ってくれて一石二鳥だ、と。

しかし、幕府はこれを許しませんでした。寛政十二年（一八〇〇）、運送場を密かに建設したこと、幕府に推挙するという嘘をついて鉱夫を集め、八年あまりも無賃労働をさせたことを問題視し、氏有を改易に処したのです。

氏有が目をつけた低利の貸金業は、ビジネスチャンスでした。しかし、金融機関である札差の権益を侵害することは間違いなく、幕府が規制緩和を許すことはありませんでした。実際のところ、採算に見合うほど金が採掘できたかはわかりません。氏有は、幕府が自身を評価しているうちに、鉱山経営を名目に貸金業への参入を認めさせ、貸金業へ移行しようとしたのでしょう。一方、幕府は、無賃労働は黙認し、メリットのある鉱山開発を進めさせましたが、最終的に切り捨てます。甲府勤番という地の利と、山師的な弁舌と才覚でのし上がろうとした氏有でしたが、幕府の方が一枚上手だったのです。ここから抜け出したい——甲府勤番士の切なる思いを感じずにはいられません。

【参考文献】

田淵正和「旗本の家格と役職の対応について」(『史叢』第四十号、一九八七年)
岩本馨「直轄城下町甲府の都市空間」(「日本建築学会計画系論文集」第五七三号、二〇〇三年、所収)
村上直・田淵正和「甲府勤番支配の成立と展開」(『山梨県史』通史編3 近世1、二〇〇六年)
山本英貴『旗本・御家人の就職事情』(吉川弘文館、二〇一五年)

文春文庫

秋《しゅう》思《し》ノ人《ひと》
居眠《いねむ》り磐音《いわね》（三十九）決定版《けつていばん》

定価はカバーに表示してあります

2020年10月10日　第1刷

著　者　佐《さ》伯《えき》泰《やす》英《ひで》
発行者　花田朋子
発行所　株式会社 文藝春秋

東京都千代田区紀尾井町 3-23　〒102-8008
TEL 03・3265・1211㈹
文藝春秋ホームページ　http://www.bunshun.co.jp

落丁、乱丁本は、お手数ですが小社製作部宛お送り下さい。送料小社負担でお取替致します。

印刷製本・凸版印刷

Printed in Japan
ISBN978-4-16-791578-0

集英社オレンジ文庫

やとわれ寵姫の後宮料理録

日高砂羽

本書は書き下ろしです。

目次

イラスト／ボダックス

日高砂羽
やとわれ寵姫の後宮料理録

一章　すべては別れの約束から

奇山峻峰《きざんしゅんぽう》の間を滔々《とうとう》と流れる清流・麗江《れいこう》に沿って発展した風光明媚《めいび》な麗州《れいしゅう》。

周《しゅう》氏が天下を統《す》べる嘉《か》国の南方にあるこの城市《まち》は、夜も酒楼《しゅろう》や客桟《やど》の灯《あか》りが輝く。

その一角にある二階建ての小さな餐館《しょくどう》・黄波楼《こうはろう》の厨房《ちゅうぼう》は、秋の終わりとは思えぬ灼熱《しゃくねつ》の暑さだった。

四つの竈《かまど》では石炭がごうごうと燃え盛り、特に左端の竈口からは炎が飛びだしそうだ。

千花《せんか》は竈の前をうろちょろしては、置いた三つの鍋の中を確認する。

（この魚はあとちょっと火を通せばひっくり返せる）

千花は年が明ければ十九になる娘だが、いっぱしの厨師《ちゅうし》である。目も鼻も口も理想的な場所に位置しているのだが、地味という印象しかない顔立ちだ。しかし、ひとたび鍋の前に立てば、杏仁《あんにん》型の目は生き生きと輝き、全身から生気を放つ。

無地の短襖《たんおう》と長裙《ちょうくん》、菱形格子文《ひしがたこうしもん》の囲裙《エプロン》という飾り気のない服装できびきびと動き回れば、自然と目で追いたくなるような存在感があるのだが、当の本人はそのことにまったく気づいていなかった。

千花は左端の竈の口から飛び出そうとする炎に蓋《ふた》をするように鉄鍋を置いた。油を入れて熱が通るのを待つ時間が惜しいから、右隣の竈にかけている鍋の、揚げ焼きにしている魚をひっくり返す。魚はこんがりときつね色に焼け、香ばしい匂いを立ち昇らせている。

胸を躍《おど》らせた瞬間、右端の竈の前に立つ娘が半泣きの声を出した。

「千花さぁん、この蒸籠《せいろ》、どういう順番で積むんですかぁ？」

娘は両手に蒸籠を持っている。

「上から魚、肉、野菜の順番で積んで」

「承知しましたぁ！」

湯気を立ち上げる鍋に蒸籠を積んでいる娘を横目で確認してから、千花は左端の竈に戻った。鍋を温めた油を捨てて、新しい油を投入する。再び油が温まった頃合いで、下味をつけておいた鶏肉《とり》を投入した。

作るのは鶏肉と花生《ピーナッツ》の炒《いた》め物。香ばしい花生とやわらかな鶏肉の対比がおいしい料理だ。

「千花さぁん、蒸籠の積み方、意味があるんですか？」

揚げ焼きにしている魚の裏面を確認している娘が、千花の顔を覗《のぞ》く。目線で魚を皿に移すよう指示しながら、千花自身は目の前の鍋に調味料を投入していった。

「そりゃあるわよ。一番上に魚を置いたら、味移りを避けられて淡白な魚の風味を損ねないでしょう？　まんなかに肉の蒸籠を置いたら、おいしい肉汁が下に落ちて、野菜にコクを与えるじゃない」

「なるほどぉ。理屈があるんですね」

「そうよ。おいしい料理を作るためには、理屈が必要なの！」

仕上げの鍋を振っていたら、中年の女が飛びこんできた。

「千花ちゃん、鶏の揚げ煮と牛肉の細切り炒めの注文！」

千花は魚に仕上げておいた甘酢のたれをかけてから、うなずいた。

「はーい！　このお皿を持って行って！」

「あいよー！」

威勢のいい声をあげて皿を受け取り、厨房を出ていく女の肉厚の背を見送って、千花は額《ひたい》に浮いた汗を袖《そで》で押さえた。

夜はまだこれからだった。


汚れた皿や鍋を片づけ、閉店業務が終わった客席に千花と女たちが卓を囲んで座る。それぞれの女たちの前に銅銭が入った袋を置くと、千花はこの半年店を手伝ってくれた礼を込めて頭を下げた。

「これまでありがとう。おかげさまで助かったわ」

いつもの給金に奮発して色をつけたのは、今日が最後の営業だからだ。

「千花さぁん」

持ち上げた袋の重さに気づいた娘が涙ぐむ。

「いいの、こんなにもらっちゃって」

中年の女が心配そうに言った。

「いいってことよ。今日でこの店は最後だもん。金貸しにはこのお店を明け渡すんだし、お金はないって言えば、問題なし！」

「あたしたちが心配しているのは、千花ちゃんのこれからよ」

細身の女が言うと、三人がいっせいにうなずいた。

「養父の承之《しょうし》さんが亡くなって、ひとりぼっちになっちゃって」

「おまけに店は借金のかたにとられちまってさ。あんた、この店の裏で寝泊まりしてたじゃないの」

「そうですよぉ。千花さん、お金も金貸しに全部とられちゃったんでしょう？　それなのに、あたしたちにこんなにお給金をくれて」

くしゃりと泣きそうな顔をする娘に向けて、千花は右腕に力こぶをつくってみせる。

「問題ないってば。わたしは厨師よ？　菜刀《ほうちょう》一本あれば、どこででも生きていけるんだから」

女たちが顔を見合わせてから、意味深に目線を向けたのは、店の端に座っている青年だ。こちらに背を向けて、酒を飲んでいる。追加の注文を受けたのは、ついさっきだった。

彼女たちの目線につられて背中を眺め、心の中でうなる。

(改めて思うけど、皇族さまがうちで酒を飲んでいるって不思議よね)

王の位を皇帝から与えられた青年はきちんと背を伸ばして酒を飲んでおり、妙に浮いている。

「……まあ、そうだね。千花ちゃんにはいい人もいるし」

中年の女がくふふと意味深な笑みをもらした。細身の女がホッとしたようにうなずく。

「そうよね。今までは承之さんがうんと言わなかったけど、その承之さんはもういないもの」

「身分違いの恋かぁ。羨《うらや》ましいなぁ」

娘がうっとりとした顔で手を組んだ。

「そんなんじゃないってば」

「いいじゃないの。男がいない女が世渡りするのは難しいんだよ。王爺《おうや》がついてるんだったら、あたしらだって安心できるってもんよ」

王爺というのは青年に対する敬称だ。

「そうよ、皇族だもの。嫁どころか、妾《めかけ》だって何人もいて当たり前。千花ちゃんも、妾のひとりくらいにはなれるわよ」

　重ねて言われて、否定するのが面倒になってきた。千花はにっこり笑って応じた。

「そうね、それもいいかも」

「じゃあ、ふたりで積もる話もあるだろうし……。ごゆっくりね」

　またもやくふふと冷やかすような笑いを漏らし、女たちは店を出て行った。千花は息をつくと立ち上がり、背を向けたままの青年に近寄って顔を覗いた。

「王爺、お店は終わりですよ。いい加減に呑《の》み終わってくださいよ」

　青年が表情のない顔を千花に向ける。

　歳《とし》は二十一。すっきりとした頬《ほお》の線、奥二重の穏やかな目元、すっと通った鼻筋。都を遠く離れた麗州では浮いてしまうほど整った青年の面貌《めんぼう》は醒《さ》めきっていて、酔いの兆《きざ》しも見られない。水注《すいちゅう》の二瓶《びん》目を出したから、ひとりで相当に呑んでいるだろうに。

（相変わらず顔だけは抜群にいいわね！）

　千花は心の中で感嘆を漏らした。

　青年の名は玄覇《げんは》という。皇帝の甥《おい》であり靖王《せいおう》という位を授けられた彼は、本来ならば、千花のような庶民《しょみん》にとって言葉を交わすこともできない雲上の存在だ。

　ところが、ちらりと耳にしたところによると、皇帝への度重なる進言が不興を買ったため、嘉国でも辺境に近い田舎に封土を与えられ、しかも、知県《けんちじ》や知州《しゅうちじ》のように定期的に異動させられていた。他の皇族が地方に封土を持ちながらも都で安逸に暮らすことを許されているのとは大きな違いだ。

（……不運な皇族さまなのよね）

それでも、玄覇は己の境遇に腐ることはなかった。この麗州でも時間をかけて各地を巡り、民の暮らしぶりを見て回った。

生産性をあげるために新しい農法を農民に提案し、水の分配を調整する。土地の境界を巡る争いを仲裁し、崖崩れで埋まった道の復旧作業に泥だらけになりながら加わった。およそ皇族とは思えぬ働きぶりに、遠巻きにしていた麗州の男たちも彼を受け入れるようになった。

（そう、いい人なのよ）

ただひとつ、女嫌いという欠点を除いては。

玄覇が抑揚のない声でたずねてきた。

「片づけは終わったのか？」

「もうとっくに終わりました。王爺が最後のお客さんです」

「そうか」

答えるなり、卓上に置いた縁が欠けた白磁の碗《わん》を見つめた。酒を呑むかどうか迷っているのか。

「呑んだら帰ってくださいね。わたしも荷をまとめないといけないんです。明日にはこの店を明け渡すんですから」

頭を覆《おお》っていた布を取り去り、紅紐《ひも》でまとめた豊かな黒髪をあらわにする。

千花は卓の間を縫《ぬ》って、客席の西側に設けていた祭壇に近づいた。

祭壇には薄板の神主《いはい》と装飾のない白磁の香炉《こうろ》が置かれている。香炉には燃え尽きそうな線香が数本。一月半前に亡くなった店主の死を悼《いた》み、常連客が手向《たむ》けてくれたのだ。

千花は長い線香を手にして火をつけると、香炉に立てた。それからひざまずき、床に額をつけて拝礼しようとしたところで、横に膝《ひざ》をついた玄覇と目が合う羽目になった。

玄覇が千花の目をじっと見つめてたずねてきた。

「これから、どうするんだ？」

「お店を明け渡したあとですか？　行く当てはないんですが……国中を巡って料理の修業をしようかなと」

「料理の修業？」

「ええ。お金も貯めたいですし……」

千花は彼から目をそらし、神主を見上げて目を細めた。

「師父の夢だったんですよね、いつか都に大きな店を開くことが」

河に身を投げかけていた千花を拾い、親代わりに育ててくれた李《り》承之は、嘉国を巡って料理を学んだという。

地方によって好まれる味や使われる食材が異なる嘉国の複雑な料理に精通していた承之は、その技を千花に惜しみなく伝授してくれた。

(……それなのに恩返しができなかった)

承之は、料理の技だけでなく、読み書き計算に経書や詩文の教育まで施してくれた。女ひとりで生きていくには、ありあまるほどの知識を身につけられたのだ。何ひとつ返しきれなかったという悔恨は、千花の心に鋭い棘《とげ》となって突き刺さったままだ。

「師父が心臓の病にならなかったら……いつかは上京してふたりでお店を営むんだって考えていました。だから、その夢をわたしが叶えたいんです」

店を抵当に入れて金を借り、高価な薬を購入しては承之に飲ませた。それでも承之の病を治すことはできなかった。

(せめて師父の夢を叶えたい)

どんな言葉でも表せる気がしない感謝を形にしたいのだ。

玄覇が訝《いぶか》しげに眉をひそめた。

「他の城市に行って働くつもりなのか?」

「そうですよ」

「当てもないのに?」

「そこは飛び込みでなんとか」

「そうやって働いていれば、店が持てるほど金を貯められると考えているのか？」

冷ややかな追及に、千花は反論の言葉を失くした。

（……わかってるわよ）

女ひとりで生きていくのは難しいとみなが言っていた。その指摘は間違いない。

（知ってるわよ。まじめに働いていれば都に店が持てるなんて、夢物語に近いことくらい）

千花は膝に置いた両手を見つめた。指に残る切り傷の痕《あと》や火傷《やけど》のひきつれ。すべて厨師になるべく研鑽《けんさん》を積んだ証《あかし》だ。

（それでも、あきらめるもんか）

たとえ無理だとわかっていても、やってみなければ道は開けない。

「わたしは――」

「俺に雇われないか？　報酬《ほうしゅう》はもちろん払う」

唐突な誘いに、呆気《あっけ》にとられた。まじめな顔を見れば、からかう意図はないとわかるのだが――。

「……失礼ですけれど、王爺はその……貧乏でいらっしゃるでしょう？　わたしはお金が欲しいんです。まともな給金を払ってくれる方に雇ってもらいたいんですよ」

玄覇は金がなかった。

麗州は莫大な利得を得られる産業がない田舎で、彼の懐《ふところ》に入る収入は大したことがないらしい。おまけにその少ない金を堤《つつみ》の修繕や水路の整備のたしに投じてしまう。金がないが口癖で、玄覇はいつも庶民と似たような綿の長衣と褲《こ》を着ているし、使用人は護衛の若者がひとりきり。掃除と洗濯は自分たちでしているらしく、黄波楼に来て頼む料理は野菜や豆腐を使った安いものばかりだった。

「貧乏の道連れはごめんだと言いたげだな」

「そこまで言うつもりはないですけれど……王爺に付き合って素寒貧《すかんぴん》になるのは確かにごめんです」

「安心しろ。俺は金持ちになる。皇帝になるんだぞ」

真顔を向けてくるから、千花は不敬だと思いながらも彼をまじまじと見つめずにはいられなかった。

「……お酒の飲みすぎですか?」

夢想にしても、めちゃくちゃだ。左遷《させん》された無念が強すぎて、頭の中の妄想を現実だと思い込んでいるのではないか。

「作り話だとでも思っているのか?」

「信じられませんよ。俺は皇帝になるんだって言われても」

「そうだろうとも。だが、本当だ。皇帝が崩御したのは知っているだろう。それで、皇后陛下が俺を皇太子に——次の皇帝に指名した」

淡々《たんたん》と答えられ、千花は絶句した。

皇帝は実子がないまま突然死をしたらしい。そんな話が麗州に届いたのは、崩御後一月以上も経《た》った五か月前のこと。都にいる皇族たちが後継争いをしているとも耳にした。それを聞いたときは、玄覇が気の毒だと思った。彼は中央から遠く離れた麗州に追いやられ、帝位を巡る闘争に加わるほどの権力もない。せっかく貧乏皇族の身分を脱する好機が訪れたのにと同情したのだ。

「からかっているんですか？」

「からかってなどいない。その証拠におまえを雇うと言っているだろう、俺の寵姫《ちょうき》として」

「寵姫？」

「俺のために後宮を用意してくれるそうだ。要らんというわけにもいかない。だから、おまえを寵姫として後宮に置いておきたい」

「また、わたしを女避けの盾《たて》にするつもりですか!?」

玄覇は大きくうなずいた。

「女が嫌いだと吹聴してまわるより、女がいるから他は不要だと言ったほうが早い」

平板な口調に絶句した。

（女嫌いも極まれり……病入膏肓《やまいこうこうにいる》ってまさにこのことだわ）

先ほど千花が冷やかされていたのには理由がある。

知り合って一年ほど経ったあとから、千花は玄覇に乞われて恋人のフリをしていた。

二年前に麗州に来てからというもの、彼は若い娘たちに追いかけ回されていた。貧乏といっても皇族であるし、おまけに美丈夫、さらには独身だった。妻は無理でも妾になれればという野心を燃やす娘がいても不思議ではなかったのだ。

それがよほどわずらわしかったのだろうか。常連客になったころ、彼に誘われた。

『一緒に元宵観燈《げんしょうかんとう》に行かないか』と。

年が明けて最初に迎える満月の夜を元宵といい、無数の燈籠《とうろう》が街中に飾られる。夜の闇《やみ》を鮮やかに照らす明かりを見物する催《もよお》しは老若男女《ろうにゃくなんにょ》が楽しみにしていて、昔から若い男女の出会いの日だといわれていた。

『他の奴らに見せつけたい。おまえが俺の恋人だと』

客として接してはいたが、個人の情愛など欠片《かけら》も抱いていない相手にそう言われ、千花は呆気にとられた。

『むろん、偽りの恋人だ。本物になりたいと望まないでくれ』

眉をひそめて付け加えられた警告には、心底呆《あき》れた。

それでも、その偽りの恋人とやらを承諾《しょうだく》したのは、千花にも下心があったからだ。

図らずも看板娘扱いされ、一部の客からは身体《からだ》に触れられたり、卑猥《ひわい》な冗談でからかわれたりして、うんざりしていたところだった。皇族の恋人だとみなされたならば、そんな害からは逃れられるのではと考えたのだ。

元宵観燈の日、ふたりは連れだって燈籠見物に行った。

見慣れた街の軒《のき》先や街路樹の枝に燈籠が吊るされて、眩《まばゆ》い光のきらめきは目を奪われるほどに美しかった。

これで横にいるのが本当に心を傾けている恋人だったら天上を散策しているように浮かれたことだろうが、あいにくそばにいるのは仏頂面《ぶっちょうづら》の玄覇だった。

というわけで、一応恋人らしく話を盛り上げようと努力し――しかし、たいして表情の変わらぬ玄覇に内心でちゃんと演技しろとツッコミを入れつつ観燈は終わった。

盛り上がらぬ夜であったが、結果は大成功だった。ふたりは無事に恋人同士だと周囲に認識され、玄覇に突撃する女は減り、千花に嫌味をぶつける女は増えた。

(それでもよかったのよね、身体にさわられることはなくなったし)

さすがに皇族に見初められた女に手を出そうとする不届きな男はいなかったのだ。

千花の暮らしは平穏であった。承之が倒れるまでは。

玄覇がこれまた淡々と確認してくる。

「盾になるのは、もう嫌か？」

「まあ楽しい仕事とは言い難いですよね。無駄に恨まれるし……」

腕を組んで半眼になり、視線を遠くした。

『調子に乗ってるんじゃないわよ!?』

『どこがいいのかしら、こんなパッとしない女』

『ブスなのに皇族に気に入られるなんて……あたしも料理の技を磨こうかしら』

身体にさわる男と、心に刃を刺してくる女のどちらが性悪なのかと小一時間考える程度には悩んだほどだった。

「王爺……後宮内で見つけたらどうですか？　寵姫候補」

それが妥当《だとう》だろうと考える。

そもそも、入宮するのは都で高位の役職に任じられた貴族の娘たちのはずだ。生まれの定かでない庶民の千花が寵姫になるより、後宮内で人選するほうが穏当ではないだろうか。

玄覇がいったん唇を引き結んだあと、話しだした。

「俺が皇太子になるのは皇后が懿旨《いし》を出したおかげだ。だが、皇后が懿旨を出すほどの事態になったのは、玉座を巡る争いが収まらなかったためだ」

玄覇の説明にうなずくと、彼が続けた。

「都にいる恭王《きようおう》と衛王《えいおう》が有力候補だったが、このふたりの争いに終わりが見えず、一触即発の状態になった。というわけで、皇后がふたりに関係のない俺を皇太子に指名した」

「それと寵姫をわたしにするのにどういう関係が……」

話の落ち着き先がわからずに訊《き》くと、玄覇がちょっとだけ眉を寄せた。

「後宮に集められるのは貴族の娘だが、そいつらの実家は恭衛の両王の息がかかっている。うっかり同衾《どうきん》したら、俺の首が飛ぶかもしれない」

「女ひとりの腕で男の首を落とすのはちょっと無理かと」

鶏やあひるの首ではあるまいし、と千花はツッコむ。鶏の首なら何百と落としてきた千花でも、玄覇の首を落とせる気はしない。

玄覇が眉を跳ね上げて反論してきた。

「では、刺されるかもしれないだろう。毒を盛られる危険性もあるな」

「はぁ」

「他の女と関係を持ちたくないならば、寵姫を置いておくのが手っ取り早い。俺に危害を加える可能性のない、信頼できる人間が必要だ」

「それで、わたしをご指名に？」

千花が自分を指さすと、彼は重々しくうなずいた。

「そうだ。おまえが必要だ」

「ご指名いただくのはありがたいのですが、わたしにも都合ってものが――」

千花は顔の前で手を振り、精一杯の愛想笑いを浮かべた。

「一生は無理ですよ。そんな長いこと王爺と一緒にはいられない――」

「寵姫を二年勤めあげてくれたら、おまえを後宮から出す。おまえが寵姫をやっている間に、適当な後継者を見つければいいからな。むろん手切れ金は払うから安心してくれ」

「本当ですよね？」

「もちろんだ。一生遊んで暮らせるくらいの手切れ金を払うぞ。都に店を構えるなどわけもないくらいの金だ」

「莫大……！」

夢が広がる言葉に、千花は手を組んで天井を見上げた。胸の内が久々に晴れていく。

（師父、わたしの夢、案外あっさり叶ってしまいそうです……！）

都に店を構える夢が妄想ではなく現実的な目標になる。彼の言葉を聞けば、そう確信できる。

寵姫業にどんな仕事が含まれるかわからないが、莫大な手切れ金のためには務めを果たしてみせる。

（師父、どうかわたしを見守っていてください……！）

千花は祭壇の神主に手を合わせると、希望の底に沈んでいる不安をかき消すように祈りを捧《ささ》げた。

地方の軍閥《ぐんばつ》の長だった周氏が天下を統一したあと、百五十年の平和を守ってきた嘉王朝の皇宮では、後継者争いが勃発《ぼっぱつ》した。

八代皇帝にはひとりの子もなく、後継を定めぬまま突然死をしたのである。直後、玉座を襲うべく闘争を開始したのは、皇帝の甥である恭王と衛王である。ふたりの青年は、政界の上層部を占める貴族たちを巻き込み、どちらが皇帝になるか競い合った。

半年にもわたる睨《にら》み合いが不調に終わると、彼らは地方の封土に配備していた兵を動かそうとした。もはや内乱かというとき、崩御した皇帝の皇后が懿旨を発した。

『内憂外患《ないゆうがいかん》のこの折、皇太子が定まらぬのは甚《はなは》だ遺憾《いかん》である。皇帝は四海の太平たるを願い、常々政治の安定を目指してこられた。天下の蒼生《たみ》の母たる皇后として、こたびの事態は看過できぬ。皇太子は、麗州の靖王に定める。速やかに上京し、皇帝の喪主となるように』

皇帝の葬儀は皇太子が主催する。ところが、後継者——すなわち皇太子が決まらないため、葬儀が行われることなく棺《ひつぎ》が墓陵《ぼりょう》に置かれるのみという前代未聞の事態になっていたのだ。

皇后は皇帝の在位中は政治に口を出さず、万事控えめな才女と評判だったが、二王の果てのない争いに堪忍袋《かんにんぶくろ》の緒《お》が切れたのか、とうとう大権を行使した。皇帝亡きあと後継を指名できるという皇后だけが持つ権力を満天下に示したのである。これには恭王と衛王も伏礼して従うしかなかったという。

というのは建前で、ふたりは一時休戦したに過ぎない――というのが玄覇の見解だった。

『あのふたりは俺を御したいと考えるはずだ。味方に引き込んで、最終的には譲位させるつもりだろう』

その手段のひとつとして、すでに後宮が設けられており、それぞれの派閥に属する貴族の娘が揃《そろ》えられているのだという。

『むろん譲位を迫るだけでなく、場合によっては俺を殺すことだって考えているはずだ。それを防ぐためにも、俺には後宮の中に味方が必要なんだ』

玄覇を支えて後宮に君臨し、権力と帝位を巡る策謀から守る。それが千花の役目だ。

国の西南に位置する麗州から都への道のりは馬車と船を乗り継いで二十日余り。道中、千花は宮中の勢力関係からしきたりなど玄覇から詰め込まれた。

国都・安平《あんぺい》に到着したのは、臘月《ろうげつ》に入る直前である。ようやく到着した皇太子に歓呼の声が投げられたのは一瞬。その声はすぐに当惑を含みはじめた。もちろん、予想外にあらわれた皇太子の妻が原因である。

黄瑠璃《るり》の甍《いらか》と丹《に》色の壁の建物が建ち並ぶ皇宮に足を踏み入れると、玄覇はまずは皇后と面会し、皇太子指名の礼を述べた。それから、後宮の主でもある彼女に千花を入宮させる許しを求めた。

皇后はあっさりと許可を出したという。後宮に関しての動きはここでいったん止まる。

年が改まったら即位というあわただしさがその理由だ。葬礼、人事、即位儀礼とやるべきことは多かった。

白い喪服を着た玄覇が墓陵に拝礼して皇帝の死を哭《こく》し、皇太子としての最初の仕事を終えたのは臘月の半ば。矢継ぎ早に人事を発表したが、先帝の遺制を引き継いで、ほぼ変更はなかった。

年が改まると即位の儀式である。嘉国皇宮でもっとも格式の高い正殿・元亨殿《げんきょうでん》で儀式はとりおこなわれた。二十四旒《りゅう》の冕冠《べんかん》と日月星辰《じつげつせいしん》を織りだした黒の袞《こん》服を身につけた玄覇があらわれると、広大な広場にひざまずいて出迎えた皇族朝官は万歳《ワンスイ》の声をあげて新たな皇帝の誕生を祝した。

「それは荘厳な式典で、皇上はたいへんご立派なお姿でしたよ」

庶人であるため儀式に参列できなかった千花が人づてに聞いた感想だ。これよりのち、玄覇は皇帝に対する尊称である皇上と呼ばれることになる。

政治の場である外朝が定まれば、後宮の女たちの処遇が決まる。ほどなくして、玄覇の妻妾《さいしょう》となるべく集められていた女たちは冊封《さくほう》された。皇后空位はおおかたの予想どおりだが、次席である貴妃《きひ》の位が千花に与えられると、宮中はにわかに騒がしくなった。皇后不在であれば、後宮監督の任は貴妃にまかされるからだ。

この声を、玄覇は「糟糠之妻不下堂《そうこうのつまはどうよりおろさず》」という言葉で封殺した。富貴を得たからといって、苦労を共にした妻を追い出したりはしないという先人の金言だ。ありがたい教えを盾にされ、貴顕《きけん》高官のさえずりは、表向きは収まった。

もっとも、それは千花を認めたと同義ではない。それを千花が知ったのは、梅の蕾《つぼみ》が膨らむころだった。

二章　雇われ寵姫と後宮の皆さま

後宮は外朝と同じく身分がものを言う機関である。

身分によって生活費である化粧料、仕える宮女や宦官《かんがん》の数、正装の文様《もんよう》や宝冠の装飾、さらには毎食の料理の皿の数まで差が生じる。当然ながら皇帝の正妻である皇后がもっとも優遇され、その下に続く妃たちは序列に応じて待遇が決まる。

嘉《か》国の後宮の身分は皇后が頂点に立ち、皇后代理を務められる貴妃《きひ》が続く。その下に、宸妃《しんひ》、淑妃《しゅくひ》、徳妃《とくひ》、賢妃《けんひ》の四妃が置かれ、さらにその下には九嬪《きゅうひん》――嫻嬪《かんひん》、僖嬪《きひん》、和嬪《わひん》、安嬪《あんひん》、恵嬪《けいひん》、麗嬪《れいひん》、寧嬪《ねいひん》、荘嬪《そうひん》、康嬪《こうひん》の身分が設けられている。独立した宮を持てるのはここまでで、九嬪の下に存在する不定数の婕妤《しょうよ》、貴人《きじん》、選侍《せんじ》は上位の妃の宮に同居することになっている。この差は出自には関係なく、皇帝が与えた身分がすべてだった。

女たちがこの身分の差を痛感させられるのが五日ごとに開かれる朝礼だ。皇后がいないため、主催は貴妃の位を与えられた千花《せんか》である。

一介の庶民《しょみん》が貴族の娘たちの上座に座る。当たり前だが、これは貴族の娘にとっては最大の屈辱《くつじょく》に他ならなかった。

「貴妃さまにご挨拶《あいさつ》を申し上げます」

千花が貴妃宮である芳華宮《ほうかきゅう》の奥の間からあらわれると、広間に集った七人の女たちが長《ちょう》裙《くん》の衣擦《きぬず》れとともに万福礼《ばんぷくれい》をする。万福礼とは、両手をこぶしにして腹の前で重ね、軽く膝《ひざ》を曲げて礼をする作法である。様々な文様に彩られた繻子《しゅす》や絹の襖裙《おうくん》を着た女たちが頭《こうべ》を垂れた姿は、牡丹《ぼたん》や芍薬《しゃくやく》が匂い立つ花園を思わせた。

「楽になさって」

一段高い正面の宝座についた千花が声をかけると、彼女たちは一糸乱れぬ動きで姿勢を正し、宝座の下の左右に分かれた席についた。

千花は顔ぶれを見渡した。朝礼に出られるのは九嬪以上の身分だ。その下の女たちはこの場に座る資格がない。いくつかの空席を確認してから、千花は穏やかに切りだした。宮中では、基本的に身分が上の者から話しかけてやらないと、下の者は口を開けない。

「今日は少し暖かくなったわね。久しぶりに青空を見た気がするわ」

千花の左手に座る美女が手絹《ハンカチ》を顎《あご》に当てて品よく笑った。

「貴妃さまのおっしゃるとおりですわ。我が宮の院子《なかにわ》の梅もようやく咲きはじめました」

打てば響くように応じるのは、美しく弧《こ》を描く眉と長い睫毛《まつげ》に縁どられた目に知的なきらめきを備えた美女だ。

（楊宰相の娘の楊玲珊……宰相の娘だけあって、そつがないって感じよね）

貴妃に次ぐ四妃のひとつ淑妃という地位を与えられた彼女は、今のところ尻尾を見せない。

「淑妃の梅はもう少し経てば見頃になるのかしら。韋賢妃の院子の様子も聞きたいのだけれど……今日もお休み？」

「なんでも腹痛だそうですわ」

「そう。賢妃は身体が弱いのね」

千花の答えに、女たちの間から失笑が漏れる。韋賢妃は一月半ばからはじまった朝礼をすべて欠席していた。

（一回目は感冒、二回目はめまい、三回目は頭痛で、四回目は湿疹、五回目は足が痛いだっけ。今日が腹痛……そろそろ言い訳も尽きそうだけれど、大丈夫かしら）

こっちが心配になってくる。韋賢妃は庶民の千花が自分の上にいるという事態が我慢ならないのだろう。

「賢妃さまはきっと蒲柳の質なのですわ」

楊淑妃が取りなすので、千花は鷹揚にうなずいた。

「賢妃は滋養のあるものを食べたほうがいいわね。虚弱体質を改善したいなら、枸杞を入れた蒸し鶏《どり》の湯《スープ》なんかいいのよ」

「貴妃さまはお料理が得意だそうですが、身体にいい食材や調理法にもお詳しいのですね」

気の強そうな顔をした徐《じょ》嫻嬪が目を細めている。徐家は建国の折の大功で公の爵位を得、軍職を担《にな》っている名家である。気概のある顔を眺めた。

「ええ。皇上のために懸命に勉強したわ。健やかでいていただくために、季節の食材を活かして料理を供するのがわたしの役目だと思ったから」

胸に手を当ててしんみりと語ると、物言わぬ女たちから穏やかならぬ気配がした。

（……我ながら嫌みったらしいな。本当にごめんね）

笑顔のまま内心で謝罪する。玄覇《げんは》との関係の深さをことあるごとに喧伝《けんでん》して、自分たちの間に割り込むことなど不可能だと思わせないといけない。

『二年後、おまえの代わりになりそうな女以外は外に出すつもりだ』

玄覇はそう語っていた。

『誰も信用できない。後宮はつくりなおす。俺の意向に添った女たちを入宮させる。だから、そのときまであの女たちには孤閨《こけい》を守ってもらうつもりだ』

今の後宮は恭王《きょうおう》と衛王《えいおう》の意向による人事が反映されているのだという。それゆえ、彼女たちに信頼を寄せられない玄覇は、千花だけを寵愛《ちょうあい》し続けることで、二年をやり過ごすつもりでいるのだ。

『半年もしたら、俺に取り入ろうとは考えなくなるだろう』

と玄覇は語っていたが。

（あの男《ひと》、本業が何かわかってるのかしら……）

千花はちょっとだけ遠い目になった。

後継者を儲《もう》けることこそ皇帝の最重要の業務である。そもそも、崩御した先帝に子がいれば、皇太子の座を巡って皇族が争うなどということもなかったし、田舎に左遷《させん》されていた玄覇が呼び戻されるなんてこともなかっただろう。

（……まあ、あの男に自覚してもらうのは、後宮の人員を把握《はあく》してからということで）

ひとまずは、どう転ぶかわからない後宮を抑えるのが千花の仕事だ。

『まかせておいてください。後宮はわたしが牛耳《ぎゅうじ》ってみせますので』

と豪語はしてみたが、難事であることは明らかだ。韋賢妃という火種がさっそくあらわれているのがその証拠である。

（がんばれ、わたし。すべては手切れ金のため……！）

二年乗り切れば、莫大な金が手に入る。ふつうに働いていれば、一生かかったとしても得ることができないほどの金に違いない。

山盛りの銀錠《じょう》や銅銭を想像すると、ひとりでに唇が緩む。

（なんとしても、二年乗り切ってみせるわ）

むずむずしそうな唇をいったん結んでから、千花は斜め後ろにいる侍女に目で合図した。慎ましく控える彼女が手を叩けば、奥から若い侍女がぞろぞろとあらわれる。蓋《ふた》つきの碗《わん》を盆にのせた娘たちは、妃嬪《ひひん》たちの茶卓に碗とレンゲを置いていった。

「姐姐《おねえさま》、これは甜点《デザート》ですか？」

とたずねたのは、末席に座る蘇《そ》康嬪だ。常に愛嬌《あいきょう》をたたえた丸い目と無邪気な様子がかわいらしい。

千花は自然と笑顔を誘われながら応じた。

「妹妹《まいまい》、蓋をあけてごらんなさいな」

後宮では后妃、妃嬪の間で姉妹の契りを結び、姐姐《おねえさま》、妹妹《まいまい》とお互いを呼び合う。年齢は関係なく、身分が上の者が姉で、身分が下の者が妹だ。つまり、この後宮において長姉は千花であり、他の女たちが妹だ。

「いったい何かしら――」

うきうきと弾んだ蘇康嬪の声が途切れる。

妃嬪たちが当惑顔を向け合っていた。碗を満たすのは、黄金色の湯だ。湯には鶏肉にも似た肉と冬瓜《とうがん》が入っている。

「姐姐、これは何ですか？」

戸惑いを宿した蘇康嬪の問いかけに、千花は咳払《せきばら》いをした。

「本日、芳華宮に差し入れがありました」

「姐姐、差し入れとは？」

「蛙《かえる》です。それも九匹！」

千花が九の数字を指であらわすと、妃嬪たちが心なしか頬《ほお》を引きつらせた。

「九とは縁起がよい数字ですわね」

落ち着き払って応じるのは、楊淑妃である。

「でしょう？　九は最高の陽数。至尊を表す数字だもの」

「差し入れではなく、嫌がらせだと思いますけど」

そっけなく言い放ったのは、徐嫻嬪である。

「そうね。門庭に蛙が撒《ま》いてあったから、確かに嫌がらせかもしれないわ。でも、嫌がらせか差し入れかはどうでもいいのよ。わたしの手元には蛙が九匹ある。それこそが重要なんだから」

「姐姐。では、このお碗に入っているのは――」

おそるおそるたずねる蘇康嬪にうなずいた。

「そう！　今朝差し入れされたばかりの蛙を、わたしが手ずから湯にしたわ！」

胸を張って宣告した千花に、妃嬪たちが互いに顔を見合わせる。

食べられるのかと疑わしそうな面々の顔に、千花は料理の宣伝文句を朗々と口にした。

「この湯は鶏をじっくり煮だしてから火腿《ハム》を加えた最高級のものよ。あくも丁寧にとった雑味のないおいしい湯に、保存庫にあった冬瓜とわたしがさばいた蛙を加えたの。蛙は半死半生だったのをわたしが止めを刺したから、新鮮よ」

徐嫺嬪は露骨に顔をしかめた。

「蛙なんて、食べたこともありませんわ。口にするのもぞっとします」

「おいしいわよ。一口だけでも食べてみて。確かに北の人たちは食べないとは聞いているけれど、南の人間は、夏に蛙が田んぼで啼《な》くと、蛙が太っておいしい季節になったぞって勇んで獲りに行くものよ」

何人かの妃嬪が湯にレンゲを入れてみはするものの、肉をすくうと硬直している。

彼女たちのためらいを取り除くべく売り文句を口にした。

「蛙はね、田鶏《テイエンジイ》ともいうのよ。みんなも知っているでしょう？　焼いても揚げてもおいしいわ。紅焼《しょうゆに》にしたら、ご飯が進むおかずになるのよ。今日の湯もすごくいいできなの。ちょっとだけ食べてみて。きっと意外においしいーってなるから！」

こぶしを握って力説してみるが、みな顔を見合わせるだけでレンゲは動かない。

（このままでは蛙が死に損になっちゃうじゃない！）

息の根を止めたのは千花である。責任感が湧いてきて、売り文句に熱がこもる。

「特に腿《もも》の部分はね、弾力があって旨《うま》みが凝縮してる。はっきり言って、鶏よりおいしいのよ。食べないなんてもったいないわ。それに女子は特に食べたほうがいいのよ。蛙はね、にきびや吹き出物、皮膚《ひふ》病や黄疸《おうだん》にも効果があるのよ。食べて絶対に損はしないんだから」

言えば言うほど困惑の表情が深まる中、楊淑妃が穏やかに微笑《ほほえ》んだ。

「蛙は夏がおいしいとおっしゃるならば、今の時期はさほどでもないのではございませんか？」

楊淑妃の指摘に、千花は硬直した。

それから塩をかけられた青菜のようにしおしおと首を垂れる。

「まあ、それを言われたらね……。そうなのよ。蛙は夏が旬なの。今は冬眠時期でお世辞にもおいしい季節とは言えないわ……」

肘《ひじ》掛けにもたれてしょんぼりと首を振る。

「冬は蛙がおいしい時期ではないとおっしゃるなら、この湯も食べる価値がないのでは」

徐嫻嬪の辛辣《しんらつ》な指摘に千花は顔をあげた。

「そんなことないわ！　湯は完璧なできよ！　鶏の旨みをじっくり煮だした上に火腿を加えた最高級の湯は、わたしが作ったと言いたいけれど、御膳房《ごぜんぼう》の厨師《ちゅうし》たちの傑作なんだから。いい？　豚が火腿になるまでの道のりはすごく遠いの。長い時間をかけて熟成させてやっと上等な火腿になる。それなのに、その湯を食べないなんて、すごくもったいないわよ！」

このままでは無駄死ににになる蛙を救うぞとばかりに力説したものの、彼女たちの反応は冷淡で、あまり効果がなさそうだ。

まったく動かなくなったレンゲにあきらめて、千花は斜め後ろにいる侍女に目配せした。彼女が再び手を叩けば、侍女たちが茶を配っていく。

蓋をおそるおそる開けた妃嬪たちが、あからさまにほっとした顔つきで碗を上品に傾ける。上等な緑茶である珍眉茶《ちんびちゃ》は枯れ葉のような見た目と異なり、瑞々《みずみず》しい青葉のような香りと甘みを備えた最高級の茶である。

「この珍眉茶は香りがとてもよいですわね」

楊淑妃が華やいだ歓声をあげた。

千花は茶を一口飲んでから応じる。

「皇上の賜《たまわ》りものよ。献上茶の中でもとびきりのものをいただいたの」

蓋碗《がいわん》を茶卓に戻し、手絹を口元に近づけて、はにかんだ笑みを隠す。さっと千花を見つめる女たちの視線は様々だ。露骨に冷ややかなもの、無表情のもの、笑みを返すもの。それぞれの思惑を知らぬげに、満面の笑顔をつくった。

「五日後の観梅の宴《うたげ》には、皇上も参加するとおっしゃってくださったわ」

千花の投げた一言に女たちが食いつく。

「皇上が？」

「ようやく間近でご尊顔を拝することができるのね！」

「あなたったらご尊顔を拝するじゃなくて、あなたの顔を見せつけるの間違いでしょう？」

「失礼ね。そんなわけ、ないでしょう？」

「忙しいから顔を出さないと聞きましたけれど、お心変わりをなさいましたの？」

楊淑妃の質問に、千花はとびっきりの笑みをつくる。

「わたしが皇上にお願いしたの。すてきな妹妹たちにどうぞお会いしてくださいませって。妹妹たちのかわいらしい笑顔を見たら、政務のお疲れも忘れて、きっとお心が晴れるはず」

「まあ、姐姐が皇上に取りなしてくださったのですか？」

「ええ。せっかくの機会だから、お願いしたの」

あくまで善心を強調するが、おそらく女たちは千花の底意を理解しているはずだ。

（皇帝は我が手中にあり）

かなり性格の悪い手段だが、彼女たちにその原則を理解してもらわなければならない。

「うれしいわ、姐姐。さすが四徳を備えた夫人でいらっしゃる」

「全員、顔を出してほしいわ。とびきりの笑顔で皇上をお慰《なぐさ》めしてほしいの」

千花のだめ押しに、女たちは顔を見合わせるとひらりと立ち上がる。

「貴妃さまに感謝いたします」

本心を隠すかのように顔を伏せて礼をする女たちを、千花は唇を引き結んで見渡した。

妃嬪たちが散会し、奥の私室に入るや、千花は後ろをついてきた侍女を振り返った。

侍女がにっこりと笑う。

「お疲れさまです。観梅の宴の日が楽しみですね」

梅花文を織りだした褙子《うわぎ》を千花の肩から脱がせてくれるのは、二十歳《はたち》をいくつか過ぎた女だ。くるみのように大きな目と桃色のふっくらとした唇が愛らしい顔立ちの侍女は、名を呉詠恵《ごえいけい》という。

『詠恵は信頼していい。俺の側近の妹で優秀だ。俺たちの事情も知っているから、必ずおまえを助けてくれる』

玄覇が麗州《れいしゅう》に赴任する前に配されていた岷州《びんしゅう》で役人をしていた詠恵の兄・呉俊凱《しゅんがい》と玄覇は仕事を共にし、互いの能力を認め、政治理念に共鳴するところがあったという。詠恵の兄はのちに都に戻り、玄覇が即位するための工作活動を官人たちの間で実行し、詠恵は皇后付きの侍女となって彼女の信用を得た。

詠恵は千花が入宮後に皇后——すなわち皇太后から千花付きの侍女となった。後宮における身の処し方を熟知している詠恵を、千花は大いに頼っている。

「あとで御膳房に行き、当日の菜譜《さいふ》をもう一度確認いたしましょう」

「もちろんやるわ。そっちの仕事のほうがうんと楽しいから。それにしても、宴は楽しみどころか、なんだか怖いわよ。何事もなければいいけど」

「大事は起きないと思いますよ。なんといっても、皆さま皇上の気を引くので必死でしょうから」

詠恵は愛想よく笑いながら千花の髪を飾る点翠《てんすい》の髪飾りをはずしていく。されるがままになりながら、くるくると動き回る彼女の姿を目で追っていれば、装身具を置く盆を持ってきた娘が話に加わった。

「蛙の湯は好評でしたか？」

細面にきりっとした眉が凜々《りり》しい侍女は、名を佳蕊《かずい》という。男装したら侍衛《じえい》にでも見えるほど美形で、各宮の侍女たちにもあこがれのまなざしを向けられているほどだ。佳蕊には千花が雇われの身だとは知らせていないが、詠恵の腹心として情報収集に務めてくれる忠義な侍女だった。

「不評だったわ」

「でしょうね。貴妃さまったら、ただでさえ田舎者とか床《とこ》上手とか噂《うわさ》をされているのに、次は蛙食らいが加わりますよ」

詠恵についてまわる佳蕊は呆《あき》れ声だ。

「食べさせるつもりで蛙を差し入れしたと思うんだけど」

「差し入れではなく、嫌がらせですわ」

詠恵が翡翠《ひすい》の腕輪をはずしながら笑う。

「嫌がらせなら、羊を置いておいてほしいわよ。冬といえば羊じゃないの」

羊肉には身体を温める効果があるといわれ、冬には最適の食材だ。極薄に切って羊肉のしゃぶしゃぶにすれば身体はぽかぽかとぬくもるし、串に刺して炭火であぶる羊肉串《ヤンロウチユアン》は味付けの香辛料と脂《あぶら》の旨みが最高だ。

「羊がめーめー啼いていては、嫌がらせになりませんわ」

詠恵がにこやかに指摘する。

「なるわよ。芳華宮の庭で羊が啼いてたら、ギャーって叫ぶわよ、わたし」

「貴妃さまのことだから、ギャーおいしそう――――っ‼　って叫ぶんでしょ」

佳蕊のツッコミに、千花は目を丸くした。

「なんでわかるの？」

「だって、庭に点々と落ちている蛙をもったいない、もったいないって言いながら拾い集めてたじゃないですか。あの光景を見たら、想像できますよ。貴妃さまが菜刀《ほうちょう》を手に羊の背後に迫る姿が」

千花も想像してみたが、ほとんど殺人鬼と同じ姿ではないか。とはいっても、おいしい料理を作るためなら、羊の背後に忍び寄ることも辞さない。

「まあ、否定はできないな」

「ほらぁ」

「佳蕊、失礼ですよ」

　詠恵にたしなめられて、佳蕊は肩をすくめた。

「だって、ここは皇上が唯一寵愛する貴妃さまがお住まいの芳華宮ですよ。それなのに、羊肉串を焼く香りが漂うなんて、がっかりじゃないですか」

「おいしい匂いがして、いいじゃない。皇上だって喜ぶわよ」

「どうせなら、お花の香りを漂わせてくださいよぉ」

　佳蕊の愚痴《ぐち》を聞き流しながら、千花の指から金の指輪を抜く詠恵にたずねた。

「韋賢妃は来るかしら」

「おそらく来るはずですわ。皇上とお近づきになる好機を逃すはずがありません」

「そうしてほしいわ。彼女のために皇上を引っ張りだすわけだから」

　韋賢妃が朝礼に来ないのを放置するわけにはいかない、というのが千花と詠恵の共通する意見だった。

「韋賢妃が来ないおかげで何人か朝礼を欠席するようになっているもの。韋賢妃の父親が衛王派なものだから、他の衛王派の実家の娘たちも同調するようになっちゃって」

「そろそろ楔《くさび》を打っておく必要がありますわ。皇帝に取り入りたいなら、まずは貴妃さまに礼儀を尽くす必要があることをわからせないといけません」

四妃は貴妃に次ぐ身分だが、今のところ淑妃と賢妃の座しか埋まっていない。後宮の大臣ともいえるふたりに離反されると、後宮の秩序が崩壊してしまう。

(韋賢妃がわたしの顔すら見たくないというなら、正直そうしてやりたいけど……無理なのよね。ここは後宮だから)

韋賢妃には、表向きだけでも千花に従ってもらわなければならないのだ。

八宝文が織られた暗花緞《あんかどん》の襖を詠恵が脱がしてくれる。代わりに肩にかけてくれた筒袖《そで》の短襖に袖を通した。

「ねえ、詠恵。下位の妃だったら、もっと気楽だったと思う?」

「いびり殺されてしまいますわよ。下位にありながら君寵を一身に浴びていては」

「やっぱりそうよね」

うんざりして格《ごう》天井を見上げた。

『おまえは貴妃にする。下位の妃だと、おまえが危険だ』

玄覇はそう説明してくれた。

下位の妃は上級の妃の宮殿内に住む——もっと言えば別棟に住むわけだが——ことになっている。宮殿には限りがあるわけだから仕方のない処置なのだが、このおかげで下位の妃でありながら分不相応に皇帝に寵幸されると、ことあるごとに嫌がらせを受け続ける、なかなかつらい立場になってしまうのだ。

『貴妃になれば、そんな危険は軽減されるはずだ』

下位の妃になって身の危険にさらされるくらいなら、最上位の妃になって多少の嫌がらせを我慢するほうがいい。入宮前の説明に、千花も納得したのだが。

「それに、貴妃さまの処遇は皇上の意思表示です。外朝にも後宮にも知らしめているんですわ。すべてを決めるのは皇帝であると」

詠恵がほがらかに言う。

「わかってるわ」

千花は唇を引き結んでうなずいた。

人事権は皇帝の最大の武器だ。だが、政治の場である外朝で、玄覇はその武器をふるわなかった。ひとまず先帝の政治体制をそっくりそのまま受け継いだのだ。恭王派と衛王派、それに中立派の官人がひしめく前朝は底の見えない泥沼に等しく、かきまぜるとどうなるかわからない。新帝になった直後から政務が滞《とどこお》るのを避ける目的もあった。

しかし、後宮は皇帝の私的な生活の場であるという側面があることから、千花を最上位の妃にするという思い切った人事に踏み切った。これは彼の無言の主張をあらわしている。

『俺はおまえたちの風下には立たないぞ』

と貴族たちに告げているのだ。

「責任重大よね。わたしがしくじることは許されない」

「いざとなったら、皇上が助けてくださいますわ」

「そうだろうけど、あまり頼りにしたくないわ。駄目妃に入れ込む暗君だなんて思われるわけにはいかないから」

最悪なのは玄覇が失脚することだ。そうなったら、手切れ金どころか、〝君側《くんそく》の奸《かん》〟として殺される可能性だってある。

「そこまで考えられるなら、なんとかやっていけますわ」

詠恵の励ましに、千花はわずかながら自信を取り戻す。

（まさか、寵姫ってものがこんなに大変な仕事だと思わなかったわ）

寵姫の仕事を頼まれたとき、息をするだけで金がもらえる楽勝な仕事だと思っていた。だが、詳しく事情を聞き、さらに実際に後宮に入るや、その考えは甘かったと痛感した。

（息をするだけでいいどころか、常に気を張らなきゃいけない激務じゃないの）

もっとも、人生を大逆転できるほどの金が手に入るのだから、多少の苦労は我慢しなければならない。

（それに、苦労していたほうが堂々と金がもらえるってものじゃないの）

よいほうに考えれば、これから起こるであろう大難小難にも耐えられるというものだ。

「せいぜいやってみせるわ。皇帝に愛され、身の程知らずに抜擢《ばってき》されても、その大役をこなす寵姫の役をね」

そして、二年後には大手を振って後宮を出てやるのだ。自由の喜びと大きな夢で胸をいっぱいにして。

千花は詠恵が手にした筒袖の褙子に気合と共に腕を通した。


身を飾る装飾品を極力取り除き、地味な襖裙に着替えた千花が詠恵を連れて向かったのは、御膳房である。そこに毎日のように通うのは、日課になっていた。

厨房《ちゅうぼう》の入り口で褙子を脱いで詠恵に預けると、足を踏み入れる。

壁際には竈《かまど》が二十近くは並び、広い作業台には丸いまな板が数え切れないほど置かれている。提示された菜譜をもとに幅広の菜刀で野菜や肉を適宜《てきぎ》切り分ける見習いに、麺《めん》台で麺を打つ熟練の厨師、竈にかけた鍋で湯を仕込んでいる青年。石炭を燃やす熱気と換気口から吹く冷風、何かを指示する声と応じる声。鼻腔《びこう》をくすぐる八角や花椒《かしょう》、生姜《しょうが》と陳皮《ちんぴ》、茴香《ういきょう》に肉桂《にっけい》といった香辛料の香り。

多くの厨師が仕事に励む空間は、懐かしくも好ましい。

「厨師長。何度も考えたんだけれどね。これでいこうと思うの」

菜譜を書いた料紙を手渡してから緊張して待つ。

「いいと思うわ、貴妃さま。貴妃さまの想定していた予算にも収まるし」

ぽってりとした唇の厨師長・程清恩《ていせいおん》がうなずく。三十代半ばの清恩は、姿形は優男のなりをしているが、実は宦官――男性の証《あかし》を切り落とした元男である。

宦官は後宮で働く使用人ではあるが、下は掃除や荷運びに従事する下層の者から上は皇帝付きの太監《たいかん》まで役職は幅広い。

御膳房を切り盛りするだけに、清恩は上位の身分になる。むろん、身分の上下を言いだせば、後宮の統括をまかされている千花が清恩の上に立っている。

しかし、お互いに料理を愛する者同士である。会話をすればあっという間に打ち解けて、ふたりの間には遠慮のない言葉が飛び交うようになった。

「本当？　なんだか無難な品ばかりの気もするけど」

「奇をてらいすぎてもねぇ。蛙湯は好評だったの？」

「言わないで、それは」

千花は頭を抱えて大きなため息をついた。

「誰も食べなかったんでしょ？」

「うう」

「仕方ないわよ。北の人間にとって、蛙は食べものじゃないから」

「でも、湯自体はおいしかったのに……最高の頂湯《ディンタン》だったのに……！」

湯は料理の基本で様々な種類がある。その中でも頂湯は、老鶏と赤身の豚肉に加えて高価な蓮華火腿《れんげハム》を足して煮だした最高級の湯だ。雑味のないふくよかな味わいには感動がつまっていた。

「厨師長、頂湯の作り方を教えて」

「最初に出汁《だし》をとるときは中火と弱火の中間。肉は煮崩れる前に取りだすこと。鶏泥《とりのすりみ》でしっかり濁《にご》りをとるのが大切だけど、そのときは弱火でね。焦っちゃだめよ」

「厨師長の教え、一生心に留めておくわ」

元気を取り戻した千花は胸を押さえた。一流の厨師に教えを乞えるとは、なんて贅沢《ぜいたく》な環境だろう。

(後宮入りしてよかった！)

御膳房にいるときだけは、心からそう思える。

「それにしても、貴妃さまは本当に御膳房《ここ》が好きよね。飽きないの？」

「飽きるどころか、住み込みたいくらいだわっ！」

こぶしを握って力説する。御膳房は後宮の食を一手に引き受ける厨房である。最初は厨師たちが料理をする姿を覗《のぞ》こうと思って足を運んだが、眺めるだけで済むはずがなかった。

(惜しげもなく使われる最上級の食材、その食材を美味に変える最高の技術……ここには、厨師として求めるものがすべてある！)

清恩に許可をもらって御膳房に足を踏み入れ、さらには調理の腕を示して竈を使う許しを得た。

『以前と同じく、皇上のためにお食事を作りたいの。いいえ、みなが作ってくれる料理に不満があるわけじゃないのよ。御膳房が届けてくれる食事はおいしすぎて、食べすぎちゃうくらい。でもね。軽食や夜食くらい手ずから用意してさしあげたいの。麗州にいたころは四六時中皇上のおそばにいられたのに、宮中ではそうもいかないでしょう？　少しでも皇上のおそばにいられる機会をつくりたいの』

切々と訴えると、清恩は『貴妃さま、どうぞ遠慮なさらず。いつでも来ていいわよ』と言ってくれた。

「貴妃さまからはあたしと同じ匂いがするわね。食に魂《たましい》を奪われた人間の匂いよ」

「厨師長に認められるなんて、うれしすぎて空を飛べそうだわ」

熱く見つめ合うふたりを八十人近くはいる厨師たちがドン引きしつつ眺めている。

清恩が唐突に鼻をくんと鳴らすと、三つ隣の竈の前に立つ厨師にそろりと近づき、その肩を抱いた。親しげな仕草と厳しいまなざし。心臓をぎゅっと摑《つか》まれた気になる。

「なにをぼけっとしてるのかしら。鍋の中、ちゃんと見てるの？　その湯の中のお肉が煮崩れちゃったら、一からやり直しよ。そうなったら、あんたの足を切って出汁をとる必要があるわね」

「は、はい！」

肉を取りだす厨師を確認してから、巨大な豚肉を部位ごとに切り分けている厨師にすすと近づくと、菜刀を握る手に触れて耳元でささやいた。

「筋に沿って切り分けないと、料理をしたとき、よけいな肉汁が出ておいしくならないのよ。下拵《ごしら》えから手を抜かない。きっちりお仕事しないと、あたしがあんたの股《また》の間の宝貝《おたから》を切り落としちゃうわよ？」

「すんません！」

清恩は食に魂を奪われた者だけあって、仕事には厳しい。

注意をし終わると、清恩は唐突に千花に向き直り、頰に手を当てて困ったように眉尻を下げた。

「見苦しいところをお見せしちゃって、ごめんなさいね、貴妃さま」

目撃した当初は、叱《しか》ってるんだか脅《おど》してるんだかわからない姿に肝《きも》を冷やしたものだ。

しかし、今はなんとか慣れてきた――気がする。

「大丈夫よ、厨師長。わたしの師父も似たところがあったから」

ダメ出しは厳しく、大事なところで手抜きをすることを死ぬほど嫌っていた。

「貴妃さまの師父も食に魂を奪われた同類なのね。親近感を覚えちゃうわ」

「もしも、師父が厨師長と会ったなら、同じことを言うと思うわ」

承之《しょうし》の教えは千花の調理の基本だ。下拵えを怠《おこた》らないこと、火をつけたら鍋の中の変化に細心の注意を払うこと。それらは魂の根っこに刻まれたも同然なのだ。

「ほんと、一度お話をしてみたいわって、ほらほら手を動かして。仕事が間に合わないと、あんたたちの寝る時間がなくなるだけよ？」

清恩は、手が止まった厨師たちの間を縫い、指示を出していく。

実際、彼の言うとおりだった。御膳房は皇帝だけでなく、皇太后から選侍までの妃嬪と彼女らに仕える侍女、後宮内の役所で働く女官や宦官までの食事を作る。朝昼晩の膳だけでなく、小腹が空いた、甘いものが食べたいといった要求にもすぐに応じなければならない。そのため、竈の火を四六時中落とさず、厨師の誰かが不寝番をして急な注文にも応《こた》えられるようにしている。

つまり、のべつまくなく忙しい現場なのだ。

脅しをかけられている厨師たちをしばらく眺めてから、千花は詠恵に視線を向けた。

「それじゃ、小麦をこねるところからはじめるから」

「かしこまりました」

厨房の隅《すみ》っこの麵台で小麦の生地を仕込み、点心《かし》を作っていく。最近は千花がいるのが当たり前になっているのか、誰も気にしないでいてくれるのがありがたい。

（ここにいると癒《いや》されるのよね）

素の自分でいられるのが楽しいし、作業に没頭できるから余計なことを考えなくて済む。

作るのは蘿蔔《だいこん》酥餅《パイ》。千切りの大根を入れた揚げ酥餅である。

大根を可能な限り細く絲《せんぎり》にし、塩を混ぜて水を出す。絞った大根をみじん切りの豚脂《とんし》、ゆでた火腿、葱《ねぎ》や干しえびと混ぜ、塩や砂糖で味つけをして具のできあがり。

次に豚脂で練った生地と水で練った生地を用意し、二種の生地を重ねてたたみ、叩いて伸ばして皮をこしらえ、適量に分けた皮で具を包む。皮に芝麻《ごま》をつけたら、芝麻が焦《こ》げないように注意して揚げれば完成だ。

試しにひとつ割ると、湯気がむわっと中からあふれた。火腿や干しえびの旨みが大根に染みたしっとりした餡《あん》とサクサクの生地が最高の取り合わせだ。

「おいしそうですわ、貴妃さま。きっと皇上もお喜びになります」

「そうね、食べてもらうのが楽しみ――といっても、皇上っていつもおいしいばかり言うのよね。不満はないのかしら」

昼間、玄覇は大光殿《たいこうでん》という宮殿で政務に励んでいる。そんな玄覇に軽食を運ぶのは日課になっているが、彼は何を食べてもうまいとしか言わない。

「わたしに気を遣っているなんてことはないわよね」

詠恵がくすっと笑って上目遣いになった。

「貴妃さまに惚《ほ》れ込んでいらっしゃるから、何を口にしても美味に思えるのですわ」

「そうかしら」

(惚れ込んでいるのはこの場の冗談だとしても……本音はどうなんだろう)

麗州にいたころから、玄覇はそれほど食にこだわりがあるようには見えなかった。とりあえず腹が満たされればよいと考えているようなのだ。

(物足りないのよね)

正直、要望があったら遠慮せずに言ってほしいのだが。

(厨師として精進するためにも、忌憚《きたん》のない意見が必要なんだけどな)

そう思いながら点心を箸《はし》でつまんで皿に移す。取っ手のついた堆朱《ついしゅ》の食籠《じきろう》に皿を入れ、牡丹が浮き彫りにされた蓋を閉める。

「では、行きましょうか。皇上も早く貴妃さまのお顔を見たいでしょうから」

詠恵が食籠を大切に抱えるのを見届けてから外に出ようとすると、ガチャンという音と共に甲高《かんだか》い悲鳴が聞こえた。

あわてて廊下に出れば、御膳房から続く回廊にしゃがんだ女の背が見えた。裙を軽く持ち上げて足早に近づく。

「大丈夫？　怪我《けが》をしたの？」

振り返った双髻《そうけい》の娘は、眉尻の下がった気の弱そうな顔を歪《ゆが》めている。歳《とし》のころは十五、六くらいだろうか。

「韋賢妃の侍女ですわ。名を蓮児《れんじ》と申します」

斜め後ろに忍び寄った詠恵が耳元にささやく。詠恵は妃嬪だけでなく、彼女たちに仕える侍女の顔と名前を把握していた。

千花は軽く顎を引くと、蓮児のすぐ前に立った。

「あなたは賢妃のところの蓮児ね。どうしたの？」

「き、貴妃さま……」

立ち上がった蓮児が怯《おび》えた表情をしている。千花はあえて彼女の手に触れて観察する。

「怪我《けが》でもしたの？」

「いいえ、していません」

「それは……もしかして、賢妃に届ける点心かしら」

塼敷《せんじ》きの回廊に、割れた鉢《はち》の破片と共にぶちまけられているのは、こんがりとおいしそうに揚がった肉餅《ロウビン》だ。

「はい」

蓮児は今にも泣きそうだ。

「器《うつわ》を落としちゃったのね」

とうなずきながら、内心でため息をついた。

（あなたのご主人は腹痛なのに、そんな油っこい点心を食べるつもり？）

という問いは腹の底に沈め、にっこりと笑ってやる。

「わたしが作った点心でよければ、差し上げるわ」

「き、貴妃さまの点心をいただくだなんて」

「皇上に届ける予定のものだから、毒は入ってないわよ？」

「そ、そういうつもりでは……！」

蓮児がはじかれたようにひざまずき、伏礼しようとする。

「あ、ごめんなさい。ちょっと過激な冗談だったわね」

あわてて彼女を支えて起こしてやった。

「貴妃さまがお食事に毒を盛るはずがございませんわ。食に魂を奪われた者なのに」

詠恵が苦笑をしつつ助け船を出してくれる。それに乗じてうなずいた。

「そうよ。わたしが食事に毒を盛るわけなんてないわ。食は人生の最大の楽しみなのに！」

後宮では毒殺の危険を避けるために、口に入る前の手間が多い。

宦官が毒見をしたり、料理に銀針を刺したりする。銀針が黒く変じれば毒が入っているのだというが、そもそも毒になる食材は様々で、銀針だけですべてが見破れるはずもない。

(市井《しせい》にいたら、そんな面倒な手間は必要ないのに！)

熱々の肉包子《にくまん》にばくっと食いつく楽しみを知っているから、後宮における餌《えさ》を前に待て状態はつらすぎるのだ。

強《こわ》ばっていた表情の蓮児が話を聞くうちに頬を緩めた。

「貴妃さまは本当にお料理が好きなんですね」

「ええ、これしか楽しみが――」

ないと本音を言いかけて口を押さえた。御膳房通いだけが今のところ後宮における唯一の息抜きだが、皇帝にただひとり寵愛されている女としては禁句だろう。

「賢妃さまは蘿蔔酥餅をお食べになりますか？」

詠恵が微笑みを浮かべつつ蓮児に問う。用件をてきぱきと進める彼女はまったくそつのない侍女だ。

「はい、お好きです」

「では、わたくしが別のお皿に移してまいります」

詠恵が軽く礼をしてから御膳房へと歩いていく。それを見送ってほどなく、ひとりの少年が箒《ほうき》とちりとりを持ってやってきた。

「貴妃さま、お怪我はないですか？」

「あら、標《ひょう》じゃない」

健康そうな小麦色の肌と栗鼠《りす》のように大きな目、笑うと右の頬にえくぼができる十四、五歳くらいの少年は、御膳房に勤める見習いだ。

御膳房で働いているのは宦官だけではない。一般から何人も厨師が雇われている。国中から集めた食材や香辛料に触れられる厨師あこがれの職場だからだ。激務だが給金も優遇されているため、志望者の中から技術が確かで身辺調査に合格した者だけが雇われている。それ以外にも、腕を磨きたいという見習いも多数働いていて、標もその中のひとりだった。

「怪我はないわよ」

「よかった、詠恵さんから片づけを頼まれて……蓮児さんも大丈夫かい？」

「ええ」

蓮児が頰を染めてうなずく。ふたりの様子を見て、千花は思わず口を開いた。

「ふたりとも知り合い？」

「俺たち同郷なんです。端州《たんしゅう》の出なんですよ」

「まあ、あんなに遠いところから都まで来たの？」

端州は麗州よりもさらに南にある沿海の街で、都からは船や馬車を乗り継いで一月はかかるという場所だ。まさに地の果てという土地で、そんなところから上京したというなら、ふたりが意気投合するのもわかる。わかりはするのだが——千花は心配になってふたりの様子を観察する。

「蓮児さん、本当におっちょこちょいだなぁ。気をつけなきゃだめだよ。宮仕えでドジしてちゃ、お偉い方々に嫌われちまうよ」

しゃがんだ標は、大きな破片を拾うと、ちりとりに放り込む。そばにいる蓮児が、餅《ビン》をつまんで深く息を吐いた。

「ごめんね、また迷惑をかけて」

「俺はいいけどさ。ご主人さまに叱られなきゃいいけど」

標のほうが年下だろうに、兄のような口を利いている。一見したところ恋愛感情はないように思えて、密《ひそ》かに胸を撫《な》でおろす。

(侍女の恋愛も表向きは御法度《ごはっと》だからね)

後宮に仕える妃嬪や侍女を含めて宮女というが、その宮女がすべて皇帝のお手つき候補だ。だから、暗黙の了解として、侍女も宮仕えの間は恋愛厳禁ということになっている。

(でも、危ういのは厨師のほうか)

もしも宮女と関係を持ったら、死罪は確定。下手《へた》をすると係累《けいるい》も殺される族滅という罰を受ける。

「……きっと、またお叱りを受けるわ」

暗い面《おも》持《も》ちの蓮児を見ながら、千花は閃《ひらめ》いた考えを口にした。

「蓮児、わたしも賢妃の様子を見に行っていい？」

「え、貴妃さまが？」

「賢妃は朝礼を欠席したでしょう？　体調が心配なのよ」

「でも……」

蓮児が迷うように視線を泳がせる。その態度だけで韋賢妃が嘘《うそ》をついているとわかったが、千花が気になっているのはそのことではない。

「陰《かげ》から見るだけだから」

「……わかりました」

蓮児が観念したのかうなずいた。どのみち、無位の宮女に後宮最高位の妃の頼みを断ることなどできはしない。

(わたしが気になっているのは、あなたのことよ)

蓮児が韋賢妃にどう扱われているかが心配だった。そそっかしい侍女というのは主を苛《いら》立《だ》たせるものだが、だからといって度を越した叱責《しっせき》を受けそうならば止めてやらなくてはならない。

「貴妃さま、お待たせいたしました」

詠恵が食籠をふたつ持って来た。

「詠恵さん、お手数をおかけしました」

立ち上がると謝罪する蓮児に、詠恵がやさしく目を細める。

「いいんですよ。幸い、貴妃さまがたくさん作っておられたので」

「つい作りすぎちゃうのよね。ある程度量をこしらえたほうが作りやすいもんだから」

料理というものは、少量の材料で作るほうがかえって作りにくいのだ。

「おかげさまで、兄もご相伴に与《あずか》っております。つい食べすぎると申しておりました」

「本当？　じゃあ、もっと増やそうかしら」

「いいえ、あれ以上食べさせたら、見る影もないほど太ってしまいますわ」

「それ、皇上も言っていたわ。腹の肉がひどいことになりそうだから、政務の合間に鍛錬に励んでいるんですって」

「皇上は、貴妃さまのお作りになったのを余さず食べておしまいになりますものね」

「貧乏だったから、食べ物を捨てられないのよ」

千花はうんうんとうなずいた。金がないという彼に、そこらへんの草を炒《いた》めて食べさせたのはよい思い出だ。

詠恵が笑いながら蓮児に食籠を手渡す。蓮児は右手を取っ手に左手を底に当てて、決して落とすまいとしている。

「蓮児さん、賢妃さまがお待ちでしょうから、案内してくれますか？」

「は、はい！」

先を行く蓮児の足取りが軽くなっているのを見てから、標にそっとささやいた。

「ごめんね、標。片づけ、お願いね」

「いえいえ。貴妃さま、蓮児さんをよろしくお願いします」

頭を下げる標にうなずいて、千花はその場をあとにした。

韋賢妃の宮殿は瑞煙宮《ずいえんきゆう》といい、後宮の西側に位置している。

後宮の構造は、皇帝が政務と生活に使う大光殿が南端――官人が集う皇城との境に建てられ、そのすぐ北に皇后の宮殿である長春宮《ちようしゆんきゆう》がある。長春宮の北に貴妃の宮殿である芳華宮が建てられ、さらに各妃の宮殿が東西に分かれて存在している。ちなみに御膳房は後宮の西端に近いから、千花の宮殿からはかなりの距離を歩かなければならない。輿《こし》に乗ることもできるのだが、そもそも暇を持て余している身なので、散歩がてら歩いている。

瑞煙宮の門前につくと、蓮児の足がすくんだように止まった。

千花は無表情で立つ門衛の横で、斜め前にいる蓮児にそっと声をかけた。

「蓮児、大丈夫?」

「は、はい」

蓮児は右手で食籠の取っ手を握ったまま左手で裙の裾《すそ》を持ち上げて門の高い敷居をまたぐ。食籠が斜めになるのをはらはらしながら見守った。

「……想像以上にドジっこのようですわ」

詠恵が心配そうにつぶやくが、完全に同意するしかない。蓮児が数段ある階をのぼって母屋《おもや》に入るのを見届けてまもなく。

ドン、ガシャンという音が響いて、蓮児が頭を抱えて出てきた。

「お許しください、賢妃さま!!」

「その女、叩き殺しておしまい！」

手に箒を持った女たちが数名、蓮児を追いかけて出てきた。おまけにひとりは桶《おけ》を手にしていて、蓮児に向けて水をぶっかけている。

「な、な――!?」

面食らっていると、蓮児が水に足をすべらせ、基台から下に落ちた。ドスンという音を聞いたとたん、千花は敷居をまたいだ。

「何をしているの!?」

箒で蓮児を叩いた侍女たちが、千花を見て目を丸くしている。

「貴妃さまの御前ですよ。無礼でしょう」

あとに続いた詠恵の叱責に、侍女たちは弾かれたように万福礼をする。

「貴妃さまにご挨拶を申し上げます」

「あなたもですわ、賢妃さま」

詠恵が穏やかな微笑みを向けているのは、階を下りてくる女だ。

「……貴妃さま、ご機嫌麗《うるわ》しゅう」

韋賢妃はふてくされた顔で万福礼をする。

艶《つや》やかな黒髪を高髻にし、玉釵《ぎょくさい》と金歩揺《ほよう》で飾りたてている。やや鷲鼻《わしばな》だが、整った顔立ちだ。しかし、気の強さをあらわすかのような吊りあがった目で、こちらがどう思うかなどかまうものかと言いたげに睨《にら》んできた。

「楽になさい」

許しを与えると、韋賢妃が背を伸ばす。肩をいからせる姿に、彼女からの激しい拒絶を感じた。

「腹痛と聞いたけれど、賢妃は体調がよさそうね」

穏やかに切りだしたが、韋賢妃は唇を歪めて吐き捨てた。

「貴妃さま御自《みずか》らお出ましになられたのは、わたくしの体調を見極めるためですか？」

「いいえ。あなたの侍女と出くわしたから、送りついでよ」

目の端で蓮児が半身を起こすのを捉《とら》え、密かに安堵《あんど》する。

(頭を打ったのではなさそうね。よかった)

真正面から韋賢妃を見つめると、目を細めた。

「蓮児があなたに何か無礼をしたのかしら？」

「無礼だったらしましたわ。わたくしが命じた点心を持って来ず、要りもしない蘿蔔酥餅を持って参りましたので」

「蘿蔔酥餅はお嫌い？」

「嫌いではありませんわ。ただ……」

そこで韋賢妃は袖を鼻に押し当てた。

「たまらなく臭くて。肥《こえ》の臭いがしますわ」

一瞬、何を言っているのかわからず、目を丸くする。

「作ったお方がどなたか知りませんが、鄙《ひな》の臭いがぷんぷんして、たまりませんの」

韋賢妃は瞳に意地の悪い光を宿している。千花はとっさに言葉に詰まった。

作ったのは千花だ。蓮児も持参した蘿蔔酥餅の出所を問われ、千花の名をあげたはずだ。だから、韋賢妃の発言の意図は、千花の作ったものなど口にできないと侮辱《ぶじよく》することにあるとわかる。しかし、そんな臭いはしないわ、と言ったところで、韋賢妃の態度があらたまるはずもない。

彼女は千花の生まれを卑《いや》しんでいるのだ。

（……なんて言おう）

とっさのことで、気の利いた返答が出てこない。ともあれ、黙っていれば、千花に打撃を与えてやったと韋賢妃を喜ばせる。それはまずいと口を開きかけたとき。

「その蘿蔔酥餅は、皇上に差し上げる予定の点心ですわ。それを賢妃さまにおすそ分けしたのです」

詠恵が涼やかに微笑みつつ切り返す。こんどは韋賢妃が言葉を失った。

「皇上は、貴妃さまの点心をことのほかお好きでいらっしゃいます。今も、貴妃さまがお持ちになるのをまだかまだかと待ちかまえておられるはずですわ」

韋賢妃がこぶしを握って肩を震わせている。皇帝が食べる予定の点心を貶《けな》したのだ。もしも、この一件を皇帝が知ったなら、心証を悪くするのは自分のほうだと彼女にも予想できたのだろう。

「……わたくし、お腹《なか》が痛くなってきましたわ。失礼いたします」

今さら思いだしたように言うと、くるりと身を翻《ひるがえ》して数歩進み、それから振り返った。

「貴妃さま。今後、わたくしの宮に足を踏み入れないでくださいませ。肥の臭いが消えなくなりますので！」

悔しまぎれのダメ押しを聞き、呆れと安堵の混じった息を吐く。

（詠恵のおかげで撃退できたわ……）

不甲斐《ふがい》なさを噛《か》みしめながら、ひとり残された蓮児に近づいた。折檻係《せっかん》の侍女たちは、主人を追ってすでに母屋に入っている。

千花は泣いている蓮児に手を伸ばした。

「蓮児、うちの宮殿にいらっしゃい。基台から落ちたときに身体をひどく打ったでしょう？　太医《たいい》に診《み》てもらったほうがいいわ」

「で、でも……」

「ここで泣いていても痛みは消えないわよ。わたしの宮殿に太医を呼んであげるから」

ずいっと目の前に手を差しだすと、蓮児がそっと握ってくる。力を入れて引っ張り、彼女を立たせた。

「詠恵。皇上に点心を届けてから、太医を呼んでくれない？」

「お手伝いは必要ございませんか？」

「大丈夫。毎日重たい鉄鍋を振るって鍛えた我が腕にまかせて。ひとりで支えられるわ」

「かしこまりました。急いで戻りますので、芳華宮でお待ちください」

千花は蓮児を支えて歩きだした。力の抜けた蓮児を励まして歩かせ、芳華宮に戻るや客庁《きゃくま》に入る。背もたれに精巧な透かし彫りが施された椅子《いす》に座らせるが、蓮児はしゃくりあげるばかりだ。千花は蓮児の対面に座り、新たな手絹を差し出した。

「はい」

「……ありがとうございます」

真っ赤になった目を伏せて、蓮児は礼を口にする。ぐすぐすと洟《はな》をすする音が収まってから、質問する。

「身体はどう？」

「……大丈夫です」

「それならよかったけど……」

下位の宮女の証である無地の襖裙は汚れている。千花は立ち上がった。

「着替えなきゃいけないわね。うちの服を持って行って――」

「いえ、そんな！　貴妃さまからいただくわけにはまいりません！　賢妃さまから叱責を受けてしまいます！」

蓮児が怯えたふうに唇を震わせ、首を左右に振る。千花は再び座ると彼女を見つめた。

「もしかして、あんなふうに折檻されるのは、今日が初めてじゃないの？」

蓮児はびくっと肩を震わせるが、うつむくばかりで何も言わない。

(きっと日常茶飯事《さはんじ》なのね。それにしても、あんなに暴力を振るうなんて……)

妃嬪の情報については詠恵にできるだけ集めさせているが、宮殿内部で起こった事案のすべてが入ってくるわけではない。だから、蓮児のことも今日まで知らなかった。

「仕方ないです。わたしがドジだから……いつも、何か失敗してしまうんです」

鼻を鳴らす蓮児を眺めて眉尻を下げてしまう。

(そうね、ちょっとドジっこがすぎるかも、とは言えないか)

韋賢妃もこらえ性がないのは確かだが、蓮児にも隙《すき》がありすぎるのだろう。宮仕えで必要なのは、主の意向を的確に汲《く》み取り、そつなく振る舞う能力だ。

「……賢妃のところではなく、わたしのところで働いてみる？」

このまま蓮児を韋賢妃のそばに置いても、同じことの繰り返しになるだろう。それくらいなら、千花が引き取ったほうがいいと思われた。

(詠恵に師になってもらって、仕事の仕方を教えてもらったら、少しは改善されるかも)

問題は、韋賢妃が千花の頼みを素直に聞き入れるかどうかだ。

（……難しいわよね。皇上にお願い……するのもなぁ）

自力で後宮の問題を解決できないと証明するも同然だから、玄覇の助力は極力避けたいのだが。

「いえ、弟が賢妃さまの……ご実家で働いているので」

手絹を鼻に当てながら、蓮児は涙声で打ち明ける。

「端州から一緒に上京してきたの？」

「はい。どうせなら都で働くようにと親から言われたんです。仲介屋が韋賢妃さまのご実家に出入りをしているので、紹介されました」

「なるほど」

蓮児の境遇はありふれていて、特におかしなところはない。

（韋賢妃の父親は、礼部尚書だっけ）

儀礼や外交、科挙を司《つかさど》る役所の長官で、高官のひとりである。なので、娘を賢妃に冊封《さくほう》したと玄覇は言っていた。入宮した娘の身分はすべて外朝の父兄に準じている。例外は、千花だけなのだ。

「では、韋賢妃のところで働き続けるのね？」

「……はい」

蓮児は散々ためらったあげくにうなずいた。そこに蓮児の本心が窺《うかが》えて心臓を摑まれた気になる。

（本当は逃げたいわよね）

しかし、自分ひとり千花のもとに逃げられないと考えているのだろう。残される弟の待遇を悪化させるわけにはいかないのだ。

千花は、重くなった空気を変えるために、ほがらかに付け足した。

「何かあったら、わたしに相談して。いざとなったら、皇上にお願いして職場を変えてあげるわ」

「い、いえ！　そんな恐れ多い！　皇帝陛下のお心をわずらわせるわけにはいきませんからっ！」

蓮児は顔色を変えて首を勢いよく振る。

恐縮しきった様子を見て、千花は瞬《まばた》きを繰り返して考え込んだ。

（皇帝に頼るなんて、普通は負担になるわよね）

千花は玄覇が皇帝になる前の貧乏皇族時代から知っているし、むしろ特別感を出すために気安く接してくれと頼まれている。だから、玄覇に臆《おく》することがないのだが、よく考えてみれば、千花のほうがよほどおかしな人間なのだ。

（詠恵に頼んで、ちょくちょく情報を集めておこう）

宮中は狭いといっても、各妃の宮殿の内部の様子まではなかなか伝わらないものだ。たとえば、楊淑妃の温雅宮《おんがきゅう》のことは子細がわからないらしい。

「お待たせいたしました」

穏やかな微笑みをたたえた詠恵が太医を連れて入室する。

頼りになる侍女の登場に、千花はいったん思考を打ち切り、蓮児を安心させるように手を握った。


その夜、芳華宮はこの国でもっとも尊い男を出迎えるため、灯火が煌々《こうこう》と焚《た》かれていた。

黄瑠璃瓦《るりがわら》で覆《おお》われた屋根と丹色《に》に塗られた柱、百花が描かれた梁《はり》、蓮花の透かし彫りが施された窓枠など細部まで意匠《いしょう》を凝《こ》らした宮殿の門庭に、燕弁服《えんべんふく》を着た男が宦官を引き連れてあらわれる。

衿《えり》を重ねる燕弁服は皇帝の普段着なのだが、両肩に日月《じつげつ》、胸に団龍《だんりゅう》の刺繍《ししゅう》が入った上等なもので、普段着といえども豪華絢爛《けんらん》だ。あれを売ったらいくらになるだろうと脳内で計算しつつ、千花は母屋の前でしとやかに万福礼をする。階を昇った玄覇が目の前に立つと、上目遣いで愛想よく微笑んだ。

玄覇は死んだように感情のない顔を千花に向けた。

「お会いしたかったですわ、皇上！」

許しを得る前に背を伸ばすと、玄覇の首に腕を回して抱きつく。一瞬間があいたあと、彼は存外にたくましい腕で千花の背を支える。

(頼むから、もうちょっとやる気を出して!)

とても愛妃に向けると思えない無表情と態度をごまかすために、千花が奮闘するのが日常だった。

身体を無理やり押しつければ、玄覇がようやく台詞《せりふ》を思い出したように話しはじめる。

「元気そうでよかった。午後はおまえが来なかったから、俺は心底がっかりしたんだぞ?」

「まあ、こらえ性のない方。でも、わたしだって皇上にお会いしたかったんですよ? 夜が来るのが待ち遠しくて、まだ月は出ないのかしらって外を見上げてばかり」

「そうか、俺もおまえも一日千秋《いちじつせんしゅう》の思いで今このときを待ちかまえていたというわけだな」

玄覇は千花を抱きすくめると、不器用に髪を撫でる。甘えるフリをして彼の肩に額《ひたい》を押しつけながら、千花は胸の中で彼を叱咤《しった》した。

(もうちょっとがんばっていただきたいんですけど……!)

熱愛しているという雰囲気を出すのは彼にとって至難なのだとはわかるが、気合を入れて演技をしてもらわないと、ふたりの関係に疑いを持たれてしまう。

(……困るのは皇上ですよ?)

千花が寵姫ではないと暴かれたなら、他の妃たちが攻勢に出るだろう。それをいなせるというならお好きにどうぞと言いたいところだが。

不満がたまりそうだったので、千花は自分の思考の方向を意識して変えた。

（雇われているのはわたし。この寵姫業はわたしが頼まれたものなんだから……もっとがんばれ、わたし！）

玄覇が頼りにならないならば、千花が努力するしかない。

彼を見上げて、目を潤ませる。

「本当ですのね、皇上。わたしのことをずっと想ってくださったのは」

力を入れて愛妃の空気感をかもしだそうとしているのに、玄覇は頬を軽く引きつらせた。

千花はうっかり眉を吊りあげそうになるのをこらえ、視線で返答を促《うなが》す。

そこに穏やかな声が割って入った。

「おふたりとも、感冒を引いてしまいますよ」

詠恵の絶妙な助け船に感謝しつつ、笑みを浮かべて彼を室内に引っ張る。

「夜は短いですわ、皇上。わたし、たくさん話したいことがありますの」

「そうだな。太陽は俺に無情だ。おまえとの時間をあっという間に奪ってしまう」

「だめですわ、皇上。皇帝ともあろう方が太陽を恨む発言をなさっては。天帝が怒って、民の頭上に少ししか陽光の恵みを分けてくださらなかったら、どうするんです？」

「おまえは本当に慈悲深い妃だな。今すぐにでも皇后にしたいくらいだ」

玄覇はためらいがちに千花の腰を抱いて耳元でささやき、千花は笑いを含んだ声で彼をたしなめる。恋情に身を浸す恋人同士がまるで一刻も待てないと言わんばかりに振る舞いながら、千花と玄覇は寝間に入った。

燈籠《とうろう》の灯《あか》りがやわらかな光を床に落としている。天蓋《てんがい》から垂らされた幕の中に入り、詠恵が人払いをする声を聞いたところで、千花はようやく胸を撫でおろした。玄覇の腕から逃れて、適度な間合いをとる。

（この芝居、二年間続けなきゃいけないのよね）

本当に夫婦だったのかと追及される場合に備え、ふたりは過去を捏造《ねつぞう》した。

麗州に赴任してのち、玄覇は千花にひとめぼれし、ふたりは極秘に結婚した。なぜなら、千花の養父である承之が身分の差がありすぎると大反対したからで、婚姻《こんいん》は周囲には一切語られることはなかった。

表向きは他人同士、しかし、その実は終生を共にしようと約束し、密やかに行った婚礼でふたりの髪一房を結び合わせた結髪夫妻である。千花は玄覇を陰日向《ひなた》に助け、黄波楼《こうはろう》で働いて日銭を稼いでまで家計を助けていたという涙ぐましい逸話までこしらえた。

それなのに、ふたりの振る舞いが偽夫婦くさかったら説得力がない。

（周囲に疑われちゃいけないんだから）

自宮の宮女、宦官といえども、全員を信用してはいけないとは詠恵の教えだった。

『誰がどこの妃嬪と繋《つな》がっているかわかりませんわ』

いくら身元を調べ、信用に値《あたい》する人間だけを入れたとはいえ、金を積まれたら千花たちを売るかもしれない。千花が玄覇に金で雇われた寵姫だという事実は秘密なのだ。ふたりは、表向きは麗州で知り合い、貧しい中で愛を育んだ偕老同穴《かいろうどうけつ》の夫婦なのである。この嘘を貫き通すため、常時水入らずの夫婦っぽく振る舞わねばならないのだった。

「皇上……お顔がお疲れですけれど、大丈夫ですか？」

暗にしっかりしろという気持ちを込めてみたが、玄覇は軽く眉を寄せた。

「俺は問題ない」

「さようですか……」

がっくりと頭を垂れた。千花の望みなど悟ってもらえそうもない。

着替えのために帯を解くのを手伝っていると、玄覇の問いが上から降ってきた。

「詠恵から聞いたが、韋賢妃のところで問題があったようだな」

「まあ、ちょっと。蓮児という侍女の件で……」

昼間の件を手短に説明する。

後宮で起こった問題はできるかぎり彼にも報告するようにしていた。妃嬪の父兄は外朝の官人たちだ。千花の対応次第では、政治にも影響が出てくる。

「韋賢妃は朝礼にも出てこないのだったな」

「力不足ですみません」

「いや、おまえのせいじゃない。そろそろ俺が出て行こう」

見上げれば、玄覇の目が冷たい。侮蔑《ぶべつ》の感情が露骨にあらわれたまなざしに、身がすくむ思いになる。

「こんどの観梅の宴のときにですか」

「ああ。そこで訓戒《くんかい》を与えよう。上の者に従えぬのならば、後宮から出て行ってもらうまでだ」

玄覇はどことなくうれしそうである。

背中に回って衣を脱がせながら、千花は思考を巡らせる。

（やりすぎるようだったら、止めよう）

実のところ、皇帝の彼が望めば彼女たちを即座に追いだすことは不可能ではない。だが、後宮にいる娘たちは外朝の官人たちの娘や妹である。彼らとよけいに事を構えれば政《まつりごと》は滞る。しかも、玄覇は即位したばかり。しくじれば、彼も二王から足元をすくわれるのだ。

（むろん、そんなことがわからないはずがないけれど）

女嫌いが高じていきすぎた対応をするなら見逃すわけにはいかない。千花は後宮の頂点にいるが、それは後宮を管理するだけでなく保護する責任も負っているということなのだ。

衣を脱いだ彼の肩に、寝台に用意してあった寝衣を着せる。内衣姿のままにして感冒でも引かれたら困る。

それから、自分も着ていた褙子を脱ぐと、寝台に座った彼に背を向けてあわただしく寝衣に着替えた。

「……元気がないようだが、大丈夫か？」

抑揚に乏しい声だが、心配はしてくれているようだ。千花は彼の隣におずおずと座ると、意識的に口角を持ち上げた。

「え、大丈夫ですよ。自分の力量のなさに情けない思いをしているだけで」

千花は頰を指でかいた。

(後宮を統括するって簡単じゃないわ)

千花の身分が上だからといって、みなが従ってくれるわけではない。

「詠恵とも話しましたけど、わたしは武功がないのに大将軍に任命されたみたいなものですから。わたしに従わないという選択をする人間が出現するのは、避けがたいことなんですよね」

自分が切り盛りしていた店とはわけが違うのだ。あのときは給金を払って雇う側だったし、自分の料理の腕で女たちの上に立つことを納得させられた。

しかし、今は玄覇に抜擢されて、元の身分からいえば分不相応な役割を与えられている——と周囲からは認識されているはずだ。もろに反発を食らっても当然なのである。

玄覇は千花をじっと見つめてから、ためらいがちに手を伸ばしてきた。

「千花、おまえは悪くない。敵だらけの中に突入させて、俺こそすまないと思っている」

彼は千花の手を自分の手に乗せた。玄覇の手は千花の手を包めるほど大きく、まめができてゴツゴツしている。

(鍬《くわ》を握ってきた手だもんね)

およそ皇族の手とは思えない、肉体労働に従事してきた手だ。

(……力になってあげなきゃいけないわ)

高い塀に囲まれ、美食と旨酒《ししゅ》に舌鼓《したつづみ》を打ち、音曲《おんぎょく》と詩作にふける貴族たちが一生見ることのない世界を玄覇は知っている。長雨に堤《つつみ》が切れて作物を流され、日照りに植えたばかりの苗を枯らされて嘆く声を、実際に見聞きしているのだから。

千花は唇の端を持ち上げて笑みの形にした。

「確かに敵だらけですが、なんとかうまくやる方法はあると思うんですよね。それを見つけるのがわたしの仕事ですから」

「千花」

「それに、敵だらけなのは皇上も一緒でしょ。外朝のほうが抵抗が熾烈《しれつ》だと思いますけど」

千花の指摘に彼は眉間《みけん》に深く皺《しわ》を刻んだ。身体にまとっているのは、冷たすぎる怒気だ。

「……確かにな」

「また楊宰相の反対に遭ったんですか?」

「ああ」

楊淑妃の父である楊宰相は恭王派の領袖《りょうしゅう》で、政界に隠然たる力を振るっている。

「崇州《すうしゅう》の治水の件が、まだうまくいってないんですか?　楊宰相は河道の変更に難色を示しているんでしょう?」

崇州には国で一、二を争う大河である瑞河《ずいが》が流れている。長大な瑞河はあまたの州をまたがって東海に注ぐが、崇州の辺りは河の流れが急で、水量が増えると堤を越えて水があふれ、民も農地も押し流す。河道がうねるように走っているのが原因のため、河道を変更させる提案を官人がしてきたらしい。

「若手の官人でも優秀と評判の孔宜昭《こうぎしょう》が提案してきた方法だ。試験もうまくいったと報告があがっている。今、瑞河は水枯れの時期だ。春になれば雪解け水で水量が増えるから、その前に河道を変更することで水の流れを管理したいと言ってきているが――」

「楊宰相が反対しているんですよね」

「河道を変更するなど無理だと主張している。加えて、民に労役を課すとしたら負担が大きいとも主張した」

「まともなことを言っているように聞こえますね」

ついうっかり納得してしまいそうな言い分だ。しかし、玄覇はさらに眉を寄せる。

「奴は民を思いやっているわけではない。賄賂《わいろ》が欲しいからだ」

「賄賂?」

千花が首を傾《かし》げれば、玄覇は怒りを抑えた声で説明をしてくれた。

「崇州の治水には先帝のころから莫大な資金を投じているが、ろくに成果は出ていない。崇州の知州《しゅうちじ》は楊氏の一族のひとりだ。俺のところにあがってきた調査によると、崇州の治水に投じた金の多くは知州の懐《ふところ》に突っ込まれているという。その一部は宰相の手に渡り、さらには恭王に上納されているはずだ」

「つまり?」

「知州は宜昭の治水案に反対の上奏をしてきた。宜昭は功を焦って無謀《むぼう》な策を立てていると主張している」

「ということは、皇上は宰相と知州がグルだと考えていらっしゃるんですね。グルになって、名案をつぶそうとしていると」

千花の指摘に玄覇はますます冷たい目になった。

「莫大な資金が投入される崇州に自派の官人を知州として送り込んだ——これだけで、意図は明白だ。官人どもは、国の金をいかにくすねるかに頭を使う。俺はこれまで地方を巡った中で、そういう奴を大勢見てきた」

玄覇は深くため息をついた。

「打開策はあるんですか？」

「重要な案件は宰相と六部の尚書の同意が必要だ。正宰相はひとり、副宰相はふたり、六部の尚書が六人だ。過半が同意すれば、残りの反対は無視できる。今のところ、同意のほうが少ない。つまり、このままだと孔宜昭の案は廃するしかない」

「皇帝といっても、好き放題にはできないんですね」

皇帝は強権を思いのままに揮《ふる》えるものだと思っていた。

「俺が強引に決定しても、実行に移せないなら意味がない。実際に動くのは官人たちだ」

玄覇は憂鬱《ゆううつ》そうに首を振る。

彼は地方を転々としていたせいで、中央の政界に味方が少ない。なんでも恭王と衛王の専横に反発している官人もいるらしいが、いかんせん身分が低いので、彼らを引き上げるのにも時間がかかるのだという。

「最悪の場合、他の案件でこちらが譲歩して崇州の件を通そうと俊凱とは話している」

「そうですか」

俊凱は詠恵の兄であり、翰林院《かんりんいん》の官人だ。翰林院は科挙を上席で合格した英才を集めており、まずは皇帝の秘書官を務めて実務の力を鍛える。

「……わたしが力になれることはありますか？」

千花は小首を傾げた。

「たとえば、楊淑妃に宰相の説得を頼むとか――」

「無駄だからやめておけ。それにおまえが損をする。おそらく楊淑妃はこう言って攻めてくるぞ。後宮は外朝に口を差し挟んではなりません、とな」

「そうでしたね」

千花は額を押さえた。

（皇太后さまにも教えていただいたんだった。後宮の妃嬪は朝政に関与してはならないと）

後宮の女たちが私利私欲で政治に関わるのを防ぐための規則《きまり》である。むろん、こんな規則ができるからには、後宮の女が政治を壟断《ろうだん》したことがたびたびあったのだ。

（でも、幼帝を補佐するのは元皇后である皇太后の役目なのよね。皇帝が後継を指名せずに崩御したときも、皇后が決定できる）

皇帝が意思を表せないときは、皇后が代理を務める。この大権は皇后のみに与えられており、女が公《おおやけ》に政に口を挟みたいなら皇后になるしかない。

（つまり、わたしは論外ってことよ）

千花が楊淑妃に玄覇と宰相の仲を取り持ってくれと頼むことは、彼女だけでなく官人たちにとっても千花を攻撃する理由になるということだ。

「すみません、気をつけます」

「いや、いい。おまえにも苦労をかける」

ぽつりとつぶやいた玄覇の横顔を見つめる。

心なしか、目の下の隈《くま》がどんどん濃くなっている気がする。

（皇帝業も大変だなぁ）

皇帝は天下の頂点にいて、金をじゃぶじゃぶ使って遊べるお気楽な存在だと思っていた。

が、玄覇は朝早くからときには夜中まで国の各所からあがってくる上奏文の決裁をしており、毎日せっせと仕事に励んでいる。

（……寵姫業のほうがお気楽だわ）

なんせ、千花は子づくりという後宮の女の本業に携《たずさ》わらなくていいのだ。暇つぶしに困るくらいだから、玄覇とは比べ物にならないくらいのんきでいられる。

玄覇が疲れたのか黙ってしまう。会話が途切れると、なんとなく落ち着かなくなった。

「……寝ましょうか」

「……そうだな」

そそくさと布団に潜り込み、ふたり並んで天蓋を見あげた。

（……いつまでこのままでいられるかしら）

果たして侍寝をせずに二年間ごまかし続けられるのか疑問ではあるのだが。

（今日のところは寝よう）

玄覇も疲労困憊《こんぱい》のはずだ。休ませてあげるのも寵姫の義務である。

息をひそめて彼の様子を窺う。身じろぎしなくなったところで、ようやく自分の瞼《まぶた》を下ろせた。

眠りはあっという間に訪れた。


五日後、観梅の宴が行われる当日。千花は朝早くから御膳房へと赴《おもむ》いた。宴では様々な甘味が供される。準備を確認しておきたかったのだ。

「厨師長、用意は進んでいる？」

「もちろんよ」

腕を組んで厨師たちを見渡している清恩の姿は頼もしい。

「厨師長、こっちの味見をお願いします！」

「わかったわ。さて、どんだけ腕が上がったか、楽しみにしてるわよ」

鍋をかきまぜる厨師に近寄っていく清恩はうれしそうだ。清恩が御膳房を預かるようになって五年が経つというが、その間、三十人を超える厨師を育て上げたのだという。

（御膳房はやっぱりいいな）

石炭の熱気、鍋から上がる湯気、肉桂や杏仁《あんにん》の香りが立ち込める中、厨師たちがきびきびと働く。

食に携わる現場は見ていて気持ちがいい。厨師の間を縫っていると、大量の団子の粉をこねている標がいた。小さな身体をまりのように弾ませ、粉と水の固まりを練っている。微笑ましくなって、思わず声をかけてしまう。

「標、がんばってるわね」

「貴妃さま、また来た――じゃなくて、また来られたんですか?」

「ええ、そうなの。準備が進んでいるか、確かめに」

「貴妃さまっていうのは、そんな仕事もなさるんですねぇ」

団子を練りながら、標は尊敬のまなざしを向けてくる。純粋無垢《むく》な目に、苦笑いをしてしまった。

「う……半分はわたしの趣味でね」

「貴妃さまは本当に料理が好きなんですね」

「できることがそれしかないから」

承之に拾われて、日々の修業の果てに技術を手に入れた。努力して身に着けた技術が自信を生み、その自信が千花を支えている。

「標もがんばるのよ。腕を上げたら、未来が広がるんだから」

「はい。修業が終わったら、端州に帰って店を開かなきゃいけないから、がんばります」

団子の生地を練る標は、鍋の前に立つ厨師をまぶしげに見てつぶやく。

「鍋の前に立てるのは、まだずっとあとですけどね」

火入れや味つけは厨師の中でも経験豊富の者しか関われない。失敗が許されない最後の過程だからだ。

『千花。火を入れだしたら、もう後戻りはできないぞ。鍋の中の変化を捉えて、最高の瞬間に鍋を下ろすんだ』

承之の前で初めて鍋を火にかけた日を思いだす。緊張で手が震えていると、承之が千花の手に手を添えて鍋を振ってくれた。

(わたしもあんなふうに標を助けたい)

自分が承之に助けてもらったように標の力になりたい。

千花は標の近くに寄ると、耳のそばでひっそりとささやく。

「標、こんどね。わたしが料理をするときに、お手伝いを頼んでもいいかしら?」

「え、俺はいいですけど……」

標の視線が清恩の背中に向けられている。

「厨師長には、わたしがお願いするから」

「だったら、喜んで」

「そのときには、火入れと味つけを頼もうかな。いつもやらないことをやりたいよね?」

顔を覗くと、あどけなさが残る標の顔がぱあっと明るくなった。

「本当ですか?」

「ええ。わたしが作る料理だから御膳房は関係ないし、せっかくだから、標の経験になることをしてもらいたいの」

「ありがとうございます、貴妃さま！」

標の笑顔を見ていると、こちらまで心が浮き立つ。かつて師父のそばで必死に学んでいた日々を思いだす。

「がんばるのよ、標。つらくても、あきらめちゃだめよ」

「はい！」

標は素直にうなずき、団子の生地をちぎり、それを丸めてから棒状に伸ばしだす。最後は菜刀で親指の大きさに切り分けるのだろう。

「貴妃さま。そろそろご準備の時間ですわ」

詠恵に促され、名残《なごり》惜しい思いをしながら足を外に向ける。御膳房を出る前、ちらりと標のほうを見た。彼は一心不乱に作業を続けている。

（がんばれ、標。将来のために）

今日の努力がいつか実を結ぶときがくる。心の中で精一杯に励ますと、千花は眉尻をきりっと上げて宴への意気を高めた。

観梅の宴は皇宮の北西にある西苑《せいえん》でおこなわれる。車馬を連ねてしばし移動すれば、木々が植えられた園林と湖が広がる別世界があった。紅梅と白梅が咲き乱れる梅林には、梅をしのぐほど色鮮やかな衣裳《いしょう》に身を包んだ妃嬪たちが集い、鶯《うぐいす》のようにさえずっている。

「壮観ねぇ」

「本当です」

詠恵に手を引かれて梅林に足を踏み入れた千花は、梅香を吸ったあと女たちを見渡した。それぞれ気合を入れた装いだ。複雑に結われた髪には金や珠宝の簪《かんざし》がいくつも輝き、耳には金環に宝玉を連ねた耳墜《イヤリング》が揺れる。長裙は細かに襞《ひだ》を寄せて膨らませたものから南流行のほっそりとしたものなど形も様々。褙子《コート》や披風には花鳥の刺繍が細かにされていて、せっかく咲いた梅の花も花びらを閉じてしまいそうな麗姿《れいし》をそれぞれ披露している。

「貴妃さま、このたびのご用意はすべて貴妃さまが差配されたのでしょう？　さぞ費用がかさんだのではありませんか？　皇上にどれほどおねだりをなさったことか」

韋賢妃の視線は嫉妬《しっと》の色に染まっている。千花は余裕綽々《しゃくしゃく》でその視線を受けとめた。

「全部倉庫から引っ張りだしたものよ。皇上からは贅沢を避けるようにというご下命があったから」

梅林には茶菓が楽しめるように等間隔で席が設けられていた。

小ぶりな円卓と椅子は香楠木《こうなんぼく》製で、紫黒色の色合いと細やかな彫り込みが美しいが、倉庫の奥に積み上げられていたもの。周囲に置いた火鉢は金彩が華やかだが、これまた倉庫に眠っていたのを取りだし、罅《ひび》が入っていたものには金継ぎをさせて、さらに艶《あで》やかにしてもらった。張っていた氷がようやく溶けた池には舟を浮かべたが、これも元からあったものを塗り直したのだ。

「梅が十分きれいじゃないの。よけいなものは必要ないわ」

紅梅も白梅も頭上で匂いやかに咲いている。蒼穹《そうきゅう》を背景に、紅白の色が競う絶景だ。

「貴妃さまの行き届いたお心遣いに、わたくし感服いたしましたわ」

にこやかな楊淑妃の世辞を、韋賢妃が鼻で笑い飛ばす。

「宰相閣下《かっか》がご覧になられたら、どれほどお嘆きになることか。淑妃さまったら、いつから貴妃さまに尻尾を振るようになったのです？」

「まあ、賢妃さまの目はいつから節穴になったのかしら。わたくしがいつ尻尾を振りまして？」

代々続く貴族の娘らしく美貌《びぼう》と教養を兼ね備えているはずのふたりの間に、あからさまな敵意が炸裂《さくれつ》している。千花は面食らってふたりを見比べた。

（これは予想外……）

千花を追い落とすために彼女らが手を組むのではと想像していたのだが。

『楊淑妃さまと韋賢妃さまが仲よくなさることはないかと。楊淑妃さまのご実家は恭王派ですし、韋賢妃さまのご実家は衛王派です』

詠恵の言葉は、しっかり的を射ていたようだ。

「自分の姿は自分の目には映りませんものね。この国で、もっとも高貴な家に生まれた淑妃さまが、どこの馬の骨かわからない女に媚《こ》びを売るなんて嘆かわしいこと」

「貴妃さまは後宮監督の権を皇上に授けられたお方よ。皇后不在の中、貴妃の御璽《ぎょじ》を握っているお方に礼を尽くすのは、後宮の妃嬪の務めでしょう?」

内廷費の決済書から皇帝が妃嬪たちのもとに泊まる許可書まで、すべて後宮において最高位である千花の御璽を捺《お》さねば正式な文書にならない。だから、楊淑妃の発言はもっともなのだが――。

(本気で思っているのかしら)

貴族の娘にしてみれば、理不尽極まりない事態だろう。平民の千花に首根を押さえられているというのは。

「淑妃さまの情けないこと。少しは頼りになるかと思いましたのに、がっかりですわ」

「賢妃さまったら、ご冗談を。はなからわたくしを頼りにする心づもりなどなかったはずでしょうに」

「ええ、もとからありませんでしたけれど、淑妃さまの矜持《きょうじ》のなさには深く失望しておりますの。楊宰相の薫陶《くんとう》を受けておられる淑妃さまでしたら、きっと賢后になられるだろうと想像しておりましたのに、貴妃さまに仕える道を諾々《だくだく》と選ぶなんて」

「皇帝にお仕えする妃としての義務を果たしているだけでそんなことを言われるなんて、信じられないわ」

ふたりの間に派手な火花が散っている。千花は啞然《あぜん》として眺めていたが、気を取り直すとわざとらしい咳払いをした。

「まもなく皇上がお越しになるわ。ふたりとも、みなにお手本を見せてあげて」

楊淑妃と韋賢妃はとたんに口をつぐんだ。折よく宦官の高い声が響く。

「皇上のおなり」

梅林を貫く遊歩道を、宦官を引きつれた玄覇が歩いてきた。

翼善冠《よくぜんかん》をかぶり、両肩と胸に龍文が織りだされた黄袍《おうほう》を着て、金や琥珀《こはく》が輝く腰帯を締めている。袍の裾を揺らしながら近づく青年の姿に、背後の空気が乱れる。

濃密な香気を放つ梅の間を歩いてくる玄覇は生来の美貌のせいか、梅の若木の精に見える。憂《うれ》いの漂う目元に妙な色香があって、ただ歩を進めているだけなのに、一幅の絵のように見えた。

彼が目の前に立つか立たないかのところで、千花は万福礼をした。背後の女たちも動きを揃《そろ》えて礼をする。

「皇上にご挨拶いたします」

「楽にせよ」

許しを得て姿勢を戻せば、玄覇が一瞬の間を置いたあと、千花の手をとった。

「貴妃よ、今日の準備は大変だっただろう」

相変わらずの棒読みである。千花は彼の無愛想を悟られないように、とびっきりの笑顔を作った。

「とてもすてきな品々が残っていましたから助かりました。ほんの少し手を入れただけで見違えるようになりましたのよ。皇上にご満足いただけたら何よりですわ」

希望を伝えれば、あとの作業は工芸に携わる宦官が引き受けてくれたから、千花は楽をしたほうなのだ。

「でも、準備をした甲斐がありましたわ。皇上がお越しになられたのが何よりもうれしいです」

この宴は妃嬪たちの息抜きのためのものだ。当初、玄覇は参加に気乗りがしないと言っていたが、韋賢妃を引っ張りだすためにも千花が頼み込んだのだ。

「みな今日を楽しみにしていたんですよ。政務でお忙しい皇上とお話しできる機会は、そうそうありませんから」

「……そうか」

玄覇がうつろな目になった。あからさまに浮かない表情になるものだから、千花は真顔になってしまう。

（……この重度の女嫌い……軽減させる方法ってあるのかしら）

誰にも打ち明けていないが、千花は二年の間で引き継ぎ役を探すつもりでいた。

（いつまでも女子が嫌いだと言っていられないはずよ。世継ぎを儲《もう》けないといけないんだから）

玉座を巡って皇族たちが争う羽目になったのも、先帝に子がいなかったからだ。

世継ぎになれる男子はおろか、錦上添花《きんじょうてんか》たる女子さえ生まれることがなかった。

先帝の懊悩《おうのう》の種であったらしい世継ぎの問題を、玄覇の世になってからも繰り返すわけにはいかないだろう。

というわけで、千花は玄覇に添い遂げてくれる娘を探しだし、後宮を出る前に引き継ぎをしてから去ろうと考えているのだ。

（全員追い出すというわけにはいかないんだから）

実家に帰らされたら、彼女たちだって肩身が狭い思いをしなければならないのだ。

（簡単にはいきそうにないけど……）

二年後、千花が出て行ったあと、果たしてどうするつもりなのだろうか。しなくてもいい心配が心を通りすぎかけたとき、玄覇がぎゅっと手を握った。

「それにしても、今日の貴妃の装いはとてつもなく美しいな。いや、おまえはいつも美しいが」

「そうですか？」

結った髻《もとどり》に宝石を嵌《は》めた金冠を飾り、花卉文《かきもん》が織りだされた襖と細かく襞を寄せた裙を着て、さらに花鳥の刺繍が施された披風を合わせた。他の妃嬪と比べれば、いくらか派手めにしたが、それはもっとも高位の妃にふさわしい衣裳にしなければならないからだ。下位の妃嬪に着飾らせるためには、千花は誰よりも華やかにする必要があった。

「今日は特別ですの。梅に負けないように、張り切りましたわ。でも、妹妹たちもきれいですから」

他の娘たちのことも宣伝したが、玄覇は無表情のまま完全に無視した。

「今日のおまえはとてもきれいだ。だから、梅よりもおまえのことをずっと眺めていよう」

背筋がひんやりと冷たくなった。背中に無数の矢が刺さる幻影が脳裏に浮かぶ。

（これは絶対に殺意を込めて睨まれてる……！）

ずらりと並んだ美女たちを無視する皇帝と、彼の愛情をひけらかす寵姫。寵姫を殺してやりたくなるのは当然だろう。

千花はほがらかな笑みを浮かべつつ、まなざしは極限まで冷たくした。

今日の宴は妃嬪たちに、たまった不満を少しでも解消してやる目的もあるのだ。ふたりだけの世界にいつまでも浸るわけにはいかない。

「皇上、今日の宴はみんなで楽しむ場ですわ。甘味を用意しましたの。せっかくですからいただきましょう？」

「ああ、わかった」

千花の意図を察したのか、彼はさっさと手を離した。それだけで、努力して演技しているのだとわかってしまう。

千花が目配せすると、少し離れた場に控えていた詠恵が手を叩いた。すると、居並ぶ妃嬪たちの背後に控えていた宦官が動きだし、妃嬪たちを身分に応じた席に案内していく。

皇帝と同席できるのは、千花と楊淑妃と韋賢妃だけだ。皇帝の座る卓から近い順に身分の高い妃がつく。こんな内々の宴の場でも、序列は守らなければならない。

千花たちは見頃の紅梅を斜めに見上げる席についた。韋賢妃はあこがれを宿したまなざしを、対照的に楊淑妃は平静そのものの視線を玄覇に向けるが、彼は微妙に目をそらしている。

（……駄目だわ、これは）

玄覇が宴の終わりまで耐えられるか心配だが、千花は彼にばかりかまっていられない。妃嬪たちが席についたことを確認すると、近くに立つ詠恵に目配せした。詠恵がまたもや手を叩くと、十数人の宮女たちが盆を運んでくる。それぞれの卓に皿が手際よく用意されていく様子を千花は観察する。

「まあ、すてき」

韋賢妃が歓声をあげた。卓上にはいくつもの皿が並んでいる。

きらめく五彩の器に入った冰凍銀耳《しろきくらげのシロップに》には白きくらげのほかに苹果《りんご》や橘子《みかん》が入って色鮮やかだ。梅が描かれた青花の高坏《たかつき》に品よく積まれた豌豆黄《えんどうのようかん》は豆の香りとほのかな甘みが楽しめる一品。落花生やくるみを砂糖と豚脂で練った餡を入れて揚げた餅は香ばしさの塊《かたまり》だし、もっちりとした湯圓《しらたまだんご》には芝麻《ごま》餡が入っていて、口に含むと弾力のある生地ととろける餡の組み合わせが楽しめる。

点心に合わせた茶は、半発酵《はっこう》茶である青茶の中でも岩茶《がんちゃ》と呼ばれる茶だ。花のような香りと濃厚な甘みが特徴で、しかも、身体を温める効果がある。

「目移りしてしまいますわ」

「どうぞ遠慮なく食べてね。お口に合うといいんだけれど」

千花が言うと、韋賢妃はレンゲに触れかけてから遠慮がちに玄覇を見つめた。

目上の者が食べるそぶりくらいはしないと、下の者は箸を持つことすらできないのだ。

玄覇は視線に気づいたのか、レンゲを取り上げた。それを見て、韋賢妃もようやくレンゲを手にして冰凍銀耳の白きくらげをすくう。口にしてから頰に手を当ててうれしそうにした。

「歯ごたえがよくて、とってもおいしいですわ」

瑞煙宮で対面したときとは違う愛くるしい微笑みに、千花は驚いて口を半開きにしてしまう。

（……意外……でもないか）

腹痛という言い訳で朝礼を休んでおきながら、肉餅を我慢できなかったくらいだから、食べ物に目がないのだろう。

「そんな冷たいものをよく食べられるものですわね」

楊淑妃が呆れた口調になった。

氷凍銀耳は砂糖を溶かした水で煮る甜点だが、温かくすることも可能だ。ところが、韋賢妃の希望があって、冬にもかかわらず冷たくして出したのである。

韋賢妃が唇を尖《とが》らせる。

「歯にしみるほど冷たいほうがおいしいですわ」

「寒いでしょうに」

「寒くなどありません。胃の中はぽかぽかしてますから」

つんと横を向く韋賢妃をなだめようとしてか、彼女の横に控える蓮児が高坏に盛られた豌豆黄を彼女の皿に移す。それを韋賢妃は箸でつまんで頬張ると、また頬を朱に染める。

「おいしい……豆のほのかな香りと口の中に広がる甘みがちょうどよいですわ」

「そ、そう、よかったわ」

正直、あまりよい感情を持てなかった韋賢妃が、妙にかわいらしく見える。千花は、食べ物をおいしそうに食べる人の姿を眺めるのが大好きなのだ。

(いい顔するなぁ)

もりもり食べる姿に見とれていると、小さな笑い声が聞こえた。楊淑妃が手絹を口元に寄せて笑っている。

「賢妃さまは健啖家《けんたん》でいらっしゃるのね」

韋賢妃がなごんでいた目元を吊り上げた。

「悪いんですの?」

ふたりの空気がまたもや険悪になりかけたとき、宦官の声が響いた。

「皇太后さまのおなり」

周囲もだが、千花も一気に緊張する。

(来ないと聞いていたんだけれど……)

皇太后は先帝の喪中であるとして、宴の類《たぐい》には出ないのだという話だった。

「余がお声をかけたのだ。梅を見て、お心をなごませていただきたいと」

「まあ、皇上が。それはご立派なお心がけですわ。皇太后さまもお喜びになられたはず」

楊淑妃の賛辞に、玄覇は少し眉を寄せる。

ふたりにかまわず、千花は席を用意させた。詠恵が茶や点心を用意するよう宦官たちに指示しているのを聞きながら、玄覇に合わせて席を立った。

皇太后は十人以上の宦官が支える輿に乗って遊歩道を進んでくる。

園林の入り口に向かう玄覇は、皇太后を直々に出迎えるのだろう。

入り口近くで輿を下ろさせた皇太后は侍女の手を借りて歩いてくる。

（相変わらずおきれいだわ……）

千花は内心で舌を巻いていた。

柳眉《りゅうび》の下の金色を帯びた瞳は琥珀にそっくりの色合いで、南方の山岳民族を血縁に持つという出自の証明になっている。豊かな髪を結っているが、金ではなく象牙《ぞうげ》の笄《こうがい》や翡翠の簪で飾り、耳には粒の大きな真珠の耳墜を揺らすという上品だが派手すぎない装飾は美貌をかえって引き立てていた。灰色の襖裙に身を包んだ姿は、崩御した皇帝を悼《いた》む寡婦《かふ》という立場を強調しているようでもある。

皇太后は玄覇の前に立ち、満足そうに目を細めた。

「皇帝よ、そなたが呼んでくれたから、足を運んだぞえ」

「皇太后さまがお越しになられ、なによりです。梅の木も喜ぶことでしょう」

「世辞がうまいのう」

「世辞ではありません。皇太后さまが寿安宮《じゅあんきゅう》をお出にならないのは、体調がよろしくないのではと心配していましたから」

玄覇が差し出した手に自らの手を重ね、皇太后は鈴を転がすような声で笑った。

「うれしい言葉じゃ。まるで子ができたようじゃな」

「そのように思っていただければ光栄です」

玄覇の愛想のよさに驚いたが、皇太后には礼を尽くしているし、友好的な関係を結べていることに安堵する。

皇太后の名は江淑慎《こうしゅくしん》といい、今年齢《よわい》三十になるという。十年前に先帝の皇后に立てられ、先帝にとって二代目の皇后――すなわち継后となった。

彼女こそが玄覇を皇帝にしたのだといっても過言ではない。宮中で千花がもっとも敵にしてはならない相手でもある。

「貴妃よ。この宴はそなたが準備したという。ご苦労であったな」

皇太后にやさしく目を細められ、千花は万福礼をした。

「宴を実施する許可をいただき、ありがとうございます。皇太后さまにも足をお運びいただき、本当にうれしいです」

「若い者は楽しみがなければのう。自宮に閉じ込もってばかりは退屈であろう。ときに、皇帝よ。誰か心に留まる娘でもいなかったかのう」

皇太后が玄覇の顔を興味津々《しんしん》で覗いている。

彼女も玄覇が千花のもとにしか通っていないことは知っているのだ。

「梅と千花しか見ておりません」

爽《さわ》やかな笑顔で応じる玄覇に、空気がびしっと凍った気がした。

（……また嫌われ率があがっちゃうじゃないのよ）

みなと顔を合わせてほしいから宴を開いたという千花の意図でさえ疑われるだろう。

自分と皇帝の仲を見せびらかしたいのだと憎まれても仕方ない。

（憎まれるのも仕事のうちですけどね!?）

わかっちゃいるが、つらいことだってある。

「きゃあ、賢妃さま」

「お、お腹が痛い……」

斜め後ろから声が聞こえた。

振り返れば、韋賢妃が蓮児によりかかっている。

「賢妃さま、大丈夫ですか？」

「お腹が……毒よ、毒を盛られたのだわ、貴妃さまに」

韋賢妃の発言に、口がぽかんと開いた。

「いや、それは言いがかりでしょ」

「ただの食べすぎでは？」

千花のツッコミに楊淑妃の冷静な指摘がかぶさる。

「ち、違うわ！　貴妃さまが何かを仕込んだのよ」

「ほう。貴妃が毒でも盛ったと言うのかえ。貴妃よ、そなたの意見はどうじゃ？」

皇太后の口調はおもしろがっている。この厄介《やっかい》ごとをどう切り抜ける気かと試しているようだ。

千花は顎に曲げた指を当てて考えた。

（腹痛は冷たい氷凍銀耳を食べたせいだと思うけど……。だけど、それだけかしら）

千花は蓮児に質問した。

「韋賢妃はお昼に何を食べたの？」

「羊肉の炒めものと、羊肉の湯です。身体が温まるからとおっしゃって」

「なるほど」

千花はうなずくと、皇太后に正対し、軽く膝を曲げる礼をした。

「皇太后さま。賢妃の腹痛は昼食に羊肉を食べ、先ほど氷凍銀耳をも食べたせいですわ」

「どういうことじゃ？」

眉を寄せて不審そうにする皇太后に、千花は笑顔を向けた。

「羊肉を食べるときに冷たい飲みものを飲んだら、お腹の中で羊の脂が固まってしまうと言われています。ですから、遊牧の民は羊の肉を食べるときに冷たいものを飲みません。飲むのは塩を入れた熱い奶茶《ミルクティー》です」

「わ、わたしは冷たい飲みものなんか飲んではいませんわ！」

韋賢妃が血相を変えて反論する。

「氷凍銀耳をもりもり食べていたじゃないの。昼食からさほど時間が経っていないのに、冷たいものを口にしたから、胃がびっくりしたのよ」

千花の言葉に楊淑妃が噴きだした。

韋賢妃が悔しそうに唇を震わせる。

「そ、そんなことは――」

「それに、身体を冷やすのは万病の元だと昔から言うでしょ？　こんな寒いときには、温かいものを食べたり飲んだりしたほうがいいのよ。今日用意したお茶は青茶の中の岩茶よ。身体を温めるといわれているお茶だから、それを飲むといいわ」

それから詠恵に視線を送れば、彼女は勝手知ったるふうにそばに控えた宦官に耳打ちした。宦官が一礼して離れていく。園林の端で湯を沸かして茶を入れているから、そこから運んでくるのだろう。

「賢妃よ。貴妃の言葉に何か反論はあるかえ？」

皇太后が微笑みながらたずねれば、韋賢妃は唇を噛んだ。

「皇太后さま、わたしは……その……」

「賢妃。具合が悪ければ、今すぐ瑞煙宮に戻るといい」

冷たく言い放ったのは、玄覇である。

韋賢妃は真っ青になった。

「こ、皇上……」

「賢妃は朝礼にも出ないと聞いた。さぞや身体が弱いのだろう。蒲柳の質のおまえをこのまま後宮に置いておくのは気の毒だ。なんなら、実家に帰るといい」

冷淡極まりない言葉に、皇太后も呆れた顔をした。

「皇帝よ。それは――」

「妃嬪たちは皇太后さまにお仕えするのも義務です。しかし、賢妃は具合が悪い日が続いているとか。このような有様では今後が思いやられるというものです。この際、実家で静養したほうがいいでしょう」

楊淑妃も悲しげに首を振った。

「おっしゃるとおりですわ。朝礼にも出られないなんて、皇上の子を産み育てねばならない妃としては、お話にもなりませんもの。後宮の妃嬪は、入宮前に持病の有無など調べられるはずですけれど、賢妃さまは省かれたのかしら？」

千花はそっと韋賢妃を見た。彼女は蒼白になり、身体を震わせている。

（実家に帰らされるのは、最悪の罰だわ）

体面を重んじる貴族にしてみれば、嫁がせた娘を追い返されるなど屈辱の極みだ。当の娘にしてみても、誇りをずたずたにされた上に実家では身の置き場もなくなってしまう。

ちらりと視線を投げれば、妃嬪たちが身を寄せ合っておびえた顔をしている。こんな公の場で厳しく叱責される姿を目にしたのだから当然だろう。

「皇上。韋賢妃は慣れない後宮生活で体調を崩しただけだと思います」

千花が微笑みと共に割って入ると、玄覇は眉を寄せて不快をあらわにした。

邪魔するなと顔に書いてあるが、千花はきれいさっぱり無視をする。

「腹痛に関しては、わたしが昼食の内容を事前に聞いて、氷凍銀耳は食べないように勧めておけばよかった話です。わたしったら、気が利かなくて本当に駄目ですね」

皇太后が意外そうに目を丸くした。

玄覇が苛立ったように言う。

「貴妃よ。賢妃はおまえに無礼を働いてばかりだ。肥の臭いがするなどと申したこともあったのだろう」

「皇上。それは賢妃の具合が悪いときにわたしが押しかけて、彼女を怒らせてしまったからですわ。後宮監督の権を預かっているというのに至らなくて……皇上にまでご心痛をおかけして、まことに不甲斐なく思っておりますわ」

あくまで韋賢妃をかばう千花に、玄覇は不愉快そうな表情を崩さなかったが、追及してこなかった。これ以上の叱責は無用だと理解したはずだ。

「皇帝よ。貴妃の顔を立てておやり」

「皇太后さま。お見苦しいところをお見せして申し訳ございません」

玄覇の謝罪に、皇太后は鷹揚に笑った。

「なに、貴妃がしっかりやっておるとわかって安心した。なにせ、麗州から上京してすぐに後宮入りじゃ。何も知らぬのに、どうやっておるのかと案じておったのじゃ」

「ご心配をおかけして申し訳ございません」

千花の謝罪に、彼女は楽しそうに笑った。

「そなたときたら、寿安宮に参っても、食べ物の話しかせぬ。頭の中にはそれしかないのかと案じておったのじゃ」

皇太后の発言に、妃嬪たちから笑い声が漏れる。

玄覇が咳払いをした。

「皇太后さま。園林の奥に、みごとな枝ぶりの白梅があるそうです。ぜひご覧に入れたいのですが」

「そうか。では参ろうかの」

皇太后と玄覇が遊歩道を進みだす。千花は膝を曲げて礼をした。

「謹《つつし》んでお見送りいたします」

千花にならって他の妃嬪たちも礼をする。ふたりの姿が見えなくなってから、ようやく礼の姿勢を崩した。

とたんに韋賢妃が支える蓮児を突き飛ばした。

「本当に気が利かない娘ね。おまえなど連れて来なければよかったわ！」

啞然とする千花の前で、韋賢妃は蓮児の胸をさらに力任せに押す。蓮児は地面に転んで、半泣きになった。

「け、賢妃さま、お赦《ゆる》しください」

「貞玉《ていぎょく》が足をくじかなかったら、おまえなんか用なしだったのよ！　よけいなことをペラペラと喋《しゃべ》って、どれだけ頭が悪いのよ!?」

さらに蓮児に手を振り上げた瞬間、千花は思わず韋賢妃の腕を摑んだ。

「よしなさい。あなたは賢妃よ。四妃のひとりに選ばれたからには、手本となるような行動をしなきゃ」

あまりにみっともなくて、下位の妃嬪からも軽んじられるだろう。

「貴妃さまこそ、わたしを辱《はずかし》めて、楽しいんですの？」

「いつ辱めたのよ」

「貴妃さまの存在そのものが、わたしを辱めてますわ！」

「そう言われても困るわよ」

千花が眉尻を下げたとき、楊淑妃がくぐもった笑い声を漏らした。韋賢妃がとたんに楊淑妃を咎《とが》める。

「何がおかしいんですの!?」

「だって、賢妃さまが叱責を受けたのは、ご自身が浅はかな嘘をおつきになられるからですわ。自業自得《じごうじとく》とは、まさにこのことではありませんか」

楊淑妃は目を細めて韋賢妃を見つめる。

「それなのに、貴妃さまに文句を言うのは、お門違いというものですわ」

「な、な……」

韋賢妃は身体をぶるぶる震わせ——大粒の涙をこぼしはじめた。千花はぎょっとして彼女の腕を放す。

「け、賢妃……」

「貴妃さまがお悪いのですわ！　貴妃さまが入宮しなかったら、こんなことにはならなかったのにっ！」

韋賢妃はその場に崩れ落ちると、さめざめと泣きだした。蓮児がおろおろと韋賢妃の背を撫でだす。

「賢妃さま……」

韋賢妃は首を振って喚《わめ》いた。

「放っておいて！」

「で、でも……」

蓮児が千花と楊淑妃を見比べてばつが悪そうな顔をしている。どうしていいかわからなそうだ。

楊淑妃が千花に微笑む。

「貴妃さま、ここから少し歩いたところに亭がありますわ。なんでも、そこの紅梅はいっそうみごとだと聞いておりましたの。一緒に参りませんか？」

「でも……」

楊淑妃が一歩近づき耳打ちした。

「このままでは、賢妃さまは収まりません。わたくしたちはここを離れたほうがよいかと」

彼女の助言はもっともに思えた。

「そうね、そうしようかしら」

蓮児だけに相手をさせるのは気の毒だが、このままではどうしようもないだろう。

千花は楊淑妃の傍《かたわ》らに立ち、歩を進める。後宮でもっとも高貴な女たちが並んで歩く姿を、妃嬪たちが礼をして見送った。

塼が敷かれた遊歩道を並んで歩く。千花の後ろには詠恵が、楊淑妃の後ろには彼女付きの侍女が影のようについてくる。

「きれいに咲いているわね」

そこかしこに咲いた梅は薄紅や紅の花びらを慎ましく広げ、梅香が風と共に流れていく。

風流極まりない風景の中で、楊淑妃が控えめに微笑んだ。

「申し訳ありません、貴妃さま。お付き合いをさせてしまって」

「全然かまわないわ。むしろ、助かったくらいよ」

千花たちがいなくなったら、韋賢妃も冷静になるだろう。

「賢妃さまも、もう少し皇帝の妃としての自覚があればよろしいのですけれど。泣いたり喚いたり、まるで子どものようですもの」

「そうね。確かに」

と相槌《あいづち》を打ったが、彼女に皇帝の妃の自覚など芽生えるはずがないとも思う。

(皇上があんなにつれなくてはね……)

とはいっても、玄覇だけを薄情と責めるのは酷な気もする。

そもそも、この後宮は玄覇が望んだものではない。恭王や衛王、それに彼らに与《くみ》する貴族たちが娘を送り込んで作ったものだ。もしも彼女たちが子を産めば、貴族の父兄が外戚として力を持つ可能性があるわけで、実権が確立しない状態の彼としては、女たちを相手にするわけにはいかないと考えているのだろう。

(それに加えて女嫌いなんだものね。どうしようもないわよ)

娘たちには、二年後、千花が出て行ったあとにがんばってもらうしかない。それまで我慢してくれるか、わからないが。

「……無理な話よね」

「貴妃さま、何かおっしゃいまして？」

「いえ、その……」

うっかり出てしまった発言をごまかすために曖昧《あいまい》な微笑みを浮かべたが、楊淑妃はさほど気にすることもなく会話を続けた。

「賢妃さまのことでしたら、気に病む必要などございませんわ。わがまま放題で、宮殿でも侍女たちにきつく当たっているようですから」

楊淑妃の呆れた口調を聞きながら、斜め後ろにいる詠恵を目の端で捉える。素知らぬ顔で小さく顎を引く姿を確認し、この話題を続けても大丈夫だと判断する。

「そうね、わたしも瑞煙宮に足を運んだ折に目撃したわ」

「侍女といえども粗雑に扱うのは考えものです。恨みを抱いた侍女が主を陥《おとしい》れる事例はまままありますもの」

「そうかもしれないわね」

後宮に入った当初、詠恵に口を酸《す》っぱくして言われたことだ。

『信賞必罰《しんしょうひつばつ》が基本ですが、罰とはいっても、理由なく当たり散らしたり、いじめたりしないでくださいませ。厳しさは確かに必要ですが、ときには恩賞を与えて彼女たちを喜ばせることも必要です。仕える甲斐のある主人だと思われないと、いつ何時痛い目に遭わされるかわかりませんわ』

侍女たちが心から楽しく働ける職場にしてやること。それができないと、主の秘密を売ったり、他の妃嬪と手を組んだりする裏切り者があらわれる。特に千花は唯一の寵姫だから、より慎重に振る舞う必要があると説明されたのだ。

「それにしても、淑妃はよく知っているわね。賢妃の宮殿のことを」

韋賢妃の行状が外に漏れるほどひどいのもあるが、楊淑妃は他の妃の情報を集めているのだ。

「賢妃さまの振る舞いは軽率ですから、聞きたくなくても聞こえてきますの」

「なるほどね」

と答えてから、脳内をめまぐるしく働かせた。

(どうやら、どこかに楊淑妃の耳目《じもく》がいるようだわ)

千花の側か韋賢妃の側か知れないが、楊淑妃に情報を流している者がいると考えていい。

(情報を集めるだけなら、お好きにどうぞってところなんだけど……)

それを企みに使われたら厄介だ。そう考えて、内心で深く息をついた。

(……このまま後宮暮らしを続けたら、めちゃくちゃ性格が悪くなりそうね)

どうしても相手を疑い、裏を探ろうとしてしまう。

千花の思索を知ってか知らずか、楊淑妃が首を振りながら言う。

「正直、賢妃さまにはがっかりしております。もう少し貴族の娘としての矜持がおありになるかと思いましたのに」

「貴族の娘としての矜持？」

「ええ。わたくしたちは、行く末は尊貴な地位を得るべく厳しく教育されてきました。あまたの教養を仕込まれ、誇り高くあるべしと育てられたのです。それなのに賢妃さまときたら、まるきり幼子《おさなご》と同じ。韋家はどういう教育をしたのかと疑問を覚えてしまいますわ」

左手に握った手絹で口元を押さえ、首を左右に振る姿は本気で悲しそうだ。

（貴族の娘というのも、なかなか大変なのね）

そう思いはしても心から同情できないのは、千花が食うや食わずの環境で育ったせいだ。

（……楊淑妃たちは知らないでしょうね。貧民がどんな暮らしをしているか）

幼いころの千花は常に空腹だった。母と過ごしたころの思い出は途切れ途切れしかないが、わずかな雑穀を大量の水で煮た粥《かゆ》もどきで空きっ腹を満たしていたことは覚えている。

（師父に聞いたんだわ。わたしの故郷だった汝州《じょしゅう》は、かつて飢饉《ききん》に襲われたんだってことを）

当時の千花は幼すぎて知らなかったことだ。母はやっと手に入れた食料をほとんど千花に譲り、衰弱した挙句に流行病《はやりやまい》で亡くなった。

（それから、ずっといろんな家に金で売られた。その間、楊淑妃たちはきれいな服を着て、

美食に舌鼓を打っていたんだろうな)

楊淑妃の垢《あか》ぬけた装いを眺める。

刺繡の施された褙子や金糸で模様が織りだされた豪華な裙、黄金の髪飾り、色とりどりの宝玉が連なる耳墜。おそらくは実家である楊家の援助もあるに違いない。

(……生まれが違うのは仕方がない)

貧困のどん底にあったことで、死んだ父母を恨んだりはしない。

『賢くなれ、千花。生き抜くために』

そう教えてくれた承之に拾われただけでも、自分は天運に恵まれていると思うからだ。

「にしても、賢妃が心配ね。みんなの前で叱責されて。気の毒ではあるわ」

この機に乗じて追い出そうという玄覇の意図が見え見えで、かばうしかなかった。

「賢妃さまは叱責されて当然です！　あれこそ以下犯上《いかはんじょう》というものなのですから！」

楊淑妃の侍女が憤然と吐きだした。以下犯上とは身分が下の者が上の者に盾突くことを言う。序列にうるさい後宮では、厳しく咎められる罰だ。

「よしなさいな、阿欣《あきん》」

「でも、淑妃さま」

「賢妃さまは後先を考えないで発言される方なのよ。今回の一件で、少しは弁《わきま》えるようになるでしょう」

しみじみとつぶやいた楊淑妃に千花は思わず応じた。

「そうしてくれたらいいけれど」

「賢妃さまが気になりますか？」

「うん、まあ……」

あのまま落ち込むだけならいいが、瑞煙宮の侍女たちが被害を受けるならかわいそうだ。

「では、賢妃さまのために、改めて宴を開いてはどうでしょう」

「賢妃のために？」

千花の確認に、楊淑妃は穏やかな微笑みと共にうなずいた。

「ええ、そうですわ。そこで貴妃さまの手料理を振る舞われたら、健啖家の賢妃さまは、きっと喜ぶはずです」

「なるほど」

楊淑妃の言葉にも一理ある。台無しになった観梅の宴を仕切り直すのだ。

「何を作ろうかしら」

「賢妃さまのご祖先には、東坡肉《トンボーロウ》を発明された方がいらっしゃいますわ」

「うわ、あの有名なお役人、韋賢妃のご先祖さまだったの!?」

豚バラの塊肉を酒と醤油《しょうゆ》と氷砂糖で煮た名菜として知られる東坡肉を発明したのは、老饕《びしょくか》の役人だったという。逸話も料理も有名で、麗州で千花もたまに作っていた。

「へぇ、そうだったの。へぇ！」

「いかがでしょう？」

「いいわね。名菜を発明したご先祖に敬意をあらわすためにも、韋賢妃にごちそうするわ」

即答すると同時に、頭の中は宴に出す料理を組み立てる。

（宴にかこつけて、燕窩《つばめのす》とか魚翅《ふかひれ》なんか使っちゃおうかなー）

燕窩も魚翅も高価すぎて、千花は手にしたことすらなかった。

（もちろん東坡肉も作るけれど、宴となったら前菜や湯もいるし、楊淑妃と韋賢妃を招くとしたら、高価な食材の主菜が必要よね。やっぱり燕窩かな？　不老長生を叶えるという縁起のよい食材だし）

宮中にいる間に様々な食材に触れておきたい。皇帝に献上されるのは、食材の中でも最高級品ばかりだから、よい経験になるはずなのだ。

（高級品が使い放題と考えると、宮中は最高の修業場所だわ）

料理のことを考えていると、頭の中が気持ちよく高まっていく。

「淑妃も出てくれる？」

「喜んで」

微笑む楊淑妃の顔を見ながら思考を巡らした。

（今回は皇太后さまの相手をすることになったから、皇上と妃嬪が話す機会も作れなかっ

た）

しかし、内々の宴――という名のおいしい料理を食べる会を開いたら、玄覇も出席してくれるのではないか。

「貴妃さまのお料理、楽しみにしておりますわ」

楊淑妃の言葉はお世辞だろうとわかっていても、胸が弾むのを止めることなどできなかった。

三章　やんごとなき方々の仁義なき争い

四日後の午後のことである。

千花《せんか》は詠恵《えいけい》を連れて御膳房《ごぜんぼう》から大光殿《たいこうでん》へ向かって回廊を歩いていた。食籠《じきろう》を手にした詠恵が意味ありげな顔をしてたずねる。

「皇上はまだ同席されるとお約束してくださらないのですか？」

「まだなのよ。そんなことをする必要があるのかと渋面《じゅうめん》で」

楊淑妃《ようしゅくひ》と韋賢妃《いけんひ》を交えて宴《うたげ》を催《もよお》す――韋賢妃を励まし、なおかつ、千花が料理をするという楽しみを満たせる会への参加を玄覇《げんは》は渋っていた。

「ごはん食べるだけよと言っているんだけど」

「貴妃《きひ》さま以外に同席者がいるというのが、気になられるのでは？」

「そうみたいなんだけどね」

「宴をわざわざ催されるのは、おふたりに気を遣われているのですか？」

詠恵の質問に、千花は目を空に向けた。

薄青の空に流れる雲を見ながら、とりとめもなく口にする。

「なんというか……わたしは出て行く身だからさ。あとに残った皇上がひとりぼっちというのは、なんだか後ろ髪を引かれる気がするのよ。後はまかせてって言ってくれる妃がいたら、安心なんだけどなぁとか」

「あと二年ございますから、気になさる必要はございませんわ」

「そうは言うけど、ぼーっとしてたら、あっという間に二年なんか経《た》っちゃうわよ」

千花の答えに詠恵はくすりと笑いをこぼした。

「貴妃さまは責任感がおありですね」

「責任感というのか、お金はすっきりもらいたいというか……」

ごにょごにょとつぶやいていたとき、詠恵が自分の唇に指を立てて押し当てた。

詠恵に視線で誘導されるままに目を向ければ、回廊から少し離れた遊歩道を女がふたり歩いている。

「賢妃さまのところの蓮児《れんじ》と……淑妃さまのところの阿欣《あきん》ですわ」

ふたりは身を寄せ合って熱心に話しこみ、こちらには気づいていない様子だ。

「……こんどの宴の打ち合わせでしょうか?」

「そうかもしれないわね」

二日前、楊淑妃と韋賢妃をもてなす宴について話をした。

『賢妃さまだけに東坡肉《トンボーロウ》を食べさせるのは、よい案かと思います』

楊淑妃は感動したように何度もうなずいた。

『やっぱりそう?』

『賢妃さまに東坡肉を捧《ささ》げてご先祖に敬意をあらわす。宴の趣旨《しゅし》として気が利いているのではないでしょうか』

『わかったわ。淑妃のご助言に感謝するわ』

それから、ウキウキとして菜譜《さいふ》を考え、今日、清恩《せいおん》に材料の準備をお願いした。

(楽しすぎる!!)

御膳房では高価な食材が使い放題だし、値の張る香味料もじゃんじゃん使える。ここでしっかり腕を磨いて、外に出たときに活かすのだ。

「宮中って、なんていいところなんだろう……!」

料理のことを考えていると、脳内がじゅわっと潤んでいくのがわかる。頭の隅々《すみずみ》まで快感が広がっていく。

「貴妃さま、わたくし、おそばを離れてもよろしいでしょうか?」

詠恵からいきなり食籠を突き出され、千花は受け取った。

「いいわよ。どうしたの?」

「あのふたりが気になります」

詠恵は遊歩道にちらりと視線を向けた。蓮児と阿欣の姿はすでに見えなくなっている。

「なにか変わったところがあった？」

主《あるじ》同士の仲は悪かったが、まもなく宴を催すのだし、侍女たちが会話を交わすことにおかしな点はない気がする。

「蓮児は賢妃さまの腹心ではないはずです。賢妃さまには軽んじられているようでしたし……。そんな蓮児と淑妃さまの側近の阿欣が親しくするのは、不自然だと思えてならないんです」

侍女にも序列があり、阿欣は楊淑妃に仕える侍女の中で筆頭の位置にいるという。千花にとっての詠恵のようなものだ。その彼女が蓮児と話しこんでいることに、詠恵は違和感があるのだろう。

「それでは失礼します」

説明する時間も惜しいという雰囲気で詠恵は回廊から出て遊歩道へと向かう。彼女の背中を見送ってから、ひとりで歩きだした。

（考えすぎな気もするけどな）

主の仲の悪さが侍女に反映されるかといえば、そう単純でもないだろう。

（でも、わたしより詠恵のほうが宮仕えの期間は長いわけだし。彼女の勘のほうが当てになるのかも）

回廊を進んでいくと、千花と出くわした宮女や宦官《かんがん》たちが端に寄って頭を下げる。入宮直後は戸惑った光景だが、今は彼女や彼らの前をさっさと通り過ぎるようになった。千花が早く去らないと、姿勢を楽にできないからだ。

(……こういうところ、宮中は面倒くさいんだよね)

料理に関しては最高の場所、他の面では面倒すぎる場所、それが千花にとっての後宮だ。

大光殿に辿《たど》りつき、扁額《へんがく》が掲げられた門をくぐると、塼《せん》を敷かれた門庭に数人の官人がいた。彼らは千花を見るや、あわてて顔を伏せる。皇帝の妃の顔をまじまじと見るのは、不敬だからだ。

(なんだろう……)

正面の入り口には大光殿の侍衛《じえい》が立っている。着ているのは曳撒《えいさん》という服だ。上は右衽《うじん》の筒袖《つつそで》、下が襞《ひだ》を寄せた裙《くん》状になった袍《ほう》で、下の生地がたっぷりとして余裕があるため身動きがしやすい。

彼らのうちのひとりが千花を見て、首を軽く左右に振った。

(どうやらお客人が来ているみたい)

しかも、ちょっと厄介な客なのだろう。

千花は正面の入り口を避けて門庭の端を歩き、大光殿の脇についている茶水間《ちゃすいま》に向かった。千花の芳華宮《ほうかきゅう》もそうだが、茶の準備をする小部屋がどの宮殿にも付属しているのだ。

叩扉《こうひ》すると、中から扉が開かれる。怪訝《けげん》そうに顔を出した若い宦官が、千花の顔を見るや目を丸くした。

「貴妃さまっ」

立てた人差し指を唇に押し当てて沈黙を促《うなが》してから、中に押し入る。常に湯を沸かしているから茶水間は温かく、さらには茶の爽《さわ》やかな香りが漂っていて、ほっと息を吐いた。

「どうされましたか？」

宦官は不安そうにたずねてくる。いつも堂々と入り口から正殿に入っているから、面食らっているようだ。

「お客さまは誰？」

問いに問いで返したことで、千花が茶水間から入ってきた意味を察したらしい。

「楊宰相《さいしょう》です」

「ありがとう。見に行くわ」

「え、でも」

「向こうから見えないようにするから」

千花は食籠を手に茶水間を出た。興味にかられて向かうのは、大光殿の正殿だ。そこは臣下と謁見《えっけん》する場になっているのだ。

大光殿は工の字の形をした建物だ。正面に官人を迎える正殿があり、後方に皇帝の寝室や執務室があるというつくりになっている。

正殿に近づくにつれ、張りのある声が聞こえてきた。千花は足音を殺してそろそろと歩む。

「皇上のお考えには賛成できません」

穏やかだが容赦《ようしゃ》ない口調に、千花は正殿のすぐ手前で足を止めた。

（はっきり言うなぁ）

皇帝が出入りに使う扉をそっと抜け、玉座と壁の間に置かれた長幅の屏風《びょうぶ》の後ろに隠れる。

屏風には皇帝の象徴である五爪《ごそう》の龍が躍動していて、ぎょろりとした目玉で千花を睨《にら》んでいる。盗み聞きを咎《とが》められているように感じたので、食籠を床に置き、両手を合わせて龍を拝むと、屏風の隙間《すきま》から覗《のぞ》く。

黄金に塗られた玉座は正殿北側に南面して置かれており、そこに座る玄覇の背中が見える。視線を上に向ければ、玉座の上の円形の藻井《そうせい》は黄金に塗られ、内には玉を咥《くわ》えた龍がわだかまっていた。徳のない天子が玉座に座ると、龍は玉を落として天子を罰するのだといわれているらしい。

翠緑《すいりょく》と朱の色が塗られた格《ごう》天井のそれぞれの鏡板にも、玉を摑《つか》んだ明黄色《めいこうしょく》の龍が描かれている。

いたるところが龍で飾られた大光殿は、天命を受けて地上を統治する天子のご在所にふさわしい豪華絢爛《けんらん》たる宮殿だ。

「何が不服か。申してみよ」

威厳に満ちた声は玄覇のものだ。その重々しさに、千花は目を丸くした。

（まさに皇帝って感じだわ）

思わず口が半開きになってしまう。

玉座の下に立つ男が揖礼《ゆうれい》をした。

「不服などございません。ただ、少壮官人の功名心にうかうかと乗るのは、危ういことになりそうだと憂慮《ゆうりよ》しております」

揖礼をしてから答えた中年男は、烏紗帽《うさぼう》をかぶり、文官最高位である仙鶴補《せんかくほ》をつけた緋《ひ》袍を着ている。口髭《ひげ》をきれいに整えた顔を生真面目に取り繕《つくろ》う姿は堂々としたものだ。

「孔宜昭《こうぎしよう》の治水策はすでに何度か実験を重ねて成功もしていると報告を得ている。崇州《すうしゆう》の同知《どうち》からは推薦もあがってきているぞ」

同知は知州《しゆうちじ》の補佐役である。

冷静そのものの玄覇の指摘に、楊宰相が首を横に振った。

「臣のもとには、崇州の知州から宜昭の独断を憂《うれ》う報告が届いております」

「崇州の知州はそなたの縁者だったな」

玄覇の冷ややかな返答にも、楊宰相のすまし顔は変わらない。

「崇州は瑞河《ずいが》が暴れる要地です。優秀な官人を置いておくのは当然のこと」

「理由がそれだけならよいのだが」

玄覇の皮肉は以前に話していた工費のピンハネについてのことだろう。崇州の知州が工費の一部を懐《ふところ》に入れ、さらにその一部を楊宰相に上納しているという疑いのことである。

楊宰相は玄覇の皮肉をわかっているだろうが、素知らぬふうに主張を続けた。

「皇上、宜昭は新手の治水策の効果をことさらに誇張いたしますが、本当に信用できるのでしょうか？　失敗でもして崇州の民に被害が出るなら、皇上の見識に疑問を抱かれてしまいますぞ」

楊宰相は眉間《みけん》に皺《しわ》を刻んで、あたかも忠心からの助言であるかのような表情をする。

「ご即位直後に致命的な失策を犯せば、民は皇上への信をなくすでしょう」

「実にもっともな意見だな。だが、何もしないわけにはいかない。余は地方を歩き、民の声を聞いている。周氏《しゅう》の治世に疑問を持つものは多いのだぞ」

「まさか、そのような――」

「実に嘆かわしいことに、最近の地方の官人たちは民を見ていない。見るのは中央の方ばかり。なぜなら、民のために尽くしても、それが評価されないからだ」

玄覇が淡々《たんたん》と語る。

「余はこの現状を変えねばならないと考えている。周氏の世を終わらせないためにも必要なことだ」

「皇上、天下の太平は百五十年続き、今こそ盛世のときであることに疑いはありません」

楊宰相はあからさまなおべっかを言う。上目遣いの表情が、次の瞬間、こわばった。

「盛世？　余の父はよく言っていたぞ。天下が周氏のものとうぬぼれ続ければ、いつかはひっくり返るだろうと」

正殿がしんと静まり返った。

そのとき、背後に衣擦《きぬず》れの音がした。

「何をなさっておいでですか？」

背中からひそりとかけられた声に、千花は振り返った。

千花の背後で片膝《ひざ》をついているのは、烏紗帽をかぶり白鷴《はくかん》の方補《ほうほ》をつけた青袍を着た青年――玄覇の側近であり、詠恵の兄でもある呉俊凱《ごしゅんがい》だ。穏やかに細められた目元と愛想のよい微笑が浮かんだ口元。ほがらかな春陽《しゅんよう》に似た笑みを絶えず浮かべている詠恵とよく似ている。

「盗み見してるの」

「宰相の顔を貴妃さまが目にする機会はめったにありませんからね」

「一度くらい顔を見ておきたいじゃない？」

後宮にいる妃嬪《ひひん》は外部の男たちとの接触を制限されている。千花が後宮でもっとも高い身分だといっても、誰彼問わず面会できるはずもない。だから、玄覇の当面の敵である楊宰相の顔を見られる機会は逃したくなかったのだ。

「そういえば、呉学士は口添えしに行かなくていいの？」

楊宰相はなかなか弁が立つ。

「五品官風情が口を挟むなと叱責《しっせき》されましたので、退室いたしました」

俊凱は、唇には涼しい笑みを浮かべているが、目にはいっさいの感情を映していない。

（……腹は立つんだろうけど、自制しているんだろうな）

俊凱は翰林院《かんりんいん》学士だ。

翰林院は科挙上位者を集めた機関で、そこにいる俊英たちは皇帝の求めに応じて、詔勅《しょうちょく》の作成や情報収集に携《たずさ》わる。科挙の合格者は広く民間から集めた者たちで、家格に応じた官職を得られる貴族の子弟とは異なり、能力を示さなければ高位の官職を得られない。翰林院の学士たちは皇帝のすぐそばに侍《はべ》り、助言や提言をすることで皇帝の信頼を得て、高位の官職を目指すのだ。

俊凱の現在の品階は確かに低いが、将来は玄覇にネチネチと文句をつけている楊宰相と同じ従一品になる可能性もなくはない。

「呉学士も大変ね。嫌みを言われて」

「いつものことですよ」

「にしても、五品官だからダメだなんて。わたしだったら、口を挟んでいいのかしら」

貴妃は正一品である。品階だけなら、千花は楊宰相よりも上だ。

「楽しいご冗談ですね」

俊凱はにっこり笑っているが、なんとなく視線が冷たい――気がする。

「そうよ、冗談です」

視線から逃げるように前を向く。楊宰相が両手を広げて派手に嘆きはじめた。

「皇上、臣めが心配しているのは、皇上のそのお気持ちが走りすぎるあまりに、一面からしか判断なさらないことにあります。ここは冷静に見極めていただきたい。恭王《きょうおう》殿下も案じておられました。ご即位直後の皇上が結果を求めるあまりに、無理な政策を推し進められるのではないかと――」

「おまえは君臣の関係がどういうものか理解していないようだな」

玄覇がよりいっそう冷たい声を出した。放たれた威厳に押しつぶされそうな気になる。

楊宰相の顔にも恐懼《きょうく》があらわれている。

「皇上……」

「おまえにとっての君は誰だ。余か、それとも恭王か」

「も、もちろん皇上であらせられます。しかし――」

「ほう、余が君であるというのに、まだ反対するのか」

「こ、これは臣の……先帝から政《まつりごと》を一任されていた臣の意見であります。やはり急激な改革には反対です。宜昭は州の予算も浪費していると報告があがっております」

「河道の変更には、国が金を出す。州の金など使わん」

「いや、しかし……これは国を思っての助言です。なにとぞ孔宜昭のような口からでまかせを言う輩《やから》などご信じなさいませんよう」

延々と続きそうである。

千花は屛風の裏に完全に隠れると、食籠の取っ手に手を伸ばした。

「もうよろしいので?」

「うん、変化なさそうだし」

おそらく議論は平行線のままだろうが、いつになったら終わるかわからない話し合いを待つつもりはない。

千花が立ち上がると、俊凱も立ち上がった。彼を引き連れて廊下に出て、奥の執務室に向かう。食籠を置きついでに、何か励ましでも書いておこうと思ったのだ。

執務室は樹齢の長い楠《くすのき》を使用した几案《つくえ》と龍の装飾が施された椅子《いす》があり、椅子の上には座り心地のよさそうな靠墊《クッション》が置かれている。几案の上には、美しい石文と眼《がん》と呼ばれる模様まで入った最高級の硯、秋兎《しゅうと》の黒い毛を使った上等な筆、白磁の筆洗など上質な文房四宝が備えられている。壁際には書聖の書が飾られ、常に松墨《しょうぼく》の香りが漂う居室だ。

千花は椅子の脇に至ると食籠を几案の上に置いた。それから、几案を挟んで立った俊凱に話しかける。

「皇上も大変ね」

「この件では絶対に譲歩をしないようにとお願いしております。皇上も承知の上です」

「よっぽど力を入れている政策なのね」

千花が言うと、俊凱は重々しく口を開いた。

「崇州では五年前に大規模な水害が起きました。堤《つつみ》が崩壊し、万を超す死傷者が出た悲惨《ひさん》極まりないものです。水害後、工事に手抜きがあったのが原因ではないかという噂《うわさ》が流れました」

千花が理解していると示すためにうなずくと、彼は話を続ける。

「当時、皇上と臣は崇州の隣の岷州《びんしゅう》におりました。逃げて来た避難民から聞き取りをして、証言を奏上したのです。ところが、臣が翰林院に戻ってから調査をしたところ、皇上のご報告が検討された記録は残っておりませんでした」

「……握りつぶされたってこと？」

「おそらくそうでしょう。ですから、今回は皇上も並々ならぬ決意で取り組まれておられます。それに、孔宜昭は崇州出身の官人です。現地の惨状を知っている宜昭の熱意を支えてやりたいとお考えなのです」

「……そう」

千花は透かしの入った美しい紙を目の前に置いて、筆筒から筆をとりあげた。

（……やっぱり、皇上みたいな人に皇帝をやってもらわないといけないわ）

楊宰相も背後にいる恭王も、民が何人死のうとなんとも思わない人間だ。遠い崇州で濁《だく》流《りゅう》に流される人々の知らせを聞いても、朽ち葉が流されるのと同じにしか考えられないのだろう。

（あんな人たちの好きにさせたくない）

そのために、千花にできることがあるだろうか。

（今のわたしはふつうの庶民《しょみん》じゃない。皇帝の寵姫《ちょうき》で、後宮第一位の妃なんだから）

とはいっても、玄覇の評判が下がることはできない。彼の面子《めんつ》に傷をつけるわけにはいかないのだ。

（策を立てるとしても、大義名分が必要よね）

どんな陰謀《いんぼう》でも、表向きは正義の看板を掲げておかねばならない。周嘉《か》の太祖も、有徳《うとく》の士であるからと前王朝の幼帝から禅譲《ぜんじょう》という形で帝位を譲られた。しかし、その実は、武力を背景に暗々裏《あんあんり》に脅迫していたのだろうと庶民さえ噂しているのである。

形にならない考えをこねまわしていると、物音がした。几案の向こうに視線をやれば、俊凱が硯と墨《すみ》を己の手元に寄せていた。

「呉学士?」

「墨でしたら、臣が磨《す》りましょう」

「翰林院の俊英にそんなことさせられないわよ」

「どうかお気になさらず。臣は五品官ですので」

　澄ました顔で言うので、なんとも返答しづらく、千花は筆を振って考えた末に、さらなるツッコミは入れないことにした。

　松墨が磨られていくにつれ、室内に墨の芳香が広がっていく。

　黙ったまま筆を硯の池につけようとした千花は、俊凱と目が合った。穏やかだが隙のない彼のまなざしに気まずい思いを感じ、適当な話題を持ち出す。

「……呉学士は、岷州で皇上と知り合ったんでしょう? そこで皇上と気が合って、皇帝として支えたいと思ったの?」

「臣は岷州の前に翰林院に所属しておりましたが、一度地方に出てみようかと思いまして、岷州に出たわけです。その折に、皇上と知遇を得るという幸運に恵まれました。岷州は瘦《や》せた土地で困窮《こんきゅう》する民が多かったのですが、熱心に諸問題に取り組まれているお姿を拝見して、どうせなら、こういう方にお仕えしたいものだと思ったわけです」

「なるほどね」

「本懐を遂げられて喜んではおりますが、ひとつ憂慮がございます」

「憂慮って何?」

「皇上のおそばに金で己を売ったお方がいることですね。その者に信義があるか否《いな》か測りかねております」

　彼が向けてくる視線は平静そのものだが、切り込むような意思を感じる。千花は、彼を見つめ返すと微笑《ほほえ》んだ。

「わたしが信用できないってこと?」

「金で己を売る者は、金で主を売るかもしれませんからね」

「なるほどね。でも、それは主を売るほうが得な場合でしょ?　わたしの場合は当てはまらないと思うけど」

「ほう」

「だって、わたしの情報を売るとしたら、帝位を狙っている恭王か衛王《えいおう》くらいかしら。でも、その男《ひと》たちが高く買ってくれるとは思えないわ。というか、後宮の女たちが信用できないから、知り合いの女を雇って後宮に連れ込んだって、高い金を出して買いたい情報?」

　俊凱は手を止めて千花を凝視している。

「値打ちのない情報を売るくらいなら、皇上を助けたほうが、よっぽど稼げそうじゃない?　確実に恩を売れるわけだし、その恩返しが莫大な手切れ金に繋《つな》がるわけよ。理にかなっているでしょ？」

空中で筆を操って銭と書く。それから、大きくうなずいた。

「あなただって、皇上の陰に隠れて思いどおりの政治をしたいわけでしょ？　だから、皇上を守りたい。わたしだって皇上を守らなきゃと思ってるわよ」

二年間も付き合って一銭ももらえないとしたら、大損ではないか。千花はさらに続ける。

「呉学士は皇上と一蓮托生《いちれんたくしょう》を自負しているのかもしれないけど、わたしだって一蓮托生よ。だから、わたしが皇上を売るなんてありえないと思ってほしいわ」

俊凱は千花を見つめてうなずいた。

「なるほど、貴妃さまのお考えはよくわかりました」

「というか、変な疑いを持つより詠恵に話を聞けばいいじゃない。まあ、とっくにやってるかもしれないけど」

千花の言葉に、俊凱は虚《きょ》を突かれた顔をした。千花が気づいていないとでも思っていたのだろうか。

（この間、韋賢妃に肥《こえ》の臭いがすると言われたことをわたしは皇上に伝えなかった。でも、皇上が知ってたということは、言ったのが詠恵ってことよね）

おそらく、詠恵は千花の行動を玄覇や俊凱に逐一《ちくいち》報告しているはずだ。

俊凱は、探るようなまなざしをして千花に問いかける。

「……詠恵がご不満ですか？」

「不満じゃないわよ。わたしは宮中のことをよく知らないし、もしかしたら意識しないところで失敗しているかもしれないでしょ？　だから、詠恵がわたしの行動をあなたたちに報告するのは当然だと思ってる。むしろ、駄目なところは修正しろって言ってもらったほうがよっぽど助かるわよ」

玄人《くろうと》の意見は聞いたほうがいい。それは修業中、承之《しょうし》の指導を受けた千花が我が身を以《もっ》て学んだことだ。

「それに、わたしの目はふたつで頭はひとつしかないけど、詠恵と合わせたら目が四つになって頭はふたつになるでしょ？　四つの目で見て、ふたつの頭で考えたほうが、よっぽど妙案が浮かぶわよ」

自分で言うことに自分で納得して、何度もうなずいてしまう。詠恵のように気の利いた侍女がそばにいてくれることは、主にとっても助かることなのだ。

「詠恵がお役に立っているならば、一安心です」

「というわけで、これからもよろしくね。二年間はお付き合いしなきゃいけないんだから」

友好的に笑ってみせたが、俊凱の本心を隠すかのような微笑みは崩れなかった。

（口ではなんとでも言えるもんね）

もし彼に本気で信用してもらいたいなら、行動で示すしかない。千花は気持ちを切り替えると、筆を硯の池に落として墨を含ませる。

紙に書き記したのは、有名な詩の一節である。

但令心似金鈿堅《ただこころをしてきんでんのかたきににせしむれば》
天上人間會相見《てんじょうじんかんかならずあいまみえん》

死に別れた寵姫が帝王に送った再会を祈念する一節である。承之は料理だけでなく、書や詩の教えも授けてくれたのだ。筆を筆架に置くと、俊凱が質問した。

「思いのたけがあふれたといったところでしょうか」

「そんなんじゃないけど、寵姫らしいでしょ？」

本物の寵姫ならば、こんな詩のひとつでも書いて、愛情を伝えるだろう。

俊凱が食籠に目をやった。

「ところで、それは皇上の軽食ですか？」

「あ、そうよ。こんど、賢妃との宴に出す東坡肉の試作が入っているからね。めちゃくちゃおいしいわよ、絶品よ」

手を口に当てて笑いだすのをこらえた。おいしいものを作れると、鼻高々になってしまう。

「半分に割った饅頭《マントウ》も入れているわ。お肉を挟んで食べると、さらにおいしいわよ。呉学士の分もあるからね」

「いつも恐れ入ります」

「皇上がいつ食べられるかわからないから、先に食べてもいいんじゃない？」

「そういうわけには参りませんので」

「まあ、楽しそうですね」

詠恵がにこにこしながら執務室に入ってくる。暖かい春の空気をまとった侍女は、笑顔をたたえて千花と俊凱を見比べた。

「何をお話しされていたんですか？」

「他愛もないことをおしゃべりして、友好を深めていたのよ」

「兄さんとですか？　それはよかったですわ」

「墨まで磨ってもらったのよ。翰林院の秀才に墨を磨ってもらうなんて、光栄なことだわ」

「まあ、よかった。兄さんにも人の心があるみたい」

「詠恵、どういう意味だ」

俊凱のツッコミを詠恵はきれいに無視してから、唐突に神妙な表情をする。

「先ほどの件ですが、結局、うまく話を聞くことはできませんでした」

「いいわよ。尾行するだけでも大変なんだから」

「お役に立てず、申し訳ありません」

「気にしないでいいってば」

「ありがとうございます……では、芳華宮に帰りましょうか。皇上のお話は終わる様子がございませんし」

「そうね。待ってられないしね」

茶水間から出ようと執務室の出口に向かう途中で俊凱に手を振った。

「じゃあね、呉学士。がんばってね！」

のんきな別れの挨拶《あいさつ》を聞く俊凱は、複雑な顔をしてから頭を下げた。


数日後、韋賢妃に東坡肉を振る舞う宴の日となった。

千花は早朝から御膳房に乗り込んだ。竈《かまど》はすっかり火を熾《おこ》され、厨師《ちゅうし》たちが湯《スープ》を煮たり、朝食用の粥《かゆ》を煮たりして、すでにあわただしく動いている。一番奥の竈の前で、千花は標《ひょう》と並んで料理をする。

「そうそう、そんなふうにあぶって」

標は鉄鍋に皮つきの豚バラ肉の塊《かたまり》を押しつけて焼きながら、不安げな顔をした。

「もう大丈夫ですか？」

「まだ焼いて。皮の表面をしっかり焼いて、毛穴を縮ませるの。毛根に残った毛もすべて焼けてしまうから」

標はふむふむとうなずきながら、串で肉を押さえる。表面が香ばしく焼けたら、次は肉を洗ってきれいにしてしまう作業だ。浅い桶《おけ》に溜めた清水で肉の表面を洗いながら、標は言う。


「洗ってから茹《ゆ》でるんですよね」

「そうよ。葱《ねぎ》と生姜《しょうが》を入れたお湯で茹でて、余計な脂《あぶら》を抜いてしまう。それから味を含ませる。下拵《ごしら》えでも手を抜いちゃだめ。おいしい東坡肉ができないからね」

「はい」

ひとつひとつの作業を丁寧にこなす標に、昔の自分を思いだす。

(おっかなびっくりやっていたなぁ)

横に立っていた承之はイライラしただろうに、嫌な顔ひとつせず教えてくれた。

『なーに、人間を育てる仕事は、この世で一番おもしろいのさ』

そう言って、笑っていたのだ。

(師父に助けられた分、わたしも標の力にならなきゃ)

御膳房の修業は段階を踏んだもので、下っ端の標は火を扱わせてもらえない。しかし、千花の手伝いという形なら竈を使うことができる。清恩も許可を出してくれたから、千花は安心して標の指導ができた。

「茹でてからの味つけは、たっぷりの酒と醬油《しょうゆ》、氷砂糖、それから絶対に欠かせない香り付けの八角——あら、蓮児じゃない。何をしに来たの?」

「その……賢妃さまに、み、見張っておけと言われたんです」

竈の隣に設けられた作業台の向こうで、蓮児は所在なげに立ち、気まずそうにうつむいた。

いい加減な料理をするか、変な素材を使うか、ともかく嫌がらせをするとでも思われているのだろうか。千花はこぶしを握って蓮児に向けた。

「厨師の誇りにかけて、うまいものを作ってみせるわ。そこでしっかり見張っておいて」

「……厨師じゃなくて、貴妃さまですよね？」

困惑したような標のツッコミに、腰に手を当てて答える。

「厨師にして貴妃。それがわたしの正体よ」

「本業は貴妃さまですから」

くすくす笑いながら詠恵が近寄ってきた。

「貴妃さま、祥雲亭《しょううんてい》の飾りつけが済んだのですが、いったんご確認いただけますか？」

内輪の宴だから芳華宮で開こうと思ったのだが、韋賢妃は他の場所がいいと主張したのだ。そのため、池の周りに奇岩を配した庭園を見下ろす祥雲亭での開催とあいなった。

「さすが詠恵。仕事が早いわ。標、まずは肉を茹でていてくれる？　ちょっと離れるから」

「かしこまりました！」

標はうれしそうにすると、湯に肉をそろりと投入している。

楽しそうに料理に取り組む標の姿に心なごみつつ、千花は御膳房から離れた。

それから、千花は御膳房と外を何度か往復しつつ、標や他の厨師たちの手を借りて宴の料理を完成させた。そのあとは芳華宮に急ぎ帰って身支度を整えた。

念入りに化粧をし、海棠《かいどう》が織りだされた襖裙《おうくん》をまとい、髪には宝石を散りばめた金簪《きんしん》や金歩揺《ほよう》を飾ってから、亭へと向かった。耳を飾る耳墜《イヤリング》の珠玉、腰に吊るした玉禁歩《きんほ》のこすれあう音が心地よい。

詠恵を従えて亭に向かう階を昇りきると、すでに韋賢妃と楊淑妃がいた。椅子に座る彼女たちの背後には、それぞれの筆頭侍女である阿欣と貞玉《ていぎょく》が控えめに立っている。

(淑妃も賢妃もぬかりなく着飾っているわね)

緞子《どんす》の生地で仕立てた襖裙には、梨花や木蘭《もくらん》が咲き乱れている。千花も加われば、百花繚乱《りょうらん》の趣《おもむき》だ。

ふたりは椅子から立ち上がると、万福礼《ばんぷくれい》をした。

「貴妃さまにご挨拶を申し上げます」

「楽にして」

「ありがとうございます」

韋賢妃はぶすっとした態度で、楊淑妃は平素と変わらず落ち着いた様子で着席する。亭には火鉢《ひばち》が置かれ、上質な炭が焚《た》かれて、とても暖かい。

「ふたりとも、今日は来てくれてありがとう。賢妃のご先祖にあやかりたい一心で開く宴だけど、楽しんでいただけたらうれしいわ」

玄覇からは結局のところ断られてしまった。というわけで、女だけの気楽な宴である。

「皇上の心を捉《とら》えた貴妃さまのお料理がいただけるなんて、本当に光栄ですわ」

楊淑妃はそつなく礼を返すが、韋賢妃は唇を尖《とが》らせた。

「わたくしのご先祖は書や画にすぐれ、新たな料理を生み出すほど才覚に恵まれた方ですわ。貴妃さまがあやかろうとしても無理かと存じます」

「わたしは書や画の才能なんてないから、料理の才能だけあやかりたいのよ。賢妃のご先祖さま、わたしに新たな料理を生みだせる才をくださいませ……！」

手を合わせて韋賢妃を拝むと、彼女が眉を吊り上げた。

「き、気持ち悪いことをなさらないで！」

「あ、そうだ。その賢妃のご先祖の絵をね、皇上が貸してくれたのよ。せっかくの宴だから飾れって」

詠恵が抱えていた掛軸をするすると広げた。

長幅の絵は風光明媚《めいび》な河岸の春景を描いている。漁夫が大河に漕《こ》ぎだし、小舟に乗って魚網を広げる瞬間の絵で、自然な墨の濃淡で描かれたのどかな空気が満ちる見事な画だ。

余白には前王朝の絵画好きの皇帝が書いた跋文《ばつぶん》がいっぱいに書かれ、絵の端にはこれまでの鑑賞者が捺《お》した朱印が隙間もないほど重なり合っている。超一級の伝世品である証《あかし》だ。屋根の梁《はり》から吊るしていた鉤《かぎ》に絵をかけると、亭の中が雅《みやび》やかな空間になった。

「こんな貴重な絵を鑑賞できるなんて、皇上のご配慮のありがたいこと。ね、賢妃さま」

楊淑妃の発言を聞き、韋賢妃は目に涙をためる。

「賢妃？」

「こんな形でわたくしたちに見せびらかすわけですね、皇上のご寵愛を！　貴妃さまは本当にひどい方ですわ！」

卓に突っ伏す韋賢妃を楊淑妃は呆《あき》れた様子で眺めている。

「これはね、賢妃にこそ見せろって言われたのよ。せっかくのご先祖の絵なんだから、賢妃が見るべきだって」

千花が告げると、韋賢妃ががばりと顔を上げた。

「本当ですか!?」

「そうよ。韋賢妃のご先祖は立派な方だったから、そんな方を偲《しの》びながら料理を食べろって言ってたわ」

東坡肉を発明した韋賢妃の先祖は、書や画を能《よ》くするだけでなく、民のために善政に努め、皇帝にも直言をぶつける硬骨の官として有名だった。その志《こころざし》を見習えと玄覇は言いたいのである。

「皇上が……わたくしを気にかけてくださるなんて……！」

韋賢妃が両頰《ほお》に手を当て、感激した面持《おもも》ちになった。

「あ、うん、まあ……」

気にかける意味がちょっと違うようだが、元気になったことをよしとする。

「では、さっそくはじめるとしようかな」

千花が座ると、詠恵が手を叩いた。

宮女たちが階を粛々《しゆくしゆく》と昇ってくる。

最初は前菜の大皿だ。胡蘿蔔《にんじん》や心里美《あかだいこん》、焼いた鴨《かも》肉などを薄切りにして並べ、羽根を広げた鳳凰《ほうおう》を皿の上で描いている。作ってくれたのは清恩だ。胡蘿蔔で鳳凰の顔を立体的に切りだす腕前が見事で、千花は食い入るように見つめたのだった。

「まあ、きれい」

ふたりともうっとりと眺めていて、我がことのように誇らしくなる。

大皿を取り囲むように並べるのは様々な前菜の皿だ。正直、鳳凰は場の盛り上げ役でほぼ食べることはなく下げてしまう。主に味わうのは小皿に盛られた前菜だ。冬筍《たけのこ》の酒蒸しは香り高くアクのない筍《たけのこ》を存分に味わえる今の時期だけの一皿だ。その他に油皮《ゆば》を調味料につけて蒸し、肉腿《ハム》のように仕上げたもの、大ぶりな蝦《えび》に芝麻《ごま》をたっぷりつけて揚げたものなど味も香りも多彩な前菜が並ぶ。

「……おいしい」

傍《かたわ》らの侍女が手元の皿に盛ってくれた料理を韋賢妃は次々と口に運ぶ。相変わらず旺盛《おうせい》な食欲を発揮していて、気持ちがいいくらいだ。

「賢妃さま。あまり食べすぎたら、東坡肉が食べられなくなりますわよ」

楊淑妃の冷やかしに、彼女はつんと顎《あご》をそらした。

「あなたに心配されるいわれはありませんわ」

「まあまあ、東坡肉は別腹よ。ね、賢妃」

「人を大食いのように言わないでくださいませ！」

眉を吊り上げるものの、箸《はし》は止まらない。

（本当によく食べるなぁ）

食べっぷりが爽快《そうかい》だから、本当はもっと仲よくなりたいのだが。

前菜の皿があらかた片づいたところで、今回の主菜が運ばれてきた。一皿は東坡肉で、もう一皿は草魚《そうぎょ》の甘酢煮。東坡肉は韋賢妃の前に置かれ、草魚は千花たちの前に置かれる。

「東坡肉は賢妃のご先祖に捧げるものよ。代わりに賢妃が召し上がって」

韋賢妃は戸惑った様子だったが、侍女がとりわけた東坡肉を箸で切って口に入れると、とろけるような表情になった。

「……おいしい」

「でしょ？　皮の部分がねっとりとして、肉がほろりととろける。脂身がとろんとして、絶品でしょ？」

　味つけに使った氷砂糖のしっかりとした甘さと醤油の旨《うま》み、八角の華やかな香り、どれもこれも肉の味を引き立てて、最高の一品だ。

「いくらでも食べられそうですわ」

「たくさん食べてね、賢妃のための一皿なんだから」

　千花は草魚をつまむ。臭みがなく淡白な魚に濃厚な甘酢のあんがからんで、こちらも箸が止まらなくなるほどの味だ。

「この草魚の味つけはちょうどよいですわね」

　楊淑妃が目を細める。

「淡白な魚にピッタリの味よね」

「それにしても、どれもこれも貴妃さまがお作りになられたのですか？」

「だいぶ手を借りたけどね。指示はわたしが出したわよ」

　千花も他の用事のために御膳房を出入りしていたから、各工程で厨師たちの手を大いに借りたのだ。

「貴妃さまはお料理で皇上の心を摑んだのですね」

「まあ、そうともいえるかな。楊淑妃も習ってみる？　楽しいわよ、料理」

「いえ、わたくしは……。厨房《ちゅうぼう》など下賤《げせん》な者が入る場所だと父から教わっていますから」

「そう」

笑顔を崩さずにうなずいたが、内心ではずきりと痛むものを感じる。

（貴族のお嬢さまって、こんな考えなのか）

貴族は、政に携わることこそ第一と考え、それ以外の仕事を下賤だと蔑《さげす》むと聞いたことがあるが、どうやら本当らしい。

（厨師って、すごい仕事だと思うけれどな）

生では食べられないものを火の力を使って食べられるように変えてしまう。様々な味付けで、同じ食材を違った料理に大化けさせる。しかも、作る人間によって味わいは異なる。

（やりがいのある仕事なのに）

それを下賤と切って捨てられると、心に太い棘《とげ》が刺さったようだ。

「次のお皿をお運びして、よろしいですか？」

詠恵が控えめにたずねる。楊淑妃との会話を聞いて、千花の気分を変えようとしてくれたのだろう。

「お願い」

詠恵が手を叩くと、次に運ばれたのは、燕窩《つばめのす》の蒸しものだ。気持ちが一気に高まる高貴な一皿のご光臨である。

「来たわよ――――！」

千花の絶叫にふたりの妃が目を見張る。

「き、貴妃さま？」

「うひひひひ。燕窩ですよ、燕窩。あーっ！　めちゃくちゃ憧れていたの！　いつか食べたいって！　だって、燕窩よ？　高価すぎて貧乏人の口には入らない高級食材よ？」

「……そうですわね」

楊淑妃の相槌《あいづち》を聞きながら、卓上に置かれた器《うつわ》を凝視する。燕窩を戻す作業は、手間がかかった。乾貨《かんぶつ》である燕窩はしっかり戻さないと、清湯《チンタン》の味を吸わないからだ。ぬるま湯で戻した燕窩は、毛や異物を取り除いてから、さらに何度も熱湯を替えて蒸らし、清湯を含ませる。

「蒸した卵白の上に燕窩をドカ盛りして、豆苗《とうみよう》と肉腿の絲《せんぎり》を散らし、とろみをつけた清湯をたっぷりとかける……。贅沢《ぜいたく》極まりない一品だわ」

うっとりと眺めていると、詠恵が燕窩を取り分けてくれる。燕窩をたっぷり入れた器が前に置かれるや、レンゲを手にとった。

「こんな高価な代物《しろもの》を食べられるなんて、本当に夢みたい。後宮に入って、よかったわ！」

「後宮は餐館《しょくどう》ではありませんわよ!?」

韋賢妃の憤慨《ふんがい》したような言葉も気にならない。燕窩をすくって口に入れ、つるとろの食感を舌の上で確かめる。

「おいしい……。でも、うん？　これは湯がおいしいのよね。湯の味がしっかりしているから、こんな上等な味がするのよね」

燕窩は味がない。ひなたの匂いがするのだが、これは戻している最中に消えてしまう。漂う香りは湯の香りである。

「……はー、おいしい。おいしすぎて、涙がでそう」

目頭を押さえると、詠恵が手絹《ハンカチ》を差しだした。

「貴妃さま、しっかり」

「うん。ごめんね、詠恵。感動が込み上げてきて……」

こんなおいしいものを作れる厨師とは、なんというすばらしい仕事なんだろう。

「最高……。師父、わたしを厨師にしてくれて、ありがとうございました」

手を合わせて死んだ承之に感謝を述べる。生涯を捧げるに足る職を得たことがうれしい。

隣に立つ詠恵が咳《せき》払いをした。微笑みを浮かべているが目は笑っておらず、貴妃らしくしろという脅《おど》しを感じる。

「えーと、ふたりとも食べて、食べて！　燕窩は不老長生の妙薬よ」

千花が促すと、韋賢妃と楊淑妃がレンゲを手にする。そのとき、皇帝付き宦官が階を昇ってきた。恭《うやうや》しく礼をしてから、厳《おごそ》かに告げる。

「皇上のご来駕《らいが》でございます」

「へ？」

間の抜けた声を出してしまう。

(来ないと言っていたのに)

気が変わったのだろうか。

宦官が脇に避けると、ほどなくして玄覇がお供を数名引き連れて昇ってきた。黄袍を着た堂々たる姿には、天下の頂点に立つという威厳がある。

彼が亭に入ってくるや、三人の妃は同時に立ち上がり、万福礼をした。

「皇上にご挨拶を申し上げます」

「楽にせよ」

「ありがとうございます」

中腰の宦官が千花と韋賢妃の間に玄覇の椅子を運ぶ。韋賢妃は緊張しつつも頬を染めて玄覇を見つめる。

「様子を見にきたが、ずいぶん楽しそうだな」

「貴妃さまのお料理が大変おいしくて、食べすぎてしまいますわ」

楊淑妃はそつなく世辞を言う。

「そうだろう。貴妃の作る料理はうまいんだ」

玄覇がほんのちょっとだけ微笑んだ。吝嗇《りんしょく》と評判の人間が金を払ったときのような驚きを内心で覚えてしまう。

韋賢妃は空の器に燕窩をよそうと、おずおずと彼の前に差し出した。

「こ、皇上、どうぞ」

「賢妃よ、気を遣わなくてもよいぞ」

「いえ、そんな……。絵をお貸しくださったお礼ですわ」

「あの絵は大光殿に付属の四宝堂《しほうどう》に収めているが、こたびは絶好の機会ゆえ、鑑賞してもらうことにした。ここにあると、さらにいい絵に見えるな」

玄覇の賛辞に韋賢妃がうっとりと目を細めた。

「皇上にそう言っていただくなんて、韋家の誇りです」

「その言葉、そなたの父にも伝えておこう。韋家の者たちは、官人として先祖に負けない振る舞いをしてほしいものだ」

玄覇はこの間と同じく訓戒《くんかい》を垂れているのだが、韋賢妃は気づいていないのか、素直にうなずく。

楊淑妃が玄覇を見つめて品よく微笑む。

「そういえば、四宝堂には元宵安平図《げんしょうあんぺいず》が収められていると聞きました。わたくし、一度でよいので拝見したいのですが」

「ああ、それならば、近日中にそなたのもとに送ろう」

「せっかくですから、四宝堂で拝見したいのです」

「それはだな――」

難色を示している玄覇の声を聞きながら、千花はせっせと燕窩を口に運ぶ。

「……貴妃よ。ひとりで食べすぎだろう」

玄覇に指摘されて、頰を膨らませたまま彼に顔を向ける。

「でも、これを食べないと、次のお皿もあるし」

締めは、塩漬けにした烏賊《いか》の卵を使った湯、小麦を練って蒸した花巻とそれから甜点《デザート》である。

「いや、それでもだな」

「貧乏人はめったに食べられないんですよ？」

「おまえはもう貧乏人ではなく、余の貴妃だろう」

「それはそうですけどね」

と言い合いをしていると、韋賢妃が口元を手で押さえていることに気づいた。

「賢妃、具合が悪いの？」

「い、いえ……」

彼女は首を横に振るが、顔色がどんどん青くなり、身体《からだ》をフラフラさせている。

「賢妃、大丈夫？　どこかで横に――」

千花が言いかけたとき、韋賢妃は意識を失ったように身体を大きく揺らし、椅子からずりおちかけた。

「賢妃！」

玄覇があわてて彼女を抱き留める。韋賢妃は白目を剝《む》いて痙攣《けいれん》しはじめた。

「誰か桶を持ってこい！」

玄覇が怒鳴ると、階の下から宦官が飛ぶように駆けてきた。宦官が桶をそばに置くや、玄覇は韋賢妃を四《よ》つん這《ば》いにさせて、顔の下にずらす。それから、彼女の喉《のど》に指を突っ込んだ。

「ひっ」

楊淑妃が悲鳴をあげて顔を背け、握っていた手絹で口元を押さえる。韋賢妃が、苦しげに胃の中のものを吐きだした。貞玉は、韋賢妃の侍女だというのに蒼白《そうはく》になって立ち尽くすだけだ。

「太医《たいい》を呼んできて。あと、誰か水を」

千花は手近の宦官に命じると、卓に置いていた蓋碗《がいわん》の中の茶葉を捨て、宦官が下から運んできた水を碗に注いだ。

「うう――」

韋賢妃が涙目で首をかすかに振った。恥ずかしさと苦しさでいたたまれないのだろう。

「賢妃、苦しいだろうが、吐け。吐かなければ、楽になれないぞ」

玄覇の励ましが聞こえているのかいないのか、韋賢妃は喉に刺激を受けるままに吐き続ける。

「千花、その水を」

「は、はい」

千花が渡した碗を玄覇は韋賢妃の口元に持っていき、口を濯《すす》がせ、さらに吐くように促している。結い髪が乱れた韋賢妃の姿には、先ほどまでの元気はまったく見られない。

みなが青ざめて立ち尽くす中、玄覇だけが冷静に韋賢妃の背を撫《な》でる。

（いったい何が……）

あまりの事態の急変に千花は混乱しそうになるが、なんとか気持ちを立て直す。詠恵から渡されていた手絹を宦官が持ってきた盥《たらい》の水につけて絞ってから、韋賢妃の頬を拭《ぬぐ》ってやった。

「どうして……」

疑問を口にすると、階を駆け上がる複数の足音がした。

年配の太医が韋賢妃の傍らに膝をつき、息を切らして跪《き》礼《れい》をしようとする。

「こ、皇上にご挨拶を――」

「いいから、賢妃の脈を診《み》てくれ」

命じられて、あわてて彼女の手首をとる。しばらく脈を診てから、低くつぶやいた。

「おそれながら、賢妃さまは毒を盛られたかと存じます」

千花は息を呑《の》んで太医と韋賢妃を見比べる。玄覇は驚きもせず応じた。

「それはわかっている。賢妃が痙攣を起こしたからな。毒が何かわかるか？　辰砂《しんしゃ》か砒霜《ひそ》か」

「何の毒を盛られたかまでは――ただ、皇上のご処置がお早かったため、大事には至らないかと存じます」

「わかった。ともあれ、解毒薬を調合してくれ」

「はい」

年配の太医が去ると、若い太医が韋賢妃の容態を診て、彼女をその場に横たえる。それから、千花と楊淑妃を見比べた。

「おふたかたには、なんの御症状もないのでしょうか？」

指摘されて、目を見張る。確かに同じく食事をしていたのに、千花と楊淑妃にはなんの変化もない。

「……ないわ」

「わたくしにもございません」

平静な楊淑妃の声がにわかに湿り気を帯びた。

「ただ、気になっていることがございます。わたくしと貴妃さまが口にしていない料理を賢妃さまは食べています」

「それはなんだ？」

玄覇の問いに、楊淑妃は厳かに答える。

「東坡肉ですわ」

それから、楊淑妃は千花を見つつ身体を震わせた。

「あれは賢妃さまのご先祖に捧げるものだから、賢妃さまにだけ食べてもらおうと思うと貴妃さまからは提案されました。食べる方が制限されるのであれば、毒を盛りやすいかと存じます」

千花は呆然《ぼうぜん》とし、それから首を必死に振った。

「ど、毒なんて盛らないわよ。盛る理由がないのに」

韋賢妃に恨みなどない。それなのに、なぜ毒を盛る必要があるのか。

「賢妃さまは朝礼に出ず、貴妃さまにあからさまに反抗していらっしゃいました。この間もおかしな言いがかりをつけましたもの。貴妃さまがご不快に思い、この機に毒を仕込もうとされても不思議ではないのでは？」

「それくらいで恨みを抱いたりしないわよ。それに朝礼には出るようになったわ」

「腹に据《す》えかねていたのではございませんの？　もしくは先んじて殺そうとされたか」

楊淑妃が手絹を口元に当て、恐ろしそうに千花を目の端で捉える。

「まさか、こんなことになるなんて」

阿欣と貞玉が千花を鋭く睨む。宦官たちが意味ありげに視線を交わしている。焦りに突き動かされるように、千花は否定を続ける。

「違うわ、わたしは――」

「おそれながら、東坡肉をこしらえたのは、御膳房の見習いの標です。彼を調べるのが先かと存じます」

穏やかに割って入ったのは詠恵だ。微笑む彼女は余裕を持って亭の中の人々を見渡した。

「毒を混入させる機会が一番あったのは、標です。貴妃さままではございません」

「詠恵!!」

とっさに怒鳴ったのは、このままでは標が毒殺犯に仕立てられると危ぶんだからだ。

「……でも、その標とやらには、貴妃さまがご指示を出されたのですよね？」

訝《いぶか》しげにする楊淑妃に、千花は標をかばわねばと意気込んで答えた。

「そうよ。標にはわたしが指示して作らせたから、わたしが作ったも同ぜ――」

「貴妃さまは宴のご準備のため御膳房を出入りされていましたから、貴妃さまが毒を混入するのは難しかったかと存じます」

　口を挟んだ詠恵は、あくまでも千花を守ろうとする。

「わかった。御膳房の見習いの標を宮正司《きゅうせいし》に至急送り、取り調べよ」

　宮正司は宮女や宦官などの後宮で働く者たちを取り締まる役所だ。宦官が取り調べに当たり、ときには拷問《ごうもん》をしてまで供述を得ることもある悪名高い組織である。

「標がそんなことするわけないでしょ!?」

「していないのなら、取り調べの場でそう証言すればいい」

　玄覇の声が冷淡で、頭に血が上る。

「いい加減にして！　誰も毒なんて盛ってない！」

「おまえもだ、貴妃よ。標の取り調べが済むまで、禁足を命じる。今すぐ芳華宮に戻れ」

　勅命《ちょくめい》が信じられず、彼を凝視するが、玄覇の顔は腹立たしくなるほど冷徹だ。

「わたしは――」

「皇上、この件は厳正に取り調べをしていただきたく存じます。そうでなければ、他の者たちに示しがつきませんもの」

　楊淑妃の発言を聞き、玄覇は深くうなずいた。

「わかっている。余の後宮に、毒を盛る者など必要ない」

「さすがは仁愛深しと皇太后さまがお褒めになられた皇帝陛下ですわ」

「宮正司には拷問を禁ずると伝えておけ。身体を痛めつけて得られた証言は信用しない」

皇帝付き宦官が頭を下げてから場を辞した。

楊淑妃が小さくつぶやく。

「そんな甘いことでよろしいのかしら」

「詠恵。早く貴妃を連れて芳華宮へ戻れ。門を鎖《とざ》し、誰も出入りさせぬように」

「心得ました」

千花の手を詠恵がそっと引いて誘導する。

再度玄覇を見つめるが、彼は目を合わせようともしてくれない。

（……黙って引き下がると思ったら、大間違いよ）

必ず標を助けてみせる。

唇を引き結ぶと、千花は裙の裾《すそ》を翻《ひるがえ》して下界へと降りる階に足を踏みだした。


それから三日、千花はやきもきしつつ禁足の命に従い、芳華宮の中でおとなしくしていた。

四日目の昼餉《ひるげ》のあと、化粧をせず、地味な襖裙と褙子《うわぎ》を着て、食籠を手に芳華宮を出る。

澄ました顔をして道を歩くが、すれ違う宮女も宦官も千花とは気づかない。

（おお、想像以上にうまく化けていたのね）

目立たないように粛々と歩いて向かうのは、御膳房だ。回廊を進んで御膳房に入ると、厨師たちは昼食のためか見当たらず、清恩と中年の男が額《ひたい》を突き合わせるようにして話し込んでいた。

「それじゃ、標の取り調べはまだ続きそうなの？」

清恩が頰に手を当てて心配そうに問うと、狸《たぬき》に似た丸顔の中年男——副厨師長の郭方正《かくほうせい》が大きくうなずいた。方正は宦官ではないが、長らく御膳房で働く熟練の厨師で、誰からも信頼されている。

「みたいですぜ。標は何も知らないと言い張ってるってのに、まだ調べるって話です」

「いつになったら解放されるのかしらね……あら、そこの宮女さん。いったいなんのご用？」

「厨師長、わたしよ。貴妃よ」

千花が近づきながら告げると、ふたりは顔を見合わせたあと、肩をすくめた。

「バカを言っちゃいけないわ。貴妃さまは、もっとこう……キラキラしてるわよ？」

「そうそう。一度見たら忘れられない、目がパチーっとした鼻筋スラーっとした美人……んん？」

目の前に立ってやると、清恩と方正がまじまじと見つめてから互いに顔を合わせた。

「ねえ、方正。貴妃さまってこんなに存在感なかったかしら？」

「いや、もっと目力がありますぜ。さすがは寵姫さまって感じの圧を顔面から感じるんですが」

「それは化粧の力よ！　いつも厚めにしている化粧を今日はしてないから！」

「じゃあ、貴妃さまに質問。あたしがこの間作ってあげた前菜の名前は？」

「鳳凰展翅《てんし》よ」

「本物!?」

清恩と方正が競うように顔を近づける。

「ええ、目は……あの睫毛《まつげ》バサバサの杏仁《あんにん》型の目は!?」

「それは詠恵がいつも目の際《きわ》を黒い線でぐりっと取り囲んでるのよ。睫毛も宝譚《ほうたん》から取り寄せた特注を貼りつけてるの！」

宝譚は西域《さいいき》にあり、西のほうの珍しい物品が集まる交易都市として名高い。

「鼻がいつもより低いのはなぜなんですかい？」

「詠恵が宝譚由来の顔面が立体的に見えるっていう化粧法を施してるのよ」

「唇は？　あのプルプルツヤツヤした唇はどこにいったの？」

「あれも宝譚から取り寄せた、特別な口紅を塗ってたのよ」

食籠をそばの作業台に置いて腰に手を当て、ふたりを見比べる。

「信じてくれる？」

「……信じるしかないようね」

清恩が小指を立てた手を反らした顎に当て、千花をとっくりと見下ろす。

「貴妃さまは顔も見事に料理してたわけね」

「それにしても詠恵どのは腕がある。抜群の技術に感服するしかありませんぜ」

方正が親指を立てて詠恵を称賛した。

「そうなの。詠恵ってばすごいのよ」

万事に気が利く詠恵は、化粧術も長《た》けている。他の妃嬪たちに顔からも圧をかけていくという方針を立てると、そのための道具を揃《そろ》え、千花の顔を愛され感マシマシに仕上げたのである。

「詠恵ちゃんのこと、ただ者じゃないと薄々感じていたけど、やっぱりそうだったわね」

うなずくふたりを見ながら胸がうずいた。そんな優秀な侍女である詠恵を怒鳴ったのに、彼女は冷静沈着で、千花に今後の行動について示唆《しさ》してくれた。

『貴妃さま。皇上が禁足を命じたのは、たとえ愛妃でも事件とあらば平等に扱うと示すためです。二、三日おとなしくしてから、手がかりを探しに御膳房に参りましょう』

彼女は千花の手を握り、穏やかに諭《さと》した。

『まずは標を宮正司から出さなくてはいけません。拷問を禁ずると皇上は命じましたが、貴妃さまの敵がこの機に宮正司の宦官に賄賂《わいろ》を送り、密《ひそ》かに拷問を行わせるという可能性は捨てきれませんわ。標が、貴妃さまに命令されて毒を盛ったと証言でもしたら最悪です』

千花はすでに陰謀に巻き込まれているのだ。だとしたら、早期に解決する必要がある。

「それにしても貴妃さま。あなた皇上から禁足の命を出されているんでしょう？　命は解けたの？」

「まだ」

「勝手に出てきたんですかい？」

目を丸くする方正に、千花はこぶしを握って訴えた。

「だって、標を助けなくちゃいけないでしょ？　宮正司に長く拘束させるのはよくないって詠恵が言っていたわ」

玄覇が拷問を禁ずると命じたのは、宮正司での取り調べで頻繁《ひんぱん》に行われているからだ。だからこそ、わざわざ禁令を出したのである。

清恩と方正は、顔を見合わせてから肩を落とした。

「貴妃さまのおっしゃるとおりですぜ。宮正司に捕まえられて、やってないことをやったって言った奴は数知れずだ」

「宮正司に送られる前、やってないなら絶対に認めるなと標には言ったけれど……大のおとなだって悲鳴をあげるような拷問を受けることもあるのよ。もしも、そんなことになったら、あんな子どもに耐えられるとは、とても……」

清恩は半顔を手で覆《おお》った。

「……わたしのせいだわ」

千花は唇を嚙《か》んだ。想像もしなかったとはいえ、標を巻き込んでしまった。

「貴妃さまのせいじゃないわ」

「いえ、わたしのせい。だからこそ、標を助けたいの。厨師長、当日のことを知っている厨師は誰かいない？」

東坡肉に毒を入れた者がいるなら、誰かが見たかもしれない。

「それはもう宮正司が聞き込みに来たのよ。標もだし、他の誰かが毒を入れている様子はなかったですって」

清恩の返答に、方正が付け足した。

「どうやら八角は入れすぎてたようですがね。通りすがりの厨師が目撃したが、忙しかったから何も言わなかったって話ですぜ」

八角は東坡肉に入れる香辛料である。臭みを消して華やかな香りをつけてくれる。

「そう……」

「そもそも、毒を入れるとしたら用心して入れるでしょうし、誰も見てないってことが無実の証明にならないのよね」

「ただし、有罪の証明にもなりませんぜ。宮中での毒殺事件は、そのせいでうやむやに終わることが多いんだから」

腕を組んでうなずく方正に唖然《あぜん》とした。

「そんなにあるの？　毒殺事件」

「十年前には皇太后さまに毒が盛られる大事件が起きたのよね……」

絶句する千花に清恩は首を左右に振ったあと、こぶしを作って顔を引きつらせた。

「代替わりして早速やられるとは、あたしたちにも落ち度があったってことよ。犯人を見つけたら、捌《さば》いて湯の鍋にぶちこんでやろうかしら」

「きっといい出汁《だし》が出ますぜ」

物騒になりそうな話題を千花は元に戻す。

「宮正司はここも調べたんでしょ？」

御膳房に毒を置いているはずはないが、それでも調査はしただろう。

「ここだけじゃなく、宮城の外にある標の部屋も調べに行って、私物も全部持っていったそうよ」

後宮の西門の門外には、標たち見習いの寮がある。そこも当然調べられたのだろう。

「毒はなかった？」

「て話ですぜ」

「じゃあ、標に関係するものはもうどこにもない？」

とたんに、方正が千花と清恩の間に視線を動かす。清恩が怪訝そうに眉を寄せた。

「どうしたのよ？」

「実はひとつだけありますぜ」

「どこに？」

「その……乾貨の貯蔵庫に……」

「御膳房に私物は持ち込み禁止でしょ。なんでそんなところに標の持ち物があるのよ」

「それは見てもらえばわかるというか……」

歯切れの悪い方正の返答に、清恩が目を剝いた。

「まさかとは思うけれど、標が本当に毒を盛ったんじゃないわよね!?」

千花が清恩の疑惑に疑問で応じる。

「賢妃に毒を盛る動機が標にある？」

「ないわよねぇ」

「標の持ち物は、毒とは無関係ですぜ。今持ってきますから」

方正が厨房の奥にある乾貨の貯蔵庫に向かった。この間、千花が宴の準備をしていた場所のさらに奥まった位置にある小部屋だ。

しばらくして戻ってきたとき、方正の手には蓋《ふた》をした壺《つぼ》があった。

彼は作業台にそれを置くと、蓋に手を触れる。千花が覗き込むと、方正が蓋をはずした。とたんに腐った魚の臭いが立ちこめる。

「うぐっ」

鼻を手で覆って顔をそむけた千花とは異なり、清恩は無造作に壺に手を突っ込んで中のものを取り出した。

「なんだ、鹹魚《かんぎょ》じゃないの」

「そ、それが鹹魚。初めて見るっていうか、臭いをかぐっていうか……」

右手で鼻を押さえたまま清恩が手にしている干し魚を見る。

鹹魚は塩漬けにした魚を半発酵《はっこう》させ天日干しにしたものである。強烈な臭気があるが、塩気と旨みがあり、特に端州《たんしゅう》のものは有名だった。

「貴妃さま、見たことないの？」

「話には聞いたことがあるけど、麗州《れいしゅう》では食べないものだから」

「ああ、仕方ないわねぇ。これを好むのは端州の近隣だもの」

清恩は手にしていた魚を愛《いと》しげに見てから方正に視線を移す。

「これ、標が端州から持参してきたものなんでしょう？」

「寮に置いていたら、臭いから捨てろって同室の奴に言われたって話で。泣きつかれたんですよ。故郷の味だから、捨てたくないって」

方正の言葉に胸を衝《つ》かれた。

（嘉国四十州。好まれる味も食材も違う）

それは承之から教わったことだ。嘉の国土は広く、地方ごとに気候が異なり、採れる食材もさまざま。この国では、各地方の人々が同じ太陽の下で違うものを食べているのだ。

清恩が派手に顔をしかめた。

「情けないわねぇ。厨師になろうって奴が、鹹魚の臭いを嫌がるなんて」

「それは仕方ねぇことですぜ。慣れてない奴にはつらいもんですから」

「だから預かってやったわけ？　相変わらずね、方正。人がいいというか、なんというか」

「そう言われても、標みたいなガキから頼まれたら断れねぇですぜ。だから、調理のために仕入れたと門衛に言って、貯蔵庫に持ち込んでおいたんです」

厨師は、毎回の出入りのたびに門衛から身体検査をされる。毒を持ち込んだり、高価な食材を持ち出したりさせないためだ。

千花はふたりの会話に割って入る。

「それ、宮正司は調べたの？」

「調べましたぜ。蓋を開けた瞬間閉めて、持って行くのも拒みやがりましたが」

「どいつもこいつも、情けないわねぇ。貴妃さまは興味あるでしょ。味見してみる？」

「え？」

腰が引けている千花をよそに、清恩は鹹魚をまな板にのせ、菜刀《ほうちょう》で端を切り落とした。鉄の串に突き刺して竈であぶり、千花のもとに持ってくる。

「さ、どうぞ。厨師はね、未知の食材を前にしたら、嫌がるどころか目を輝かすもんよ」

そう言われたら、引き下がれない。闘志を燃やして鹹魚をつまむと、口に入れた。嚙みしめると、ふくよかな旨みが舌に広がる。

「……おいしい。鼻に抜ける臭いがちょっときついけど」

この味を口にしながら、標は望郷の念を抑えていたのだろうか。

「大事に食ってたみたいですぜ。都じゃ手に入らねぇもんだから」

「……みんな、故郷の味が一番だと思っているものね」

千花はしんみりとつぶやいた。もっとも、千花には故郷の味がなく、承之の味が故郷の味なのだが。

「それにしても、何匹入れているんだろう」

壺いっぱいに収まっている鹹魚を取りだしていく。六匹はあるだろう鹹魚を取りだしてしまうと、底に星形の実を見つけた。

「これは――」

目の位置まで持ってきて表裏と動かす。

「シキミじゃないの！」

驚愕《きょうがく》をあらわにする清恩に、方正は力の抜けたような声でうめいた。

「……とんでもねぇことだ。どこから持ち込んだんだ、標は」

「御膳房にないわよね、シキミは」

千花の問いに、ふたりとも眉を吊りあげた。

「当たり前よ。シキミは八角に似てるけど、死に至る毒なんだから！」

「八角を仕入れるときだって、混ざっていないか目を凝《こ》らして確認するんですぜ。もしも、八角と間違って料理に入れちまったら、中毒を起こしちまう」

経験豊富なふたりの厨師の発言にうなずいて、シキミを見つめる。

シキミは清恩が言ったとおり、誤って口にすると、嘔吐《おうと》や意識障害、痙攣を引き起こし、最悪の場合、死を招く毒である。果実は八角とよく似た形をしているが八角よりは小さめで、かつ実の先端が鋭く尖っているのが特徴だ。加えて、八角の香りは甘いが、シキミの香りは抹香《まっこう》に近いから、慣れれば見分けるのは難しくない。

「……まだ見習いの標じゃ、見分けがつかなかったのかもしれないわね」

標が八角を入れすぎていたという厨師の証言があった。経験があれば、香りが立たないことで八角ではないと気づくだろうが、標にはわからなかったのだろう。

「しかし、標はどこからシキミを手に入れたのかしら。そもそも、東坡肉に八角に似ているシキミを入れるだなんて……そこまで知恵が回るなんて、信じられないわ」

清恩が眉を寄せてつぶやけば、方正は腕を組んでうなずいた。

「あの標が、そんな悪賢いとは思えねぇですがね」

考え込むふたりを見て、脳内に黒い思考がじわりと広がる。

(いたじゃないの、シキミを入れられた人間が)

あのとき、見張りに来た蓮児であれば、隙をついてシキミを投入できたはずだ。

(でも、あの子もそんな気が利くとは思えない)

黒幕が必ずいるはずだ。

(あぶりだしてみせるわ。待ってなさいよ)

千花は決意を込めて、シキミを握りしめた。


翌日、芳華宮に呼び出した蓮児を、千花は客庁《きやくま》で出迎えた。

壁には織機《しよつき》を動かす娘たちを描いた仕女図《しじよず》を飾り、棚には青磁の水仙盆や白磁の壺を置いた、実に上品な空間だ。漆《うるし》塗りの卓の前に座った千花は、女主人らしく鷹揚《おうよう》に微笑んでやる。

「貴妃さま、ご機嫌麗《うるわ》しゅう」

千花の前で万福礼をする蓮児は、震え声で挨拶をする。

「いらっしゃい、蓮児。楽にして」

「ありがとうございます」

詠恵に促されて椅子に座った蓮児は、うつむいて裙の布地を摑んでいる。千花は蓋碗で茶を飲みながら、蓮児の様子をひとしきり観察する。

（そんなふうに目をそらしていたら、隠し事があるんだと疑われちゃうわよ？）

心の中でつぶやきつつ蓋碗を卓に置くと、微笑んで話を切りだした。

「賢妃の容態はどう？」

蓮児は肩を揺らしてから慎重に口を開いた。

「おかげさまで快方に向かっています。今朝はお粥を残さず召し上がりました」

「よかったわ。わたしも心配していたの。お見舞いに行きたいのだけれど、皇上に禁足を言い渡されている身でしょう？　だから、あなたに来てもらったの。わざわざ足を運んでもらって、ごめんなさいね」

「とんでもない。貴妃さまのお呼びとあらば、喜んで参ります」

「だったら、よかった。心苦しかったのよ、あなたを呼びだすのは」

手を合わせて、にっこりと笑ってやる。彼女がぎこちなく微笑んだ。

「貴妃さま、どうかご遠慮なく」

「では遠慮なく訊《き》いてしまうけど、あの日の標の様子を厨師に聞き込みしたの。そうしたら、あなたが標と親しげに話していて、色々と手伝っていたと聞いたわ。みんな、あなたが標と同郷だと知っていたから、特に不思議だと思わなかったと言っていたけど、どんなふうに手伝っていたのかしら」

蓮児がとたんに目をきょろきょろと動かしだした。

「蓮児？」

「その……道具を手渡したりしたと思います」

「あら、どんな道具を手渡したのかしら。教えてほしいわ」

「それは……菜刀《ほうちょう》とか、です」

「ふうん、菜刀ね。肉を煮ているときに、菜刀を手渡すの？」

千花の簡単な追及に、蓮児はもううつむいて言葉を詰まらせている。

「ねえ、蓮児。標は肉を調味液で煮ているときに、八角を入れすぎていたらしいの。八角はとても香りが強いから、一個でも香りが立つのよ。入れすぎていたってどういうことかしら？」

「わ、わかりません」

蓮児は震え声で答える。千花は蓋碗を手にすると、わざと時間をかけて茶を飲んでから、碗を卓に置いた。ことりと鳴った音にすら、蓮児は肩をすくませる。

「……詠恵がね。この間、阿欣とあなたが親しくおしゃべりをしていたところを見たのよ」

嘘《うそ》だというのに、蓮児はがばりと頭を上げた。

「それにね。わたし、もう見つけちゃったのよ。東坡肉に入れられていた毒を。厨師が目撃したことを証言してくれたわ。あなたが乾貨の貯蔵庫に入っていった――」

「わたしは頼まれただけです！　淑妃さまに、シキミを渡されて、それを東坡肉に入れろって！」

蓮児が半泣きでした告白は、千花の推論とピタリと当たっていた。

（黒幕はやっぱり楊淑妃だったのね）

東坡肉を韋賢妃だけに食べさせると知っていたのは、楊淑妃と千花だ。楊淑妃は東坡肉に毒を盛り、あわよくば千花と韋賢妃を同時に片づけようと目論《もくろ》んだのだろう。韋賢妃が助かったとしても、かまわない。標を拷問して、千花に頼まれてシキミを混入したという証言を得られれば、少なくとも千花だけは排除できるとも考えたはずだ。

「ちょ、ちょっとだけ具合が悪くなるだけだからと言われたんです。賢妃さまを……ほんの少し懲《こ》らしめるだけだからって」

蓮児は両手で顔を覆って身体を震わせている。詠恵が彼女の肩をやさしく撫でた。

「まさか、こんなに大事になるとは思わなかったのですね」

「……け、賢妃さまはいつもわたしだけをお叱《しか》りになるから……つらくて……」

「それで淑妃の頼みを引き受けたのね」

蓮児が顔を覆ったままうなずく。千花はがっくりと首を垂れた。

（なんてことしてくれたのよ！）

おかげで標までとばっちりを食らっている。

「それにしても、なぜ鹹魚の壺にシキミを入れたのですか？」

詠恵の質問に、蓮児はようやく顔を上げた。

「し、淑妃さまに、標の持ち物にシキミを入れておけと命令されていたんです。でも、標の持ち物でわたしが接触できるのが鹹魚の壺しかなくて……」

「鹹魚の壺のことを標があなたに話していたのね」

千花の確認に、蓮児は神妙にうなずいた。

「みんなに臭いって抗議されたから、御膳房の貯蔵庫で預かってもらったんだって教えてくれたんです」

蓮児は同郷のよしみで打ち明けてもらったことを利用したわけだ。千花は眉間に指を当ててため息をついた。

（宮正司がシキミを見つけていたら、とんでもないことになってたわ）

確実に標が犯人にされていたはずだ。

「蓮児、その証言を皇上の前でしてもらえる？」

千花の提案に、蓮児は血相を変えた。

「む、無理です！　皇上の前でだなんて！」

そんな彼女に詠恵がやさしく微笑みかける。

「皇上の前で真実を打ち明け、ご寛恕《かんじょ》をお願いするのが、あなたにとってもっともよい道だと思いますよ」

「でも……でも……」

蓮児は両手を握り合わせて蒼白になっている。

「お願いよ、蓮児。標を助けるには、あなたの力が必要なのよ」

千花は身を乗りだして、懸命に訴える。蓮児の証言があれば、標が無実だと明らかにできる。

蓮児は悲愴《ひそう》な顔をして考え込んだ末、かすれ声を絞りだした。

「……考えさせてください」

「蓮児」

「きょ、今日一日だけ、考えさせてください！」

蓮児の切羽詰まった口調に、千花は詠恵と顔を見合わせた。詠恵がやわらかな声音《こわね》で応じる。

「今日一日だけですよ？」

「わかっています。考えてから、お答えします」

彼女は大あわてで立ち上がると、千花に頭を下げた。

「わ、わたし、帰らないといけません。また賢妃さまに叱られてしまいます！」

「……わかったわ」

本当はこのまま玄覇のところまで連れて行きたかった。が、怯《おび》えた表情の彼女にこれ以上負担をかけるのは無理だと判断する。

「それでは、失礼いたします！」

蓮児は逃げるように客庁を出ていく。千花は詠恵と顔を見合わせると、深い息を吐いた。


翌日、蓮児からの返事は、皇上の前ですべてを話すということだった。

千花はその知らせを受け取ってから、玄覇に楊淑妃を大光殿に呼びだしてほしいと頼む。四宝堂で元宵安平図を見せてやるという皇帝の計らいに、楊淑妃はふたつ返事で了承した。


韋賢妃の毒殺未遂から六日後の昼。

玄覇は楊淑妃を大光殿に呼びだした。大光殿の書斎の奥にある四宝堂はおとなが五人ほど集まると手狭に感じそうなほどにこぢんまりとした空間だ。歴代の皇帝が収集した青銅器や焼き物の中から極上のものだけが棚に並べられ、書や画の逸品も飾られて、閑雅《かんが》な空気が漂っている。

「まあ、これが元宵安平図なのですね」

ふたりの宦官が端と端を手にして広げた画は、元宵の夜の賑わう都・安平の様子が描かれている。

「あら、この子どもは飴《あめ》を持っているのね。それにこれは猫かしら」

「そのようだな」

「この楼閣《ろうかく》の描き込みは本当に細かいですわね。運筆が自然だわ」

弾むような声を聞きながら、彼女の横顔を眺める。

一度も陽《ひ》に焼けたことがないような羊脂玉《ようしぎょく》の肌と理知的なきらめきを宿した瞳。蜜《みつ》のような甘ったるい薫香《くんこう》を漂わせる佳人《かじん》は、自信に満ちた微笑みで玄覇を見上げた。

「本当にすばらしい絵ですわね。わたくしもこの絵の中に入りたいくらい」

年が明けて最初の満月の夜を元宵という。城市《まち》中に燈籠《とうろう》を灯《とも》すその日は、多くの男女がそぞろ歩きをする出会いの夜でもある。

(麗州で千花と歩いた夜を思いだすな)

恋人のフリをしてほしいという頼みに、千花は怪訝そうな顔をしてからうなずいた。

『わたしも店に来るお客さんに身体をさわられたりして困ってたんです。得をしそうだからいいですよ』

千花は玄覇に媚《こ》びを売らない唯一の女だった。千花が愛しているのは料理だけであり、玄覇はそこらの食材よりも興味を惹《ひ》かれない存在だった。

それを知ったのは、彼女が亀をさばく場面に立ち合ったときである。たまたま店の裏手に寄ったとき、千花は洗った亀の内臓を取りだそうとしていた。玄覇が声をかけても面倒そうな返事で、その目は亀の腹の中にしか向けられていなかった。

『王爺《おうや》はご存じか知りませんが、亀をさばくときに胆《きも》を破いて汁を漏らすと、肉が苦くなるんです』

千花は慎重な手つきで内臓を取りだしながら、話しかけるなと言わんばかりにそう語った。

『亀は高いから、めったに注文が入らないんですよ。この機会にさばきかたを学んでおかないと』

つまり、その瞬間、玄覇は亀以下だった。

この女だ、と玄覇は思った。恋人のフリを頼むなら、千花が最適だと確信できた。

「皇上？」

戸惑った声を聞き、楊淑妃に目を向けた。

「ああ、何か言ったか？」

「この男女は恋人同士のようですねと申し上げたのですわ」

楊淑妃が絵の一点を指す。城内を流れる運河にかかる橋のたもとに、若い男女がいた。

娘の結い髪に男が簪《かんざし》をさそうとしている。玄覇は特に深く考えることなく応じた。

「恋人ではなく、夫婦かもしれないな」

楊淑妃は一瞬面食らった顔をしたあと、ぎこちなく微笑んだ。

「……失礼しました。皇上のおっしゃるとおり、夫婦かもしれませんわね」

「ああ、いや……」

咳払いをする。彼女の欲しい返答はおそらく違ったものだったのだろう。

気まずい空気の中、ひとりの宦官が四宝堂の入り口に立った。

「皇上、ご膳の準備が調《ととの》いました」

折よく届いた知らせに安堵《あんど》しつつ楊淑妃を誘う。

「この間の宴は残念なことになったな。よければ、膳を共にしてほしい」

「仰せに従います」

しとやかに万福礼をする姿には非の打ち所がない。

（……母上のようだな）

その感慨が、玄覇の心中に楊淑妃への拒絶を生みだす。

母はおぞましい女だった。玄覇の父である世延《せいえん》の父――すなわち先先帝との間に関係を結び、玄覇をこの世に産み落としたのだから。

『玄覇はあなたの子じゃないわ。あなたの弟よ』

世延にそう告げた母の愉悦《ゆえつ》に満ちた声を、玄覇は生涯忘れないだろう。

（……俺が為すべきことは政だけだ）

自身の子などつくる気はなかった。こんな汚れた血をいったい誰が引き継がせようと思うだろうか。

（俺に必要なのは、俺を愛するフリをする女だけだ）

愛を捧げようとする女など要らない。

玄覇自身が自分を愛していないのだから。

「皇上？」

楊淑妃が不思議そうに見上げてくる。

媚びを含んだまなざしが心底わずらわしいが、玄覇は己に無表情を強《し》いて彼女を促した。

「では、行こうか」

重い足取りで居間に入ると、卓には十を超える皿が並んでいた。牡丹《ぼたん》や長春花《ちょうしゅんか》が咲いた青花や五彩の皿に、色合いにまで工夫を凝らされた料理が盛られている。

宦官が取り分けた料理に申し訳程度に箸をつけてから、蓋碗を手にした。楊淑妃は箸を止めて、玄覇を見つめる。

「……食欲がおありになりませんの？」

「いや」

蓋碗の蓋を持ち、碗の表面に浮かんだ茶葉をふちに寄せる。楊淑妃も蓋碗を手にしたが、蓋を操る手の動きがなまめかしい。

「お忙しい中、このようにお時間を割いていただき、大変うれしく思います」

上目遣いの目線には匂い立つような色香があった。並の男なら食いつくだろう彼女の美《び》貌《ぼう》を目の前にしても、玄覇の心は醒《さ》めていくばかりだ。

「そういえば、淑妃と過ごすのは初めてだな」

「はい。父と同じく皇帝をお支えする務めがようやく果たせると感激しております」

楊淑妃のはにかんだ笑みを白けた気分で眺めた。

(おまえの父親は俺を支えてなどいないぞ)

むしろ、朝廷から追いだしたい官人表では筆頭を占めている。楊宰相は玄覇を助ける気もなければ、国を富ませる気もない。彼は己の懐に余得を突っ込むことに夢中な貪官汚吏《たんかんおり》なのである。

「……そなたの父親には、もっと励んでもらいたいのだがな」

つい漏れた皮肉に、楊淑妃はなぜか目を輝かせた。

「皇上の仰せを聞けば、父は宰相としての働きが認められたと喜ぶはずですわ」

誇らしげに応じられ、内心で辟易《へきえき》しながら蓋碗の茶を飲んでいると、彼女は上機嫌で話を続ける。

「……父は常々申しておりました。長らく続く楊家に生まれたからには、宗室に嫁ぐのがわたくしの義務だと」

「そうか」

「父はこうも申しておりましたわ。婚姻《こんいん》には家と家との釣り合いが大切だと。鷹《たか》は鷹としかつがいませんし、虎は虎とつがいます。龍は……鳳凰とつがうべきですわ。龍が鼠《ねずみ》とつがうなど、聞いたことがありません」

蓋碗から目を離して彼女を見つめると、楊淑妃は朱唇《しゅしん》にあでやかな笑みを浮かべている。悪びれるところのない澄ました顔に、玄覇は冷ややかなまなざしを向けた。

「なるほど、一理あるな」

「恐れ入ります」

「しかし、あいにくのところ天高く飛ぶ鳳凰には興味が持てなくてな。余は地面をちょろちょろ走り回っている鼠のほうが好ましい」

楊淑妃の表情が凍りつく。だが、彼女は内心の動揺を押し隠すように平静を保ったまま口を開いた。

「なぜ鼠がお気に入りなのか、お聞かせいただきたく存じます」

「それはだな――」

説明しようとしたところで、宦官が蓋つきの器を持って恭しく入ってきた。宝物の入った箱のように卓にそっと置いて蓋をとる。中からは湯気の立つ東坡肉があらわれた。

「これは……」

楊淑妃が眉をひそめた。

「淑妃よ。この間はそなたの口に入らなかっただろう。今日はそなたのために用意させた」

宦官が東坡肉を小皿にとりわけ、彼女の前に置く。楊淑妃は、小皿は見向きもせずに器に視線を注ぎ、肉の上に何粒も盛られた八角のひとつを箸でつまんだ。

「……皇上、ご冗談がすぎますわ。これは八角ではなく、シキミです」

「それがシキミだとよくわかったわね、淑妃」

ほがらかな声とともに入室したのは、千花である。彼女は玄覇に向けてきびきびと万福礼をした。

「お邪魔をして申し訳ございません」

「かまわん。楽にせよ」

玄覇が許しを与えると、彼女は礼を解き、楊淑妃に笑いかけた。

「厨房など下賤の者のいる場所だと豪語していたのに、シキミと八角の区別をつけられるなんて、どういうことなのかしら」

楊淑妃は口元にうっすらと笑みを浮かべ、シキミを肉の上に落とした。

「わたくしのような立場の者は、いつのまにか下賤の者の恨みを買うおそれがあるからと毒について教わっておりましたの」

「いいえ。あなたが八角とシキミの区別がつくのは、八角と見せかけてシキミを混入させるように命じたからよ。さ、入ってきなさい」

振り返った千花が命じると、韋賢妃の侍女の蓮児が入ってくる。蓮児の背後には、まるで退路を断つように詠恵がついていた。

死人のように青ざめている蓮児は、卓の近くで膝立ちの姿勢をとった。下の者が上の者に謝罪する、あるいは申し開きをするときの格好だ。

「蓮児。わたしに打ち明けたことをここで洗いざらい話してちょうだい」

千花が促すものの、蓮児は身体を震わせるばかりで声を出せない。楊淑妃は肩をすくめた。

「皇上。いつまで経ってもこれでは、時間の無駄ですわ」

楊淑妃は汚物を見る目で蓮児を見下ろす。

「なんとか言ったらどうなの？　それとも、このまま石になるつもりかしら」

楊淑妃の皮肉を聞き、蓮児は唇を噛んでから平服した。

「お、おそれながら申し上げます。賢妃さまがお食べになった東坡肉にシキミを混入させたのは、わたしです。わたしが……わたしが標に頼んでシキミを入れさせました」

「蓮児、それは誰に指示されたことなの？」

千花が焦ったように口添えすると、彼女は肩を震わせてから半身を起こした。あふれる涙で頬がぐしゃぐしゃに濡れている。

「誰の指示でもございません。わたしが……賢妃さまをお恨みして、シキミを混入しました」

部屋の空気が重く冷たくなる。千花が蓮児のそばに膝をつき、彼女の顔を覗き込む。

「何を言っているのよ！　この間、わたしに打ち明けたでしょう？　淑妃にシキミを渡されて、東坡肉に入れろと命令されたって」

「それは……それは嘘です。わたしは誰にも頼まれていません。わたしは……わたしの一存でシキミを入れました」

楊淑妃は蓋碗を手にすると、蓋を繰って茶の表面に浮かぶ茶葉を端に寄せている。

「……なんて卑劣《ひれつ》な娘かしら。無関係のわたくしを巻き込もうだなんて」

「淑妃。あなた、蓮児に何を吹き込んだの!?」

千花が目尻を吊り上げて、声を荒らげた。

「おかしなことをおっしゃらないでいただきたいわ。わたくしは何も吹き込んではおりません」

楊淑妃は落ち着き払って、玄覇に小首を傾げた。

「皇上。いくら貴妃さまが後宮監督の権を預かっているといっても、無辜《むこ》の者に罪を着せる権はないはずですわ」

まったくの正論に、玄覇は蓮児を見下ろした。

「蓮児よ。賢妃に毒を盛るよう命じたのは、いったい誰だ？」

千花が不安げに玄覇と蓮児を見比べている。こんなはずではなかったのだと揺れる瞳が訴えている。

「……誰でもありません。わたしが……わたしが賢妃さまをお恨みして、シキミを入れたんです」

「標はなぜそなたの愚行に同意した」

綻《ほころ》びを見つけるべく畳みかければ、蓮児は何度も喉を鳴らし、消えそうな声で告白した。

「標とわたしは恋仲だったんです。標は、わたしが賢妃さまにひどい扱いを受けていることに怒っていて……それで、だから、わたしを助けてシキミを入れてくれたんです」

千花が呆然と蓮児を凝視している。その姿を痛ましい気持ちで眺めながらも、蓮児が自分と標を地獄《じごく》に突き落とす道を選んだことを告げねばならなかった。

「……蓮児よ。そなたの罪は重いぞ。標と私通をし、妃を殺害しようとした。宮正司で再度取り調べをするが、最悪の場合は死罪だ」

蓮児が肩を上下させてしゃくりあげる。膝立ちもできなくなり、座り込んだ彼女の膝に落ちる涙が、染みをいくつもこしらえていく。

「証言を翻すなら今のうちだぞ」

脅されたのだと一言でも弁解すれば、なんとか救ってやれる。だが、蓮児は涙まじりの息を吐いて、声を絞りだした。

「わ、わたしが自分の考えで毒を盛りました。だ、誰からも命令されていません」

涙をこぼす顔には絶望の色しかない。玄覇はため息をつき、置物のように部屋の端に控えている宦官に命じた。

「この娘を侍衛に預け、宮正司に連れて行け。標と証言を突き合わせ、委細を報告するよう命じよ」

「承知いたしました」

ふたりの宦官が蓮児の腕を引きあげて無理やり立たせる。よろめく彼女を引きずるようにして部屋を辞そうとする。

「蓮児、本当のことを言いなさい！　助けを乞うのよ！」

千花の叫びにも蓮児は振り返らない。重苦しい空気をものともせずに、楊淑妃は蓋碗を卓に置いて立ち上がった。

「皇上。わたくし、気分が悪くなりました。下がらせていただきたく存じますが、よろしいでしょうか？」

「かまわないぞ」

苦々しい思いでうなずいた。

（……完敗だな）

千花は玄覇と楊淑妃がそろった場で、蓮児に告発をさせようとしたのだ。しかし、千花の思惑は覆《くつがえ》され、逆に楊淑妃は潔白だと蓮児に証言させてしまった。

楊淑妃は軽やかな足取りで膝をついている千花の脇を通り過ぎ、玄覇を振り返って晴れやかに微笑んだ。

「皇上、楽しい時間でしたわ。こんどは邪魔が入らないことを切に希望いたします」

退室する楊淑妃は堂々としたものだった。彼女がいなくなると、詠恵が千花のそばに膝をついた。

「詠恵、わたし……」

「貴妃さま、しっかりなさってください」

途方にくれたふたりの様子を一瞥《いちべつ》してから、玄覇は最後に残った宦官に命令をくだす。

「俊凱を呼べ」

宦官が一礼をして去って行く。その姿を見送ってから立ち上がり、両手で顔を覆う千花の肩にそっと手を置いた。

四章　以毒制毒《どくをもってどくをせいす》

楊淑妃《ようしゅくひ》の告発に失敗した翌日。

千花《せんか》は後宮最上位の妃らしからぬ全力疾走で大光殿《たいこうでん》に向かっていた。

「き、貴妃《きひ》さま、お待ちください」

「ごめん、詠恵《えいけい》。待てない！」

答えを返すのももどかしく、隼《はやぶさ》の勢いで通り道を駆け抜ける。行きあう宦官《かんがん》や宮女が飛び退《す》さるのを目撃しても、詫《わ》びを言う余裕もなかった。

やっとのことで大光殿の門に飛び込むと、門庭に玄覇《げんは》と俊凱《しゅんがい》、それから数名の宦官がいた。

彼らが囲んでいるのは、地面に置かれた蓆《むしろ》だ。その蓆が膨らんでいることに気づくと、鼓動が一気に速まった。

息を整えながらゆっくり近よれば、宦官が互いに顔を見合わせて上目遣いで玄覇を見る。

「皇上、貴妃さまにお見せするのは――」

「見せて。わたしは後宮の責任者よ」

視線で彼らを射貫いた。玄覇が重々しくうなずき、宦官たちは中腰になって蓆をめくる。

あらわれたのは、標と蓮児の変わり果てた姿だった。

ずぶ濡れのふたりの顔はすっかり色を失い、瞼をきつく閉じていた。標の右手首と蓮児の左手首は短い縄でしっかりと繋《つな》がれている。

衝撃のあまりに揺らぐ身体《からだ》を、詠恵が支えてくれる。

「……誰に殺されたの？」

千花の問いに、宦官のひとりが礼をして答える。

「殺されたのではありません。心中でございます。これは我ら宮正司《きゅうせいし》の落ち度……収監していた牢《ろう》に鍵をかけるのを忘れたという話で。気づいたのちに急ぎ捜索しましたところ、ふたりが祥雲亭《しょううんてい》の下の池に身を投じていたのを発見しました」

「心中？」

あまりに突拍子もない単語に、千花は彼らを見渡した。

「心中すると思っているの、ふたりが」

「恋仲だと聞きました。だとしたら、この顚末《てんまつ》も納得できます」

「恋仲じゃないわよ！　そう主張するように命じられたのよ！」

千花の反論に宦官たちは顔を見合わせる。中のひとりが、機嫌を窺《うかが》うまなざしをして問いかけてきた。

「おそれながら、どなたに命じられたのでしょうか？」

「それは――」

楊淑妃だと喉《のど》元まで込み上げてきた返答を懸命に胃の中に押し返す。証拠もない言葉を放埒《ほうらつ》に口に出すわけにはいかない。

（落ち着け。わたしは後宮の管理者よ）

脳内を焦《こ》がす憤怒の炎を必死に鎮火させようとする。

死体を黙って見下ろしていた俊凱が、宦官に問いを投げた。

「ふたりは罪を暴かれて絶望し、たまたま牢の鍵が開いていたので手を取り合って逃げだし、しかし、捜索の手が及びそうになったために逃げきれないと観念して心中した。これがそちらの見解でしょうか？」

「仰せのとおりでございます」

顔を隠すように揖礼《ゆうれい》をする宦官に頰《ほお》が引きつる。あからさまな作り話を堂々と披露するのが信じがたかった。

「ふうむ、困りましたね。筋は通っている」

俊凱が天を見上げてから微笑《ほほえ》んだ。

「ちなみに、目撃者などは――」

「おりません。ふたりは、知らぬうちに逃亡いたしましたので」

白々しい返答に、千花は眉を吊りあげた。

「だったら、心中とは言い切れないじゃないの」

「しかし、蓮児という娘は一貫して標と恋仲だと証言しておりました。ですから、このようになったからには、心中であると考えざるをえません」

宦官が上目遣いで言う。

俊凱がため息をついた。

「わかりました。この一件はそのように片づけるしかないようですね」

「呉《ご》学士!?」

思わず声を荒らげるが、俊凱は千花の声が聞こえないかのように指示を続ける。

「では、経緯を記した報告を宮正司のほうで作成していただきたい」

俊凱の要求に、宦官たちは安堵《あんど》したかのようにうなずく。

「かしこまりました」

「今回の一件は鍵をかけ忘れた番人の落ち度によるものでしたね。このような粗忽《そこつ》な結果を招いたからには、懲罰《ちょうばつ》が必要かと存じます。追って皇上から指示を出していただきます」

公正ともいえる指示を聞き、彼らは互いに満足したような視線を交わしてから顔を伏せた。

「……それで終わりなの？」

千花の言葉を聞き、玄覇は宦官たちに命じる。

「いったん外で待て」

宦官たちが数歩退いたあと、背を向けて門から出て行く。門が閉ざされ、その向こうに彼らの姿が消えたあと、玄覇と俊凱に食ってかかった。

「おかしいわよ。ふたりが心中なんてするはずがない！　標は故郷に帰って店を開くと言っていたのよ!?」

「千花。気持ちはわかるが、蓮児の証言からはこの結論が導きだされても仕方がない」

玄覇に突き放すように言われ、千花は声を荒らげた。

「仕方がないはずがないでしょ!?　明らかに殺されているじゃないの!?」

「ええ、貴妃さまのおっしゃるとおりです。このふたりは殺害されています」

何でもないことのように言われて唖然《あぜん》とする千花をよそに、俊凱は淡々《たんたん》と説明を続ける。

「捜索の手から逃れられないと観念して心中したとするならば、ふたりには時間がなかったはずです。それなのに、互いの手首をわざわざ縄でつないだ。しかも余りがほとんどなくなるほど短い縄を使ってです。そんなことに手間をかけるくらいなら、さっさと水に飛び込めばいいというのにです」

ふたりを馬鹿《ばか》にされた気になり、千花は眉をきつく寄せた。

「確かにわざとらしいけど、心中に見せかけるためでしょ？」

「では、なぜそれほどまでに心中だと見せかけたいんですか？」

俊凱に質問されて、言葉に詰まった。

「それは……」

作為のしすぎでわざとらしく、過猶不及《すぎたるはなおおよばざるがごとし》という状態だ。そこに意味があるというのだろうか。

「ごまかすのに失敗しただけじゃないの？」

「違います。韋賢妃《いけんひ》毒殺未遂事件はこのふたりの心中で決着をつけたいという黒幕の意志のあらわれです」

千花は目を見開いた。

（つまり皇上が言っていた、こういう結果になっても仕方がないってこと？）

恋仲のふたりが共謀《きようぼう》して韋賢妃を毒殺しようとしたというのが蓮児の証言だ。その果てに宮正司に捕らえられ、未来に絶望して心中を図ったという筋書きは確かに成り立つ。そして、何も知らない人間ならば、この物語に納得し、事件はそれで解決を迎えるだろう。

しかし、ふたりを知っている千花にとっては、信じがたい作り話にしか思えない。

「でも、こんなのはおかしいでしょ。ふたりは殺されたのよ。罪を明らかにしないと――」

「これ以上調べれば、死人が増えますがよろしいですか？」

俊凱は微笑みを浮かべてはいるが、氷のように冷ややかな目をしている。

「どういう意味――」

「調べれば宮正司の誰かがふたりの殺害犯として登場するはずです。このふたりと同じように死体となっている可能性が高いですが」

自分を支えている詠恵を見ると、彼女が苦笑してうなずいた。

「遺書も見つかるかもしれませんわ」

「あのね、わたしが見つけたいのは黒幕よ⁉」

蓮児と標を殺すよう命令を下した人間――楊淑妃を処罰しなければ意味がない。

「蓮児の弟が今どこにいるかご存じですか？」

俊凱が唐突に話を変える。千花は振り回された気になりつつたずねた。

「な、何を言ってるのよ。蓮児の弟は賢妃の実家で働いているんでしょう？」

「蓮児の弟は韋家におりません。足の骨を折る重傷を負って、楊淑妃のご実家で静養しております」

「は？」

「蓮児が急に証言を変えたのは理由があるはずだと皇上からご下命を受けたので調査をしました。韋賢妃がお倒れになった宴《うたげ》の直前のことです。蓮児の弟は、外に出たときに楊家の軒車《けんしゃ》にひかれたそうですよ。そのために大怪我《けが》を負ったとか。楊家は韋家に治療と静養を請け負うと申し出て、蓮児の弟を引き取ったそうです」

「……どういうことなの？」

そうたずねたくせに、脳裏には結論が書かれていく。

「おそらく、蓮児は貴妃さまにした証言を翻《ひるがえ》すよう命じられたはずです。弟がどうなってもかまわないのかとでも脅《おど》されたのでしょう」

返答は想定内だった。血の気が引いていき、めまいすらする。

「貴妃さま、しっかり」

詠恵の励ましを聞きながら、俊凱を見つめた。

「……事故は偶然なの？」

「偶然ではありません。おそらく、楊淑妃は貴妃さまを追い落とすことに失敗した場合に備え、あらかじめ蓮児の弟を人質として確保することにしたのでしょう。さしたる理由もなく下働きを引き取ると申し出れば韋家の不審を招きかねない。だから、わざと大怪我をさせたのです。往診した医生《いしゃ》を見つけたので聞き込みましたが、傷が治ったとしても、元のようには歩けないだろうということでした」

俊凱の言葉が残酷すぎて、息を呑《の》む。うつむくと、蓮児の青白い顔が目に入った。おどおどと怯《おび》えた表情としゃくりあげて泣いていた姿を思いだす。

（……ごめん、蓮児。ごめんね）

最後まで助けてくれと言わなかった彼女は、弟を守ろうとしたのだろう。

(わたしが少しでも裏の事情を気づいてやれたら……)

千花が察してやれたら彼女を――そして、標を死なせずに済んだかもしれない。自分の不甲斐《ふがい》なさを握りつぶす勢いで、こぶしを強く握った。

「さて、貴妃さま。どうなさいますか？　黒幕に辿《たど》りつくまで調査をしますか？　それとも、ここで幕を引きますか？」

俊凱が選択を迫ってくる。千花は唇を引き絞って、玄覇と俊凱を見比べた。

(楊淑妃は逃げ切ろうとしている)

そのために蓮児と標に罪をなすりつけて殺した。これで終わりにしたいという彼女の意志をふたりの死体が語っている。

「……もしも、わたしが調べろと言ったら、どうするの？」

俊凱と玄覇をきつく睨《にら》む。俊凱は困ったような苦笑を浮かべて口を開きかけたが、玄覇が先に話しだした。

「千花。これ以上、犠牲《ぎせい》を出したくない」

玄覇のまなざしは真摯《しんし》だった。

「俊凱の言うとおり、調べても黒幕には届かない。その前に死体が生まれる。殺されるのは下々の者だ。助けてやりたくても、俺の手はすべての者に届かない」

玄覇は標と蓮児に視線を落とした。淡々としてはいるが、何かをこらえるようにかすかに眉を寄せている。

「だから、この件はここで打ち切りたい。ふたりには本当にすまないと思うが、これ以上の犠牲は出せない」

千花は唇を強く噛《か》み、握ったこぶしに力を入れた。

(このこぶしで殴るべきは、わたし自身の迂闊《うかつ》さよ)

守るべき者を守れなかったのは、千花の落ち度だ。

「……わかったわ。この件は楊淑妃のツケにしておく」

千花が放った言葉に、男ふたりが怪訝《けげん》な顔をした。

「わたしはね、ツケで飯を食う奴が大嫌いよ。だから、このツケは必ず楊淑妃から取り立てる」

ふたりを見比べて眦《まなじり》を吊り上げた。

「食い逃げは絶対に許さない。どこまでも追いかけて、ツケを払わせるわ」

それだけ言ってうつむくと、蓮児と標に手を合わせた。止まった時間を動かすように、玄覇が外の宦官を呼び寄せる声が響いた。

四日後、千花は皇太后が暮らす寿安宮《じゅあんきゅう》へと向かっていた。

食籠《じきろう》を手にした詠恵を連れて行く途中、御花園《ぎょかえん》に差しかかる。白木蓮《はくもくれん》の白い花が青い空に向けて咲き誇っている。所々に咲く緋《ひ》色の木瓜《ぼけ》の花が差し色のようで、遠目にも見ごたえがあった。

つい足を止めて花を眺める。人の世の喧噪《けんそう》など知らぬげな花たちを眺めていると、昔、承之《しょうし》に習った詩を思いだした。

「年年歳歳花相似《ねんねんさいさいはなあいにたり》、歳歳年年人不同《さいさいねんねんひとおなじからず》ってこういう気持ちをいうのかしら」

「どうしたんですか、貴妃さま」

詠恵がにこにこと笑いかける。千花は口元に作り笑いを貼りつけた。

「ううん、なんでもない」

宮中では侍女の死など花びらの一枚が落ちた程度にしか扱われない。蓮児と標の一件が公表されると、ざわめいたのは一瞬で、あっという間に話題にされなくなった。

ふたりの遺体は密《ひそ》かに運びだされ、横死した宮女や宦官が葬《ほうむ》られる郊外の墓地に埋められた。遺品は俊凱が人を手配して故郷に届けてくれるという。千花は自分の化粧料から弔《ちょ》慰《い》金を出した。

（蓮児の弟も助けだしたいけど……）

焦ればかえって危険にさらす、好機を待つようにと玄覇からは言い含められた。

（早く日常に戻らないといけないわ）

宮中の葬礼は皇族や品階を授けられた妃嬪《ひひん》のためにするもので、千花はふたりのために紙銭を焚《た》くことすらできないのだ。悲しみにひたる間などなく、今日も皇太后のご機嫌伺《うかが》いに足を運ぶ必要があった。

「……兄を恨んでいますか？」

横に並んだ詠恵に静かに問われて、千花は目を丸くした。

「呉学士のことを恨むわけがないわよ。当たり前のことを言ったんでしょ」

千花は再び歩きだした。玄覇と俊凱は起こった事態を正確に把握《はあく》し、次の犠牲を食い止めるという方向に注力しただけだ。

「わたしはわたしに腹を立てているのよ。わたしがもっと用心深く振る舞っていれば、もっと裏まで調べあげていれば、標たちを死なせることはなかったんじゃないかって」

悔恨が頭の中でくすぶり続けている。冷静でいなければと思うそばから義憤の炎が噴きあがった。

「貴妃さま。仇《かたき》を討ちたいなら、焦ってはいけません」

詠恵が穏やかに微笑んだ。

「虎は獲物《えもの》を狩るときに、茂みに隠れて近寄るそうですわ。なぜかおわかりになりますか？」

唐突に質問されて、顎《あご》に指を当てて考え込む。

「……獲物を確実に仕留めるためじゃないかしら」

「そうですわ。鋭い爪と牙を持つ虎でさえ、やみくもに獲物に飛びかかったりはしません。獲物を仕留められると確信できる距離までは待つのです」

「……鋭い爪と牙のないわたしなら、なおさらそうしろってこと？」

「さようです。狩りを成功させたいなら、自分のときが来るまで待つ。そして、ときが来たら、一撃で息の根を止めなければなりません。失敗したら、獲物は用心して次は近寄ることすらままならなくなりますわ」

詠恵の教えに、頭の中に巣食っていた黒い靄《もや》が晴れていく。雨続きのあとに太陽を見た人の気持ちでうなずいた。

「……詠恵、ありがとう。その気持ちで毎日を過ごすわ」

「貴妃さまがお元気になられたら、わたくしも安心です」

「しかし、詠恵は物知りね。化粧は上手だし、知識は豊富だし、すごいわ」

「お褒めにあずかり恐縮です。虎の話は兄に教わったんですよ。耳学問というやつです」

「呉学士も物騒なことを教えるのね」

「兄は四書五経のほかに、兵法も教えてくれたので」

「女の子に要るの？　兵法」

千花の疑問に、詠恵は花が咲くように笑った。

「女こそ必要なのです。腕力でごり押しできないのだから、知略を鍛えろと兄からはよく言われました。自分と自分の大切な存在を守るため、敵を欺《あざむ》き罠にかけるため、兵法家の技を身につけろというのが兄の教えです」

「うーむ、なるほど」

千花は何度もうなずいた。

「わたしもそうならないといけないわけね」

「宮中にはそこかしこに陥穽《かんせい》があります。うっかりはまったら、身の破滅を招いてしまいますわ。見破るためにも、兵法の技が必要なのです」

「わたしの師父も教えてくれたわ。生き抜くために、賢くなれって」

宮中は魔窟《まくつ》だ。善人であれば生き残れるのかといえば、そう単純ではない。標のように身に覚えのない罪をなすりつけられることすらあるのだから。

「貴妃さまであれば、大丈夫ですわ」

「いやいや、油断はできないわ。まずは今日を乗り切らないとね」

話しているうちに寿安宮についた。

寿安宮は歴代の皇太后が住む宮殿だ。後宮の東側の奥まった位置を占め、広い花園を備えた静かな宮殿である。皇帝崩御後、ここに暮らすのは皇后と女子を生んだ妃嬪である。男子を生んだ妃嬪は皇宮外の王府に息子と同居するのが通例だ。子がない妃嬪は、郊外の寺院に預けられるという。

　寿安宮の敷居をまたぐと、門庭の花壇の低木を侍女たちが剪定《せんてい》していた。千花を見ると、落ち着いた様子で礼をしてから、中のひとりが宮殿の中に来着を伝える。ほどなくして、皇太后付きの筆頭侍女・瑶月《ようげつ》があらわれた。三十代の丸顔の侍女は、満面の笑みをたたえて案内してくれる。

「貴妃さま、中にどうぞ」

「ありがとう」

　緊張しつつ宮殿に続く階を昇る。

（失礼のないようにしなきゃ）

　皇太后は玄覇の即位を後押しした大恩人である。先帝と玄覇の父は弟と兄という間柄。そのため、皇太后と玄覇は義理の叔母と甥《おい》という関係になる。しかし、玄覇曰《いわ》く、皇太后に仕えること実母に仕えるがごとくあらねばならないのだという。

（皇上がそこまで気を遣うなら、一介の妾妃《しょうひ》に過ぎないわたしなんか、もっときちんとしなきゃいけないもの）

　貴妃は高位といっても妻ではなく妾《めかけ》だ。千花は皇太后に頭が上がらない立場なのである。

　静々と母屋《おもや》に入ると、客庁《きゃくま》を通り過ぎる。

　親しくなると、客人を居間まで通してくれるものだ。千花も後宮に入った当初は客庁で挨拶《あいさつ》をしていたが、ここ最近は居間まで通してもらえるようになった。

居間に入ると、皇太后が椅子《いす》に座り、書見台に置いた経典を見ながら写経をしていた。

千花は彼女のそばで万福礼《ばんぷくれい》をする。

「皇太后さま、ご機嫌麗《うるわ》しゅう」

「お座り」

「ありがとうございます」

椅子に座ると、皇太后の様子を窺った。

結った髪に翡翠《ひすい》や白玉の簪《かんざし》を飾り、鈍《にび》色の襖裙《おうくん》を着ている。

地味な装いが美貌《びぼう》をかえって引き立てているようだ。

「貴妃よ。あと少しお待ち」

皇太后は流れるように字を書いていく。調和のとれた字形に感動しつつ応じた。

「あまり根を詰めないほうがよろしいのでは？」

別の間からあらわれた侍女がふたりの前に茶を置く。皇太后は筆を硯《すずり》の上に置くと、首を数回ひねった。

湯を張った盥《たらい》を手にした侍女を引き連れて、瑶月が皇太后に声をかける。

「皇太后さま、お手を」

「うむ」

卓に置かれた盥の中で手を洗いながら、皇太后はため息をこぼした。

「貴妃よ。妾《わらわ》は根など詰めてはおらぬのだぞ。暇で暇で、他にすることがないゆえな」

瑶月が差し出した手巾《しゅきん》で皇太后が手を拭くと、侍女が盥と手巾を引き取り、部屋を去って行く。どの侍女もよく躾《しつ》けられていると一目でわかるほど、動きに無駄がない。

皇太后は蓋碗《がいわん》を手にして蓋《ふた》を優雅に操り、茶葉を押さえつつ飲む。千花も蓋碗を手にすると、香りを嗅《か》いだ。茶の香りは弱く、飲み頃は過ぎてしまったようだ。

「あと二か月もすれば、南から新茶が届きますね」

「ときが過ぎるのは早いのう。そなたが入宮してそろそろ三月《みつき》になるか」

「まだまだ慣れません。そういえば、今日もまたお持ちしました」

「おや、今日の点心《かし》はいったい何ぞえ？」

皇太后の返答を合図に、千花の背後に控えていた詠恵が数歩前に出て卓に食籠を置いた。蓋をとれば、桃の形をした寿桃《ももまんじゅう》があらわれる。

「おや、寿桃か」

「お口にあえばうれしいです」

千花は皇太后のためにしばしば点心を作るようになった。

以前、玄覇に渡されるままに高価な文房四宝を贈ったが、そのときに皇太后から言われたのだ。

『来るたびに高価な品を持ってこようと考えなくてよい。妾は何も要らんのじゃ。むしろ、足が遠のくようであれば残念だからの』

それを聞き、千花は点心を作って持参するようになった。残れば玄覇に持って行けばいいし、たいして費用もかからない。

なにより、皇太后は喜んで千花の点心を食べてくれるのだ。

詠恵が食籠から皿を取り出して皇太后の前に置けば、彼女はうれしそうに頰を緩めた。

「さすがに商売をしていただけあるのう。形がきれいにできておる」

「御膳房《ごぜんぼう》の厨師《ちゅうし》たちにはとてもかないませんが」

あそこに集まるのは腕がいい者たちばかりなのだ。

皇太后が微笑んだ。

「それは当たり前であろう。毎日、仕事しておるのだから」

「わたしもそうしたいくらいです」

本音なのだが、皇太后は冗談だと思ったのか、ほがらかに笑う。

それから、寿桃を割って、口に運んだ。

「ふむ……これはちょうどよい。生地には弾力があるし、餡《あん》の甘さもよく調和しておる」

「よかったです」

千花は胸を撫《な》でおろした。玄覇よりも皇太后に点心を供するほうが緊張する。

ひとしきり点心を味わってから、彼女は蓋碗を手にした。茶を飲み、満足そうに言う。

「皇帝がそなたを後宮に入れると聞いたとき、正直、どうなるやらと心配しておった。だが、このように手土産《みやげ》まで持参して寿安宮に足を運ぶ感心な妃で、安堵しておる」

「皇太后さま、恐れ多いことです」

頭を下げる千花に、皇太后は目を細めた。

「貴妃だけでなく、皇帝も二日と空けず妾のもとに顔を見せる。しかも、皇帝は朝議にも欠かさず出て、政務に励んでいると聞く。詠恵よ。そなたの言うとおり、玄覇を皇帝に選んだのは正解だったぞ」

皇太后は、慈《いつく》しむようなまなざしを千花の背後に佇《たたず》む詠恵に向けた。詠恵は皇太后に仕えていたときも、知略を駆使していたのだろう。

「お褒めにあずかり恐縮です。ですが、お選びになったのは皇太后さまでございます。皇太后さまのご高見が、周嘉《しゅうか》の民を戦乱の危機から救ったのですわ」

詠恵が穏やかに切り返すと、皇太后は茶を飲んで息を吐いた。

「うむ、ほんによかった。皇帝の姿を眺めておると、妾は心安くいられる。間違った選択をしたならば、周嘉の民に顔向けできぬことになるところであった」

千花は目を見張った。

「皇太后さまは下々の者のことを心に留めていらっしゃるのですね」

正直、意外だった。身分の高い人間は楊淑妃のような高慢ちきばかりだと思っていたのだ。

「貴妃よ。妾の父は潮州《ちょうしゅう》の市舶使《しはくし》であった。交易の実務にあたり、つまりはこれが入る役所に勤めておった」

皇太后は蓋碗を手にしていない手の親指とひとさし指で銭を意味する円を作る。庶民的《しょみん》な仕草に思わず笑顔になってしまう。

「ところが、父は賂《まいない》を嫌う清廉謹直な官人であった。商人には平等に接し、港湾で働く者たちの不平不満を聞き入れて様々に調停してやることもあった。事故が起きれば、真っ先に駆けつけた。父は立派な官人であったと思う」

皇太后は茶を飲んでから千花を諭《さと》す。

「宮仕えの折々に、妾は父のことを思いだす。貴妃よ。後宮は政《まつりごと》に口を差し挟んではならぬというのが周嘉の祖法じゃ。しかしな。深宮にいるからといって、外の世に無関心ではならぬぞ。後宮の妃嬪というもの、日照りが続けば雨を乞うて祈り、水災《すいさい》の話を聞けば、内廷費を削って復興に助力するものじゃ。そなたも覚えておくのだぞ」

「は、はい」

背がピンと伸びる思いで返事をする。皇帝が崩御し、皇太子が決まらなかった空白期間、皇太后は皇帝代理として決裁をしていたという。皇后に選ばれたのも、おそらく才色兼備だったからだろう。

「皇太后さまの教えを心にしかと留めておきます」

「うむ。まあ、そなたも後宮の洗礼を浴びたようじゃから、これからはさらに気を引き締めていくことじゃ」

飲みかけた茶を危うく噴きだしかけた。千花は苦労して茶を飲みこみ、皇太后の表情を窺う。彼女は何もかも知り尽くした顔をしていた。

腹を決め、蓋碗を卓に戻して礼をした。

「……お聞き苦しい話をお耳に入れてしまい、申し訳ございません」

「宮中で安全に航海をしたければ、風を読めねばならぬ。風を読めぬ船頭は、船を港につけてやるどころか、転覆《てんぷく》させてしまうゆえな」

「……お教えいただき、ありがとうございます」

「そなたは三千の寵愛《ちょうあい》を一身に受けている身じゃ。ゆめゆめ用心せねばならぬぞ」

「はい」

千花は神妙にうなずいた。玄覇が他の妃嬪のもとに足を向けない以上、荒波をもろにかぶるのは仕方ないことだ。

「皇太后さま。おそれながら、皇太后さまが皇上に他のお方々に目を向けるようご教示なさったらいかがでしょうか」

進言したのは瑶月である。もっともな諫言《かんげん》なのだが、皇太后は眉を寄せて虚空《こくう》を冷たく見た。

「どの娘も妾のもとに挨拶に来るが、口にするのは不平不満ばかり。知恵を回すどころか、父親の名を振りかざせば愛情が得られると思っておるのじゃぞ。抱きしめれば親父《おやじ》の臭いがしそうな娘なぞ、皇帝とて嫌厭《けんえん》するであろう。あんな調子では、貴妃に負けて当然じゃ」

辛辣《しんらつ》な評価に驚いてしまう。皇太后は官人の娘で、どちらかといえば楊淑妃たちに同情的かと思っていたが、どうやらそうではないらしい。

「瑶月、先帝の後宮にもあのような女があまたいたであろう。その中で誰かいたかえ、寵愛を誇った者が」

「失礼いたしました。おりませんでしたわね」

「そうであろう。自《みずか》ら愚《おろ》かだと暴露する女に皇帝が手を伸ばすはずがない。才知もなく、覚悟もなく、愛嬌《あいきよう》もない。ないない尽くしの人間が甘い汁を吸えるほど、宮中はお気楽な場所ではないぞ」

一言一言が胸に突き刺さる。

皇太后は立后されてから十年経《た》つが、入宮の年はもっと早い。一歩一歩出世して、最後に至尊の地位を得た彼女の発言には重みがあった。

「肝《きも》に銘《めい》じておきます」

「うむ。そなたはどこかのほほんとしておったゆえ、心配しておったのじゃ」

「のほほん……」

そんなに頼りにならないように見えたのだろうか。

(燕窩《つばめのす》によだれを垂らしてる場合じゃなかったんだわ)

常時、食い気が先に出ていたことは否定できず、それがおまえの隙《すき》だと言われたらぐうの音も出ない。肩を落とすと、皇太后が蓋碗を卓に置く音がした。

「まもなく先帝の命日じゃ」

千花は弾かれたように顔をあげた。

「後宮の者たちにも伝えております。無事に法要を行うように準備を進めておりますから」

「うむ。粗相《そそう》はできぬからのう」

皇太后が深く息をついた。秀麗なかんばせには憂《ゆう》色が濃い。

「……夫婦になったからには共に髪が白くなるまで添い遂げたいと思っていたが……うまくいかないものじゃな」

「皇太后さま、元気を出してください」

ここで言っていい慰《なぐさ》めかわからないが、思わず口に出した。寂しそうな顔をされると、心配でたまらなくなったのだ。

「その……法要の日には、皇太后さまがお好きな点心を作ります」

「そなたは妾に点心を食べさせれば万事うまくいくと思っているようじゃのう。妾は孩子《こども》ではないのだぞ」

皇太后が呆《あき》れた顔をした。

「申し訳ございません」

「まあ、よい。では、豆沙酥《こしあんパイ》でも頼もうか。先帝もお好きであった」

「わかりました！　張り切って作ります」

気合の入った千花の返答に、皇太后は苦笑をこぼす。

「別に張り切らなくともよい。そなた、後宮の妃嬪が張り切ることは、皇帝の子を産むことじゃ。妾はのう、孫を抱いてみたいのよ」

赤子を抱えるような手つきをする皇太后に胸が小さく痛んだ。

（すみません、それはできないお約束です）

千花は雇われの身。その仕事は引き受けられない。

とはいっても、今は寵愛を受ける妃らしい返事が必要だった。

「励みます」

「うむ、しっかりな」

皇太后に微笑みながら、千花は膝《ひざ》の上で握った手に自然と力を入れた。

翌日の午後。千花は大光殿にいた。

作った粽子《ちまき》を玄覇に運んでやり、法要の準備について報告する。

几案《つくえ》に山を成す上奏文を脇にやり、彼の前に食籠から出した皿を置いてやる。

しかし、玄覇は皿に手を伸ばさず、手にした上奏文を読み続けている。横に座って話をしだせば、彼は上奏文に視線を落としながら耳を傾けてくれた。

「……というわけで、お供えものの用意は済ませました。料理は素斎《しょうじん》をご用意します」

「わかった」

彼が上奏文から目を離した。

「予想外にやらなきゃいけない仕事が多くなったな」

「いいですよ。貴妃の仕事ですから」

女避けの盾《たて》というより後宮管理の仕事のほうが多い気はするが仕方ない。

「しっかりやりますよ。皇太后さまに失礼はできませんから」

「そうしてくれ。俺が帝位を得ることになったのは、皇太后さまのおかげだ。おまけに、皇太后さまは政に口を挟むこともなく、俺にまかせてくれている。御恩は深い」

玄覇の言葉に千花もうなずいた。

「わたしも皇太后さまの御恩に報《むく》いたいと思っています。だって、わたしみたいな素性も知れぬ人間を後宮の住人として認めてくださったから。とってもやさしいお方ですよね」

玄覇が冷めた目つきになった。

「おまえを後宮に入れることをお認めになられたのは、おまえに有力な後ろ盾がないからだろう」

「そうなんですか？」

「皇太后さまのお父上は清廉潔白な官人と評判だが、それはつまり権力争いに加わるほどの野心はないということだからな。皇太后さまの頼りにはならない」

「つまり、楊淑妃みたいな方が寵姫になったほうが皇太后さまにとっては都合が悪いということですか？」

「そういうことだな。おまえは敵にならないと判断されたのだろう」

「なるほど」

千花は大きくうなずいた。皇太后の行動の裏にある思考に感心する。

「皇太后さまは楊家と確執がおありだからな。立后の際に楊宰相《さいしょう》が反対したせいで」

「楊宰相、色々反対しているんですね。それで、いったいどういう理由だったんですか？」

「それはだな――」

玄覇が説明しようとしたとき、詠恵が盆の上に蓋碗を載せて入室した。

「お邪魔でしたでしょうか？」

「お邪魔じゃないわよ。たいした話はしてないから」

「まあ、そうですか」

詠恵はにこにこしたまま千花の側に立ち、蓋碗をふたりの前に置いた。

「あ、そうだ。詠恵、皇太后さまが皇上を皇帝にしてよかった、詠恵のおかげだと言っていたでしょ？　何と助言したの？」

詳しく訊《き》こうと思っていたが、忙しくて後回しにしていたのだ。

「それは……お伝えしてもよろしいですか？」

玄覇に向けた許可に、彼はうなずいた。

「いいぞ」

「皇太后さま――わたくしがお仕えていた当時は皇后さまでしたが、恭王《きょうおう》殿下と衛王《えいおう》殿下の争いに心を痛めて……というか、腹を立てていらっしゃいました。跡継ぎを決めろと高圧的に皇帝陛下に迫るおふたりには元からご不快の念を抱いていらっしゃったのですが、皇帝陛下の崩御を嘆くことなく後継争いにうつつを抜かしていると怒り心頭でした」

「そりゃそうでしょうね」

大葬を行わないままに私利私欲で争っていたのだから、怒るのも無理はない。

「現実問題として、皇帝が決まらないのはとんでもないことです。まして内乱などしょうもない、というか迷惑千万な話です。輾転反側《てんてんはんそく》される皇太后さまに、時候の挨拶の手紙や贈り物を欠かさぬ靖王《せいおう》さまならば、天下をおまかせしても安心ではとお伝えしたのです」

微笑む詠恵に目を見張る。

「じゃあ、詠恵が皇上を即位させたも同然じゃない」

「いえいえ。すべてをお決めになられたのは皇太后さまですし、皇上がお手紙や贈り物を欠かさなかったことも大きな要因です。それに――」

そこで詠恵が意味深な間を置くから、千花は前のめりになった。

「それに？」

「恭王殿下と衛王殿下には御母堂《ごぼどう》がご健在ですが、皇上のお母君はすでに薨去《こうきょ》されておられます。それをお伝えすると、お心が固まったようでした」

千花は猛烈に頭を回転させた。

「つまり、皇上が即位したら、皇太后さまの地位は万全だとお伝えしたわけね」

正答を弾きだした千花に、詠恵は目を細めてうなずいた。

「己の母を至尊の地位につけたいという人間の情は捨てがたいものですから。皇太后さまが危惧なさらないはずがございません」

恭王と衛王が皇帝になったら、皇太后を殺して、その地位を実母に与えようとするかもしれない。しかし、玄覇は実母がいないのだから、その心配はない。皇太后の選択は、ある意味、保身でもある。

（でも、皇太后さまだって必死に考えられたはず。だって、先帝にはひとりの子もいない。

頼りになる者がいないんだから）

実子でなくとも、嫡母《ちゃくぼ》として権力を振るえるのが皇太后だ。ところが、子がいない皇太后はとたんに弱い存在になる。

玄覇が二日と空けず皇太后を訪れるのは、彼女を尊重している、決して裏切らないと皇太后自身に行動で伝えようとしているのだ。

「……もしかして、詠恵が皇太后さま付きの侍女になったのは、そのため？」

玄覇を登極させるため、俊凱は妹を皇太后に貼りつけたのではあるまいか。

「兄は、政は男だけがするのではないと申しておりましたから」

「……なるほどね」

それぞれがそれぞれの役目を果たして、玄覇を皇帝にした。

（ならば、わたしもわたしの役目を果たすのみじゃないの）

玄覇の地位を盤石《ばんじゃく》にすれば、彼の懐《ふところ》には国中の富が集まる。

（そして、それが莫大な手切れ金となってわたしの懐に入ってくるという寸法よ！）

玄覇が国のためになる政策を推し進めてくれれば、彼を皇帝にしたことの大義名分が成り立つ。千花も気がねなく金をもらえる。

千花はすくっと立ち上がった。

「この李《り》千花、皇上の治世を安定するお力になることを誓います！」

「どうしたんだ、急に」

玄覇がぎょっとして千花を見上げる。

「さすがは貴妃さまです。その心意気ですわ」

手を叩いて褒めてくれる詠恵に気をよくして、玄覇に笑いかけた。

「やる気がもりもり出て参りましたので、帰ります」

「いきなりすぎるだろう」

「ここにいるくらいなら、芳華宮《ほうかきゅう》で法要の準備をしたほうがましですので」

唖然とする玄覇を置いて、千花はさっさと大光殿を出て行った。


法要の日の朝、千花は皇太后に供する豆沙酥を作るため、御膳房に入った。

朝食の用意が終わった厨師たちが取りかかるのは、皇太后と妃嬪に供する素斎である。

素斎は肉や魚を大豆やその他の野菜で代替えして作る料理だ。本物と見紛《みまご》うほど似せて作るだけでなく、本物よりもさらにおいしいものを作ることを目標としている。見てびっくり、食べたら旨《うま》さに感動する。

それこそが、素斎料理を作るときに目指さなければならない境地だ。

香茹《ほしいたけ》や干し野菜を使って湯を煮出している様子を眺めたあと、若い厨師たちが集まった一角に目を見張る。五人ほどの若い厨師たちがわいわいと騒ぎながら竈《かまど》の周囲にたかっていた。

「何をしてるの？」

千花が声をかけると、彼らが一様に焦った顔をした。

「これは絶対に食べさせられねぇ！」

「そう。貴妃さまといえど、死守してみせる……！」

「どういう意味なのよ」

千花の前に人垣ができ、竈を隠してしまう。彼らは決死の表情になった。

「昼の膳をお出ししたはずなのに、俺たちの賄《まかな》いまで食う。そんな常時空きっ腹状態の貴妃さまに、これを食べられるわけにはいかないんですよ！」

「そうです。この間も俺たちの刀削麵《ダオシャオミエン》をがっついてた……！」

刀削麵は練った小麦粉の塊《かたまり》を菜刀《ほうちょう》で削ぎ落として麵《めん》状にし、熱湯で茹《ゆ》でて作る麵料理である。熟練の麵師が一定の拍子で麵を落としていく技は見事なもので、眺めているだけで楽しかったが、見ているだけで気が済むはずもなかった。

「だ、だって、あのときは刀削麵がすごくおいしそうだったからっ！」

真っ赤になって言い訳した。千花が作業に入るのは、彼らが食事のために一休みしている時間が多い。賄いに何を食べているのかと好奇心にかられて覗《のぞ》いたら、茹でたての刀削麵をすすっているところに遭遇してしまったのだ。

「食べないわけにはいかないじゃない！　丼《どんぶり》いっぱいだって完食しちゃうわよ！」

鶏肉《とり》に木耳《きくらげ》や筍《たけのこ》といった具材が入った醬油《しょうゆ》味の湯《スープ》をかけて食べる刀削麵は、別腹の勢いでお腹《なか》に入っていった。

「だからといって、これはダメです」

「そうです。こいつが故郷に帰る途中に食べる保存食なんだから」

そう言って、どこか幼さの残る青年の肩を叩いた。内気なのか、はにかんだ表情をする青年の瞳は金色がかっていて神秘的だ。

「そんなに大事なものなら、食べないわ」

千花は神妙にうなずいたのだが、彼らは一様に不審な目つきをした。

「本当ですか？」

「貴妃さまは食いしん坊だからなぁ」

「うう、ごめんね。今度からみんなの賄いを食べ……ない自信はないから、食べるとしても、丼半分にする」

「半分……！」

「意志が強いか弱いかわからない……！」

千花の食欲を恐れる厨師たちの声を聞きながら背を向け、しょんぼりとして粉ものを作る作業区画に移動した。盥をふたつ用意して、小麦粉を量って入れる。手伝ってくれる詠恵に、ちょっとだけ愚痴《ぐち》をこぼした。

「食いしん坊貴妃だなんて、しまらないわね」

「確かに、貴妃さまは何食食べるおつもりなのかしらって思うことがしばしばですわ」

「詠恵に言われたら、ぐうの音も出ない……」

常に千花のそばにいて見守ってくれる彼女が呆れているということは、かなり食べすぎなのだろう。

「でも、皇上は、たくさん食べる貴妃さまのお話を聞くと、いつも呆れ――いえ、爽快《そうかい》そうなお顔をなさいますから大丈夫ですわ」

「それなら安心して食べちゃう……わけにはいかないわよね」

苦笑を呑みこんで作業を進める。

一方の盥では油と小麦粉を混ぜておき、もう一方の盥では粉と油と熱湯を混ぜて練る。熱湯を混ぜたほうを水油皮《シュイヨウピイ》と呼ぶのだが、水油皮が冷めたら作業台に取り出す。

打ち粉を振ったあとの残る麺台の上で、水油皮を円形に伸ばしておく。この水油皮で油と小麦粉を混ぜた生地を包んで丸め、麺棒を使って広げたら三つ折りにし、さらに伸ばしてから棒状に巻く。

それから明け方に仕上げておいた豆沙《こしあん》を保冷庫から取りだす。保冷庫は御膳房の隅《すみ》に設置されていて、氷を使って食物を一時貯蔵しておく場所だ。氷が貴重だから保冷庫には鍵がかけられているのだが、清恩《せいおん》と方正《ほうせい》だけが持つ鍵を今回は特別に借りたのだ。

恐る恐る豆沙の味見をするが、おかしなところはない。安心して餡を丸めた。

再び生地の作業に取りかかる。棒状の生地を適量に切り分けて円形に伸ばし、豆沙を包み、縁に模様をつける。それから、油を塗った天板に並べ、炉《ろ》に入れて焼き上げる。子どもの掌《てのひら》大に膨らみ、こんがりと狐《きつね》色に焼けたところで炉から出す。

「おいしそうですわ」

「でしょ」

詠恵の褒め言葉に得意になった。油を加えた二種の生地を合わせることで生地に層ができ、サクサクとした食感が生まれる酥《パイ》という点心は、焼いても揚げても美味になるのだ。

「貴妃さま、うまそうですね」

厨師のひとりに言われて一個与えると、彼は口にしてから何度もうなずいた。

「ちょうどいい塩梅《あんばい》ですよ、貴妃さま」

「本当?」

同業に褒められれば、喜びもひとしおだ。

豆沙酥を皿に盛って食籠に移す。供えるまでは目を離さないようにしなければならない。

(韋賢妃のときみたいな騒動を起こすわけにはいかないものね)

詠恵に食籠を持たせると、千花は御膳房をあとにした。

後宮には皇祖皇宗を祀《まつ》った奉先殿《ほうせんでん》がある。殿舎の中には仏像と歴代皇帝の神主《いはい》があり、皇帝は毎朝ここで経を読むように定められている。

玄覇は官人たちを引き連れて陵墓《りょうぼ》に赴《おもむ》いたため、千花たち後宮の妃嬪は皇太后と共に奉先殿で経を読んだ。

嬪以上の身分の女たちが、長い線香をそれぞれ香炉に立てたあと、伏礼してから経を読む。

祭壇には、野菜や果物、素斎の料理、千花が作った酥が供えられている。

(誰も触れられないし、問題はないわね)

こっそり目にして安堵する。

経を読み終わったあと、付属の部屋に案内された。そこには三卓の円卓と人数分の椅子が用意されていた。

「ささやかではあるが、粗餐《そさん》を用意したゆえ」

「皇太后さまのご聖恩に感謝いたします」

みな声を揃《そろ》えて万福礼をすると、身分ごとに分かれた。皇太后と同席できるのは千花と楊淑妃と韋賢妃だけで、九嬪《きゅうひん》たちはそれぞれで席につく。

侍女たちが料理を運ぶ中、千花は自ら手にした酥の皿を皇太后の席の前に置いた。

粗餐と皇太后が言っていたとおりに肉や魚はなく、青菜やきのこの炒《いた》め物、先が黄色の白菜を浮かべた湯、筍《たけのこ》の蒸し物などが並んでいる。

侍女のひとりが皇太后の前に恭《うやうや》しく大皿を置いた。

「魚の揚げ煮かえ？」

五彩の皿に寝そべるのは、からりと揚がった魚——もどきだ。

事前に打ち合わせていたとおりのみごとな出来に、千花は微笑みながら説明した。

「素斎の魚でございます」

「では、本物の魚ではないのじゃな」

皇太后のそばに立つ瑶月が魚に銀針を刺して色の変化がないか確認し、小皿に魚の一部を取り分けた。そろりと口に運んだ皇太后は口元をほころばせた。

「これは、外は豆腐皮《ゆば》で中は……もしかして山薬《やまいも》かえ？」

「皇太后さまのご指摘のとおり、山薬をすりおろしたものです」

豆腐皮で形を整え、山薬と乳団を磨《す》ったものを中に詰め、形を崩さないように揚げたあとに素斎の湯で煮た魚もどきの料理である。あっさりとした塩味にしたから、食べやすいはずだ。

「山薬？　そんなものがあるのですか？」

韋賢妃が不思議そうに訊く。

「山薬はもっぱら南で生産される芋《いも》だから。北の人はあまり食べないわよね」

「妾は食べたことがあるぞよ。母が山の人間だったゆえ」

皇太后は偽の魚を嚙みしめながら、うなずいた。

「さっぱりして食べやすいのう。かといって物足りなくない」

「揚げたあとに素斎の湯で煮ました。なので、油のコクがあり、なおかつさっぱりしているのです」

素斎の湯は香茹《ほししいたけ》や干し野菜で煮だすが、干した野菜は味が凝縮している分、よい出汁《だし》が出るのである。

「ふむ。これはよい。美味じゃ」

「皇太后さま、そんなにおいしいものなのですか?」

韋賢妃が目をきらきらさせている。

「そんなに食べたければ、そなたもお食べ」

瑶月が賢妃に魚を取り分ける。

「淑妃はどうじゃ?」

「わたくしは遠慮いたします。南の食べ物は口に合いませんから」

澄ました顔で答えたが、千花は内心で飛びあがりそうだった。

(皇太后さまは潮州のご出身よ)

潮州は南方の城市《まち》である。楊淑妃は、千花が得意げに説明する料理など食べたくない、という本音を真綿にくるんだつもりなのだろうが、お粗末な言い訳になっている。

「では、瑶月。他の者たちにふるまっておあげ」

皇太后は気づいていないのか、鷹揚《おうよう》な態度で命じる。嬪の身分の娘たちは、皇太后が下賜《かし》してくれたことに礼を述べ、配られた皿に箸《はし》をつけて、賑やかに感想を言い合う。

「素斎でも、十分おいしいわ」

「これなら普段でも食べたいくらいね」

千花は安堵する。

(仕事は九割終わったも同然だわ)

ほっとしていたら、瑶月が酥に銀針を刺していた。変色していないから、問題はないはずだ。

皇太后は割った豆沙酥を口に運んだ。サクっとした音が小気味よい。嚙みしめる姿を、息を止めて見守る。

「生地と豆沙の塩梅がよいのう」

「そうですか」

「うむ。なかなか美味じゃ」

褒められて胸に喜びが広がっていく。

（よかった……）

これならば、皇太后においしいものを供するという形で玄覇の手助けができそうだ。

ひとつ食べてしまった皇太后が蓋碗を手にしかけ——それを置いて咳《せ》き込みだした。

「皇太后さま？」

瑶月があわてたふうに皇太后の背を撫でる。

「よ、瑶月、だ、大事ない……」

「皇太后さま、胸に詰まったのでは？」

千花はあわてて蓋碗の茶を口に含ませようとしたが、皇太后は激しく咳き込んで、千花の手を払いのける。湯のみの部分が受け皿から飛び、卓に転げ落ちる。湯と茶葉が卓を濡らし、妃嬪たちが悲鳴をあげる。

「皇太后さま、どうなさいましたか!?」

瑶月が必死に問うが、皇太后は顔色を見る間に赤くして、ぜいぜいと息を荒げる。

「貴妃さま、豆沙酥に何を入れたのですか!?」

瑶月に語気鋭く問われ、千花は首を左右に振った。

「な、何も入れていません。そんな、何も……！」

千花の説明が意味もなくなるほど、皇太后は苦しげに喘鳴《ぜんめい》している。

「息……息が……」

「誰か太医《たいい》を呼びなさい！」

瑶月の命に応じて、侍女が飛びだしていく。

妃嬪たちが騒然となる中、立ち尽くす千花の手を、詠恵が案じるまなざしで握ってくれた。

夕刻、千花は詠恵を連れ、数人の宦官に取り囲まれる状態で大光殿へと足を運んだ。

待機していた芳華宮から玄覇の命で呼びだされたのだ。

詠恵と引き離され、大光殿の正殿に通されて玉座にいる玄覇の顔を見たとたん、千花は唇を嚙んだ。彼は表情に乏しいほうだが、今日は明らかに強《こわ》ばっている。

「まあ、貴妃さま。皇上の前ですわ。跪礼《きれい》をしないと」

待ちかまえていた楊淑妃は喜色満面だ。その顔を見たとたん、自分が追いつめられていると悟った。

おとなしくひざまずき、彼を見上げる。玄覇は、静かに問いかけてきた。

「貴妃よ。皇太后さまに……毒を盛ったのか？」

「いいえ、盛っておりません。わたしは、ただ豆沙酥をお出ししただけです」

「それなのに、皇太后さまはお倒れになられたのですか？　呼吸困難に陥《おちい》り、身体全体に発疹《ほっしん》があらわれたとか……太医が処置をしなければ、危うかったと聞きましたわ」

楊淑妃は握っていた手絹《ハンカチ》で口元を覆《おお》った。

「恐ろしい。大恩ある皇太后さまに毒を盛るなんて」

「わたしは毒を盛ってはいないわ」

楊淑妃を睨むと、彼女は身を震わせて顔をそむけた。

「なんて目をなさるのかしら。育ちが卑《いや》しいと、誰彼かまわず嚙みつくようになるのですね」

反論したくなる気持ちをグッとこらえる。

（迂闊な行動をしたら、毒を盛ったという裏づけにされてしまうだけよ）

千花は楊淑妃から目をそらし、玄覇を見つめる。

「おそれながら、皇太后さまのご容態を伺いたく存じます」

千花の質問に、玄覇は沈痛な表情で答えた。

「皇太后さまのご容態は、今は安定している。とはいっても、一時期は息ができないとひどく苦しまれたそうだが」

「……そうですか」

千花は懸命に思考を巡らせる。豆沙酥を作るとき、誰の手も借りなかった。手伝わせたのは詠恵だけだ。

（詠恵が毒を盛るはずがない）

彼女は俊凱の妹で、俊凱は玄覇の側近だ。兄と共に玄覇を皇帝にするべく策動していた詠恵が、今になって玄覇の足を引っ張る行為をするはずがない。

（だとしたら、いったい誰が毒を盛るのよ）

材料を集めて調理をしたのは千花だけで、移動の際は食籠から出さなかったし、供えたあとに誰かが触れた形跡もない。毒見に銀針まで刺したのだ。あの状態で、毒を盛れるはずがない。

千花は慎重に推論を述べた。

「他の料理に毒が盛られたということはないんですか？　あるいは、合間に飲んだお茶に問題があったとか」

玄覇は冷静に応じる。

「残っていた料理はすべて毒見をさせたが、問題はないと報告を受けている」

「朝の膳に毒が盛られていた可能性はありませんか？　効果が出るまでに時間がかかる毒かもしれません」

食い下がる千花の耳に、楊淑妃の笑い声が届く。

「まあ、醜《みにく》い。自分が毒を盛ったという事実をごまかすために、他に原因があるかのように言い募るなんて」

「わたしは毒を盛っていないわ」

「では、豆沙酥を作る際に、誰かが毒を盛るような隙がありましたの？」

「隙なんてないわよ。わたしがずっと目を離さなかった――」

そこまで言ったところで、血の気が引いた。

「あら、それでは、やはり貴妃さましか毒を盛れる人間はいなかったということですわね」

楊淑妃の追及に、きつく唇を噛んだ。

（そういうことか……）

標のように巻き添えが出ることを恐れて、自分だけで調理をした。ということは、必然、千花しか毒を盛れる者がいないという結論に達してしまう。

「皇上、後宮の頂点に立つ貴妃さまが皇太后さまに毒を盛るなんて、由々《ゆゆ》しき事態ですわ。わたくし、後宮の女を代表して直言を申し上げるほかありません。どうか貴妃さまを厳しく取り調べ、真偽を明らかにしてくださいませ。そうでなければ、おちおち眠ることすらできません。いつ何時、貴妃さまの凶手がわたくしたちに及ぶかわかりませんもの」

楊淑妃が手絹を胸に当て、恐ろしげに身体を震わせる。

（あなたの謀《はかりごと》のほうが、よほど恐ろしいわよ！）

と言いたくても言えない。

玄覇は押し黙って千花を見つめたあと、口を開いた。

「わかった。調査が終わるまで、貴妃には禁足を――」

「おそれながら申し上げます。貴妃さまは宮正司でお調べをお願いいたします」

楊淑妃は自信満々に玄覇に訴える。

「このような重罪の嫌疑は宮正司で取り調べることになっているはず。貴妃さまだけが除外されるのは、みなの不審を招きます。皇帝は天下万民の主として正道を行かねばならないお方。それを自らないがしろにされるのですか？」

堂々たる正論に、千花は唇を引き結ぶ。

（……これはどうにもならないわ）

皇太后は韋賢妃よりも重要人物だ。韋賢妃毒殺未遂事件のときは禁足で処置が済んだ。しかし、皇太后を毒殺しようとしたという疑惑をかけられては同様では済むまい。さらに厳しい対応を求められるのは必定だ。

千花は玄覇を見上げた。彼の顔には懊悩《おうのう》があらわれている。

（わたしをかばえば、皇太后さまとの仲がこじれる）

まだ不安定な玄覇の地位を、さらに揺らがせるわけにはいかない。

千花はすくっと立ち上がり、背をピンと伸ばした。

「わたしは毒を盛っておりません。ですから、後ろ暗いことなどありません。取り調べは宮正司におまかせします」

千花の仕事は寵姫として玄覇を助けること。それなのに、彼の足を引っ張っては、金をもらえるはずがない。

「早まるな。調べが一段落するまで、芳華宮にて禁足を――」

「皇上。わたしは、あなたの足手まといになりたくありません」

きっぱり言い切ると、彼が目を見張った。

「ですから、宮正司でお調べいただいて、けっこうです」

「まあ、ご立派なお志《こころざし》。貴妃さまのそのご発言は、後宮の頂点に立つ女としてふさわしいものですわ」

楊淑妃の嘲《あざけ》りを、千花はにっこり笑って黙殺する。

「……貴妃を宮正司に連れて行け」

苦悩に満ちた玄覇の命令を聞き、正殿の隅にいた影のような宦官たちがにわかに動きはじめた。


三日後の夜のことである。千花は宮正司の牢にいた。ろくに清掃していない牢は汚物の臭いがして、つい数日前の芳華宮のゆかしい香りが、もう思いだせない。千花は牢の端で横たわり、背を丸めてうめいた。

「痛い……」

脛《すね》を棒で殴られたのだ。骨がきしむほど痛くて、目を閉じて悲鳴を噛み殺す。

（これって、どう考えても拷問《ごうもん》の初手ってやつよね）

宮正司では、取り調べの際に、おとなでも悲鳴をあげるような拷問をされるのだと清恩が言っていた。

（毒を盛ったとわたしが自供するまでやられるんだわ、きっと）

宮正司は後宮の調査もするが、自白を引き出すことこそ最重要の任務である。犯人の自白は証拠になるからだ。たとえ、それが強引な手段の果てに得たものだとしてもだ。

（皇上は拷問を禁じると言ったはずなんだけどな）

功を焦っているのか、それとも。

（誰かに、この機にわたしを始末しろって命令されたか）

なんとかここから出る策を考えなければならない。

（いっそ、手ひどく拷問されて半死半生までいけば、出られるんじゃないかしら）

その手が一番早い気がするのは、どう考えても犯人が思いつかないからだ。調理してから皇太后に供した流れを何度も反芻《はんすう》するが、千花以外に毒を仕込めた人間がいるとは思えないのである。

「貴妃さま」

低い声が聞こえて、千花はうっすらと目を開けた。牢の外に、俊凱の立ち姿があった。

「呉学士？」

千花は半身を起こすと、床を尻で掃除するようにじりじりと鉄格子《ごうし》に近づいた。千花が鉄格子のすぐ近くまで寄ると、彼は片膝をついて目線を合わせる。

俊凱の向こうには、宮正司の宦官がいた。幽霊のように顔色の悪い宦官は、不審をあらわにして千花と俊凱を見比べている。

「呉学士、よくわたしだとわかったわね。化粧をしてないのに」

俊凱が穏やかに微笑みつつ応じる。

「顔のことでしたら、詠恵に聞いておりました。ところで、様子を見に行けと皇上からご下命を承《うけたまわ》りましたが、何か問題がございますか?」

千花はとっさに服の上から脛に触れ——それから眉を吊り上げた。

「聞いて、呉学士。宮正司で出されるごはん、すっごくまずいのよ。くそまず飯よ!」

俊凱が一瞬で死んだ目になった。見張りの宦官の瞳からは光が失せる。

「あのね、まずは米の炊《た》き方がなってないの! 粥《かゆ》でもない、ご飯でもない、水を含みすぎてぶよぶよになったご飯か、黄色くてカピカピのご飯しか出てこないのよ! それから湯! 味も素っ気もないの! もっと肉を入れて出汁をしっかりとるか、肉が無理なら香茹とか使いなさいって話よ! おかずの青菜は炒めすぎて、しゃきしゃき感が全然ない! 青菜の炒め物はね、爆《バオ》といって高火力かつ瞬間的に炒める調理法で、野菜の歯ごたえを残さないと! あと煮込み肉が出たけど、肉汁が全部出ちゃってるから、噛んでも味わいもないの。あんな料理にしちゃったら、豚があの世で泣くでしょ!? せめておいしい料理にして成仏させようっていう気もないなんて、厨師の風上にもおけないわよ! あとね——」

「もうけっこうです」

俊凱がつれなく遮《さえぎ》った。気づけば、見張りの宦官がいなくなっている。千花のめしまず談義に付き合う気がなくなったのだろうか。

「まだあるのに」

「宮正司の飯がくそまずなのは、臣も存じております。貴妃さまの毒見で何度も食しておりますので。碗を叩き割ろうかと思うほどくそまずですね」

「ちょっと、碗を叩き割るのはやめてよ。わたしのご飯よ。くそまずだけど空腹よりはましだから、我慢して食べてるのよ」

空腹は絶望を生むと承之はよく言っていた。

『できるだけ満腹でいるんだ。腹が減ると、ろくな考えが浮かばなくなる。死んだほうがましだって思っちまったりな。腹をいっぱいにして、感情を乱さないようにしておく。それが正気を保つコツさ』

(師父の言ってたこと、今ならよくわかる)

空腹は絶望の友で、満腹は希望の仲間。それは承之の教えだった。

「さようですか」

俊凱が生気のない目をしてうなずいた。

「そういえば、なぜ呉学士が毒見をしてるの？」

官人の彼に千花の毒見をまかせるなんて、異常すぎる。本来なら宦官や侍女に請け負わせることなのだ。

「皇上が臣しか信用できないとおっしゃいましたので」

「……つまり、いつ毒を盛られてもおかしくないってことなのね」

宮正司の宦官含め、後宮の人間が誰も信用できないから、玄覇は毒見を俊凱にまかせたわけだ。その事実だけで、千花が危機にあることと玄覇がなんとか千花を守ろうとしてくれているのがわかる。

「詠恵は？」

「詠恵は芳華宮で禁足の身です。調査をされておりますが、貴妃さまは毒を盛っていないと訴え続けております」

「そう……」

詠恵にも迷惑をかけた――どころでは済まなくなるかもしれず、つい膝に視線を落とす。

俊凱がいっそう声をひそめた。

「それで、めしまず以外に問題はありますか？」

「脛を打たれたわよ。これって、最後はわたしが獄死《ごくし》するのが早いか、無事に出してもらえるのが早いか、競争になるんじゃないの?」

　ひそひそとささやけば、俊凱が真顔で応じた。

「そうなりますね。現段階では、獄死の可能性が高いかと」

「犯人が、わたし以外に見当たらないの?」

　千花の質問に俊凱が無表情でうなずいた。

「貴妃さましか毒を入れられる者がいないという状況です」

「……そうよね」

　千花自身が何度考えても犯人が思い当たらないのだから、外部の人間がどんなに躍起《やっき》になって調べても同じだろう。俊凱がよどみなく説明する。

「材料の中で、一番毒を仕込めそうだった豆沙が残っておりましたので調べましたが、毒の混入は認められません。貴妃さまが味見をさせた厨師は健康そのものです。つまり、毒を盛る隙が寿安宮への道中、すなわち貴妃さまと詠恵がふたりのときしかない。これでは、どちらかが毒を盛ったということになりますが、より重罪なのは貴妃さまという意見を出される可能性が高いですよ」

「そりゃ、詠恵はわたしに逆らえないから」

　主犯は千花にされるだろう。そのほうが楊淑妃にとっても都合がいい。

「それで、どうされますか?」

俊凱の質問に、千花は目を見開いた。

「どうされるって？」

「この状況では貴妃さまをお助けすることができません。正直、このまま死なせるほうが楽なくらいです」

千花は口を半開きにした。

「本当に？」

「皇上が皇太后さまに面会を求めておられますが、拒絶されています。申し開きも許されない状態です」

千花は、しばし、言葉を失った。

(皇太后さまは、十年前にも一度盛られている。また裏切られたと思っているんだ……)

千花を受け入れたのに毒を盛った、忘恩負義《ぼうおんふぎ》の輩《やから》だと怒り心頭なのではないか。

「臣は皇上に貴妃さまをお見捨てくださるよう進言しましたが、皇上からは断固として拒否されました。というわけで、なんとしても貴妃さまをお助けせねばなりません」

俊凱はまるで意気込みの感じられない恬淡《てんたん》とした顔で言う。

「……じゃあ、どうするの？」

正直、手詰まり感しかない。千花以外に毒を盛った人間がいるとは思えないほど、皇太后毒殺未遂事件の犯人の目星がつかない。

いはずだ。

「現状を覆《くつがえ》すには、奇策が必要です。以毒制毒《いどくせいどく》のような策が」

俊凱の意味深な笑みに気圧《けお》され、千花は膝に視線を落とした。

（この状態では、わたしはいつまで経っても牢から出られない）

長引けば、千花を罰するよう求める声が高まるだろう。玄覇でも無視することはできないはずだ。

（その前に、標や蓮児のようになるかもしれないわ）

適当な理由をこしらえられて、殺される可能性は十分ある。たとえば、皇帝に迷惑をかけられないから自ら命を絶つのだという遺書でも残せば、世の人たちは陰《かげ》では疑いつつも、表向きは納得したフリをするはずだ。

（わたしは後宮では異物だもの）

きっと、あっという間に忘れ去られるだろう。自分のような下賤《げせん》の身から分不相応に引き立てられた人間など。

（……冗談じゃないわよ）

死んでたまるものかと思う。夢を実現できる手段を得たのに、失うわけにはいかないのだ。

（考えなきゃ、ここから出る大逆転の秘策……以毒制毒のような）

毒殺には毒殺でお返しするような作戦でもあるのだろうか。

必死に思考を巡らした果てに、一条の閃光《せんこう》が脳内に瞬《またた》いた。

（……そうよ。毒殺に毒殺を足せばいい）

正しいと直感したままに俊凱にたずねる。

「わたしが毒殺されればいいのね？」

彼は喜色をあらわにしてうなずいた。

「さようです。もうひとつ毒殺事件を起こせば、この牢から出られます」

「新たな毒殺事件を引き起こすことで、先に起きた毒殺未遂事件を、わたしを害するための事件だったということにするのね」

皇太后の毒殺未遂事件を、千花を犯人にするための、あるいは、千花を狙ったが失敗した果ての事件にする。そうすることで、千花をいったん外に出してもかまわないという状況にする。

「貴妃さまが被害者になれば、皇上も貴妃さまを助けやすくなります」

「で、誰が毒を盛るの？」

千花の毒殺事件は未遂で終わらなければならない。そして、犯人が捕まってはならないのだ。

（ふたつの事件は同一人物が起こしたことにしなきゃならないから）

皇太后毒殺未遂事件の犯人がわからない以上、千花の毒殺事件の犯人も不明という状態にしておかなければならない。

「臣が盛ります」

「呉学士が？」

「はい。それが一番安全かと存じます」

しれっと言い放つ顔は平静で、罪悪感のかけらもない。

（毒を盛るのに安全ってなんなのよ）

しかし、だからこそ頼りになる気がする。

「呉学士は捕まらない？」

「臣は外朝の官人でありながら毒見をまかされるという異例の勅《ちょく》を受けました。つまり、皇上から厚く信頼を受けた寵臣と呼べなくもありません。それが貴妃さまに毒を盛るとは考えづらいかと存じます。なにより、臣には皇太后さまに毒を盛る動機がありませんから」

千花はうなずいた。

無関係でも、二件続けば関連があると考えてしまうのが世の習いというものだ。

「もちろん、噂《うわさ》も流します。皇太后さま毒殺未遂は、貴妃さまを失脚させようとした真犯人の策だという話にすれば、信じる者がいるでしょう」

要は後宮を混乱に陥《おとしい》れるわけだ。

「それがいいわね。真犯人も動けなくなるはず」

噂で攪乱《かくらん》して時間稼ぎをする間に調査をできればいいのだが。そのためには、千花が生きていなければならない。鉄格子に寄りかかって、彼との距離を縮める。

「どれくらい毒を盛るの？」

「すぐに回復されるようでは、自作自演を疑われます。半死半生を狙いたいところです」

俊凱は澄まして答える。千花は眉尻を下げた。

「半死半生って狙えるの？」

「狙いはしますが、最後は天命に賭けるしかございませんね」

俊凱の言葉に、千花は絶句する。

「毒は明日の食事に盛ります。必ず完食なさってください」

恐ろしいことを微笑んで言ってから、俊凱は立ち上がった。両手を顔の前に重ねて恭しく礼をしてから牢の前を離れる。

足音のあと、距離を置いたところから声が響いてきた。

「困りますよ、まったく。貴妃さまには、もっとまともな食事を出していただきたい。飯がまずいと愚痴を散々聞かされましたよ。まあ、臣も食べながら参ったと頭を抱えてますが。皇上になんとご報告させる気なのですか――」

俊凱が宦官に嫌みを言っているようだ。

（……ごまかしてるんだろうな）

変な疑いをかけられないようにという工作なのだろう。

千花は鉄格子によりかかったまま目を閉じた。

(毒入りくそまず飯が人生最後の食事になるかもしれないのか)

半死半生を狙うと俊凱は言った。それはすなわち、生きるか死ぬか、五分五分の賭けをするということだ。

(……師父、怖いよ)

曲げた膝に顔をうずめる。眼裏《まなうら》に、承之と初めて会った瑞河《ずいが》のほとりの光景が浮かんだ。

そして、彼が渡してくれた粽子《ちまき》の重みが掌に甦《よみがえ》る。

(……必ず生き抜いてやる)

死ぬためではない。生きるために、毒を飲むのだ。

千花は目を開けると、鉄格子の向こうの黒ずんだ壁をきつく睨みつけた。

翌日、李貴妃が毒を盛られたという一報が、後宮中を疾風の勢いで駆け抜けた。

深い沼に沈んだように混濁《こんだく》した意識に、過去の記憶が浮かび上がる。

幼い千花の前に、母が碗を差しだした。ろくに顔も覚えていない女が食べさせるのは、水のような雑穀粥ばかりだった。

『さ、お食べ』

千花は碗に口をつけてそれをすすった。とにかく腹が減っていたのだ。食べ終わってから母にたずねる。

『お母さんは食べたの?』

『もう食べたわよ。お腹いっぱい』

そう言って笑ったが、おそらくは何も食べていなかったのだろう。

母は見る間に痩《や》せこけて、流行病《はやりやまい》にかかると、あっという間に死んでしまった。

千花の暮らしていた汝州《じょしゅう》は飢饉《ききん》に襲われていた。数知れぬ人間が餓死《がし》し、生まれたばかりの子さえ食糧として売り買いされる有様だったという。生き残った千花は知り合いが引き取ってくれたが、すぐに養いきれなくなり、売りに出された。

どこに売られても最低限の食べ物しか与えられず、ひたすら働いていた。家事をしたり、畑を耕《たがや》したり。男からも女からも殴られた。いつも怯えて生きていた。

影のようにしか思いだせない人々の間を売られ続けた挙句、千花が辿りついたのは、小金を持った農家だった。そのころには、千花は十をひとつ越えていた――が、自分でも正確な年齢はよくわからない。ともあれ、千花はその農家の子守りとなった。

まだしゃべれない男児を背中におんぶして、館の掃除をした。畑に鍬《くわ》を打ち込みながら、泣く子に歌を歌った。

『泣くな、泣くな。おまえを背負うのは、おまえの未来の嫁さんだ。おまえがあんまり泣くならば、おとなになっても嫁さんいいことしてくれぬ』

千花は背中の男児が成長したらその嫁になることが決まっていた。童養媳《トンヤンシー》という風習である。

夫がまだ幼いせいだろうか。ある日、男児の父親が千花を〝味見〟しようとした。床に押し倒され、酒臭い息を首筋に吹きかけられて、千花は必死に暴れた。なんとか父親の手を逃れた千花は、一目散に走って逃げた。

どこをどう走ったかわからない。目の前には黄色く濁《にご》った瑞河が流れていた。

瑞河は多くの州をまたがって流れる河だ。広い河は暴れ龍のようにうねり、大地を削って海に突き進む。

黄土の大地をえぐる河の奔流《ほんりゆう》を眺めているうちに、千花はふらふらと河岸に近づいた。

足の指先が水に濡れるか濡れないかというところに来たとき、肩を叩かれた。

背の高い男だった。若々しい顔なのに髪がすっかり白く、しかも、うなじで短く切っている。仙人かと疑うような異相の男は、にっこり笑った。

『身投げする気か。やめとけよ』

千花は息を呑んだ。心を読まれたかと思ったのだ。

『おまえ、世を儚《はかな》んで身投げするつもりか？　それとも、自分に絶望して身投げする気なのか?』

男の質問に答えられず、千花は黙り込んで彼を見つめた。黒い瞳は、千花の薄汚れた顔を映していた。

『答えられないなら、死ぬのはまだ早いってことだ』

男は千花の腕を軽く引いた。河岸から二、三歩離れただけで、ほっと息をつく。

彼は瑞河を指さした。

『あの河の中にもな、魚が泳いでる。知ってるか?』

首を左右に振ると、男が静かに微笑んだ。

『あの黄色い水の中でも、魚は目を開けて尾びれを振る。人間も同じだぜ。先が見えない世の中でも、目を見開いて泳いでいかないといけない』

男の指先を流れる濁流を見た。自分が小さな魚になって、尾びれを懸命に振る姿を思い浮かべた。

『泳げそうもないよ?』

そう答えたあと、お腹がぐうっと鳴った。男がなぜかうれしそうに肩を叩いた。

『なんだ、腹が減ってんのか。そりゃ死にたくなるな』

男は持っていた袋を地面に置いてごそごそと探ると、千花の手に笹の葉を三角にした包みをのせた。葉はいぐさで結んで留められている。心地よい重みに包みを凝視した。

『粽子《ちまき》だ。食いな』

いぐさをほどいて葉を広げると、笹の葉の爽《さわ》やかな香りがした。中には茶色い物体が入っている。初めてみる食べ物の端を恐る恐るかじってみると、口の中に旨みが広がる。醤油の味、肉の旨み、香茹の香り、もち米のもっちりとした食感、すべてに至福を覚えた。

無我夢中で食べた。生まれて初めて幸せだと感じるものを食べた。涙があとからあとからこぼれた。頰を流れる涙を拭《ぬぐ》う間も惜しく、洟《はな》をすすりながら食べきった。

男は笑顔で粽子をもうひとつ手にのせてくれた。それも夢中で食べて、息をついた。初めて満腹を知ったのだ。お腹がいっぱいになるということは、こんなにも満ち足りた気分を生みだすのかと放心した。

男が手渡してくれた竹筒の水を飲んでから、千花は手の甲で口を拭って礼を言った。

『ありがとう』

『いいってことよ。俺は厨師だから、いつも旨いもんを持ち歩いてるんだぜ』

胸を張る男は千花の顔を覗いた。

『どこにも行くところがないなら、俺と一緒に来るか？』

千花は子守りをしていた家を思いだした。もう戻れない——戻りたくなかった。

『一緒に行く』

『よし、じゃあ行こうか。俺は旅の途中なんだ。あちこちを巡って料理の見聞を広げててな。まあ、安心しろ。いずれはどこかに落ち着く予定だから』

男は上機嫌になって歩きだす。千花は広い背中を見て、急にためらいを覚えた。もしかしたら、あの父親のように千花を押し倒すかもしれない。そう思うと、足がすくんだのだ。

男は振り返ると、目を丸くしてからこめかみを掻《か》き、笑顔を見せた。

『あー、なんかやな思いをしたんだな。よし、こうしよう。おまえ、俺のちょっと後ろを歩け。それで、俺を信用していいと思ったら、俺の隣を歩くんだ。いいな?』

男はまた背を向けると歩きだした。千花はぎゅっと唇を結ぶと、男を追いかけた。

男は千花が不快に思うことをひとつもしなかった。ただご飯を食べさせて、お腹をいっぱいにしてくれた。だから、千花はすぐに隣を歩きだしたのだ――。

(師父は、わたしに与えてくれるばかりだった)

千花は名前を持っていなかった。おいとかおまえとか呼ばれていたし、それで用が足りたのだ。男は自分の名を李承之だと言い、千花に名をつけてくれた。白い紙に太い筆で千花と書いてくれた日のことはよく覚えている。

『字がうまく書けないおまえでも書ける簡単な字だぞ。おまえがいろんな字を書けるようになったら、もっと上等な名をつけてやる』

『ううん、いいの。これがいい』

　承之が最初に与えてくれた名を、死ぬまで大切にしようと決めた。

　旅を続けて麗州《れいしゅう》に至ると、承之は古い店舗を買って食堂を開いた。風光明媚《めいび》な麗州は、奇岩名峰の間を青い江《かわ》が流れている。それなのに、承之は店に〝黄波楼《こうはろう》〟と名付けた。

『俺たちが最初に会ったのは、黄色い波が寄せる場所だからな』

　そう言って扁額《へんがく》を見上げる承之と並んで、誇らしい気持ちだった。

　毎日、承之に料理を習い、文字を教わり算盤《そろばん》を弾いた。市《いち》にふたりで買い物に出た帰り、承之は有名な詩を諳《そら》んじ、千花は耳で覚えた。夜は四書五経を一文ずつ読み聞かせてくれた。

『賢くなるんだぜ。そうしないと、他人にいいように使われちまう』

　承之はそう言って、千花にあらゆることを教えようとした。千花は懸命に吸収した。毎日忙しかったが、満ち足りていた。

　月日はあっという間に流れていった。最後のふたりの思い出は、承之を看取《みと》るときのことだ。

　心臓の病のせいで寝込んだ承之に煎《せん》じ薬を飲ませようとするが、承之はもう飲み下す力もないのだった。

『千花、泣くな』

　ささやきを聞いても、涙が止まるはずがなかった。手絹がびしょぬれになるほど泣いても、まだ涙があふれた。

『死人の夢に付き合おうとするな。おまえはおまえの道を歩くんだ』

承之の手を握って嗚咽《おえつ》を漏らした。

『嫌よ。わたしは恩返しをするんだから』

しゃくりあげる千花に苦笑して、承之は千花の手を緩く握り返した。

『俺はおまえに救われたんだ。恩返しなんか要らないからな』

それから、吐息のような声を喉から押し出した。

『おまえが幸せでいてくれたら、それが俺の救いなんだ』

最後に残してくれた言葉がそれだった。

まもなく、承之は息を引き取った。

（もらっただけで、わたしは何も返せていない）

寝台で永久の眠りについた承之に伏礼し、千花は誓ったのだ。

『わたしが師父の夢を叶える』

都に店を持つ。その店に〝黄波楼〟と名付ける。

承之が生きた証《あかし》を、地上に建てるのだ。育ててくれた恩に報いなければ、千花は人間ではない。

（わたしが生きてこられたのは、師父のおかげだ）

報恩こそが、千花が人生をかけて成すべきことなのだから――。

ふと目を開けると、天蓋《てんがい》が目に入った。夜のような墨《すみ》色に埋められた真珠貝が星のような光を放つ。それを眺めながら、がっかりした。

（やっぱり死んじゃったんだ）

毒入りくそまず飯を食べたあと、猛烈な吐き気に襲われ、汚い床に胃の中のものをぶちまけたところで意識が切れた。

（こんな仙界みたいな場所、わたしは知らないもの）

後宮に入って、初めて絹の衣裳《いしよう》に袖《そで》を通した。頭に重みを感じるほど金釵玉簪《きんさぎよくしん》を飾った。顔が変わるほど化粧をして、耳にも腕にも宝玉を輝かした。毎日やわらかな布団に寝た。洗いものをしなくなった手は、みるみるうちにあかぎれが治った。

（そうだ、後宮に入らないと知らないことばかりだったなって……んん？）

上掛けをぎゅっと摑《つか》んでから、天蓋を見つめた。自分の寝台ではないが、こんな豪華な場所は皇帝がおわす皇宮にしかない。

がばりと勢いよく起きると、めまいがしてさらには吐き気まで込み上げてきた。

（いけない）

胃を逆流する衝動を止めようもなかった。せめて床にぶちまけようと、寝台から頭を出したとたん、食道を駆けのぼる液体を吐き出した。

口に広がる苦みに、鼻に抜ける酸《す》っぱさに、咳き込んでしまう。吐いてしまった黒い液体は薬だろうか。床に敷いている花卉文様《かきもんよう》の敷物をひどく汚してしまった。

（……高そうな敷物なのに）

呆然《ぼうぜん》としてから、床にそろりと下りた。

掃除をしなければならない。しゃがんで、手絹を身に着けていないかと探ったが、淡黄《たんこう》色の絹の寝衣を着ているだけだ。

（これは敷物を洗うしかない）

とりあえず恥ずかしいから隠したい。辺りを見渡したところで、せわしない足音がした。

（やばいっ）

寝台に戻ろうと中腰になったと同時に、扉が開かれる音がした。入ってきた玄覇とあとに続く詠恵が口を開いて立ち尽くす。

「ご、ごめんなさい、戻しちゃって。間に合わなくて」

おたおたと謝ったのに、玄覇は怖い顔をして近づいてくる。

「あのね、わざとじゃないの。本当に間に合わなくて。洗うから許してほしい――」

近寄った彼はまるでぶつかるように抱きしめてきた。ふたりして寝台に倒れるほどだ。

天蓋を眺めながら困惑した。背に回った玄覇の腕が強すぎて、とてもふりほどけない。

おまけに、千花の身体を押しつぶす勢いで体重をかけてくるから、全然動けないのだ。

「あの……ちょっと……」

千花の首筋に顔を埋《うず》めている彼が、かすれた声でつぶやいた。

「……よかった」

千花は当惑して瞬《まばた》きを繰り返した。

(なんでこんなに心配してくれるんだろう)

女避けに雇っただけなのに、毒を飲む事態にまで陥ったことを悔いているのか。

(皇上は好人《いいひと》だから)

でも、心配のあまり、雇うんじゃなかったという後悔をされるのは困る。

「……あの、重いです」

玄覇が身を起こすと、千花の顔を覗く。もうすっかり冷静なまなざしで、かえって安心するくらいだ。

「大丈夫か？　どこか痛むのか？」

「いえ、痛むところはなくて……その、起き抜けに吐いちゃったけど」

用心しながらゆっくり半身を起こした。今度は吐き気がしない。

「安心しろ。おまえは意識がなかったから覚えてないだろうが、薬を飲ませようとしたら、何度も吐かれた。俺はすでにおまえのゲロまみれになっている」

「ゲロまみれ……」

皇帝に向かってゲロを吐く女なんて、そうそういるまい。恥ずかしさと恐れ多さで、頭を抱えた。

「どうしたんだ？　頭が痛いのか？」

「頭は痛くない……いえ、心が痛いです……」

「大丈夫か？　本当にどこも悪いところはないのか？」

玄覇が至近距離で顔を覗き込むため、千花はそっぽを向いた。

「吐いたばかりなので、近づかないでください」

「では、うがいの水をお持ちしましょう」

詠恵が一礼して居室を去ると、急にしんと静まり返った。沈黙が耐えがたく、千花は部屋を見渡してたずねる。

「ここ、どこですか？」

芳華宮の寝間でないことは確かだ。

「大光殿だ」

「え、皇上の寝台を占拠してたんですか？」

「気にするな。ここしか安心しておまえを寝かせられるところがなかった」

「でも……」

「俺のことはどうでもいい。おまえを安全なところに匿《かくま》うことが先決だったんだから」

「ありがとうございます」

礼を言ったとほぼ同時に、詠恵が佳蕊《かずい》を連れて来た。佳蕊は千花を見るなり、きりっと引き締めていた顔をくしゃりと崩した。

「貴妃さま、よかった」

涙をこらえる佳蕊に申し訳なくなった。

「心配させて、ごめんね」

詠恵は卓に盆を置いた。盆には蓋碗と湯のみ、唾壺《だこ》が載っている。

「さ、うがいをなさってください」

寝台に腰かけると、詠恵が差しだす湯のみの水を含んで、佳蕊が掲げる唾壺に水を吐いた。何度か繰り返すと、口内がさっぱりする。佳蕊が唾壺と湯のみを片づけるべく退室してから、詠恵が蓋碗を差しだした。

「お茶です。気持ちが落ち着きますわ」

「うん、ありがとう」

蓋碗を手に取り茶を飲んだ。緑茶の爽やかな香りとほのかな甘みにほっとする。

「……おいしい」

「よかった。貴妃さまが目を覚まされて安心しました」

詠恵が穏やかに微笑んだ。

「わたし、どれくらい意識を失っていたの？」

「今日の夜で危うく四日目になるところでした」

「つまり、三日間も意識がなかったの？」

それとも、三日しか、なのだろうか。

「一時は太医から覚悟しろと言われたんだぞ」

千花と並んで寝台に腰かけた玄覇が怖い顔をする。咎《とが》められたような気になり、身を縮めた。

「すみません」

ごまかすように茶を飲んでから、詠恵にたずねた。

「呉学士はどこ？　お礼を言わなきゃ」

空気がにわかに緊張をはらんだ。

詠恵は顔をそらし、玄覇が視線を鋭くしてうなるように言った。

「あいつは外で反省させている」

「何を反省することがあるんですか？」

「俺はおまえに毒を盛ったのは宮正司の連中だと思い、犯人を早急に見つけろと俊凱に命じた。俺に仕える宦官にも宮正司の者に接触した妃嬪がいないか探せと命を下した。ところが今朝になって、俊凱はそろそろこぶしを下ろしてほしい、犯人は見つからないからと涼しい顔をして言い放った。聞けば、臣が毒を盛ったと告白する」

「だから、反省しろって言ったんですか？」

困惑する千花の両肩を、玄覇は掴んで吼《ほ》えた。

「俺はあいつに毒見役を命じたんだぞ!?　おまえに毒を盛れとは命じてない！」

「仕方ないですよ、わたしを外に出すための策だったんだから」

目の端で詠恵に訴えると、彼女は蓋碗を受け取って数歩退く。

「俺はな――」

「皇上。自分のしくじりは自分で取り返すしかありません。だから、毒を飲んだんです。呉学士は何も悪くありません」

千花は玄覇の目をまっすぐ見つめて言った。

本来、下々の者は龍顔《りゅうがん》を直視してはいけないのだが、彼に自分の意思をはっきり伝えたかったのだ。

（それに、変に責任を感じてほしくない）

自責にかられては困る。今後、思い切った行動を選択できなくなるからだ。

「呉学士を許してあげてください」

「千花――」

「呉学士とわたしは共謀して今回の毒殺事件を演出したんです。呉学士に罪があるというなら、わたしにもあります」

　飾ることなく伝えると、玄覇は千花の肩を解放し、深く息をついた。

「……わかった」

「では、呉学士を迎えに行きますね」

　千花は立ち上がり、小走りになって寝間を出た。後ろから玄覇と詠恵の制止の声が聞こえるが、少しでも早く彼に礼を伝えねばと思ったのだ。

　脛に痛みが残っているが、無理にでも歩を進める。大光殿の正殿から外に出ようとして、足を止めた。

「うわ、雨が降ってるじゃない！」

　しかも、ざあざあと音を立てて降る雨は、天の桶《おけ》をひっくり返したような激しさだ。大粒の雨が降りしきる中、門庭で膝立ちをしている俊凱を見て、千花は目を見開いた。

「呉学士、何してるのよ！」

　雨簾《あますだれ》の中に飛び出せば、バラバラと音を立てて、水滴が肩に、頭に降りかかった。こめかみを伝う雫《しずく》は背をすくませるように冷たいが、素足には気持ちがいい。

　しかし、数歩走ったところで、雨が落ちてこなくなった。傘を差した玄覇が追いついたのだ。

（ふつう、逆なんだけど）

玄覇は傘を差してもらうほうである。

（あとで謝ろう）

俊凱の前に立つと、無表情で膝立ちをしていた彼が眉を跳ね上げた。相当長く雨に打たれたのか、青の官服は灰色になり、烏紗帽《うさぼう》もじゅっくりと濡れている。このままでは膝蓋《しつがい》を痛めるし、感冒《かぜ》を引くだろう。千花は彼の腕を引いた。

「呉学士、立って。もういいから」

千花が力を入れて腕を引くのに、俊凱はなぜか立とうとしない。

「臣は貴妃さまに毒を盛り、生死の境に追い込みました。これは万死に値《あたい》する罪です」

悄然《しょうぜん》としているのは、玄覇を意識しているためだろう。だから、千花は彼のために助け船を出す。

「それは皇上が赦《ゆる》すとおっしゃったわ。こんな雨の中で反省したって、何の益にもならないでしょ。それに、反省する暇があったら、皇上のために悪巧みをしなさいよ」

「俺を何だと思ってるんだ」

背後の玄覇がぼやくが、それを無視する。

「早く立って。わたしは病み上がりなのよ。いつまで雨の中にいさせるつもりなの」

あえて自分が困るのだと訴えると、彼がすくっと立ち上がった。わずかに顔をしかめたのは、膝が痛むからだろう。

　傘を差した詠恵が千花の斜め後ろに立ったことを確認して、彼女に命じる。

「詠恵、呉学士を中に連れて行って。まずは着替えさせてあげなきゃ。それから湯浴みをさせて、休ませてちょうだい。感冒でも引いたら大変よ」

「かしこまりました」

　詠恵は俊凱に傘を差し、大光殿へと向かう。臣下が控える部屋があるから、そこで着替えるだろう。

　安心したら、めまいがするし、足から力が抜ける。足元がふらついた千花を玄覇があわてて抱き留める。

「大丈夫か？」

「ちょっと足が萎《な》えて……」

「戻るぞ」

　玄覇が空いている左手で千花を支えてくれる。階を登り、反り返った屋根の下に至ると、玄覇は傘をその場に放って千花を横抱きにした。

「ちょ、ちょっと、何をしてるんですか」

「いいから黙っていろ」

　なんだか怒っているような声だ。千花は仕方なしに口を閉ざすと、彼に抱えられたまま肩をすくめる。玄覇は正殿に入るとまっすぐ玉座に向かい、あろうことか皇帝のみが腰をおろす明黄色《めいこうしょく》の靠墊《クッション》に千花を座らせた。

「ここで待ってろ」

もう言葉も出せない。千花はそっと天井を見た。藻井《そうせい》にわだかまる龍がすごんでいるようで、手を合わせた。

（すみません、玉を落とすのはやめてください）

これは玄覇がやったことなのだ、わたしのせいではないのだ、と言い訳を心の中でつぶやいていると、玄覇が手巾を手に戻ってきた。その手巾で千花の頭を拭き、肩を拭い、片膝をつくと足を拭きだした。

（……嘘《うそ》）

夫でもない男に足を触れられてはいけないというのは、この国に生きる女たちが習う貞淑の決まりのひとつだ。常に長裙《ちょうくん》と沓《くつ》に隠される素足をさらすのは、房事のときだけだからだ。

（いや、足に触れられて恥ずかしいというより、こんなことさせたら不敬罪だわ）

皇帝に世話を焼かせるなんて、不遜《ふそん》の極みだろう。

「も、もうしないでください。足くらい自分で拭けますから」

彼は千花の制止を無視し、足の裏まで丁寧に拭ってから、小さくため息をついた。

「……おまえを後宮に入れたせいで、生死の境をさまよわせた」

玄覇はかすかに眉を寄せている。

「皇上、わたしはこの仕事に命をかけてます」

千花は彼の目を見て、言葉に力を込めた。

「貧乏人が大金を摑む手なんて、そうそうないんです。だから、どうかお気になさらず」

辞めさせられたら困る。変な情は捨ててもらわないといけない。

「それで、外はどうなってます？」

玄覇はいったん下を向いてから、千花を見つめた。

「……正直に言えば、助かった。毒殺事件が起きたことで誰の反対もなくおまえを牢から出せたし、おまえを処罰しろという声もぴたりと止んだ」

「やっぱりわたしの選択は正解だったんですね」

そもそも、千花には皇太后に毒を盛る動機がない。皇太后は玄覇を皇帝に指名し、そのおかげで〝糟糠之妻《そうこうのつま》〟である千花は貴妃という身分を手に入れた。感謝こそすれ、恨みを抱くはずがない相手なのだ。

「この後宮には、わたしを殺したい人間はわんさかいるはずですから、わたしの毒殺事件のほうが起こって当然ですもん」

「よくそんなことが平気で言えるな」

「だって、事実ですから。わたしは皇帝の寵愛を独占している憎たらしい女ですよ？　それをきちんと認識していないと、仕事に支障が出るじゃないですか」

玄覇が額《ひたい》を押さえた。

「どうしたんですか？」

「……おまえの意識がない間、ずっと悩んでいた。おまえを解雇するべきじゃないかと」

「はぁ!?」

玉座から立ち上がると、玄覇に言う。

「皇上、わたしの横に座ってください。その位置にいられたら、じっくり話ができません」

玄覇が手巾を床に置き、怪訝な顔をして千花の隣に座った。玉座は広い。ふたり並んで座っても、余裕がある。千花は彼の右手を握り、真剣な目で訴えた。

「解雇は不当だと思います。毒の飲み損じゃないですか」

「まあ、そういえばそうだが」

「でしょう!?　わたしは今後の活動継続のためにも毒を飲むという危険を冒したんですよ？　それなのに馘《くび》にするなんてひどいです！　当初の予定どおり、二年は雇っていただきます」

「それでいいのか？」

玄覇は困惑した顔だ。

「もちろんです!!　寵姫業、最近はけっこう向いている気がしてますから！」

辞めさせられないように必死に説得すると、玄覇はしばし黙ってからうなずいた。

「わかった。雇用契約は続行だ」

「ありがとうございます！　きちんと働きますから、安心してくださいね」

心も身体も緊張がほどけたのだろうか。瞬間、ぐうっと盛大に腹が鳴った。さすがに恥ずかしく、頬が赤くなるのを自覚したのだが、玄覇は心配そうに訊いてくる。

「三日間、何も食べなかったからな。いつも一日五食は食べてるんだから、相当腹が減っただろう」

「あの、毎日五食は食べてません。たまにです」

「とにかく何か持ってこさせよう。粥でいいか?」

「お粥は……この間吐いたので、麵がいいです」

身をよじって吐いた記憶はまだ新しく、想像しただけで身震いする。

「わかった。誰か御膳房に行かせよう」

玄覇が大声で人を呼ぶと、隣の間に控えていた宦官が小走りでやって来る。千花はようやく彼の手を放すと、己の腹部に手をやる。

(ごはんが食べられるって幸せなことだ)

生きている喜びをしみじみと感じずにはいられなかった。

意識を取り戻して三日目の午後。千花は化粧をせずに御膳房に向かった。公《おおやけ》には、貴妃の体調は本復しておらず休息が必要だと発表しているため、派手に動き回れないのである。

御膳房に入ると、清恩と方正が作業台に載せた山盛りの青菜や黄ニラを前に打ち合わせをしていた。

「厨師長！」

「あら、貴――じゃなかった阿千《あせん》ちゃんじゃない」

化粧をしていないときの千花は、貴妃に仕える侍女・阿千ということになっている。早足で近づいたついでに清恩に抱きつく。

「麵條《うどん》、おいしかったわ。あと米粉《ビーフン》も！　どちらも湯が最高だった。ありがとう、厨師長」

千花の食事は清恩が手ずから作ってくれたらしい。麵の茹で具合、湯の塩加減、すべてが完璧で、毎食ごとに感激したものだった。

「お礼なんかいいわよ。毒を盛られたんでしょう？　大変だったわね」

清恩のいたわりに、申し訳なさを覚えた。

「う、うん。くそまず飯に毒が入っているって二重苦だったわ」

「宮正司は素人《しろうと》が食事の用意を担当してますんで、くそまずになっちまうんですなぁ」

方正が腕を組んでうんうんとうなずいた。

「それで、何をしに来たの、阿千ちゃん」

「この間の調査をしに。動きを思いだして、隙がなかったか確認しようかと思って」

千花が説明すると、清恩は方正と顔を見合わせてから話しだした。

「それがねぇ。御膳房の作業の間に、誰かが毒を混入させるのは難しいと思うのよ」

方正が補足説明をする。

「この間、呉学士が来て調査をしていきましたが、ほぼ同意見でしたぜ。一番怪しいのが保管していた豆沙だが、残った分を毒見しても問題なかったって話でさ」

「貴妃さまが寿安宮へ向かう途中で盛るしかないって感じだけど、貴妃さまが皇太后さまに毒を盛る意味はないしねぇ」

「正直、貴妃さまが毒を盛られたって聞いたときのほうが驚きはなかったですなぁ。とうとうやられたかってみんなして納得したくらいですぜ」

「やっぱり、貴妃さまが誰かを毒殺するより、誰かに毒殺されるほうが自然よね」

三人で悩んでいると、豆沙酥の味見をさせた若い厨師が羽を抜いた丸鶏を両脇に抱えて台の向こうを通りかかる。

「待って、話を訊いていい？」

「はい、なんですか？」

彼は不思議そうな顔をして千花の顔を見ている。清恩が笑いをこらえながら説明をした。

「貴妃さまのところに勤める阿千ちゃんよ。この間の一件について調べているから、貴妃さまが作った豆沙酥の感想を話してやってちょうだい」

「ああ、いいですよ。豆沙酥はうまかったし、俺は何日経ってもピンピンしている。以上です」

「本当にそれだけ？　豆沙の練りが足りなかったとか、甘みが不足していたとか、焼きが不十分だったとか意見はないの？」

料理に厳しい清恩は、豆沙酥のできばえまで確認している。

「ふつうにうまかったですよ。特に問題はなかったなぁ」

「わかったわ。仕事に戻って」

千花は内心で頭をかかえてつぶやいた。

「……誰が毒を盛ったんだろう」

「貴妃さまに毒を盛った奴から探したほうがいいんじゃないですかい。あれも呉学士が毒見をしたあと毒が混入されていたと聞きやしたぜ。犯人はとんでもない手練《てだ》れに違いねぇ」

方正は俊凱を疑っていないようだ。目的が達成されていることに密かに安堵する。

「そうね。そっちから攻めたほうがいいんじゃないかしら」

清恩まで同意する。自作自演の事件をこれ以上追及されるのは困るので、話をそらすべく詠恵から聞いていた事実を確認する。

「ひとつ訊きたいことがあるの。以前皇太后さまは十年前に毒を盛られたと言っていたけど、そのとき、厨師長たちは御膳房で働いていたのよね」

清恩がいきなり顔面をひきつらせた。

「もちろん働いてたわよ。とんでもない事件だったわね、方正！」

「まったくでさ。今思い出しても、震えがきちまう」

ふたりの顔色がよろしくない。

「なんたって、皇太后さまが立后されるときに起こった事件なんだから」

「立后式の最後に儀式として食べる〝五穀の粥〟に毒が盛られたんですぜ」

ふたりが顔を見合わせて震え上がっている。

なんでも、立后式の最後には〝五穀の粥〟が出され、皇后はそれを食べて豊作を祈念するらしい。

陰陽《いんよう》の理《ことわり》に則《のっと》ると、男と天は陽で、女と地は陰に属する。古代の王朝では、大地の実りを祈るのは皇后の役目だと考えられ、そこから生まれた儀式だという。

「あのとき、あたしはただの厨師だったけど、しかも、粥を煮てすらいなかったのに、宮正司に呼ばれて杖《じょう》で叩かれたのよ！」

「同じく。にしても、あのときの厨師長の気の毒なことといったらありませんでしたなぁ。長らく宮正司に拘束されて、戻ってきたときは、髪は白くなっちまうし、目は腐った魚みたいになっちまった」

　ふたりの過去話は終わりそうにない。千花はさっさと話を進める。

「五穀の粥は誰が煮たの？　新入り？」

「いや、熟練の厨師でさ。五穀粥ってのは雑穀粥なんですが、それを煮るのに、ふたりがかりで見張ってたんですぜ。なのに、毒を盛られたもんだから、もう大混乱で」

「結局、犯人はわからなかったのよね」

「そうよ。散々調べた挙げ句、犯人は不明。でも誰かを罰する必要があるってことで、粥を煮た厨師が追放されて終了したわ」

　清恩がため息をついた。

「皇太后さまが毒を盛られたのは、あの一度だけ。それが今になってまた毒を盛られるなんてね。いったいどういうことかしら」

　清恩の疑問は、千花の疑問と同じだ。

（十年前と今……もしかして、何か共通点がある？）

　状況が違いすぎて、さっぱり思い当たらないのだが。考えがまとまらないまま、千花は頭に浮かんだ疑問をとりあえず口にした。

「ところで、五穀の粥って、麻、稷《あわ》、黍《もちきび》、麦、菽《まめ》のお粥ってこと？」

　古代は米の生産が盛んでなく、貴人といえども、現在では粗末な穀物と認識される黍や稷を食していたらしい。

「あのときは、麻の実の代わりにそばの実を使ったのよ」

「そばって……貧民が食べるものなのに？」

麻の実を米に変えたなら食べやすくしたのだと理解できるのだが。

「皇太后さまの御母堂が伊莉《イリ》族出身だから、それにちなんでらしいわ」

「伊莉族って、山岳地帯に住む伊莉族？」

「そうよ。瞳が不思議な色をしているでしょう？　あれは伊莉族の証よ」

皇太后の瞳は金色がかった琥珀《こはく》の色だ。

「伊莉族の主食はそば粉で作ったそば饅頭《マントウ》ですからなぁ。住んでいる土地が痩せているんで、そばしか育たないって話ですぜ」

「なるほど。皇太后さまの出自にちなんで、そばの実を入れたのね」

「もしも気になるなら、菜譜《さいふ》が残っているから確認する？」

清恩に言われて、千花は目を見開いた。

「菜譜、残っているの？」

「妃嬪の分はいくらか抜けがあるかもしれないけど、皇上や皇后、皇太后さまにお出しした料理は、すべて記録するように決まっているのよ」

「見せて！」

千花は胸を弾ませてねだる。

「じゃあ、書庫に行きましょうか」

清恩について外に出る。彼は千花を引き連れて、御膳房の北にある建物に向かった。

建物は、黒瓦葺《くろがわらぶ》きの屋根をいただき、灰色の塼《せん》を組み上げて建てられている。皇宮の建築物は黄釉《おうゆう》の屋根と丹《に》色の壁が基調となっているが、一部の建物は方位神の加護を祈って色が違う。書庫の屋根を黒くするのは、水を司《つかさど》る黒い霊獣《れいじゅう》・玄武《げんぶ》にちなんでのもの。火事避けの意味がある。

清恩が腰から吊るしたいくつもの鍵のひとつを錠《じょう》に差し込んだ。扉を開けると、古い紙の匂いが漂う。天井近くには換気と採光の両方を兼ねた格子の窓があり、文字が読める明るさをなんとか保っている。

「……これ、全部菜譜なの？」

入り口でしばし呆然とした。無数の書棚が並び、そのすべてに冊子が詰め込まれている。

一見ではとうてい数え切れず、途方に暮れた。

「そうよ。百五十年分あるもの」

清恩が西の方に歩きだす。棚の隣を通りかかるたびに大量の冊子の背をチラ見する。

「すごいわ。貴重なお宝ね、厨師長」

「昔の菜譜を見ると、なかなかおもしろいのよ。流行《はや》り廃《すた》りがわかるし、作り方の変遷《へんせん》もあるし」

「師父が見たら、大喜びしたな」

おそらくかぶりつきで読んだだろう。

「さて、ここあたりかしら」

清恩は書棚の途中に立ち、何冊か取りだしては表紙を眺める。表紙には、年月が記載されている。

「これだと思うわ」

手渡された菜譜を両手で受け取る。

「ありがとう。あの、他のも見ていいかしら」

「いいわよ。終わったら、声をかけてちょうだい」

千花は近くにある几案に菜譜を置き、椅子に腰かけて中を開いた。丁寧な字で朝から晩まで出した膳の料理名と使った材料が書いてある。作り方はほぼ省略されているが、特記事項だけ記載されている。頁《ページ》を繰っているうちに、立后式の日付になった。そこには雑穀粥について記載されている。

「味つけはごく少量の塩だけか……」

儀式で出す粥だから、おそらく完食するものではないはずだ。一口か二口だけ食べる程度のものだろう。

（そんなものに毒を入れる？）

とうてい殺せそうにない。

考えていると、人の気配がした。振り返れば、詠恵がいる。

「詠恵、どうしたの？」

「お戻りになられないので、心配になったのです。厨師長にたずねたら、こちらを案内されて」

「ごめんね、待たせて」

詠恵は御膳房から離れたところで千花を待つことになっていた。侍女の阿千に詠恵がぴったりついていたら、正体を見破られそうだと案じたからだ。

「かまいませんわ。ところで、何をご覧になられているんですか？」

「菜譜よ。皇太后さまが立后式に食べた〝五穀の粥〟の」

「十年前の事件ですね」

詠恵は対面に座って菜譜を覗いた。

「それで、何かおわかりになられましたか？」

「何もわからない。正直、お手上げよ」

千花は椅子の背にもたれて天井を見上げた。

「まいったわ」

ため息をつく千花に、詠恵が静かに切り出す。

「貴妃さま。兄さんが貴妃さまに毒を飲ませたのは、真犯人が見つからなかったときに備えてですわ」

「わかってる」

俊凱が千花に毒を飲ませたのは、宮正司から解放するためだが、もうひとつの狙いがある。千花も毒に倒れたことで、事件をうやむやにするつもりなのだ。

千花は俊凱の説明を思い出した。

『臣めが思いますに、この事件の真犯人を見つけるのは難しいかと存じます。しかし、貴妃さまも毒殺されかけたことにしておけば、知らぬ顔を通せるはずです』

謎の手練れが皇太后と千花に毒を盛った。千花は毒殺の被害者である。

犯人が見つからなければ、そうやってごまかせばいいと俊凱は言った。

「呉学士の配慮はありがたいけど、わたしは犯人を見つけたいの」

「貴妃さま」

「だって、犯人がわからなかったら、皇太后さまはこれからずっと食事のたびに戦戦《せんせん》兢兢《きょうきょう》としていなくちゃいけないわ。そんなのは嫌なのよ。皇太后さまには、安心してごはんを食べてほしいの」

食は人生の楽しみのひとつだ。それを奪いたくない。

「だから、なんとかして犯人を……真相を摑まなくちゃいけないわ」

考えをまとめるために菜譜をめくっていると、詠恵がつぶやいた。

「それにしても、いったいどの段階で毒を盛られたんでしょう。まさか、皇太后さまにとって、豆沙酥そのものが有害だったのでしょうか」

詠恵の疑問を聞き、千花は手を止めた。

脳内で唐突に記憶が弾けた。

「……そうよ、師父が言ってた。無毒な食べ物そのものが身体に害を為す場合があるって」

「貴妃さま」

豆沙酥を作っていたときのことを思いだす。

皇太后と同じ金色の瞳の青年がいた。そして、故郷に帰るときの保存食を作っていて、賑やかだった――。

どくんと心臓が脈打った。考えるよりも直感を信じ、千花は立ち上がった。

「貴妃さま?」

「厨師長に話を聞きに行ってくる。詠恵は皇太后さまの菜譜を調べて。十年分」

「じゅ、十年分ですか?」

いつも冷静な詠恵が表情を変えている。

「そうよ。わたしの勘が正しかったら、皇太后さまには誰も毒を盛っていないから！」

千花はそれだけ言い残すと、脱兎《だっと》の勢いで書庫を飛びだした。

三日後、千花は寿安宮の客庁にいた。瑶月に客庁に案内されるや、膝立ちして皇太后を待つ。

昨日、昼の膳が終わったころに伺いたいと面会を申し込み、寿安宮からは了解の返事を得た。しかし、約束の時間になっても、皇太后はあらわれない。空の宝座を見上げ、腰をピンと伸ばした。

(いつまでも待つわ)

皇太后は千花に怒っているだろう。生まれの定かでない女を後宮に受け入れてやったのに、毒を盛って害そうとした。恩を仇《あだ》で返したと憤《いきどお》って当然なのだ。

腰を伸ばして膝立ちする姿勢を保とうすると、尻に力を入れなければならず疲労がたまる。金塼の床に長く膝をつければ膝蓋が痛むから、少しずつ動かしてできるだけ楽にする。

一時間は経っただろうか。衣擦《きぬず》れの音がして、千花はうつむけていた顔をかすかに上げた。

皇太后が宝座に腰かけるところだった。

「皇太后さまに拝謁《はいえつ》いたします」

千花は伏礼をする。その姿勢のまま皇太后の言葉を待った。

宮中の礼というのは上位者が許しを与えるまで続けなければならない。千花は瞼を閉じて、ひたすら頭を無にする。

「……楽におし」

「ありがとうございます」

膝立ちの体勢に戻ると、皇太后を見上げた。皇太后は美しい琥珀の瞳で千花を見下ろし、紅を塗った唇を開いた。

「そなた、毒を盛られたそうじゃな。毒の味はどうであった？」

冷ややかな面輪《おもわ》を見上げ、千花はにっこりと微笑んだ。皇太后は怪訝な顔をする。

「皇太后さま。わたしは以前、史書に書かれた一文を読んだことがあります。とある皇帝の忠臣が毒杯を賜《たまわ》り、死ぬところです。毒を飲んで従容《しょうよう》として死に至る、と書かれてありましたが、それは嘘でした。毒を飲んだら七転八倒の苦しみを味わいます。でたらめ書くなと思いました」

牢内で胃の中のものを吐いたときを思い出すと、今でも背筋がゾッとする。胃まで飛びでるかと思うように吐いた。食道は焼けるように痛み、呼吸ができずに目の前が真っ暗になった。

詠恵の話では、意識が朦朧《もうろう》としていたときも吐いていたらしい。玄覇がなんとか薬を飲ませようとしたが、ことごとく失敗したと聞いた。

「それは災難じゃったな」

皇太后が呆れたように半眼になった。

「皇太后さまも同じ苦しみを味わわれたかと思うと、わたしの胸も痛みます」

「よう言う。それで、今日は何をしに参った。同じ苦しみを味わったから、詫《わ》びに来たのかえ？」

皇太后は眉を吊り上げた。千花は穏やかに微笑んで首を左右に振った。

「わたしは毒など盛っておりません。それをご説明しに参りました」

「では、犯人を見つけたのかえ？」

「犯人はおりません。誰も皇太后さまに毒を盛っていないのです」

千花の返答に、皇太后は眉をひそめる。

「ふざけておるのか？」

「ふざけておりません。ところで、前置きに、わたしが師父から聞いた宝譚《ほうたん》での逸話についてお話ししてもよろしいですか？」

「……好きにせよ」

皇太后は宝座の肘《ひじ》置きに頬杖をして、やる気のない様子だ。

「宝譚は沙漠《さばく》にある交易都市。東西から様々な物資が集まる土地として有名です。わたしの師父が料理の調査に行ったときです。そこでひとりの富豪と知り合い、連日宿泊させてもらったのですが、供される食事は毎食抓飯《ピラフ》でした。抓飯は羊肉と胡蘿蔔《にんじん》をたっぷりの油で炒め、水と米を投入して炊く、祝いの席の料理です。なので、師父は奇妙なことだと思ったそうです」

「そなたの師父をもてなすためではないのかえ?」

「当初は師父ももてなしかと考えたそうです。しかし、高価な米が毎日出されるものですから、奇怪に思ったのだとか。宝譚の主食は小麦を使った平たい麵包《パン》。ところが、師父の前で富豪は一度もそれを食べなかったそうです」

「ほう」

「なぜかと師父が問うと、富豪は答えました。小麦は我が身体に毒なのです、と」

皇太后が驚きをあらわにして頰杖をやめた。

「富豪は小麦を食べると激しい咳《せき》が出て呼吸が困難になり、身体に発疹が出て痒《かゆ》くてたまらなくなるのだとか。宝譚の西方から訪れた医師に診《み》てもらったところ、小麦を食べるのを控えるようにと忠告されたそうです。それ以来、食事は抓飯が主になったと語りました」

なんでも、宝譚の西方は医術が発達しているらしい。

「……そなた、妾も同じだと言いたいのかえ。妾の食膳には饅頭や麵條が出される。酥や餅《ピン》も食すが、一度もそのような異常が起きたことはないのだぞ」

「それは当然です。皇太后さまのお身体に害を為した食物は、小麦ではなくそばですから」

千花の断言に、皇太后が目を丸くした。

「そばじゃと？　豆沙酥にそばが入っていたのかえ？」

「そばを入れてはおりません。しかし、結果として入ってしまったのです」

千花は息を吸って、頭を再度整理した。

「わたしが豆沙酥を作ったあの日、伊莉族の青年が故郷に帰る途中に食べるそば饅頭を作りました。そば饅頭の製法は簡単です。そば粉をお湯で溶き、生地を成形して十五分ほど茹でます。それを一晩風にさらすと完成です。甘味とかすかな苦みがあり、腹持ちがよくて、一か月も保存が可能なのだそうです。青年は、都から故郷まで一か月以上かかるため、そば饅頭を作ったのだとか」

御膳房では互いの故郷の料理を作り合って食に対する造詣《ぞうけい》を深めることが推奨されている。

『この国は広くて、みんな自分の故郷の味しか知らないでしょう？　でも、御膳房は全国から厨師が集まる。知らない味を学んでおくのも勉強のうちなのよ』

清恩はなにかの折にそう言っていた。

あの日、厨師たちは青年にそば饅頭の作り方を学んでいた。そこに千花が通りかかったものだから、あわてたのだ。大事な保存食を食いしん坊の千花が食べるのではないかと危ぶんだ。だから、見せることすら拒んだのだ。

「青年は麵台で成形をしたんです。わたしは、彼のあとに作業をしました。そのときに、そば粉が豆沙酥に混入したんだと思います」

まさか、そば饅頭を作っていたとは想像しなかった。まして、そばが皇太后の身体に害を及ぼすなどわかるはずもなかった。

「……そんな」

「皇太后さまが立后式のあとに〝五穀の粥〟を食べて、お身体に変調を来《き》したのも同じ理屈です。あのとき、皇太后さまの出自に由来したそばの実を粥の中に入れました。それは毒を食べたのと同じような影響を皇太后さまにもたらしたのです」

皇太后の琥珀の瞳が丸くなる。

客庁の隅に控える瑶月が焦ったように口を挟んだ。

「そんなことがありえるのですか？」

「現に、皇太后さまが毒を盛られたに等しい変調を来したのは、立后式の折と今回だけです。十年分の菜譜を確認しましたが、そばは一度も食膳に出されておりません。そばは貧民が食すもの。そんな素材を皇太后さまにお出しするはずがないからです」

山を開墾《かいこん》してまず植えるのはそばだという。そばは荒れ地でも収穫できる穀物だからだ。貧民が食べるものといわれる所以《ゆえん》である。

「……信じられぬ。そんな話……無毒な食物が害を為すなど」

「そうおっしゃるのではと思い、証明するための手段をお持ちしました」

詠恵が盆を掲げて入ってきた。その上に載っているのは、金彩の碗だ。碗には皇后の象徴である鳳凰《ほうおう》が描かれている。詠恵は静々と宝座への段を上った。皇太后の傍《かたわ》らに至ると、両膝をついて盆をかかげる。

「立后式にお召し上がりになった〝五穀の粥〟を作りました。あの日と同じものです」

皇太后が恐怖をあらわにして粥を見る。

「それをお召し上がりになられたら、わたしが申し上げたことが嘘か真《まこと》かわかります」

皇太后が粥に視線を落とす。しばし悩んだ様子を見せたあと、レンゲに手を伸ばそうとしたところで、詠恵が盆を引いた。驚いて千花を見る皇太后に微笑みを返す。

「皇太后さま。その粥を食べられたら、この間と同じように苦しむ羽目になります。わたしは、そんなことを望んではおりません」

「これを食べねば、そなたの無実は証明できぬぞ」

「それを食べさせて白黒を明らかにするくらいなら、灰色の疑惑の中にいることを選びます」

千花は膝立ちのまま背をぴしりと伸ばし、皇太后をまっすぐ見上げる。

「ご理解いただきたいのは、ただひとつ。わたしは皇太后さまに決して危害を加えません」

〝五穀の粥〟を食べさせられない以上、千花が伝えられるのはそれだけだ。

皇太后は椅子の背にもたれ、目元を手で覆ってうつむいた。おそらく考えているのだ。

千花を赦すか否《いな》かを。

やがて、彼女は手を放すと、千花を静かに見据《みす》えた。

「……貴妃よ。そなたを赦そう」

千花は息を呑み、両手を重ねて伏礼をした。

「皇太后さまのご聖恩に感謝いたします」

「楽におし」

半身を起こしてから、皇太后を見上げた。詠恵はすでに客庁から辞し、代わりに瑶月が皇太后に近づいて、蓋碗を渡している。彼女が茶を飲み、蓋碗を瑶月に戻したときに、千花は口を開いた。

「おそれながら、質問をひとつだけお許しいただけますか？」

「申してみよ」

「皇太后さまの御母堂は伊莉族のお方。でしたら、そば饅頭を一度はお召し上がりになったのではありませんか？」

母親は自分が慣れ親しんだ味を子に食べさせるものだ。そして、一度でもそば饅頭を食したなら、気づいただろう。そばを食べたら、身体が異常を発するのだと。

皇太后が疲れたように微笑した。

「そばは貧民が食すものと言ったのは、そなたではないか。妾は、それゆえ食したことがないのじゃ」

　天井を見上げて、皇太后はぽつりとつぶやいた。

「妾の産みの母は潮州に出稼ぎに出た折に父に見初められ、愛妾となった。しかし、妾を産んで数年したころに再度懐妊し、難産の末に逝去《せいきょ》した。妾を育てたのは、父の正妻であった」

　千花は痛ましい思いで彼女を見つめる。皇太后は苦笑して続けた。

「そなた、妾が正妻からいじめられる姿を想像しておるかもしれんが、正妻は立派な方でな。妾を実の子と同様に可愛《かわい》がってくれた。衣食住を気にかけ、教育を施し、高貴な男と釣りあうよう琴棋書画《きんきしょが》の教養を身につけさせてくれた。妾も母さまと呼んで慕っておった」

　皇太后はそこまで話すと、切なげに虚空《こくう》を見た。

「ある日、伊莉族はそば饅頭を食べると知った妾は食べたいと母にねだったのじゃ。母は、貧民が食べるものなどおまえに食べさせられないと拒否した」

　皇太后は痛みをこらえる表情をした。

「もしかしたら、母は名家の娘にふさわしくないことをさせたくなかっただけなのかもしれぬ。だが、母の言葉を思いだすと、心に針が刺さったような気がしてのう。妾の身体の半分には、母が言う貧民の血が流れておるゆえ」

　皇太后はため息をつくと、肘置きを叩いた。

「それにしても、残念じゃ。いつかそば饅頭を食したいと思っておったのじゃが……妾には毒になってしまうのじゃな」

口元に寂しそうな微笑みを刷《は》く姿に、つい声をかけてしまう。

「皇太后さま。お母上がそば饅頭をお出ししなかったのは、結果的に皇太后さまを守ることになったのです」

皇太后が驚いたような顔をして、千花を見つめた。それから、いつものゆったりとした微笑を浮かべた。

「そなたの言葉、ありがたくもらっておこう……にしても、妾が毒を盛られていないなら、そなたに毒を盛ったのは誰であろうかの？」

千花は息を止め、素知らぬ顔で両手を広げた。

「皇太后さま。わたしに毒を盛りそうな人間は、この両手では足りません」

「なるほど。見当もつかぬのじゃな。それは大変じゃ」

笑みを嚙み殺してから、千花に立つよう手で指示する。立ち上がると膝が痛んだが、右の瞼を閉じてこらえた。

「疲れたであろう。帰るがよい」

「ありがとうございます。また、ご挨拶に参ります」

万福礼をしてから数歩退き、背を向けた。客庁を出てから目を見張った。門庭に玄覇がいた。

「皇上、何をしに来られたんですか？」

彼が呆れたように半眼になった。

「もしものことがあったら、助け船を出すためだ」

「詠恵が、八割勝ち確ですわって言ってたじゃないですか」

詠恵は粥を片づけに行ったのか見当たらないので、今すぐ礼を言えないのが残念だ。

原因を突き止めたあと、皇太后にどうわかってもらえるか玄覇や俊凱に相談した。みなで考えた挙句、やはり完全に証明しきれない――してはいけないという結論に達した。ともあれ、皇太后は千花を許すはずだと詠恵と俊凱は言っていた。

『皇太后さまにとって、皇上は必要不可欠なお方ですもの』

玄覇が皇帝だからこそ、皇太后は穏やかな〝余生〟を送れる。子という後ろ盾のない彼女にとって、まさにその点が重要だからだ。

「二割は負ける要素が残っているだろう。俺はそれを埋めるために来たんだぞ」

歩きだした玄覇の斜め後ろを歩きながら、口元に笑みが浮かんだ。やはり玄覇は好人《いいひと》だ。

「皇上、わざわざ来てくださって、ありがとうございます」

「俺のほうこそ、おまえに礼を言わないといけない。おまえが真実を見つけたから、俺は強引な手を使わずに済んだ」

「わたしこそ助けてもらいましたから。菜譜を確認できたのは皇上と呉学士のおかげです」

一日三食、それを十年分の菜譜は膨大だった。詠恵とふたりで頁をめくっていたが、終わりが見えずに音を上げた千花は、菜譜を大光殿に持ち込んで玄覇と俊凱の力を借りたのだ。毎日、大量の上奏文を処理しているだけに、ふたりの字を読む速度は高速で、菜譜にそばがないことを確認してくれた。

「……当たり前だろう。俺にとって、おまえは……大切な相棒だ」

振り返った彼が真顔で見つめる。千花は目を丸くしたあと、顔をほころばせた。

「いいですね、相棒。寵姫よりも、ずっといい響きです」

不意に道が開けたような気がした。二年間、彼の役に立つ〝相棒〟になる。それこそ、千花がなすべきことなのだ。

互いの力量を認めるように見つめ合う。二年が、長いとは思えない気がした。

五章　それは奇跡か、インチキか

芳華宮《ほうかきゅう》に御花園《ぎょかえん》で育てられた牡丹《ぼたん》の鉢《はち》が届くようになったころ。

午後の穏やかな時間は、高い悲鳴で破られた。

「佳蕊姐姐《かずいおねえさま》!?」

「蛇《へび》よぉ！」

泣いているような声を聞きつけ寝間に走った千花《せんか》は、佳蕊の手にぶらりと下がっているものに目を見張った。

「佳蕊、大丈夫!?」

「痛────!!」

佳蕊は涙目でぶんぶんと手を振っている。およそ四尺ほどはありそうな蛇が地面に振り落とされた直後、千花は足で蛇の胴を押さえ、詠恵《えいけい》に手渡された菜刀《ほうちょう》を蛇の頭の根元に突き立てた。常々研いでいる切れ味鋭い菜刀は、蛇の頭をさくっと切り落とす。

「よっしゃ、佳蕊どんな感じ？」

「うう、じんじんします」

「まずいわね。毒蛇よ、これ」

フラフラと座り込んだ佳蕊を侍女たちが取り囲む。佳蕊は芳華宮の侍女から「姐姐」と呼ばれ、崇拝を集めているのだ。

「誰か紐《ひも》を」

手渡された寝台の垂れ布をまとめる紐で佳蕊の手首より上を縛る。それから、佳蕊の掌《てのひら》を取り上げた。蛇の牙の跡がくっきりと残っている。そこに迷わず口をつけると、血を吸いだす。

「きゃあ!」

「貴妃《きひ》さま、いけません!　あたしがやります!」

「いいえ、あたしがっ」

侍女の悲鳴は無視して、吸った血を詠恵が差しだす唾壺《だこ》に吐いた。何度か繰り返している間に、詠恵が太医《たいい》を呼ぶように命じる声が聞こえる。血が出にくくなってから、青ざめた佳蕊をその場に寝かせる。

「太医が来るまで、安静にしているのよ。誰か佳蕊の傷口を洗ってあげて」

「あたしがやるわ」

「いいえ、あたしが……!」

傷口を洗う権利を奪い合う侍女を眺めてから、千花は頭のない蛇を摑《つか》み寝間の外に出る。

「貴妃さま、その蛇、どうなさるのですか？」

後ろをついてくる詠恵に答える。

「捌《さば》いて、胆《きも》をもらおうと思って」

「お召し上がりになるのですか？」

「この蛇、痩《や》せてるから、食べられるほど肉はついてないわ。だから、せめて蛇の胆を入れたお酒を皇上に飲んでもらおうかなと思うの」

「まあ、皇上はお喜びに……なるのでしょうか」

頭のない蛇をぷらぷらさせて歩く千花を、他に異常がないか屋内を調べ回る宦官《かんがん》や宮女たちは見て見ぬフリをする。

千花は客庁《きやくま》から出て階を下り、門庭で天を見上げて目を細めた。すっかり春の陽気である。

蛇を置いてその場にしゃがみ、胴体にすっと菜刀を入れていく。

「肉を食べるときは、まず皮を剝がすんだけどね」

「蛇はどういう料理になさるのですか？」

「それはもう蛇の羹《あつもの》よ。南では、秋になるとそわそわするものよ。蛇がおいしくなったぞって」

〝秋風が吹くと蛇が肥《こ》える〟と昔から言うとおり、冬眠に備えてむっちり肥えた蛇を人間さまが食すわけだ。

蛇の体内を開く。血の匂いを嗅《か》ぎながら、胆を探して取り除く。中をさわっても肉の弾力をあまり感じないから、やはりこの蛇は食べるところがあまりない。

「料理以外の殺生《せっしょう》は、できるだけしたくないんだけど」

「料理で散々なさいますものね」

「そう。鶏《にわとり》、あひる、鴨《かも》、鶉《うずら》……まずは息の根を止めるところから料理開始よ」

「豚はなさらないんですか？」

「豚は一頭丸々使うってことがめったにないから。婚礼の宴会をまかされたときは、やったけどね」

麗州《れいしゅう》近隣にある百人ばかりの村民すべてを集めた婚礼の宴《うたげ》をまかされたときだ。新郎の家の親族の手を借りたが、承之《しょうし》と一緒に豚に止めを刺し、血抜きをしたあと、熱湯につけて毛を剃《そ》るところからはじめた。あれは重労働だった。

あわただしい足音が聞こえたと思いきや、若い太医が門をくぐる。彼は千花の姿を見るや、ぎょっとして立ち止まった。

「あ、毒蛇に嚙《か》まれた子は中にいるの。解毒薬を飲ませてやって」

「かしこまりました」

太医はうつむいたまま千花の脇を通りすぎる。動揺はしているだろうが、貴人への礼を守ったのは立派だ。

太医を迎え入れた直後なのに、せわしない足音が芳華宮の門を通った。玄覇《げんは》がお供の宦官を連れて入ってきたのだ。

「貴妃よ、怪我《けが》は……してないな。何をしているんだ」

「蛇を捌いてます」

「何のために」

「蛇の胆は風湿《ふうしつ》を防ぎ、関節炎や神経痛に効果があります。それ以外にも薬効がてんこもりなんです。皇上、最近顔がお疲れだから、蛇の胆入り酒でも飲んで、元気になってください」

「……そうか」

「胆を酒につけておきますから、夜にでも飲んでいただければと思います」

「いや、俺は……陽《ひ》の光を浴びているだけで、元気になれそうだ」

玄覇は手を顔にかざして空を見上げている。

「せっかく新鮮な胆が手に入ったのに！　これを身体《からだ》に取り入れないなんて、もったいないですよ？」

千花は血塗《まみ》れの菜刀を持ったまま、彼に迫った。

「今さっき息の根を止めたばかりの！　出所が確かな！　安心安全な！　胆なんですよ。

毒が強い蛇ほど薬効が高いと昔からいわれています。蛇酒にしますから、ぜひ飲んでください」

「わかったから、菜刀はしまえ」

冷静に言われて、菜刀を下ろした。

「すみません、興奮して」

「新鮮な蛇が手に入ってうれしいのはわかるが、落ち着け」

確かに彼の言うとおりであった。詠恵が持ってきた盆に蛇と胆と菜刀を載せてから、茶《ちゃ》水間《すいま》に運んで玄覇用の酒に胆を漬け込むよう頼んだ。玄覇が宦官に太医から話を聞いてくるように命じる。手洗い用の水を持ってきた侍女に促《うなが》され、千花は盥《たらい》で手を洗って拭《ぬぐ》う。

侍女がいなくなって、ようやくふたりきりになった。玄覇がひそりとつぶやく。

「淑妃《しゆくひ》の仕業だな」

「たぶん。だけど、証拠がないですからね」

「それはそうだが、これで三度目だぞ。最初は毒蜘蛛《ぐも》、次が蠍《さそり》、今回が毒蛇だ」

「お約束ですね」

毒蜘蛛も蠍も事前に気づいたので、事なきを得た。しかし、今回は佳蕊が噛まれてしまった。

「毒見をした宦官も倒れたな」

「はい、ふたりもです」

毒を摂取した量が少なかったのか、すぐに回復したのは救いだ。

「わたしが狙われるのは仕方ないとしても、周りが傷つくのは困ります。なんとかしなきゃと思うんですが」

千花をかばって侍女や宦官が心身を痛める。そちらがつらい。

「犯人を捜すよう命令を出すか？」

「蓮児《れんじ》や標《ひょう》と同じ結果になりませんか？」

「ありえるな」

ふたりして考え込む。おそらく黒幕は楊《よう》淑妃であろうと踏んでいる。彼女は朝礼に出なくなり、千花に対して反旗を翻《ひるがえ》しだした。だが、彼女を追及すればいいかというと、そう単純ではない。

「淑妃は尻尾を切ることをためらわない人です。事件を調べて無辜《むこ》の人間を犯人にされたくありません」

「では、芳華宮の警護を厚くすることしかできないか」

玄覇は苦いものを噛んだ顔になっている。

「まあ、当面はそうしていただいて……ただ、現状が悪いかというと、そうとも思えないんですよね」

怪訝《けげん》そうにする玄覇に微笑《ほほえ》む。

「やり方が雑ってことです。蠍や毒蛇を放って、わたしを必ず殺せますか？　現に、蛇は佳蕊を嚙んだ。不確かな手段にまで頼るということは、焦りの証明じゃないかと」

「なるほどな」

「淑妃をこの際宮中から追い出してしまえないかと詠恵と話し合っているんです。できれば、こちらに正当な理由があるようにして」

どんな陰謀《いんぼう》でも大義が必要だ。特に玄覇は即位して間もない。官人たちは新皇帝の力量を測っている段階だ。彼らに、皇帝を舐《な》めると痛い目に遭《あ》うぞと示すことができれば理想的なのだが。

「俺も淑妃の親父《おやじ》を外朝から追いだしたいものだが。まったく邪魔で仕方ない」

「崇州《すうしゅう》の件は？」

「最悪の事態だ。奴め、崇州の知州《しゅうちじ》に命じて、孔宜昭《こうぎしょう》が汚職に関わったと嘘《うそ》をでっちあげ、牢《ろう》につないでいるんだぞ」

静かに、だがはっきりと怒りを示す玄覇を見て、千花は指を唇に当てて考え込む。

（なにかないかしら）

楊淑妃と宰相《さいしょう》のふたりを追い払える妙案が。考えてみるが、そう簡単に生まれはしない。

「さっぱり思いつかないわ」

「どうしたんだ？」

「いいえ、策を思いつくって大変――」

言いかけたところで、太医のもとから宦官が戻ってきた。

「おそれながら申し上げます。治療が済んだそうです」

「そう。お話を聞くわ」

千花は数歩進み、ついてこようとする玄覇を振り返った。

「皇上はお仕事があるのでは？」

「ああ」

「では、どうぞ大光殿《たいこうでん》にお戻りください。こちらは問題ありませんから」

玄覇がいれば佳蕊が恐縮するだろうから、いてもらう意味がない。

「邪魔か？」

「邪魔じゃありませんが、昼間からこんなところにいたら、女色に耽《ふけ》る暗君という噂《うわさ》が立ちますけどいいですか？」

遠慮のない諫言《かんげん》に、宦官が目を丸くしている。

「それは困るな」

「でしょう？　ですから、夜になったら、ぜひお越しください。新鮮な胆入り酒でお出迎えしますから」

玄覇が死んだ目になったが、千花は素知らぬ顔をした。どんなに嫌な顔をしようが、せっかく手に入った鮮度抜群の胆入り酒は飲んでもらわねばならない。

「……わかった。仕事をしてくる」

玄覇が、身を翻して大股《おおまた》で歩きだす。あわてて彼のあとを追う宦官を見送ってから、千花は客庁に足を踏み入れた。


翌日、芳華宮で開いた朝礼に、やはり淑妃と取り巻きの姿はなかった。

千花は広間を見渡せる正面に座る。欠かさず出席をするようになった韋賢妃《いけんひ》が率先して椅子《いす》から立ち上がり、万福礼《ばんぷくれい》をした。

「貴妃さまにご挨拶《あいさつ》を申し上げます」

「楽にして」

「ありがとうございます」

彼女が出席するなら、取り巻きも当然出席する。いくつか空いた席を確認して、穏やかに切りだした。

「淑妃はめまいがするんですって。顔を見られないのが残念ね」

「淑妃さままで蒲柳《ほりゅう》の質《しつ》だったなんて、聞いておりませんでしたわ。上のお方は下の者たちのお手本になっていただかなければならないのに、皆さま頼りないこと」

徐嫻嬪《じょかんひん》が呆《あき》れたように言う。蘇康嬪《そこうひん》が無邪気な笑顔でとりなした。

「姐姐たちにも事情がおありなのですわ。そういえば、貴妃さまのところに毒蛇が出たとか。うちの侍女が佳蕊を心配して、見舞いに行きたいとしきりに言いますの」

「佳蕊は本当に人気ね。うちの侍女たちも見舞いの品と称して香袋を縫《ぬ》っていたわ」

「うちもよ」

と妃嬪《ひひん》たちが口々に言う。

(佳蕊、もてるなぁ)

背が高い佳蕊は男装したら侍衛《じえい》に見えなくもない凜々《りり》しさだから、そこが受けているのだろう。

(ていうか、噂が伝わるの早すぎ)

後宮で秘密を守るのは、至難の業だ。

「そういえば、毒蛇はどうなさったのです?」

韋賢妃にたずねられたので、素直に答える。

「わたしが頭を落としたわよ」

妃嬪たちの顔に恐怖の色が差した。

「貴妃さまが?」

「ええ、菜刀でさくっと。だって、いつも料理でやっていることだから」

「で、でも、毒蛇ですよ？」

「毒蛇の毒は牙のところにあるでしょ。頭を落とせば安全じゃない」

「怖くないんですか？」

蘇康嬪が引き気味に問う。

「怖いからってもたもたしていたら、かえって危険になるでしょ。それに、料理を教えてくれた師父が言ってたわ。動物を絞めるときは、一気呵成《かせい》にやれって。かわいそうだからって手心を加えていたら、苦痛に苛《さいな》まれる時間を延ばすだけ。殺《や》るときは、一刀必殺よ」

こぶしを握って力説する千花に、みな呆然《ぼうぜん》としている。

「……貴妃さまには誰もかないませんわ」

がっくりうなだれた韋賢妃の言葉に、集った女たちは深くうなずく。

なぜか憔悴《しょうすい》した顔をする娘たちを引き留める気にはなれず、散会を命じる。

お茶を飲んで一休みしてから、千花は詠恵を連れて皇太后のもとに向かった。途中で前を行く女ふたりに気づいた。

「賢妃じゃないの」

足早に近づくと、韋賢妃と貞玉《ていぎょく》だった。ふたりそろって万福礼をする。

「どこに行くの？」

「皇太后さまにご挨拶に参ります」

「奇遇ね。わたしも行くところよ」

韋賢妃と並んで歩きだす。韋賢妃は戸惑った顔をして、何を話していいかわからない様子だ。諸々《もろもろ》あったせいで親しく話すには抵抗があるし、かといって黙っているのも気まずい。そんな気持ちを感じ、話題を持ちだす。

「最近、体調はどう？」

「元気に過ごしておりますわ」

「それならよかった。今度、時間ができたらお茶会でもしたいわね。点心《かし》をてんこもりにして」

「すてきですわね」

もちもちつるんとした食感の湯圓《しらたま》、軽い歯触りの酥《パイ》、肉のそぼろを詰めて食べる香ばしい焼餅《シャオビン》、考えるだけで涎《よだれ》が出る。

「……でも、あのときのようになるのは、こりごりですわ」

韋賢妃が顔を背け、貞玉が心配そうにする。

「大丈夫よ。皇上は気にしてないから」

「皇上は気にしなくても、わたくしが気にします。ご、御前で吐くなんて」

半泣きの韋賢妃は、毒殺未遂事件のことを気に病んでいるようだ。

「わたしだって、この間毒を盛られたときは、皇上にゲロぶっかけたのよ。それでも、あの人はわたしを罰したりしなかったから、大丈夫よ」

韋賢妃と貞玉がそろって頰《ほお》を引きつらせた。

「……恐れ多くて、聞いているだけでめまいがしそうですわ」

「皇上は市井《しせい》で暮らしていたから、色々経験してるはずよ。だから、気にならないんじゃないかしら」

適当感丸だしで応じる。

「呆れてしまいますわ。それでよく皇上のご寵愛《ちょうあい》を失いませんわね」

「皇上は変人が好きなのよ。賢妃も大光殿の前庭で逆立ちして歩いてみたら、気に入られるかもしれないわ」

いい加減に言ってみたが、意外とイケるかもしれないと思えた。

「できるはずがないでしょう⁉」

くだらない話をしているうちに、寿安宮《じゅあんきゅう》についた。出迎えた瑶月《ようげつ》は驚いたように眉を跳ね上げたが、そつなく礼をしてから千花たちを居間に案内する。

皇太后は定跡書をチラ見しながらひとり碁《ご》を打っていた。千花たちを目にするや、驚いた顔をする。

「おや、午後は槍でも降ってくるのではないかえ。ふたりそろって挨拶に来るとは」

「皇太后さまにご挨拶を申し上げます」

「免礼じゃ。お座り」

椅子に座ると、侍女たちが茶を運んできた。韋賢妃が碁盤を覗《のぞ》く。

「皇太后さまは碁がお好きですか？」

「好きというより、無聊《ぶりょう》じゃからな。賢妃はどうじゃ？　得意かえ？」

「ひととおりは習いましたが、とても皇太后さまと勝負にはなりません」

韋賢妃は肩をすくめて首を左右に振る。皇太后に視線を向けられ、千花は笑顔で応じた。

「碁盤を見ても、白黒どっちが優勢かすらわかりません」

「ふたりとも話にならぬのう。妾《わらわ》と勝負ができそうなのは淑妃くらいか。もっとも、淑妃が妾と碁を打つこともあるまいが」

韋賢妃と気まずく顔を見合わせる。

（楊宰相は皇太后さまの立后に反対されていたんだっけ）

となると、皇太后も楊淑妃も互いにわだかまりを抱えているのかもしれない。

皇太后が蓋碗《がいわん》を取り上げて茶をすする。同様に茶を飲んでから、賢妃が口を開いた。

「皇太后さま。夏至《げし》になると地を祀《まつ》る郊祀《こうし》が行われます。わたくしたちも列席すると聞きましたが、何をすればよろしいですか？」

はるか古代の王朝から、皇帝は天地を祀る祭祀を行ってきた。冬至《とうじ》には都の南郊で天を祀り、夏至には都の北郊で地を祀る。祭壇を築いて生贄《いけにえ》を捧《ささ》げ、王朝の安泰を祈願する大切な行事だ。

「することなど特に何もないぞ。合図に従って礼をするくらいじゃ。貴妃は皇帝から何か聞いておるかえ？」

茶を飲んでいた千花はあわてて蓋碗を卓に戻した。

「いいえ、何も。適当に礼をしておけばいいと」

「皇帝もいい加減じゃのう。まあ、実際そういうことじゃ。退屈でも顔に出さぬようにな」

「かしこまりました」

韋賢妃はなお不安そうにしている。千花は事前に聞かされていたことを確認する。

「郊祀に列席できる妃は、正一品以上の者だけですよね」

「そうじゃ。皇后と妃の身分の者が後宮の代表じゃ。そなたらふたりと淑妃が列席する」

「皇太后さまも同席なさると聞きました」

「うむ。妾は皇后の代わりに宝座に座らねばならぬのでな。大儀じゃのう」

皇太后は碁盤の石を整えながら吐息をついた。

「……先帝は、祭祀に熱心であられた。妾たちにも怠《おこた》りなく準備しろとお命じになり、重い宝冠と正装で列席してきたものじゃ」

ふむふむとうなずきながら、玄覇に聞かされた話を思いだした。

郊祀に后妃が参列することはかつてなかったが、それを先帝が変更した。後宮には後継を産み育む責務があり、それを考えれば郊祀に参列すべきだと強く主張して、群臣の反対の声を押し切ったという。

(先帝は、ひとりとして子ができないことを気に病んでいたんだろうという話だったわ)

妃たちにも祈らせることで、宿願を叶えようとしたのだろう。

「先帝は郊祀だけでなく、あらゆる祭祀に熱心でいらっしゃったと聞きますもの……そういえば、皇太后さまが立后されることになったのは、皇太后さまが社稷壇《しゃしょくだん》に供えた魚から四字を刻んだ白玉が出たからですよね」

韋賢妃の言葉に皇太后はうれしそうに微笑んだ。

「そうじゃ、見るかえ?」

「はい。ぜひ拝見したいです」

韋賢妃が笑顔で応じる。わけがわからずふたりを見比べていると、皇太后が腰帯から吊るしていた香袋の紐を緩めた。中から白玉を取り出す。大きさは婦人の親指の先くらいだろうか。

「これじゃ」

「まあ、ありがたいわ」

韋賢妃は目を輝かせて掌の上の白玉を見ている。白玉には、〝母儀《ぼぎ》天下〟という四字が刻まれている。瞬《まばた》きして何度も見たが、文字はしっかりと彫られていた。

「〝母儀天下〟って、皇后あるいは国母が母の愛で天下の民を思いやるって意味ですよね」

子どものような千花の問いに、なぜか韋賢妃が得意げにする。

「そうですわ。そんなめでたい四字を彫った白玉が、皇太后さまの供え物からあらわれた。とびきりの瑞祥《ずいしょう》ですわ！」

「魚の胃袋から白玉が出たときは妾も驚いたものじゃが、先帝がいたくお喜びになられてのう。このような瑞祥があらわれた女こそ皇后にふさわしいと聖旨《せいし》を出されたのじゃ」

皇太后は誇らしげにする。周囲の侍女たちは——瑞祥など信じなさそうな詠恵でさえも、満面の笑みで皇太后の幸運を祝している。

（……どう考えてもインチキなんだけど）

これまで何匹も魚を捌いたことがあるが、一度として白玉など出てきたことがない。まして文字を彫った白玉などありえないことだ。

（白玉に文字を足したら、ありえない《ありえない》ありえない《ありえない》捏造《ねつぞう》ってことじゃない）

しかし、周囲の反応を見るに、これは瑞祥であるらしい。

（とびきりの奇跡が起きたって解釈されてるのよね、これ）

おまけに先帝のお墨《すみ》付きである。王朝というのは、先祖の行いや言葉を尊《たっと》ぶものだ。つまり、先帝がこの瑞祥を喜び、江淑慎《こうしゆくしん》は天が特別に寿《ことほ》いだ女だと認めて皇后にしたからには、否定をするほうが反逆者なのである。

「ええと……そういえば、太祖さまが生まれるときも、太祖さまのお母上は金色の龍がお腹《なか》に入る夢を見たっていいますし、やはり瑞祥はありがたいことですね」

千花は己の違和感が伝わらないようわざと浮かれ調子で言った。

「皇太后さまの幸運にあやかりたいものですわ」

韋賢妃は白玉を恭《うやうや》しく返す。皇太后はどことなく寂しげな顔をして掌に載せた玉を小さく転がした。

「……皇后になりたいと思ったことは一度もなかったが、このような幸運が訪れるとはのう。しかし、この白玉だけでなく、心からお仕えしてきたことも認めていただけたのだと思う。先帝が妾のもとにおられるときは、くつろいでいただけるよう部屋を整え、焚《た》く香も厳選し、常に温かい茶と穏やかな空気でお出迎えするようにしたものじゃ。そなたたちも皇帝には真心をこめてお仕えするようにな」

皇太后は千花と韋賢妃を見比べて諭《さと》す。

「皇太后さまのお教えを心に刻んでおきます」

ふたりそろって答える。

（わたしは二年しか仕えないけど）

しかし、その間は玄覇をしっかり支えなくてはと改めて決意する。

話がひと段落したところで切り上げ、千花たちは寿安宮を辞した。門を出ると、阿欣《あきん》を連れた楊淑妃とばったり遭遇する。

ぎょっとする韋賢妃とは対照的に、楊淑妃は手絹《ハンカチ》を胸に当て、華やかな笑みを浮かべた。

「貴妃さま、ご機嫌麗《うるわ》しゅう」

「めまいは治ったのね。よかったわ」

千花はにっこり微笑む。嘘にしろ真《まこと》にしろ、いたわりは必要だ。楊淑妃は冷笑を浮かべてから、千花と韋賢妃を見比べる。

「おふたりはそろって皇太后さまのご機嫌伺《うかが》いなのですか？　お珍しいこと」

「淑妃さまは朝礼に出ないのに、皇太后さまのもとへは足をお運びになるのね」

韋賢妃が嫌悪もあらわに指摘する。楊淑妃は澄まして応じる。

「皇太后さまには礼を尽くさねばなりませんもの」

「確かに、皇太后さまにお仕えすること、母に仕えるがごとしでなくてはいけないもの。それに、皇太后さまは民を思いやるまさに〝母儀天下〟を体現されておられるお方だし」

千花の発言を聞き、淑妃は冷ややかな視線になった。

「〝母儀天下〟……ああ、あの四字を刻んだ白玉のことですわね。あんな作為が堂々とまかりとおるなんて信じがたいことだわ」

韋賢妃が目を見張って反論する。

「なんて礼を欠いた発言をなさるのかしら。先帝がお喜びになられた瑞祥だというのに」

「喜べば何をしてもいいというなら、皇帝の周りに集まるのは悪臣ばかりになりますわ。だから、我が父も反対したのです。それなのに、先帝はお聞き入れくださらなかったと聞きましたわ。皇帝は臣下の諫言に耳を傾けるべきだと古《いにしえ》の名君も語っていたのに」

「まあ、本当に無礼ね。親子共々、思い上がりも甚《はなは》だしい……！」

　ふたりのやりとりを聞いて、千花は内心でうなった。

（楊淑妃の発言だけ聞いていると、宰相共々すごい忠義心の持ち主って感じなのよね）

だが、楊宰相は玄覇の邪魔をするし、楊淑妃は陰険《いんけん》な奸計《かんけい》を仕かけてくる。ふたりそろって、口先だけはうまいのだろう。

（さて、どう戦えば……）

　考え込んでいるうちに、楊淑妃と韋賢妃のやりとりは熱を帯びていく。

「淑妃さまは礼節を知らないようね。同輩として情けない思いだわ」

「賢妃さまこそ、お父上が礼部尚書だからかしら。瑞祥と言えば、なんでもお認めになる。わたくしからしたら、信じがたい浅慮だわ」

「なんですって!?　宰相といいながら、あなたのお父上が機嫌をとるのは恭王《きょうおう》ばかり。いったい誰に尻尾を振っているのかしら」

「まあ、そのお言葉。ご自身に矢となって返ってくるわよ」

言い争いが尽きそうもないため、千花は割って入った。

「よしなさいよ、ふたりとも。せめて、寿安宮を離れてからにしたら？」

皇太后の宮の前で言い争うなどみっともない。

ふいと顔を背ける韋賢妃に対し、楊淑妃は嘲《あざけ》るように笑ってから千花に目を細めた。

「そういえば、貴妃さまは毒蛇を退治したそうですわね。蛇すら恐れない……下々の生まれだと、そうなるのかしら」

「下々の生まれじゃなくて厨師《ちゅうし》だからよ。厨師にとって、蛇は食材のひとつ。恐れるはずないじゃない」

楊淑妃が頰を引きつらせた。

「まあ、すごい。貴妃さまは豪胆《ごうたん》ですわ」

「厨師は豪胆にして繊細じゃなければやっていけないわ。鶏や羊の息の根を止めるときは速やかに、捌いて下処理するときは部位ごとにやり方を変える。当然のことよ」

にっこりと笑顔を向けるが、彼女は不快げに顔をしかめる。

「……聞いているだけで胸が悪くなりますわ」

「あなたが食べる肉を調理するのは誰かしら？　あなたが下々と卑下《ひげ》する人たちよ。その人たちの手を借りて生きているくせに胸を悪くするんだったら、そこらの草でも食べていることね」

楊淑妃が頰を張り飛ばされたような怒りを顔にみなぎらせた。

「……宰相の娘であるわたくしが、ここまで侮辱《ぶじょく》されるなんて」

「侮辱するつもりはなかったのよ。育ちが悪いから口も悪くて。ごめんなさいね」

「……そうですわね。相手にしないことにいたしますわ。厨房《ちゅうぼう》のドブネズミなど」

楊淑妃が勢いよく身を翻すと、阿欣を従えて寿安宮の門をくぐる。楊淑妃の着た裙《くん》は金糸で文様《もんよう》を織りだした豪華なもの。それが身動きに合わせて揺れ、黄金の波のようだ。

千花は図らずも裙が生みだす情景に見とれ、自分を見つめる目に気づくのが遅れた。

韋賢妃は気まずげにしたあと、軽く礼をして歩きだす。彼女が離れてから、千花は足を動かした。並んだ詠恵は案じるようなまなざしをこちらに向ける。

「貴妃さま、大丈夫ですか?」

「え、何が?」

「淑妃さまの無礼な発言。皇上に罰していただかなくては」

「罰していただく必要なんてないわよ。それより、郊祀に生贄は供えるの?」

「ええ、供えますわ。子牛と豚と羊を丸のまま煮てから大皿に載せて祭壇に供えます。それとは別に肉を用意して、調味料を塗ってから臣下に配ります。その場で食して皇帝の聖恩を謝し、儀式が終わるのです」

「けっこう大変ね」

「先帝は祭祀に熱心で、手間のかかる古制を復活させたと聞きますわ」

「なるほど。そこにわたしの供え物を加えても大丈夫かしら」

「皇上に、事前に了承を得ておけばよろしいかと思いますが……」

話の先が読めないのだろう。戸惑ったような詠恵は、小首を傾《かし》げた。

「貴妃さま、何かなさるおつもりですか？」

「……いよいよ虎になって、茂みから飛びだすときがやってきたなと思って」

詠恵は目を丸くした。千花は指を振りながら続ける。

「淑妃をうんと怒らせなきゃいけないわ。わたしを追い落とす機会を見つけたら、即座に食いつくくらいに」

詠恵が不思議そうにしつつも、小さくうなずいた。

「……何かお考えがあるのですね」

「師父が言っていたわ。怒りに頭を支配された人間は、たやすく愚《おろ》か者になるって」

指先で自身のこめかみを叩きながら口元に笑みを浮かべる。

「虎になるわよ、詠恵。標や蓮児の無念を晴らすためにも」

そして、新たな犠牲者を出さないためにも。

千花は心の中で気合を入れて、決意の一歩を踏みだした。

郊祀まであと半月と迫ったころ。

千花と楊淑妃の仲は不穏な気配をますます高めていた。原因は、千花の空気を読まないおせっかいにある。

朝礼に楊淑妃が出席しなければ、信《てがみ》を書いて体調を問いただす。

さらには、鶏と枸杞《くこ》を煮た湯《スープ》や体調不良に効果があるという涼茶《やくぜんちゃ》を持参して温雅宮《おんがきゅう》を見舞った。侍女に断られても宮門の前にいつまでも立ち尽くす姿は、嫌がらせにしか見えないと噂されたが、千花は一向にやめようとはしなかった。

芳華宮では、千花の衣に針が仕込まれていたり、小火《ぼや》騒ぎが起きたりと騒動が続く。

後宮では、穏やかならぬふたりの関係に、果たしてどちらが勝つのかと噂が飛び交った。

多くの官人を輩出している楊家を仕切る楊宰相の娘か、皇帝がただひとり寵愛する妃か。

後宮の妃嬪《ひひん》たちは、市井の人々が熱狂する闘蟋《こうろぎすもう》を見物するようにふたりの争いに耳目《じもく》を集めた。勝ったほうが後宮の支配を強めるのは明らかだからだ。

渦中にいる千花は、郊祀に使うあひると白玉の準備を俊凱《しゅんがい》に頼むと、知らんぷりで日々を過ごした。その千花と楊淑妃が公《おおやけ》に接触したのは、郊祀の場だった。

郊祀の日は夜明け前に起きて、準備をはじめねばならない。

身体を拭き清めると、寝間の端に置いた鏡台に向かい化粧をする。

詠恵のすばらしい手技のおかげでみるみるうちによそゆきになる顔が、おもしろい。鏡に映る自分を目にすれば、いつもながら驚愕《きょうがく》する。

「すごいわ、詠恵」

「そうですか？」

「そうよ。わたしの地味で主張のない顔面が、圧倒的な愛され顔になっていく……！」

娥眉《がび》の下の大きな目、つんと反った睫毛《まつげ》、瑞々《みずみず》しい桃の色に染まった頰、艶々《つやつや》とした色に染まった唇。皇帝に寵愛される妃に変貌《へんぼう》した自分に感動すら覚えてしまう。

化粧が終われば、衣裳《いしょう》を整える。妃たちは身分に応じた衣裳を着て、宝冠をかぶる。後宮も外朝も身分によって装いが異なるのだ。

真紅の龍文大衫《さん》を着て、鳳凰文《ほうおうもん》の霞帔《しんぴ》を肩からかける。服も窮屈《きゅうくつ》だが、問題は冠だった。

「あ、頭が重い……」

頭にかぶるのは珠翠《しゅすい》九鳳《くほう》冠。真珠が三千個、宝石百個で埋め尽くされた冠は、左右を向くのも一苦労するほど重量がある。

「貴妃さま、しっかり」

詠恵に励まされ、千花はうなずく。

「問題ないわ。毎日、厨房で働いて鍛えた体力を今こそ見せつけるとき……！」

とはいっても、歩くのもふだんより歩幅を小さくして慎重にせざるをえない。

（まるで赤ん坊みたいだわ）

幼児の足取りがおぼつかない理由がわかる。頭が重すぎて、平衡がとれない。よたよたと居間に入ると、待ち構えていた佳蕊が恭しく菜刀を差しだした。

「貴妃さま、どうぞ」

「うん、ありがとう」

菜刀を握って卓の上で物を切る動作を確認する。

「よし、いける」

「貴妃さま、いつものようになされば大丈夫ですわ」

詠恵が励ましてくれる。

「毎日、仕事をしていたときと同じようにすればいいのよね」

「そうですわ。身体に染みついたままに動けばよろしいだけです」

「わかったわ」

郊祀の場が雌雄《しゆう》を決する舞台だ。

千花は菜刀の柄を握って虚空《こくう》を睨《にら》んだ。

夏至の郊祀は大地を祀る祭祀だ。

先帝は古制を復活させ、祭祀を仰々しく執り行うようになった。

その日、皇帝は輿《こし》にのり、多数の騎馬の兵に囲まれて皇城の南にある正門を抜け、大通りを進む。

曇天《どんてん》の下、通りの端には無数の民がひざまずいて平伏し——しかし、通りに等間隔に並ぶ衛兵の隙《すき》をついては若き新帝の龍顔《りゅうがん》にこっそりと視線を送る。

「あれが、当代かぁ」

「やっぱり若いね」

「感心な方だよ。古女房を大事にしてさ」

「よりどりみどりに女を選べるのにねぇ」

などと好き勝手に評していることなど、至尊の地位にいる者の耳には届かない。

皇帝の次には皇太后と妃たちの輿が続くが、垂れ布のせいで彼らから中は見えない。高貴な女人は家族以外と顔を合わせぬようにするものだからだ。

しかし、外で働かねばならぬ庶民《しょみん》は別である。むろん、餐館《しょくどう》で働いていた千花も顔をさらすのは平気だから、布を少し避けて外の様子を窺《うかが》う。

「うわ、いっぱいいるなぁ」

千花は以前はあの通りで行列を仰ぐ側だった。逆の立場になり、不思議な気持ちになる。

「いい見世物だろうな、これ」

いかめしい鎧《よろい》に身を包んだ禁軍の兵、その中央を進む金銀で鍍金《ときん》された輿、徒歩で付き従う文武百官の姿。どれもこれも眺めているだけなら楽しい催《もよお》しだろう。

（しかし、準備はけっこう大変……）

群臣は夜明け前から梁冠《りょうかん》と赤羅《あから》の衣に整え、払暁《ふつぎょう》には皇城に集合し、時間が来たら、身分ごとに行列をつくる。それから隊列を崩さぬように〝行軍〟するわけだ。皇帝と妃たちは輿に乗れても、騎馬を許された兵以外は徒歩で郊外まで行かねばならない。

（みんな貴族のお育ちだろうに、大丈夫なのかしら）

詠恵たち侍女も各妃の輿のそばを歩いて従う。誰もがしんどい行事なのである。

都を囲う都城の門を抜け、大道を進む。各都市に繋《つな》がる大道を途中ではずれ、北側の山脈を望む位置に設けられた祭壇に向かう。

郊祀の場は柱を立て幔幕《まんまく》で仕切っている。中に入ることができるのは、皇帝と皇族の一部、宰相や六部の尚書と左右侍郎、大理寺《だいりじ》や都察院《とさついん》といった重要官庁の長官、それと護衛の兵である。

詠恵の手を借りて輿を降りた千花は、幔幕の内に入った。

祭壇は土を方形に突き固めた人工の丘の上に設けられていた。祭壇を取り囲んで立てられた金龍の旌旗《せいき》は風に翻り、風よけの幕の下には供え物が置かれている。色とりどりの絹、春に収穫された小麦、そして巨大な皿の上に丸のまま供えられる子牛と羊と豚だ。

（茹《ゆ》でて組み立てるんだから、大変な作業よね）

子牛をまるごと茹でるのは無理なので、御膳房《ごぜんぼう》の厨師たちが解体して茹で、それを元の形に組み立てたのである。

畜獣《ちくじゅう》をわざわざ丸のまま供えるのには意味がある。

『神さまがどこの部位が好きか人間にはわかんねぇだろ？　だから、丸のままお供えすんのさ』

麗州の廟《びょう》で丸のまま供えられた鶏に首を傾げたとき、承之はそう説明してくれた。神は心臓が好きかもしれないし、肩の肉に食らいつきたいかもしれない。肝《きも》が好みかもしれないし、腿《もも》の肉をむさぼりたいかもしれない。人間には神の好みがわからないから、丸のまま供える。上古となると、生きたまま供え、その場で調理をしたとも聞く。

（わたしのあひるは、それにちなんで生きたままお供えしているんだもの）

柱から伸びた紐で胴体を結ばれているあひるがウロウロと歩く姿に、高官たちはひそりと語り合う。

「あの生きたあひるはなんだ？」

「供え物なのか？」

困惑の視線を向けられても、あひるは知らんぷりだ。

千花は指定の席に向かった。等間隔に明黄色《めいこうしょく》の卓布を敷いた小卓と背もたれに透かし彫りがされた椅子が並んでいる。方丘の下に玉座を供えているので、そこに近いほうから高位の者が座ると決まっているのだ。

詠恵の手を借りて席につく。方塼《ほうせん》を敷いた中央の通路を挟んだ向かいには、皇族がいた。

（あれが恭王と衛王《えいおう》かしら）

玉座にもっとも近い席に、細身の青年と筋骨隆々とした青年が座っている。

身分が高い者から上座に近いところに座るから、きっとそうだろう。

横を向くと、楊淑妃の澄ました横顔があった。彼女は型通りの礼をしたあとは、千花に見向きもしない。

皇族高官たちがみな席についたところで、皇太后の入場を宦官が高い声で告知する。場の人々が一斉に立ち上がり、両手を顔の前で重ねて礼をする中、重たげな冠と青い翟衣《てきい》を着た皇太后は瑶月に手を預け、堂々と入場する。

彼女が正面の宝座につけば、皇帝が入ってくる。臣下は姿勢を崩さず、皇帝を待たねばならない。

宦官が皇帝の入場を告げて、玄覇が歩いてきた。二十四旒《りゅう》の冕冠《べんかん》、日月星辰《じつげつせいしん》や龍を織りだした玄衣《げんい》、黼黻《ふふつ》の文様で飾られた黄裳と同色の蔽膝《ひざおおい》、赤色の舄《くつ》という装束の彼は、重々しい足取りだった。中央を進む姿には侵しがたい威容《いよう》がある。

（立派だなぁ）

辺りを払う威風に、目が引き寄せられる。

それは千花だけではないようだ。そばにいる楊淑妃や韋賢妃はうっとりと見つめている。対面にいる恭王や衛王たちは、果たしてどんな思いで漁夫之利《ぎょふのり》を得た玄覇を眺めているのだろうか。

古制に則《のっと》り編鐘《へんしょう》が厳《おごそ》かに鳴る中、玄覇が方丘の下で待つ礼部尚書に頭を下げて迎えられる。こちらも古式ゆかしい長衣を着ている。

礼部尚書が恭しく祭文を差しだした。

玄覇が方丘の階をゆったりと昇る。祭壇の前に立ち、一呼吸置いたあとで、祭文を朗々と読みだした。

祭文は天地に対して臣下である天子が申し上げるという形式の文だ。人間の中では至高の存在である天子も、天地に向けては臣を自称する。古めかしい文体で長々と書かれた祭文を読み終えると、玄覇は数歩退いてから階を下りてきた。

彼が方丘の下にある玉座に座ると、それを合図のようにして、裏手にいた宦官と宮女たちが皿を手に粛々《しゅくしゅく》と歩いてきた。皿の上には牛と羊と豚の茹で肉を削ったものが載っている。供え物とは別だが、皇帝の下賜《かし》品として配るのである。皿を配ったあとは酒を供する。

全員に配られたあとに恭王が進みでた。皇帝の聖恩を謝し、周嘉《しゅうか》の御代が永久に続くよう願うという型どおりの謝辞を述べる。玄覇が許しを与えて、ようやく全員が着座できた。

肉の皿を前に、横にいる楊淑妃は微動だにしないが、その隣の韋賢妃はまじめに肉を口にしている。

「冷たいし、硬いわ」

茹でてから時間が経《た》っている。味を求める食べ物ではないから仕方ないのだが、彼女の背後に立つ貞玉は心配そうに声をかけている。

「賢妃さま、ご無理をなさらず。いっそ残してしまっては？」

「皇上から下賜していただいたのよ。食べなくてどうするの？」

健気な一言に、千花は思わずにっこり笑った。

「賢妃、わたしが温かいお肉を食べさせてあげるわ」

韋賢妃と楊淑妃が同時に千花を見た。韋賢妃は啞然《あぜん》として目を丸くし、楊淑妃は不快だと言いたげに眉を寄せている。

まんなかの通路の中央部分では、宦官が台を用意している。台上に置かれたのは、丸いまな板と菜刀、盥だ。

千花はすくっと立つと静々と台に向かう。奇異な行動をする千花を周囲の目が追っているのを肌で感じる。千花は台の後方に立ち、皇帝と皇太后に袖《そで》を合わせて恭しく礼をした。

「僭越《せんえつ》ながら後宮を代表して、わたくしが神への供え物を皇上に供したく存じます」

「許す」

簡潔な返事を聞き、千花は顔を隠すように再度礼をした。千花の前に、宦官があひるを抱えてくる。

「建国の前、太祖さまが南方を悪辣《あくらつ》な軍閥《ぐんばつ》から解放したとき、ひとりの老婆《ろうば》があひるを料理して供したと聞き及んでおります。黒い羽毛の小さなあひるで、茹でただけのそれを太祖さまはことのほか喜んでお召し上がりになられたとか。その老婆に倣《なら》い、わたくしめもあひるを供したく存じます」

宦官がまな板にあひるの首を押しつける。今は品種改良されて白く丸々と太ったあひるに、千花は内心で詫《わ》びた。

（……ごめんね）

菜刀を手にすると、苦しめないように首に刃を一気に落とした。血が飛び散るが気にせず、まだ温かいあひるの足を摑むと、盥の上で逆さにして血を落とす。あひるの血は豆腐のように固めて、湯の具にするのだ。

（殺したからには、できるだけ食べてしまうよう調理する）

それが厨師たるものの仕事だ。あらかた血が流れてしまったら、宦官が用意した熱湯を入れた盥にざぶんと浸ける。羽根をむしるためである。羽根を多少乱雑にむしってから、丸裸になったあひるの腹に菜刀を入れていく。菜刀で胃袋を取りだしたとき、うっかり胃を傷つけたフリをしてすばやく中に指を入れ——親指の先ほどの硬くて丸いものを探ると、水につけてから驚愕の声を出した。

「まあ、あひるの胃袋から白玉が——四字が刻まれてありますわ。天下泰平！　なんて縁起がいいのかしら。これは皇上の徳の高さを天が称《たた》えて起きた瑞祥ですわ！」

浮かれきった発言に、戸惑ったような空気が満ちた。どう反応してよいかわからない、そんな雰囲気に、想像どおりだと内心でほくそ笑む。

礼部尚書が困惑した様子で近寄ってきた。目と目の間が離れた魚を思わせる顔立ちだが、人は悪くなさそうだ。

「貴妃さま、本当ですか？」

「韋尚書、どうかご覧になって。とてもめでたいこと。奇跡だわ！」

千花が満面の笑みで白玉を差しだすと、彼は受け取り、つまんだ白玉を目の近くに寄せて、おおっと叫んだ。

「まさしく、天下泰平と四字が刻まれております！　これは、まさに瑞祥でございます」

「でしょう？　これは皇上が高徳であることを示す証拠。天下万民に知らしめるべき慶事——」

「インチキよ！　誰かこの女を捕まえなさい！」

楊淑妃が立ち上がると千花を指さした。

「まあ、楊淑妃ったら、何を言っているの？」

千花は無邪気に首を傾げ、白玉をかざしてみなに見せつける。

「これは瑞祥。皇上の治世のはじまりを言祝《ことほ》ぐ、とても縁起のよい奇跡だわ」

「よくも抜け抜けと言えたものね。貴妃という称号などどうていふさわしくない。李《り》千花、おまえはつまらない策を弄《ろう》して皇帝の歓心を得ようとする恥知らずよ！」

楊淑妃は千花を指さし、眦《まなじり》を吊り上げて近づいてくる。その眼には、ようやく千花を陥《おとしい》れられるという暗い喜びが浮かんでいた。

千花は内心でほくそ笑んでいることを隠し、驚きの表情をつくった。

（……獲物《えもの》がとうとう針にかかったわ）

楊淑妃は喧嘩《けんか》のやり方を知らないようだ。相手に殴りかかる瞬間は、一番隙が生まれるときなのに。

千花は無知蒙昧《もうまい》を装い、不思議そうな顔をしてみせた。

「淑妃が何を言っているのかわからないわ。なぜ恥知らずなんて呼ぶの？」

「白玉を事前に仕込んでいたのでしょう？　それをここで取りだしてみせた。なんて浅ましい手を使うのかしら」

軽蔑《けいべつ》をあらわにするまなざしを受け止めて、千花は悲しげに眉尻を下げた。

「信じられないわ、皇上への瑞祥を喜ばないなんて。淑妃は十年前、皇太后さまが立后されたときのことも作為だと言っていたわね。皇太后さまがお供えした魚から白玉が出たことも、インチキだと思っているのかしら」

千花の嘆きを聞き、場の空気が凍った。貴顕《きけん》高官は静まり返って千花に注目する。

楊淑妃は千花を告発したが、かえって彼女を不利にする証言で殴り返されたからだ。

(十年前の立后は宮中でも賛否両論だったと聞くわ)

当の皇太后の面前でかつての争論を持ちだしたことに、高官たちは肝を冷やしているはずだ。

凍りついた空気を動かしたのは、皇太后が肘置きを叩く音だった。

「ほう。楊淑妃はそんなことを申しておったのかえ?」

冷たい問いかけに、楊淑妃があせって首を振る。

「いいえ、わたくしは、そんな――」

「この間、寿安宮の前でそう言ったでしょう? わたし、とても悲しかったのよ。後宮の妃嬪の務めは、皇太后さまに心からお仕えすることなのに、淑妃が皇太后さまの瑞祥を貶《おとし》めるような発言をするから」

「李千花、嘘を言うのはやめなさい!」

「わたしが嘘をつく理由がどこにあるの? 本当のことを言っただけよ。そうでしょう、賢妃」

話を思いっきり振られた韋賢妃が狼狽《ろうばい》して立ち上がった。

「え、ええ。淑妃さまは皇太后さまの立后について、白玉が魚の腹から出たなんて作為も甚だしいとおっしゃっていましたわ。楊宰相も反対したのに先帝が決定したのだと不満を漏らして」

「ほう、先帝の決定にまで不服を申したのか。淑妃よ、妾に皇太后の地位を降りろと申すつもりか？」

皇太后が忌々《いまいま》しげに問う。

「いいえ、いいえ！　違います、違います！　そんなことを申し上げるはずがありません！　皇太后さまの立后の経緯に反意を申し上げるなど――このふたりが示し合わせて、わたくしを罠にはめようとしているのですわ！　なんて性悪な女たちなの！」

楊淑妃は千花を何度も指さした。

「皇太后さま、罰するべきは、貴妃と賢妃のふたりです」

「淑妃はこう申しておるぞ。貴妃よ、どうじゃ？」

皇太后の問いかけに、千花は冷静に応じた。

「皇太后さま、わたしはあひるの中にある白玉を天から皇上への賜《たまわ》り物だと感謝しました。ところが、淑妃はわたしのインチキだと主張し、わたしを貶める材料にしようとしております。どちらが皇上のことを考えているか、皇太后さまならおわかりいただけるはずです」

言い終わると、両手を顔の前で重ねて深々と礼をする。皇太后はうなずいた。

「ふむ。少なくとも、貴妃は皇帝を言祝ぐ心があるのう」

楊淑妃は立ち尽くすと、千花を憎々しげに睨んだ。

「……わたくしを罠にはめようというわけね」

「わたしはあなたを罠にはめようなんて思ってないわ。人聞きの悪いことを言わないで」

ひるまず睨み合った末に、千花は紅を塗られた唇を微笑みの形にした。

「他人を罠にはめることばかりを考えているから、そんな思考になるのね」

千花の指摘に、彼女が頬をビクビクとひきつらせた。

「……わたくしは宰相の娘よ。長らく続く貴族の血を引くわたくしを陥れようなんて、どこの馬の骨とも知れぬ女の分際で、よくもやってくれたわね！」

「淑妃ったら、おかしなことを言うのね。わたしがあなたを陥れる必要なんて全然ないわ。だって、あなたなんか、どこの馬の骨とも知れぬ女に完敗している方だもの」

無邪気を装った暴言に、彼女は怒りを剝《む》きだしにして千花に摑みかかってきた。いきなり腕力に頼りだしたため、千花は面食らった。

「お、落ち着いて、淑妃……！」

「厨房のドブネズミの分際で、よくも……よくも！」

衣服の衿《えり》元を摑まれて、苦しさに顔をしかめる。

「しゅ、淑妃、やめて」

「しゅ、淑妃さま！　おやめ――よさんか、玲珊《れいさん》！　やめよ！」

あわてふためいて楊淑妃を止めようとしているのは、楊宰相だ。彼女の背後にあらわれるや、肩や腰に腕を回して剝がそうとするが、楊淑妃は父親の力に抗《あらが》い、なおも千花に摑みかかる。

「おまえがいなければ！　わたくしは鳳凰になる娘なのよ！　それを……ドブネズミのくせに……おまえが宗室に嫁ぐですって⁉」

楊淑妃は千花を容赦《ようしゃ》なく揺さぶる。宝冠の重みのせいで倒れそうになり、千花は踵《かかと》に力を入れて、必死にこらえた。

「淑妃、郊祀の最中なのよ。落ち着いて――」

「うるさい!!　賤人《せんじん》の分際で、わたくしに命令しないで！」

突き飛ばされた千花は背中を台の角にしたたかに打ちつけて倒れる。上からあひるの血を入れた盥が落ちてきた。服に血がぶちまけられ、全身から血の臭いがする。

（立たなきゃ……）

そう思うが、背中の痛みのせいで息さえ苦しく、身動きすることもままならない。

「貴妃さま！」

悲鳴をあげて駆けてきたのは、詠恵だ。彼女は千花のそばにひざまずくと、肩を支えて起きる手伝いをしようとしてくれる。

「ご無事ですか、貴妃さま！　こんな目に遭《あ》わされて、なんてお気の毒な！」

千花は詠恵を見つめた。詠恵の瞳には意味ありげな光が浮かんでいる。詠恵はむろん本気で心配してくれているのだろうが、言葉の裏に楊淑妃を責める意図を織り込んで助力してくれたのだ。

千花は息を整えて半身を起こすと、血まみれの頬を拭って楊淑妃を見上げた。

〝料理〟を仕上げるのは、この瞬間だ。

「……楊淑妃。わたしをどれほど責めてもかまわないわ。でも、今は皇上の御代の安泰を祈る郊祀の最中なのよ。それを呪うような真似《まね》はやめて」

千花の言葉に、楊淑妃が呆然と立ち尽くした。自分がどれほどの罪を犯したのか、やっと理解したのだ。楊宰相も蒼白《そうはく》になって、だらりと手を垂らしている。

「……もうよい」

厳かな声が響いて、群臣たちが、妃たちの修羅場《しゅらば》から立ち上がった皇帝に視線を向ける。

「楊玲珊。ここがなんのための場なのか理解しているのか？」

冷徹な問いかけに、楊淑妃が総身を震わせて応じる。

「皇上、違うのです！　これは李千花の陰謀です！　わたくしを罠にはめ、陥れようとしているのです！」

「そなたに奸計を仕かける理由が貴妃にあるのか？」

楊淑妃は息を吞んだ。理由があるとしたら、淑妃が先に仕かけた謀略を白状しなければならない。だが、そんなことをできるはずがないだろう。

「どうした。答えよ、楊玲珊。この騒動を引き起こしたのは、そなただぞ」

楊淑妃は唇をわななかせた。だが、一言も言い訳を述べることができない。

「楊玲珊。そなたは天下の安寧を祈る郊祀の場で皇太后さまを侮辱《ぶじょく》し、余の御代を穢《けが》す行いをした。余を支える後宮の妃嬪でありながら祭祀の邪魔をするとは、とうてい許しがたい所業だ」

玄覇の一言一言に楊淑妃の顔貌から色が失われる。蒼白になった彼女に、千花を攻撃していたときの迫力はもはやない。

「そなたに後宮の妃嬪を務める資格はない。本来ならば冷宮に送り、一生外に出さぬのが規則《きまり》だが、そなたは入宮して日が浅い。ゆえに、余はそなたに温情をかけてやる。実家に帰れ。そして、一から礼節を学ぶがいい」

「皇上、お許しを！　わたくしは……わたくしは皇上の御代を穢すつもりなど毛頭ございません！　悪いのは、この毒婦です！　皇上、この女に騙されてはなりません！　この女こそ、皇上の御代を穢す傾国の悪女――」

「黙りなさい、楊玲珊。この期に及んで、まだ醜《みにく》い戯言《ざれごと》を言い続けるのか！」

立ち上がって楊淑妃を指さしているのは恭王だ。隣に座る衛王らしき男はニヤニヤしながら恭王と楊淑妃を見比べている。

（恭王も参っているはず。このままでは――）

手駒《てごま》を失う羽目になる。

「皇上、娘の軽挙妄動をお許しください！　どうかここは寛大なご処置を！」

楊宰相がその場にひざまずき、額《ひたい》を地に何度も押しつけて謝罪をする。

玄覇は彼を侮蔑《ぶべつ》のまなざしで見下ろし、まっすぐに指さした。

「そなたの罪は娘よりも重いぞ！　娘にいったい何を教育した？　そなたの娘は、孝道も忠節も知らぬ愚か者だ。官人の頂点に位置する宰相でありながら、誰よりも正しい行いをしなければならぬ万民の手本でありながら、娘には何も仕込んでいない。それでも、そなたは宰相か！」

「し、臣は――」

もはや郊祀というより裁判の場だった。貴顕高官たちは顔色を失い、弾劾《だんがい》の行方を見守っているしかない。

「娘に礼節も仕込めぬそなたに宰相の任は重いようだ。今、このときより宰相を罷免《ひめん》する。そなたの処遇は追って沙汰《さた》をだす。このふたりを即刻つまみだせ！」

皇帝の厳命に、衛兵が弾かれたように動きだした。彼らは亀のようにうずくまる楊宰相を引きずり起こし、暴れる楊淑妃を拘束して、外に連れだそうとする。

「皇上、悪いのは、李千花ですわ！　この毒婦！　おまえこそ、周嘉を亡《ほろ》ぼす悪女よ！」

「皇上、お許しを！　どうか、お許しください！」

木霊《こだま》のように悪罵《あくば》と謝罪が響き、彼らは郊祀の場から排除されていく。高官たちは下を向き、誰も宰相を助けようとしない。いや、恐ろしくて助けられないのだ。

(過ちを犯したら、我が身もどうなるかわからない)

彼らがそう思ってこそ、この場でこの計略を千花が仕かけた甲斐《かい》がある。

「……後片づけの時間だわ」

〝料理〟をしたら、後片づけは必要だ。

千花のつぶやきに、詠恵が手を貸して立つのを手伝ってくれる。

(こんな状態で、郊祀を終わらせるわけにはいかない)

彼の御代のはじまりを、少なくとも千花は寿いでやらねばならない。

千花は立ち上がると、顔をあげ、胸を張って、玄覇に向けて嫣然《えんぜん》と微笑む。

「……この白玉が出たのは、まさしく瑞祥です」

千花は白玉を天に掲げた。天が授けた瑞祥をこの場にいる全員に知らしめるように。

「天下泰平、この四字こそ万民の望みです。どうかお忘れなきように伏してお願い申し上げます」

千花はその場に膝をつき、額を地につけて伏礼をする。

(昔の人はこう言った。君者舟也《くんしゆはふね》、庶人者水也《たみはみず》)

水は舟を浮かべるが、転覆《てんぷく》させもする。すなわち、天子にとって民は恐れるべきものなのだと。

(舟が無事に進めるかどうかは、水を治められるかどうかにかかっている)

玄覇の治世は、はじまったばかり。舟は岸から離れて間もない。

(だからこそ告げなくては。一路平安《どうかごぶじに》と)

千花は伏したまま息を吸い、声を張り上げた。

「どうか皇上の御代に幸《さち》多かれと祈念いたします！」

千花の背後で人が動く気配がした。横を見ると、詠恵が同じように伏礼している。彼女は顔をかすかに千花に向けて微笑んでくれた。

「どうか皇上の御代に幸多かれと祈念いたします！」

無数の声が空に轟《とどろ》く。

地上の唱和に応《こた》えるように、雲間から一条の光が落ちてきた。

終章

郊祀《こうし》から七日後のことである。

玄覇《げんは》が朝議から大光殿《たいこうでん》に戻ると、俊凱《しゅんがい》が几案《つくえ》に上奏文を積み上げていた。

「そんなにあるのか？」

高さは掌《てのひら》の幅ほどはある。

「急ぎの分です」

「もっとあるのか」

ややうんざりしたが、気を取り直して几案の前に座る。皇帝の指示は朱墨《しゅぼく》で書き入れることになっている。筆を手にしかけたところで、俊凱が折りたたんだ上奏文を手渡した。

「孔宜昭《こうぎしょう》から早馬で届きました。今後の治水の進め方の報告です」

「ああ、もう仕事に復帰したのか」

孔宜昭はやってもいない汚職の罪を着せられて、崇州《すうしゅう》の牢《ろう》に捕らえられていた。

おかげで、彼を解放するために調査と交渉の人員を派遣したり、報告をさせたり、余計な手間が増えて、それが楊宰相《ようさいしょう》に対する怒りの源《みなもと》にもなっていたのだ。

　上奏文を読み、嘆息をこぼした。

「……とりあえず、堤防の応急的な修復からはじめるということか」

「もう瑞河《ずいが》の水量が増える時季です。それくらいしかできないでしょう」

「あいつが邪魔をしてくれたせいで、時季を逸したからな」

　水枯れの時季に済ませておきたい準備は、楊宰相の妨害のおかげで不可能になった。しかし、元凶の楊宰相を罷免《ひめん》したのだから、今後は順調に進むはずだ。

「蓮児《れんじ》の弟は？」

　玄覇が問うと、俊凱は心得たように答えた。

「蓮児たちを韋《い》家に紹介した斡旋《あっせん》屋に金を持たせて楊家と交渉させ、無事に引き取りました。今は臣の邸《やしき》におります」

「ならば安心だな」

　気を揉んでいた千花も、きっと胸を撫《な》でおろすだろう。

「さて、楊宰相……いえ、楊弼《ようひつ》の処遇はどうなさいますか？」

　楊弼とは楊宰相の名だ。下の身分であった俊凱から呼び捨てにされるということは、彼がすでに官職を失い、庶人《しょじん》と同等になったということに他ならない。

　玄覇は新たな上奏文を開きながら唇を歪《ゆが》めた。

「山のような上奏だな。楊弼のこれまでの悪事があらゆる部門から上がってくるとは」

汚職、賄賂《わいろ》、謀殺《ぼうさつ》――ここぞとばかりに大量の密告が玄覇のもとに届いていた。

「積年の恨みを晴らそうとしているのでしょう」

「何が積年の恨みだ。うまい汁を吸った仲間もいるだろうに」

上奏文を読みながら、玄覇は冷めていた。

(害をもたらす官は、足を転ばせて水に落としてやればいい)

官界の競争は激烈だ。水に落とされた者は、助けを得られるどころか沈むまで同輩から棒で殴られる。

「必ず証拠を揃《そろ》えろ。奴は腰斬《ようざん》の刑に処す」

腰斬は文字どおり身体《からだ》を腰の部分で切断する刑罰だが、即死できないために、苦痛にのたうちまわりながら死なねばならないという酷刑である。

「楊氏の他の官人は?」

「滅九族《めっきゅうぞく》と言いたいところだが、皇帝には寛容も必要だ。楊氏の官人は、楊弼が死んだあとに三年喪に服せと命じよ」

かつて、父母が亡くなったとき、官人は職を離れて喪に服すのが規則《きまり》だった。ところが、最近では奪情《だつじょう》という処置を下すことが増えていた。

奪情とは喪に服す期間を奪い、任を解かないという処置である。奪情をしないということは、公職から追放するということに他ならない。

「楊氏の官人は三十人に上るとか」

「多くは楊弼の手下のはずだ。崇州の知州《しゅうちじ》と同じようにな」

「まともな者もいるかもしれません」

俊凱の意味深な視線を受け止めながら、玄覇は口元に笑みを刷《は》いた。

「まともな奴なら喜んで喪に服するはずだ。三年間、邸の外に建てた掘っ立て小屋に住んで粗食に耐えるだけだぞ。喪が終わったら、復職する機会もある。ただし、俺が課した試験に合格すればの話だが」

官途に戻りたいという者には、翰林院《かんりんいん》に所属するための試験を課す予定にしていた。能力がない者を官人にしないための処置であるが、彼らが合格するか否《いな》かは玄覇の意思ひとつである。

俊凱は満足そうにうなずいた。

「皇上の寛大なご処置に感謝いたします。ところで、次の宰相は？」

「北路総督《ほくろそうとく》の潘葉盛《はんようせい》にしよう。俺に送ってきた上奏文は率直で、いい意見だった」

「先帝に諫言《かんげん》をして左遷《させん》された方ですね。剛直といわれております。歯に衣着《きぬ》せぬのが玉に瑕《きず》です」

「それくらいがよさそうだぞ。これまでの外朝は生ぬるかったからな」

玄覇はため息をついた。

先帝は政治に対する興味を失い、するべきことを放置していた。子が生まれないのに後継を定めなかったのは、壮健な甥《おい》たちを憎んだためだ。それなのに恭王《きょうおう》と衛王《えいおう》が密《ひそ》かに跋扈《ばっこ》するのを罰せず、耳に痛い正論を上奏する玄覇は疎《うと》んで左遷し続けた。

先帝は深宮にこもり、朝議にも出ず、政《まつりごと》を臣下にまかせっきりにした。おかげで問題は山積みになっている。玄覇は地方官に特製の箱と錠前《じょうまえ》を送り、直接皇帝に上奏文を送るようにと命じている。役所を経《へ》る公式な文書に誰も真実を書かないからだ。地方官が直接上げてくる報告と役所の報告を比べて正確に実状を知ることからはじめねばならなかった。

「……それにしても、すべて千花《せんか》のおかげだな」

郊祀の一件を練ったのは、千花だった。

皇太后立后の慶事を真似《まね》て、供え物から白玉を取りだす。それを見た楊淑妃《しゅくひ》が千花を糾弾《きゅうだん》すれば、計略はほぼ成功するはずだと提案してきた。

『楊淑妃は、わたしを愚《おろ》かで下賤《げせん》な女と軽蔑《けいべつ》しているわ。わたしがあひるから白玉を取りだせば、くだらない策を弄《ろう》したと喜んで、わたしの行動を非難するはずよ』

事前に、腕のいい職人に四字を彫らせ、あひるに白玉入りの餌《えさ》を食べさせた。この国ではあひるに筒を咥《くわ》えさせ、筒に餌を流して太らせる飼育法を確立させている。そこに排泄《はいせつ》されない程度の白玉を混ぜれば大丈夫なはずだと千花は言い、一連の手配は俊凱が引き受けた。

　郊祀当日、楊淑妃が千花を攻撃すれば、千花は寿安宮《じゆあんきゆう》での楊淑妃の言動を引いて反撃できる。楊淑妃が皇太后を侮辱《ぶじよく》したと暴露すれば、皇太后は保身のためにも楊淑妃を批判するしかなく、皇太后が辱《はずかし》められたならば、玄覇がかばうしかなくなる。

　最終的に楊宰相の責任を追及し、彼を罷免することができるなら最上だと玄覇と千花は打ち合わせをした。

「楊玲珊《れいさん》が、まさかあれほど簡単に罠にかかるとは予想外でしたが」

　俊凱の一言に、玄覇は深くうなずいた。

「千花を嫌い抜いていたからだな」

「無駄に気位が高いからああなるのです。無視をするのが最善だったというのに」

　俊凱が指摘するとおり、楊玲珊が採るべき手は、千花の行動を鼻で嗤《わら》って見逃すことだった。それなのに、彼女はできなかったのだ。千花を公然と叩きのめしたいという欲求を捨てきれなかったのが、彼女の敗北に繋《つな》がった。

「ともあれ、まずは皇上のご威光を示すことができました。これから他の官人どもも襟《えり》を正してお仕えすることでしょう」

「世辞はやめろ。そう簡単にいくわけがない」

なにより有力な官人の背後には恭王と衛王がいるのだ。

ふたりが玉座をあきらめるはずがない。いずれはふたりと直接に対峙《たいじ》するときが来るだろう。

(そのときは、必ず倒す)

と玄覇は心に決めている。

「貴妃さまが気の利く方でよろしゅうございました。このまま本物の寵姫《ちょうき》とされてもよろしいのでは?」

抜け抜けと言う俊凱を目の隅《すみ》で捉《とら》えた。

「……千花は本物にならない」

「そうなのですか?」

「俺が千花を雇ったのは、あいつが俺を好きにならないからだ」

ふと思い出して、玄覇は几案の引きだしに入れている千花の書きつけを取りだした。

字形が整っておらず、しかも字の大きさがまちまちで、正直下手《へた》な部類に入る。

　但令心似金鈿堅《ただこころをしてきんでんのかたきににせしむれば》

　天上人間會相見《てんじょうじんかんかならずあいまみえん》

なぜこんな詩を書いたのかとたずねたら、寵姫らしいことを書いただけだと答えた。

つまり、この詩があらわす感情など彼女には微塵《みじん》もないということだ。

「千花はいい奴だ。俺を愛さない」

「はぁ」

俊凱が、訳がわからないという顔をしている。

「初めて会ったときからそうだ。千花が好きなのは料理と自分の店だ」

俊凱に言い聞かせたあと、千花と会ったときをまざまざと思いだした。

麗州《れいしゅう》に住むようになってまもなくのころだ。

城外を巡ったあと、麗江《れいこう》に辿《たど》りついた。

麗州の城市《まち》のそばを流れる麗江は、雨によって削られた奇岩山嶺の間を流れる。翡翠《ひすい》を溶かしたような青い河のたもとで、水上をあめんぼのように滑る筏舟《いかだ》を眺めていた。

世延《せいえん》が愛したであろう平和で穏やかな風景だった。束の間感傷にひたっていると、ずざーっという騒音が背後から聞こえた。

『そこの人──！　身投げはだめよ──！』

驚いて振り返ると、土手を猛烈な勢いで駆け下りてきた娘が、血相を変えて玄覇に近づいてきた。食籠《じきろう》を持ち、肩を上下させる娘を、玄覇は面食らって見下ろした。

目も鼻も口も正しい位置に配されているのだが、いかんせん人目につく華はない。だが、彼女からふわりと漂った香りに、玄覇は目を見張った。

醬油《しょうゆ》と生姜《しょうが》と八角と──娘からは、玄覇がついぞ母からは嗅《か》いだことのなかった生活の匂いがした。

『み、身投げは、ゲホ、や、やめ……うぇ……』

よほど必死に駆けたのか、娘は今にも吐きそうな顔をしている。

『……大丈夫か？』

『わ、わたしは大丈夫、よ。それより、あなた！　早まったらだめよ。えっと、身投げする理由はよく考えた？　自分に絶望したのか、世の中に失望したのか、どっち？』

問いに、玄覇は言葉を失った。自分の心の中の痛覚を刺激されたような気がした。

『どっちか答えられない。ふふふ。それなら身投げするのは、まだ早いわ』

『俺は身投げするつもりはないのだが』

応じた直後、ぐうっと腹の虫が鳴いた。

嘘《うそ》だろうと思った。最高に最悪の間だった。

『なーんだ、お腹《なか》が減ってたの。だから、背中に哀愁《あいしゅう》が漂っていたのね』

『そんなに哀愁が漂っていたか？』

『漂っていたわよ！　もう今にも身投げしそうな哀愁が！』

どんな哀愁だとツッコむ気力もなかった。娘は、食籠から三角の笹の葉の包みを取りだした。

『はい、粽子《ちまき》よ。これを食べたら、身投げする気がなくなることうけあいよ』

思わず受け取ると、娘は瞳を宝玉のように輝かせていた。その目が早く食べてと訴えている。

『さ、食べて』

言葉でも促《うなが》されて、仕方なく包みを開けて粽子を口にした。

もっちりとしたもち米の食感、醤油や肉に香茹《ほししいたけ》の味わいが渾然《こんぜん》一体となって口内に広がる。一口食べると、想像以上に腹が減っていたのがわかった。あっという間にすべて食べきったあと、惜しむ気持ちが生まれた。もっとゆっくり味わうべきだったのに。

娘は竹筒を差しだした。湯冷ましは、甘露のように心地よく喉《のど》を滑りおりた。

娘の面貌《めんぼう》をまじまじと見た。晴れやかな笑顔は、美貌を誇った母よりもはるかに美しく見えた。

『……感謝する』

『いいってば。わたしは厨師《ちゅうし》なの。だから、いつもおいしいものを持っているのよ』

娘の得意げな笑みは、満開の海棠《かいどう》の中にいても艶《あで》やかだろうと確信できた。

なぜかまだ話していたいと思ったとき、土手から冷やかしの声がかけられた。

『おーい、こんなところで男と逢《あ》い引きか？』

肩に鍬《くわ》をかついだ農夫に、娘は言い返した。

『逢い引きなんて、するわけないわよ！　じゃあね！』

言葉の後半で玄覇に別れを告げ、娘は来たときと同じ勢いで土手を上っていく。玄覇は手にしている竹筒と彼女を見比べた。返さねばならない。会える理由があることに安心しつつ叫んだ。

『名前を教えてくれ！』

娘は土手の上で大きく手を振った。

『黄波楼《こうはろう》よ！　ごはん、食べに来てね！』

玄覇は唖然《あぜん》として棒立ちした。娘は疾風のように立ち去ってしまった。

『……俺が知りたいのは、おまえの名だ』

肝心の相手には届かないつぶやきは、河を渡る風に流された――。

(あのときから、千花は変わらない)

玄覇は安堵する。愛を求めない、恋をしたがらない娘に。

なんの変化もないことは、望ましいことなのだ。

隣室から賑やかなやりとりが聞こえた。屈託のない笑い声は千花のものだ。

玄覇は入り口を見つめた。

千花が姿をあらわす。かけがえのない相棒の笑顔を、玄覇は息を止めて見つめた。

ふたりが別れるその日まで、あと一年と五か月――

参考文献

『新編　中国名詩選上・中・下』川合康三　編・訳（岩波書店）
『新釈漢文大系　礼記　上・中・下』竹内照夫　著（明治書院）
『新釈漢文大系　荀子　上・下』藤井専英　著（明治書院）
『中国の歴史9　海と帝国　明清時代』上田信　著（講談社）
『明代の専制政治』岩本真利絵　著（京都大学学術出版会）
『中国の建築装飾』楼慶西　著　李暉　鈴木智大　訳（国書刊行会）
『中国服飾史図鑑　第三巻』黄能馥、陳娟娟、黄鋼　編・著　古田真一　監修・訳　栗城延江　訳（国書刊行会）
『長物志　明代文人の生活と意見　1・2・3』文震亨　著　荒井健　他　訳注（平凡社）
『随園食単』袁枚　著　青木正児　訳注（岩波書店）
『中国の食譜』中村喬　訳（平凡社）
『火の料理　水の料理　食に見る日本と中国』木村春子　著（農山漁村文化協会）
『中華料理の文化史』張競　著（筑摩書房）
『中国人の胃袋　日中食文化考』張競　著（バジリコ）

『中国食いしんぼう辞典』崔岱遠　著　李楊樺　画　川浩二　訳（みすず書房）
『新中国料理大全1～5』中山時子　木村春子　著　陳舜臣　監修（小学館）
『釣魚台國賓館美食集錦』釣魚台国賓館　著（主婦と生活社）
『大明衣冠图志』撷芳主人　著（北京大学出版社）

※この作品はフィクションです。実在の人物・団体・事件などにはいっさい関係ありません。

集英社オレンジ文庫をお買い上げいただき、ありがとうございます。
ご意見・ご感想をお待ちしております。

● あて先
〒101-8050　東京都千代田区一ツ橋2-5-10
集英社オレンジ文庫編集部 気付
日高砂羽先生

集英社
オレンジ文庫

やとわれ寵姫の後宮料理録

2022年９月21日　第1刷発行
2022年10月26日　第2刷発行

著　者　日高砂羽
発行者　今井孝昭
発行所　株式会社集英社
〒101-8050東京都千代田区一ツ橋2-5-10
電話【編集部】03-3230-6352
【読者係】03-3230-6080
【販売部】03-3230-6393（書店専用）
印刷所　図書印刷株式会社

ISBN 978-4-08-680468-4 C0193

集英社オレンジ文庫

仲村つばき

月冠の使者

転生者、革命家と出逢う

女神の怒りを買い『壁』で分断された
二つの国。稀に現れる不思議な力を
持つ者の中で、圧倒的な力の者は使者と
呼ばれていた。使者不在の国で二人の
青年が出会うとき、世界の変革が始まる!